Dirk van den Boom

Kaiserkrieger: Der Aufbruch

DIRK VAN DEN BOOM

KAISERKRIEGER

DER AUFBRUCH

Eine Veröffentlichung des
Atlantis-Verlages, Stolberg
August 2011

Druck: Schaltungsdienst Lange, Berlin

Titelbild und Umschlaggestaltung: Timo Kümmel
Lektorat: Thomas Michalski
Satz: André Piotrowski

ISBN 978-3-941258-59-4

Besuchen Sie uns im Internet:
www.atlantis-verlag.de

1

Jan Rheinberg war kein Freund von Denkmälern. Das hing sicher damit zusammen, dass er seit seiner frühesten Kindheit von seinem Vater jedes Jahr zu diversen Anlässen gezwungen worden war, stundenlang vor den steinernen Abbildern deutscher Herrlichkeit auszuharren. Siegesdenkmäler, Heldenstatuen, Könige, Kaiser – der alte Kavallerieoffizier ließ keine Gelegenheit aus, um seinem Sohn die richtige Gesinnung und das richtige Erinnern beizubringen. Rheinberg entsann sich an endlose Stunden mit Blumenkränzen, wie Regen sich durch seinen Festtagsanzug arbeitete und von ihm dennoch andächtige Ruhe und respektvolle Aufmerksamkeit erwartet wurde. Er erinnerte sich daran, wie er vor lauter Langeweile die Details dieser Gedenkstätten in sich aufnahm und memorierte. Jeder markante Gesichtszug, jedes erhobene Schwert, jeder Lorbeerkranz. Jedes aufgepflanzte Amulett. Blumen überreichende deutsche Jungfrauen. Inschriften, die vom Heldentod sprachen, von den Gefallenen, und den Siegern, und dem Reich, und dem Vaterland. Auch während seiner Karriere in der Marine hatte er diese Torturen immer wieder über sich ergehen lassen müssen. Hier, viele Hundert Jahre früher in der Vergangenheit, musste er feststellen, dass das Römische und das Deutsche Reich trotz aller anderen Unterschiede eine große Gemeinsamkeit hatten: Die Leidenschaft für Statuen, Denkmäler und sonstige Formen steinernen Gedenkens verband sie über alle Zeitenläufe hinweg. Zumindest diesem Fluch war der Kapitän durch seine Zeitreise nicht entkommen.

Und so stand er mit hinter dem Rücken verschränkten Armen vor der neu enthüllten Statue, die vor ihm auf einem Marmorsockel aufragte, und hörte sich die Reden an. Er bewahrte einen respektvoll-aufmerksamen Gesichtsausdruck, eingeübt in Jahrzehnten ähnlicher Erfahrungen. Die Statue war perfekte Handwerksarbeit, in keinem Punkt schlechter, in vielen lebensechter und kunstvoller als diejenigen, die er zusammen mit seinem Vater besucht hatte. Sie zeigte die idealisierte Darstellung von Hauptmann Jonas Becker. Er trug seine deutsche Offiziersuniform, deren Eigenheiten vom Künstler mit großer Detailfreude wiedergegeben worden waren – einer der Infanteristen hatte ihm dafür stundenlang Modell stehen müssen. Becker blickte mit kantigem Gesicht in die Ferne, hielt ein römisches Kurzschwert in der Rechten und hinter ihm stand die Standarte des Reiches mit den Buchstaben SPQR. In gewisser Hinsicht war die Statue ein perfektes Sinnbild ihrer Situation hier in Rom, dennoch wollte Rheinberg dieses Denkmal nicht recht gefallen. Es erinnerte ihn daran, dass der Anlass zur Aufstellung dieses überlebensgroßen Mahnmals der Tod Jonas Beckers war, der Tod eines Freundes und Weggefährten, den Rheinberg überaus schmerzlich vermisste.

Er unterdrückte ein Seufzen. Viele Augen waren auf ihn gerichtet. Die der Deutschen und der Römer, die sich zur Einweihung des Denkmals versammelt hatten; einer der Römer, Militärpräfekt Renna, hielt die kurze, aber pathetische

Rede. Rheinberg hörte nicht zu, er kannte den Text. Der römische Offizier hatte ihn vorher zur Kommentierung vorgelegt, da er sicher sein wollte, dass auch für die Deutschen die richtigen Worte gesagt wurden. Rheinberg hatte vor allem feststellen dürfen, dass Renna sich angenehm kurz zu fassen gedachte, was in jedem Falle das Richtige war. Auch Becker war kein Schwafelkopp gewesen.

Rheinberg bewahrte Haltung, bis Renna geendet hatte. Damit war der offizielle Teil vorbei. Von allen Anwesenden wurde jetzt nur noch erwartet, sich noch einige Augenblicke in den Anblick des Kunstwerkes zu vertiefen, beifällige Kommentare vor allem in Gegenwart des Künstlers zu machen, der mit strahlenden Augen neben seinem Werk stand, und sich danach in ein in der Nähe errichtetes Festzelt zurückzuziehen, um gemeinsam von den dort angerichteten Köstlichkeiten zu nehmen.

Auch darin unterschieden sich die Römer nur wenig von den Deutschen. Der Höhepunkt war das Buffet. Rheinberg waren die hungrigen Blicke vor allem der Mannschaftsdienstgrade, die ebenfalls mit einer Abordnung angetreten waren, keinesfalls entgangen. Er wollte es ihnen auch nicht zum Vorwurf machen. Als sich die Versammlung auflöste, war er mindestens genauso erleichtert wie jene Männer, die sich mit dezenter Zurückhaltung, aber dennoch zielstrebig in Richtung des Zeltes auf den Weg machten.

Rheinberg musste noch Höflichkeiten austauschen. Das erste Ziel war Renna, dessen Unterarm er in römischer Tradition zum Gruße ergriff.

»Eine würdige, eine bewegende Rede!«, sagte er laut und mit Inbrunst. Neben dem Militärpräfekten standen der Bischof von Ravenna, zwei weitere Priester sowie General Arbogast vom Hofe des Kaisers. Das Lob war mehr für ihre als für Rennas Ohren bestimmt und der Präfekt war sich dieser Tatsache durchaus bewusst.

»Danke, mein Freund«, erwiderte der hagere Römer. »Er war ein großer Mann und hat jede Ehrung verdient.« Rheinberg lächelte nur und ersparte sich eine Erwiderung. In Thessaloniki hatte man für den gefallenen Hauptmann ein großes Grabmal mit prächtiger Ausstattung errichtet, finanziert auf Staatskosten und mit Spenden der dankbaren Honoratioren der vor den Goten geretteten Stadt. Rheinberg hatte sich dagegen entschieden, den Leichnam hierher bringen zu lassen, in die »Urbs Germanicum«, dem neu angelegten und stetig wachsenden Stadtteil Ravennas. Sie benötigten symbolische Orte wie jenes Grabmal, so traurig der Anlass auch sein mochte, um die Integration der Zeitreisenden in die Gesellschaft des Roms der Spätantike voranzutreiben. Dazu bedurfte es des Wohlwollens von Kaiser Gratian, das sie sich vor Thessaloniki erarbeitet hatten – aber das war nur eine Voraussetzung, keinesfalls jedoch ausreichend. Wenn die Bürger der griechischen Metropole das große Mahnmal als das ihre anerkannten und Stolz darauf entwickelten, würden sie auch die seltsamen Fremden mit ihrer übernatürlichen Technik zu akzeptieren lernen, und, mit etwas Glück, würde sich das in weiteren Teilen des Reiches herumsprechen. Genauso wie die Tatsache, dass hier, im Viertel der Germanen – de facto eine eigenständige, kleine Stadt direkt an der Küste –, jeder erfinderische, handwerklich begabte und sprachgewandte römische Staatsbürger sein Glück machen konnte, wenn er bereit war, zu lernen und gewisse Vorurteile über Bord zu werfen. Und ein weiteres Projekt, die Nützlichkeit der Neuankömmlinge unter Beweis zu stellen, näherte sich bereits der Vollendung. Rheinberg brannte darauf, sich diesbezüglich mit den neuesten Entwicklungen vertraut zu machen, aber noch hatte er den Reigen notwendiger Höflichkeiten nicht abgeschlossen.

Besonders lange hielt er sich mit dem Bischof von Ravenna auf, einem alten, halb blinden und halb tauben Mann. Es war Rheinbergs Überzeugung, dass dieser ganz und gar willenloses Werkzeug des Ambrosius war, welcher immer noch zu den größten Kritikern und Gegenspielern der Deutschen gehörte. Letzteres entnahm Rheinberg den spärlichen Nachrichten, die er vom Hofe des Kaisers erhielt, der sich zurzeit wieder in Trier aufhielt. Jedoch wurde aufgrund von Rheinbergs neuer Stellung als Magister Militium erwogen, Ravenna zur Reichshauptstadt zu machen. Rheinberg selbst war zumindest vorläufig hier unabkömmlich, obgleich er ziemlich genau wusste, dass ein immobiler Oberbefehlshaber der römischen Streitkräfte letztlich zum Scheitern verurteilt sein musste. Es war der zum Hauptmann beförderte von Geeren, der sich derzeit als offizieller Stellvertreter Rheinbergs beim Kaiser aufhielt und, so war seinen Depeschen zu entnehmen, an den Intrigen des Hofes erkennbar wenig Gefallen fand.

Die militärische Lage war ruhig. Seit dem Sieg über die Goten schien die Herrschaft des jungen Gratian gefestigt. Doch letztlich hatten sie sich vor Thessaloniki nur eine Atempause erstritten. Der eigentliche Grund für die beginnende Völkerwanderung – der Ansturm der Hunnen –, war immer noch vorhanden und die innere Struktur des Reiches war erst recht durch die Reformen, die Rheinberg angestoßen hatte, fragil und unbeständig geworden. Es kochte, und das an vielen Ecken des Reiches und aus ganz unterschiedlichen Gründen. Und zu den Köchen, die an dieser Suppe mischten, gehörte der Heilige Ambrosius, derzeit noch kein Heiliger, sondern ein sehr geschickter und machtbewusster Kirchenpolitiker, der aus seiner Ablehnung Rheinbergs und dessen Zeitreisenden keinen Hehl machte. Ursache war zwar offiziell der Verdacht, die Deutschen würden sich dämonischer Zauberkräfte bedienen, um ihre Wunder zu wirken, tatsächlich wusste der junge Kapitän aber ziemlich sicher, dass das eigentliche Problem das Credo religiöser Toleranz war, das er zu predigen pflegte – Toleranz zwischen den verschiedenen Strömungen der christlichen Kirche, den Arianern und Trinitariern, und Toleranz in Hinsicht auf die traditionellen Religionen Roms, die sich bereits in einem natürlichen Niedergang befanden und letztlich nur auf ein Sterben in Würde hofften. Senator Symmachus, einer der lautstärksten Verfechter der alten römischen Glaubensvorstellungen, gehörte zu den Unterstützern der Deutschen im Senat und war somit ein Verbündeter. Er war einer der Wenigen, auf die sich Rheinberg einigermaßen verlassen wollte. Renna noch, ja. Aber dann?

Rheinberg war sich nicht einmal ganz sicher, ob er seiner eigenen Mannschaft trauen konnte. Die fehlgeschlagene Meuterei des ehemaligen Ersten Offiziers von Klasewitz hatte Wunden hinterlassen, ein grundlegendes Misstrauen etabliert. Rheinberg hatte die Meuterer zwar bestraft, aber nicht so, wie es das Gesetz eigentlich vorsah – deutsches und römisches Recht gleichermaßen. Anstatt sie alle hinrichten zu lassen, hatte er eine Art »Strafkompanie« gegründet, mit der ausdrücklichen Aussicht auf Bewährung und Rückführung in den normalen Dienst, wenn sich die Delinquenten anständig verhielten und durch Eifer und Disziplin tätige Reue zeigten. Er konnte nicht einfach ein paar Dutzend Männer erschießen lassen, auf deren Kenntnisse und Erfahrungen er in dieser letztlich sehr fremden Welt angewiesen war. Er brauchte sie, wahrscheinlich noch mehr, als diese die Gesellschaft ihrer Zeitgenossen benötigten. Das Beispiel der Herren Köhler und Behrens zeigte, dass man es im Römischen Reich zur Not auch auf eigene Faust zu etwas bringen konnte. Formal herrschte Kriegszustand auf der *Saarbrücken* und rein rechtlich waren damit die Besatzungsmitglieder ohne zeitliche Begrenzung zum Dienst verpflichtet. Doch Rheinberg gab sich da keinen Illusionen hin. Er musste es seinen Männern erlauben, private Kontakte zur Bevölkerung zu knüpfen, was letztlich auch dazu führte, dass der Wunsch nach einem anderen Leben wachsen würde. Er selbst war vor dieser Sehnsucht keinesfalls gefeit. Und das Beispiel des jungen Fähnrichs, der mit seiner Braut einfach verschwunden war, war ihm eine Warnung.

Er war mit den Begrüßungen und Danksagungen am Ende angekommen und durfte sich nun mit den restlichen Gästen zum Festzelt begeben, wo bereits eilfertige Sklaven mit Tabletts und Krügen herumliefen, um alle Besucher mit Speisen und Wein zu versorgen. Renna hatte geladen und so gehörten die dargebrachten Köstlichkeiten zum Besten der römischen Küche. Doch auch der Smutje der *Saarbrücken* hatte sich diesmal ins Zeug gelegt und seinen eigenen Tisch mit Speisen gefüllt. So fand sich für jeden etwas und alle waren voll des Lobes. Rheinberg akzeptierte ein Weinglas und nippte höflich an der Flüssigkeit. Er hatte noch einiges zu tun und wollte dem Alkohol nicht allzu stark zusprechen. Als er hochblickte, sah er, wie Marineoberingenieur Dahms ihm zunickte, und bahnte sich daraufhin einen Weg durch die Menge. Als er Dahms erreicht hatte, der ein kleines Glas mit Branntwein in Händen hielt – mit herzlichen Grüßen und guten Wünschen der Schnapsbrennerei von Wachtmeister Behrens und Hauptbootsmann Köhler, die in Ravenna eine mittlerweile sehr gut florierende Taverne unterhielten –, sonderten sie sich etwas ab, um einigermaßen ungestört sprechen zu können. Da die meisten der Gäste ohnehin damit beschäftigt waren, sich auf Kosten anderer den Magen vollzuschlagen, war dies keine allzu große Herausforderung.

»Wie sieht es aus?«, fragte Rheinberg.

Der Ingenieur wirkte ausgesprochen zufrieden.

»Wir sind voll im Zeitplan, Herr Kapitän«, erklärte er. »Die Valentinian wird fristgerecht fertiggestellt und kann wie geplant in See stechen.«

Rheinberg war hocherfreut über diese Auskunft. Ihre Bemühungen zum Bau einer Dampfmaschine auf der Basis der am ehesten zur Verfügung stehenden Legierung – Bronze – waren von Erfolg gekrönt. Dazu kam die Etablierung eines neuen Schiffsdesigns, eines Hochseeschiffes aus Holz mit Dampfmaschine, nicht unähnlich den Handelsklippern aus der Zeit zu Beginn der Dampfkraft. Im Gegensatz zu den meisten römischen Schiffen musste sich die *Valentinian,* der Prototyp, nicht an den Küsten entlangschleichen und vor jedem gröberen Wellengang in schützende Häfen oder Buchten fliehen. Ausgestattet mit vier Dampfkatapulten war das Schiff auch militärisch jedem Piratenruderer oder -segler deutlich überlegen. Der neue Stolz der römischen Mittelmeerflotte, erbaut in der aus dem Boden gestampften Werftanlage, sollte in der kommenden Woche zur Jungfernfahrt in See stechen – mit einer Besatzung, die zu neunzig Prozent aus römischen Seeleuten bestand. Es gab noch keine völlige Klarheit über das Ziel, doch erst gestern hatte er mit den umtriebigen Unteroffizieren Behrens und Köhler diesbezüglich ein längeres Gespräch geführt, während dessen diese ihm ziemlich genaue Vorstellungen unterbreitet hatten. Es hatte erst wahnsinnig geklungen, doch als Rheinberg eine Nacht darüber geschlafen hatte, war ihm der Gedanke nicht mehr so absurd vorgekommen. Er würde es mit Joergensen, seinem neuen Ersten Offizier, und natürlich dem Schiffsarzt Neumann besprechen, die zu seinen engsten Vertrauten gehörten.

»Das ist ausgezeichnet. Ihre Leute haben erstklassige Arbeit geleistet«, sagte Rheinberg.

»Es sind gute Männer«, erwiderte Dahms stolz. »Die römischen Werftarbeiter und Zimmerleute haben unsere Entwürfe aufgesogen wie der Schwamm das Wasser. Sie waren begeistert über die neuen Ideen zu Segelschiffen, aber natürlich noch mehr über die Dampfmaschine. Die Valentinian wird, wie ihre ganze Schiffsklasse, sowohl als Segler wie auch als maschinengetriebener Kreuzer einsetzbar sein. Sie ist groß genug, um als Schnellfrachter wichtige oder verderbliche Waren zu transportieren, und bewaffnet, um Piraten auszumerzen. Ich bin zuversichtlich, dass wir mit einem Geschwader dieser Schiffsklasse das Mittelmeer bald wieder zu einem sehr sicheren Ort machen werden. Das grundlegende Schiffsdesign werden wir auch an die Handelsfirmen und Reedereien verkaufen, die es dann nachbauen können. Wann die Ersten in der Lage sein werden, Dampfmaschinen zu konstruieren – na ja, das wird wohl noch eine Weile dauern. Wie geplant, werden wir diese Technologie nicht geheim halten. Es würde ohnehin auf Dauer nicht funktionieren.«

Rheinberg nickte. Langenhagen, der neue Zweite Offizier, hatte sich dafür ausgesprochen, die Dampfkraft als Staatsgeheimnis zu behandeln und nur die römische Marine damit auszustatten. Es hatte darum eine scharfe Diskussion gegeben. Dahms hatte sich dabei neutral verhalten – sein Interesse war die technische Herausforderung, nicht die Politik. Letztlich hatten aber seine Argumente den Ausschlag gegeben: Selbst wenn man die Technologie frei verteilte, würde es mindestens zwei Jahre dauern, bis findige römische Handwerker ohne deutsche Beratung die erste funktionsfähige Dampfmaschine würden bauen können. Bis dahin wären die Manufakturen in der »Urbs Germanicum« in der Lage, Stahl in ausreichenden Mengen herzustellen. Bis jetzt aber war ihnen dies noch nicht gelungen, und das war auch der Grund für Rheinbergs nächste Frage.

»Was ist mit dem Puddelofen?«

Dahms machte ein säuerliches Gesicht.

»Wir haben einen dritten Versuch gestartet, sind aber noch nicht auf die notwendigen Temperaturen für die Stahlherstellung gekommen. Das ist natürlich nur noch eine Frage der Zeit. Aber selbst dann ist unser Experimental-Hochofen nicht in der Lage, signifikante Mengen herzustellen. Wir benötigen mehrere und größere Puddelöfen und vor allem viel mehr Rohstoffe.«

»Gratian hat uns seine volle Unterstützung zugesichert.«

Dahms sah immer noch so aus, als habe er in eine Zitrone gebissen.

»Das ist ja gut und schön, aber was nützt uns das, wenn man die derzeitige wirtschaftliche Situation betrachtet? Der innerrömische Handel liegt am Boden, es gibt eine ausgewachsene Krise. Ihre Reformvorschläge, so gut sie auch gemeint sind, werden vielleicht mittelfristig Früchte tragen, aber wir brauchen eigentlich alles gleich jetzt, um wirkliche Fortschritte zu machen. Eisenerze, Öl, Kautschuk … ich habe da eine lange Liste.«

»Ich kenne Ihre Liste.«

»Dann muss ich dazu ja auch nicht mehr viel sagen.«

Dahms wirkte keinesfalls ungehalten. Vielleicht ein wenig frustriert. Der Marineingenieur wollte zu viel auf einmal erreichen, fand Rheinberg. Er musste in seinem Enthusiasmus mitunter etwas gebremst werden, damit keine allzu großen Frustrationen entstanden.

Rheinberg beschloss, das Thema daher von einer positiven Seite zu beleuchten, um den Mann etwas aufzuheitern.

»Ich hatte ein langes Gespräch mit Köhler und Behrens«, begann er. »Nachdem die Herren das Römische Reich nun mit der Segnung des Branntweins beglückt haben, schmieden sie weitere Pläne.«

»Ich habe gehört, die beiden streben unter anderem ein deutlich besseres Bier an«, sagte Dahms mit etwas Sehnsucht im Blick. An das römische Cervisia konnte er sich bisher, wie viele andere der Deutschen auch, nicht recht gewöhnen.

»Ja, das auch. Aber das hängt mit der Art des Brauens zusammen und kann letztlich mit lokalen Mitteln erreicht werden. Die Rohstoffe stehen zur Verfügung.«

»Getrunken wird immer«, bestätigte Dahms. »Also, was kochen die beiden jetzt wieder aus?«

»Kochen trifft es in der Tat recht gut«, erläuterte Rheinberg. »Was vielen von uns am meisten fehlt – außer dem Bier –, ist ein anderes Getränk, nämlich …«

»Kaffee!«, kam es wie aus der Pistole geschossen. Dahms' Augen leuchteten auf. »Mein Gott, es ist Wochen her und jeden Morgen trinke ich irgendwelche römischen Tees, und jeden Morgen sehne ich mich nach einem kräftigen, schwarzen Kaffee!«

»Sie sind nicht der Einzige. Und es hätte auch ökonomischen Sinn, die Kaffeebohne früher einzuführen als in unserer eigenen Geschichte: Genauso, wie die Römer offenbar begeistert den Branntwein annehmen, dürfte der Kaffee ein Verkaufsschlager werden. Wir brauchen unsere eigene wirtschaftliche Basis, wenn wir nicht allzu sehr vom römischen Ränkespiel bei Hofe abhängig sein wollen. Köhler und Behrens gehören da ebenso zu den Spezialisten wie Sie mit Ihren technischen Neuerungen.«

»Für Kaffee würde ich bedenkenlos alles hinwerfen«, schwärmte Dahms.

»So weit kommt es nicht. Köhler hat vorgeschlagen, dass wir die Jungfernfahrt der Valentinian nicht nur zur Demonstration unserer neuen Technik nutzen, sondern gleich mit einer kleinen Expedition verbinden. Es soll nach Ägypten gehen, nach Alexandria. Dort will Köhler nicht nur die Idee einer zweiten Werft prüfen – für Flussdampfer den Nil entlang, was weitere ökonomische Vorteile für das Reich bedeutet –, sondern selbst nach Südosten vorstoßen. Er will mit Behrens nach Aksum reisen.«

»Aksum?«

»In unserer Zeit das Kaiserreich Äthiopien.«

Verstehen zeichnete sich auf Dahms Gesicht ab. »Ich habe mal Bilder unserer dortigen Botschaft gesehen. Ein großartiger Bau.«

»Der Kaiser hat immer großen Wert darauf gelegt, beim Kaiser von Äthiopien Präsenz zu zeigen«, bestätigte Rheinberg. »Was aber viel wichtiger ist: Das äthiopische Hochland ist der Ort, an dem wir die wilde Kaffeebohne zu finden hoffen. Wenn wir die Aksumiten dazu überreden können, sie zu ernten, anzupflanzen, zu züchten und den Ertrag an uns zu verkaufen, haben die etwas davon und wir auch. Sie brauchen nur die Idee.«

Dahms war restlos begeistert, das war ihm überdeutlich anzusehen. Er wirkte geradezu träumerisch, als er sich ausmalte, wieder richtigen Kaffee genießen zu können.

»Sie sehen also, Herr Marineoberingenieur, wir kümmern uns um die Rohstoffe!«, schloss Rheinberg grinsend.

Dahms nickte eifrig. »Die Valentinian wird bereit sein, Herr Kapitän. Verdammt, ich werde selbst sofort wieder zur Werft eilen und Hand anlegen! Kaffee! Wir werden das Römische Reich mehr segnen, als diese Leute jetzt auch nur ahnen können! Richtiger Kaffee!«

Rheinberg schüttelte lachend den Kopf.

Doch er kam nicht umhin, dem Mann recht zu geben. Er war die Kräutertees mittlerweile auch leid, ebenso wie den ewigen Wein. Ein richtiges Frühstück gab es nur mit Kaffee und er würde Köhler und Behrens mit Freude auf diese Reise schicken.

Sein Gesicht verdunkelte sich, als er daran dachte, dass sein eigener Weg ihn bald wieder zum Hofe des Kaisers führen würde.

Seufzend leerte er das Weinglas in seiner Hand und winkte einem der Sklaven, die mit gefüllten Krügen bereitstanden.

Köhler und Behrens waren wirklich zu beneiden.

2

Volkert war heiser vom Schreien. Er hustete, fühlte den bleiernen Druck der Kälte auf seinen Lungen und hoffte, dass er sich keine Entzündung geholt hatte. In einen dicken Mantel eingepackt stapfte er durch den knietiefen Schnee und versuchte, das Letzte aus seiner Stimme herauszuholen. Die Männer, die man ihm unterstellt hatte, taten ihr Möglichstes und gruben eine breite Schneise in die Schneemassen, direkt vom Kastell bis zum nahen Fluss. Noch war das Gewässer eisfrei und die Legio II Italica erwartete Verstärkungen. Wenn es die Flussschiffe bis hierher schaffen sollten, musste der Zugang zum Kastell frei sein und es war die Aufgabe von Dekurio Thomas Volkert – oder Thomasius, wie er von allen genannt wurde –, mit seinen Männern genau dafür zu sorgen. Mit großen Schaufeln und viel Muskelkraft hatten sie vom Haupttor des Kastells bereits gut einhundert Meter freigeschaufelt, zehn Meter breit. Das war für einen Vormittag eine ordentliche Leistung. Der kritische Blick, den ihm sein Zenturio von den Wällen des Kastells zuwarf, sprach jedoch eine andere Sprache. Dass Volkert für seine anstrengende Arbeit nur fünfzehn Männer bekommen hatte, Delinquenten dazu, die alle für irgendeine kleine Übertretung der Disziplin bestraft werden sollten, war dem direkten Vorgesetzten des jungen Deutschen völlig egal. Wie immer wurden die Wunder von anderen erwartet als jenen, die sie anordneten. Volkert war das gewohnt, in den Streitkräften des Deutschen Reiches war es nicht grundsätzlich anders gewesen.

Spaß machte es trotzdem nicht.

Während die Kälte seine Beine emporkroch, kam ihm zu Bewusstsein, wie fern jene Zeit in der Deutschen Kriegsmarine ihm jetzt erschien – obgleich seit seiner fatalen Entscheidung, aus Liebe zur Senatorentochter Julia zu desertieren, nur um von der römischen Armee in den Dienst gepresst zu werden, gar nicht so viel Zeit vergangen war. Julia hatte er seit Monaten nicht mehr gesehen, doch die Tatsache allein, dass seine Liebe zu ihr immer noch tief in seinem Herzen loderte, ja fast schmerzhaft brannte, war ihm immer wieder Bestätigung genug, dass er letztlich doch die richtige Entscheidung getroffen hatte. Und wenn es schon nicht die richtige war, so doch zumindest eine nachvollziehbare.

Nicht, dass der Schmerz der Trennung nachgelassen hätte. Er war zu einem stummen Begleiter des jungen Mannes geworden, ständig wach, immer mahnend, ein Quell der Unruhe genauso wie ein verlässlicher Freund. Er gab Volkert Orientierung und Halt und half ihm, die Strapazen eines Dienstes in der römischen Armee ebenso zu ertragen wie die allgegenwärtige Angst, dass jemand seine wahre Identität herausfinden und ihn dem Kapitän der *Saarbrücken* ausliefern würde.

Der, das war auch nach Noricum vorgedrungen, jetzt der Oberbefehlshaber der römischen Streitkräfte war und begann, das Reich mit dem Segen des Kaisers umzubauen. Die offizielle Bestätigung des Toleranzediktes war nur der erste Schritt gewesen. Was jetzt weiter passierte, gehörte zum Gesprächsstoff der abendlichen Lagerfeuer und Volkert war trotz seiner Herkunft nicht schlauer als seine neuen Kameraden. Er war sehr vorsichtig damit, allzu große Kenntnisse über die seltsamen Fremden zu beweisen, die nun römische Staatsbürger waren und höchste Ämter bekleideten. Auf Fahnenflucht stand der Tod, und Volkert wollte leben. Dass er sich in einer sehr schwierigen Situation befand, war ihm schon klar. In gewisser Hinsicht war er für Arbeiten wie seine jetzige sehr dankbar, denn sie halfen ihm, wichtige Entscheidungen aufzuschieben. Irgendwann würde das ein Ende haben müssen.

»Das geht schneller!«, rief Dekurio Thomasius mit heiserer Stimme und bemühte sich, möglichst grimmig dreinzublicken. Die armen Legionäre, die sich unter seiner Aufsicht abrackerten, wagten nicht einmal ein Murren. Da sie alle zum Strafdienst abkommandiert worden waren, wollte niemand unangenehm auffallen, um noch Schlimmeres aufgebrummt zu bekommen. Derzeit war man in der römischen Legion mit der Peitsche noch sehr leicht zur Hand. Obwohl Volkert sicher kein Weichling war, erfüllte ihn der Gedanke, Soldaten auspeitschen zu müssen, nicht gerade mit Vorfreude. Viele dieser Männer, in den Dienst gezwungen wie er, hatte er als anständige, jedoch vom Schicksal gezeichnete Menschen kennengelernt. Trotz seiner überraschenden Beförderung hatte er emotional mehr mit ihnen gemein als mit dem Unteroffizierskorps der Legion, dem er jetzt formal angehörte. Er wollte niemanden auspeitschen.

Aber er wollte auch nicht den Unwillen von Zenturio Levantus auf sich ziehen, der zwar kein jähzorniger Mann war, aber seine Strafen mit stummer, grimmiger Grausamkeit zu verteilen pflegte. Mit einem wütenden Schreihals, der Anfälle bekam, wenn etwas nicht richtig lief, konnte Volkert gut leben. Es war viel schlimmer, jemanden zu sehen, der mit völlig unbewegter Miene die tödlichsten Befehle gab, als ob ihn all dies nichts anginge. Levantus war ein seltsamer Mann, undurchschaubar und immer sehr aufmerksam. Seine Blicke, die er Volkert und den anderen Männern vom Wall aus zuwarf, waren auf der ständigen Suche nach einem Makel.

Das, wonach sich Volkert derzeit am meisten sehnte, war seine Tabakpfeife. Er hatte sie, wie so vieles andere aus seinem alten Leben, auf der *Saarbrücken* zurückgelassen. Er wusste nicht einmal, wie bekannt Tabak im Römischen Reich war und ob sein geringer Vorrat mittlerweile nicht mindestens genauso kostbar war wie der Kaffee an Bord des Schiffes. Er kam immer mehr zu der Überzeugung, dass Tabak wohl unbekannt war. Pfeifchen hatte er unter den Legionären genug gesehen und auch so manchen Mann getroffen, dessen Handwerkskunst im Schnitzen solcher Geräte im Kastell bekannt war und der für wenige Münzen Pfeifen herstellte und verkaufte. Volkert war versucht gewesen, eine in Auftrag zu geben, hatte sich aber dann noch beherrscht, als er festgestellt hatte, was die Legionäre rauchten: Es waren vor allem Kräuter wie Lattich oder Majoran, einige der Männer priesen sogar getrockneten Ochsendung als besonders köstlich an. Dabei pafften sie die Pfeife nicht, wie Volkert es gewohnt war, sondern inhalierten den Rauch tief in die Lungen, meist begleitet durch einen Schluck Wein. Volkert hatte beschlossen, dies nicht ausprobieren zu wollen, und daher vorgetäuscht, am Rauchen kein Interesse zu haben, was allgemein akzeptiert worden war. Wenn stimmte, was der junge Mann vermutete, und der einzige Tabak sich zurzeit im noch unbekannten Amerika finden ließ, dann war es wohl an der Zeit, diesem Laster Adieu zu sagen. Im Zweifel konnte er sich immer noch mit dem faden Wein betrinken, der den Legionären kredenzt wurde.

Herrliche Aussichten. Volkert schlug die Arme um seinen Oberkörper und krächzte seinen Männern Ermunterungen zu. Es war noch nicht Zeit für die Cena, das römische Mittagessen, bei dem im Winter gewärmter und gewürzter Wein gereicht wurde, um die kalten Knochen wieder in Gang zu bringen. Als Dekurio war er in der Hierarchie der Truppe noch nicht weit genug aufgestiegen, um sich selbst zu bedienen, während seine Männer schufteten, also bemühte sich der ehemalige Fähnrich um warme Gedanken und blieb, wo er war.

Wenn es dazu diente, ihn in den Augen von Zenturio Levantus besser aussehen zu lassen, dann war es die Sache vielleicht sogar wert. Er konnte jedes bisschen Wohlwollen gebrauchen, dessen er habhaft wurde.

Durch das offene Kastelltor spazierte Septimus Secundus. Er war Dekurio wie Volkert und hatte es sich, motiviert mehr durch Korpsgeist denn echte Sympathie, zur Aufgabe gemacht, den Neuankömmling in seine Pflichten einzuführen, damit der Tesserarius – oder Spieß – nicht allzu viel Grund zur Klage hatte, von Levantus einmal ganz abgesehen. Secundus war Berufssoldat mit Leib und Seele, aber zu wenig ambitioniert, um jemals über seinen derzeitigen Dienstgrad hinauswachsen zu können. Er diente seit zehn Jahren in den Legionen, vier davon in der Legio II Noricum, und egal, was man sich über ihn sagen mochte: Er kannte sich aus.

Und er war ein Quell von Neuigkeiten, denn sein Bruder gehörte zu den Schreibern des Kommandanten. Wenn jemand wissen wollte, was die Gerüchteküche sagte, wandte er sich an Secundus, und nach einem Krug Wein war dieser im Regelfalle auch bereit, die Welt an seiner Weisheit teilhaben zu lassen. Kameraden, die die gleiche Last trugen wie er – nach unten mit unwilligen und unfähigen Legionären gestraft zu sein und deren Versagen nach oben hin rechtfertigen zu müssen –, erzählte er alles sofort und ohne die Notwendigkeit der Bestechung durch Alkoholika. Volkert wunderte sich, dass Secundus so lässig durch den Schnee spazierte, eng in seinen Mantel eingewickelt, mit einer wärmenden Lederkappe anstatt des Metallhelms auf dem Kopf. Doch dann merkte auch er, dass Levantus offenbar etwas anderes zu tun gefunden hatte, als ihn zu überwachen. Das Zeitgefühl des Secundus war unübertroffen und sprach Bände über seine Fähigkeiten im Umgang mit Vorgesetzten. Volkert konnte noch viel von ihm lernen.

Secundus gesellte sich zu seinem Kameraden, schaute sich um, als wolle er Volkert etwas verkaufen, was niemand sehen durfte, dann schlug er seinen

Mantel mit verschwörerischer Geste auf und holte einen fest verschlossenen, kleinen Krug mit enger Öffnung hervor, den er Volkert reichte. Mit gierigen Händen griff der Deutsche zu. Der Krug war warm, fast heiß, und als er den kleinen Korken löste, stieg sofort der angenehme Duft heißen, gewürzten Weins in seine Nase, der ihn an den weihnachtlichen Glühwein in seiner unerreichbaren Heimat erinnerte. Um sich sofort von der aufsteigenden Melancholie abzulenken, führte Volkert die Öffnung zum Mund und nahm einen tiefen Schluck. Die angenehme Wirkung der warmen Flüssigkeit und des darin enthaltenen Alkohols wurde sofort spürbar. Einen prüfenden Blick auf die Wälle des Kastells gerichtet, schluckte er gleich noch ein zweites Mal, ehe er den Korken wieder aufsetzte und Secundus das Gefäß zurückgab.

»Danke«, sagte er aufrichtig und klopfte dem Dekurio auf die Schulter. »Vielen Dank!«

»Dafür nicht«, wehrte sein Kamerad ab. Er ignorierte die neidischen Blicke der einfachen Legionäre genauso wie Volkert. Rang hatte eben doch seine Privilegien, so klein diese auch sein mochten. »Ich habe Neuigkeiten.«

»Erzähl.«

»Mein Bruder hat mitbekommen, wie neue Befehle aus Trier eingetroffen sind. Die Herren Generäle sind offenbar wenig darüber begeistert, doch wohl primär deswegen, weil sie schlicht nicht verstehen, worum es da geht.«

»Geht es um den Feldzug?«

Jeder wusste, dass ein Angriff gegen das germanische Volk der Sarmaten unmittelbar bevorstand. Volkert selbst war mit seinen Leuten Opfer eines Sarmatenüberfalls geworden, dort hatte er sich sowohl seine Beförderung verdient als auch seinen Freund Simodes verloren. Die Sarmaten lebten eigentlich in einem Landstrich, den Volkert aus seiner Zeit besser unter dem Namen »Schweiz« kannte. Wie alle Bergvölker waren auch diese besonders widerspenstig, wenn es um die Vorherrschaft der Römer ging, und sie dachten wohl, die momentane Schwäche des Reiches nach dem Verlust der Ostarmee für einen Aufstand nutzen zu können. Theodosius, der neue Feldherr des Ostens, war damit beschäftigt gewesen, ein Heer aufzustellen, um genau dieses Problem zu lösen, als er vor wenigen Wochen abberufen und nach Trier beordert worden war. Volkert und seine Männer waren daraufhin in ihre Garnisonsstellung in Noricum zurückgeführt worden und warteten jetzt auf weitere Befehle.

»Nein, es hat überhaupt nichts mit dem Feldzug zu tun«, meinte Secundus. »Es sieht so aus, als bereite man eine groß angelegte, weit in den Osten führende Erkundungsmission vor. Jedenfalls wurden alle weiter östlich in der Nähe Germaniens liegenden Legionen aufgefordert, Personal für dieses Vorhaben zu nominieren.«

»Eine Erkundung?«

Secundus nickte im Bewusstsein seiner eigenen Wichtigkeit. Er genoss es immer sehr, Informationen preisgeben zu können, und bedurfte der aufrichtigen Bewunderung seiner Kameraden, um sich die Brocken aus der Nase ziehen zu lassen. Außerdem war ihm offenbar selbst kalt, denn er befand es für angebracht, einen tiefen Schluck des heißen Weins zu sich zu nehmen.

»Es geht wohl um die Hunnen. Das Gerücht besagt, die fremden Besucher hätten dem Kaiser den Floh ins Ohr gesetzt, dass all die Probleme der letzten Jahre, bis hin zu Adrianopel, eine einzige Ursache hätten: Ein Volk aus dem fernen Osten würde die Stämme in wilder Eroberung vor sich hertreiben, sodass diese in römisches Gebiet einmarschieren, da ihnen der Siedlungsraum fehlt.«

Secundus beugte sich vor.

»Sie nennen es ›Völkerwanderung‹. Hast du so was schon einmal gehört?«

Volkert hatte, aber er hütete sich, dies auch zu erkennen zu geben. Stattdessen runzelte er seine Stirn in Verwunderung und schüttelte betont den Kopf.

»Was du für Sachen weißt«, ermunterte er dann Secundus, der erfreut nickte.

»Jedenfalls soll eine starke Erkundungstruppe in den Osten vordringen, beritten, um herauszufinden, wie weit die Hunnen vorgedrungen sind und wo man ihnen am besten den Weg verstellen könnte. Es scheint, als habe der Kaiser vor, sie außerhalb der römischen Grenzen zu schlagen, um den Druck vom Reich zu nehmen. Ich persönlich halte das ja für absurden Blödsinn. Aber ich bin auch nur Dekurio.«

Volkert nickte zustimmend, seine Gedanken aber rasten. Er konnte sich der Logik dieses Plans nicht entziehen. In seiner eigenen Vergangenheit hätte das Reich, selbst wenn es über alle notwendigen Informationen verfügt hätte, diese Art von Feldzug wohl nicht mehr auf die Beine stellen können. Doch mit der Reform des ganzen Apparates in vollem Gange und mit der überlegenen Technologie, die die Besatzung der *Saarbrücken* nun häppchenweise in das Römische Reich einführte, mochte es gelingen. Wenn man die Hunnen tatsächlich irgendwo in Osteuropa aufhalten konnte, wäre ein zentraler Grund für den Zusammenbruch Roms beseitigt. Die ursprünglich dort siedelnden Völkerschaften würden keinen Grund mehr sehen, nach Westen zu drängen. Rom hätte eine wichtige historische Atempause erhalten. Dieser Plan roch nach Kapitän Rheinberg, so kühn und weit ausgreifend, wie er war. Es gab gar keine andere Erklärung.

»Du weißt noch mehr«, vermutete Volkert. Secundus lächelte überlegen. Es war deutlich, dass er weiterer Motivation bedurfte, um mit dem Rest herauszurücken. Volkert überlegte nicht lange.

»Du bist pleite, mein Freund!«, sagte er geradeheraus und grinste wissend. »Du hast gestern beim Würfelspiel böse verloren, die halbe Legion weiß davon.«

Das Gesicht seines Kameraden wurde lang. Offensichtlich hatte Volkert ins Schwarze getroffen.

»Es war Betrug im Spiel«, beeilte sich Secundus zu sagen, die übliche Ausrede des Glücklosen. Der Dekurio war ein leidenschaftlicher Spieler und so schnell es ihm manchmal gelang, ein kleines Vermögen aus dem Sold der weniger Glücklichen zu machen, so schnell verlor er es auch wieder, da er nie wusste, wann es an der Zeit war aufzuhören. Der gestrige Abend musste besonders bitter gewesen sein. Dekurio Secundus war blank und gleichzeitig doch voller Ehrgeiz, diese Scharte wieder auszuwetzen. Volkert war sich sicher, dass es ihm auch gelingen würde – Beispiele gab es dafür genug. Alles, was der Dekurio dafür benötigte, war etwas »Spielgeld«.

»Ich leihe dir etwas«, sagte der Deutsche nun. »Nur ein paar Münzen, aber genug, um heute Abend einzusteigen.«

»Du bekommst es morgen zurück. Mit Zins!«, versicherte Secundus strahlend.

»Dein Zins interessiert mich nicht«, wehrte Volkert ab. »Erzähl mir den Rest der Neuigkeiten. Du hältst doch noch etwas zurück!«

Secundus lächelte und nickte. »Das wird dich sehr glücklich machen.«

Volkert kämpfte um seine Geduld.

»Du stehst auf der Liste.«

»Welcher Liste?«

»Der Liste mit Soldaten, die der General an den Kaiserhof entsendet. Du sollst mit auf die große Expedition.«

Volkert sah Secundus mit großen Augen an. Das Entsetzen, das ihn zu ergreifen drohte, war kaum unter Kontrolle zu bekommen. Eine Reise in den Osten, auf Erkundungsmission? Da das Monate, vielleicht auch Jahre dauern konnte, bedeutete es auch, dass er jede Hoffnung darauf, Julia in absehbarer Zeit wiedersehen zu können, fahren lassen musste. In seinem Kopf rotierten die Gedanken. Fatalismus und Resignation wechselten sich mit Aufbegehren, ja Wut ab. Sollte er erneut desertieren? Dann gab es endgültig keinen Ort mehr, an dem er sicher war. Sollte er darum bitten, von der Auswahl ausgenommen zu werden? Mit welcher Begründung? All dies schien ihm ausweglos.

Secundus schien die Gefühle, die sich in Volkerts Gesicht zeigten, nicht interpretieren zu können.

»He, mehr Neuigkeiten habe ich wirklich nicht!«, protestierte er. »Du stehst doch zu deinem Wort, oder? Du gibst mir ein paar Münzen für heute Abend?«

Volkert nickte und wandte sich wortlos ab. Er stapfte zu seinen Leuten, ergriff eine der herumliegenden Schaufeln und begann, sich an der Arbeit zu beteiligen. Dies oder der Wein, er musste jetzt seine Gedanken betäuben und nichts wünschte er sich mehr als die völlige Erschöpfung.

3

Martinus Caius, Sohn eines Spediteurs, war ein Ekel.

Es gibt viele Möglichkeiten, einen Menschen zu beschreiben. Man kann sich über seine Charaktereigenschaften auslassen, sein Aussehen schildern, seine Beziehungen zu anderen Menschen analysieren. Die Art und Weise, wie er sich bewegte oder sprach, gehört ebenso zu den wichtigen Attributen wie etwa sein Körpergeruch. Vorlieben, Laster und Gewohnheiten mochten dazu beitragen, einen Menschen letztlich in seiner Ganzheit so zu illustrieren, dass auch Dritte ein Bild von ihm hatten. Dann kommt es auf den Betrachter an, wie er all diese Aspekte zueinander in Beziehung setzte, wodurch ihm die Bewertung möglich war.

Martinus Caius war gut 1,70 Meter groß, füllig, mit blasser Haut und wässrigen Augen. Sein Haar war rötlich-blond und schon nicht mehr sehr voll, obgleich er noch keine 30 Jahre alt war. Er bewegte sich bedächtig, fast langsam, und seine Wurstfinger glichen weißlichen Maden beachtlicher Größe, die unter den Rändern seines Gewandes hervorlugten. Er war Sohn eines Spediteurs, und nicht irgendeines. Marcus Caius, der Vater, entsandte Wagenkarawanen und Schiffe in alle Ecken des Römischen Reiches und hielt nicht unbeträchtliche Anteile an zwei weiteren Transportunternehmen, die mit ihren Schiffen das Mittelmeer befuhren. Das größte Problem von Sohn Martinus war, dass er der einzige leibliche Sohn seines Vaters und damit alleiniger Erbe und Basis aller Hoffnungen und Ambitionen seiner Eltern war. Er war verwöhnt, er war verfressen, er soff wie ein Loch, er kannte jede Hure Ravennas, er warf mit dem Geld seines Vaters nur so um sich und wo er aus angesehenem Hause stammte, waren seine Freunde mit dem Bodensatz der römischen Gesellschaft auf Du und Du. In seinen wenigen nüchternen Momenten bestand Martinus' vorzüglichste Tätigkeit darin, der Arbeit auszuweichen und den Nachstellungen seines Vaters zu entkommen, der ihn verzweifelt in seinen Kontoren wünschte, um sein Handwerk zu lernen und die Geschicke des Unternehmens einst zu übernehmen. War ihm diese Flucht gelungen, so feierte er seinen spektakulären Erfolg mit noch mehr Wein, noch mehr despektierlichen Freunden und noch mehr leichten Mädchen. Er war, zumindest in den Augen von Julia, Tochter des Senators Marcellus und dessen Ehefrau Lucia, ein Ekel.

Das Schlimmste an alledem war jedoch, dass sie mit ihm verlobt war, und zwar seit zehn Minuten.

Während Caius der Ältere mit Senator Marcellus im Innenhof der senatorischen Stadtvilla saß, angesichts der kühlen Temperaturen gewärmten Wein zu sich nahm und sich die neuesten Gerüchte vom kaiserlichen Hofe erzählen ließ, saß Julia zusammen mit ihrer Schwester Drusilla und ihrer Mutter Lucia an einem Tisch im Speisesaal und starrte düster in ihren Kelch. Es fiel ihr schwer, die Maske freundlicher Unverbindlichkeit aufrechtzuerhalten, denn außer den

Mitgliedern ihrer eigenen Familie waren auch besagter Martinus – bereits mit Weinflecken auf der festlichen Toga – und dessen Mutter Claudia zugegen. Claudia, Frau des älteren Caius, war das exakte Gegenteil von Lucia. Wo Julias Mutter so breit wie hoch war und ihre massive Körpergestalt mit der Würde und Arroganz einer Königin trug, war Claudia ein dürres Gerippe, das in den Weiten ihrer Bekleidung fast zu verschwinden drohte. Wo Lucia keinen Zweifel daran ließ, dass ihr Mann, Senator hin oder her, letztlich das tat, was ihm geheißen wurde, blieb Claudia unterwürfig, ja devot, und war jederzeit bereit, wie die niedrigste Sklavin ihren Männern zu Diensten zu sein.

Die Verbindung zwischen Martinus und Julia war eine familiäre Übereinkunft. Lucia wollte damit erreichen, dass ihre Tochter niemals mehr einen Gedanken an eine skandalöse Verbindung mit diesem seltsamen Zeitenwanderer verwendete, der nun als Deserteur im ganzen Reich gesucht wurde – wenngleich wahrscheinlich mit relativ wenig Energie, wie sie eingestehen musste. Der ältere Caius hoffte, dass die Ehe den Martinus zu einem besseren Lebenswandel anhielt, und nicht zuletzt konnte die Verbindung mit einer senatorischen Familie nur dem eigenen gesellschaftlichen Aufstieg dienen, nicht zuletzt der Ernennung eines geläuterten Martinus zum Senator. So erschien es wie eine Vereinbarung, die zur allseitigen Zufriedenheit führen sollte. Und während Martinus nicht einmal so tat, als freue er sich über die Verbindung, war Julia als Tochter des Hauses angehalten, ihre Gefühle nicht in der Öffentlichkeit zu zeigen.

Dies fiel ihr schwer, denn die in ihr vorherrschende Emotion zielte darauf ab, den Weinflecken auf der Toga des Trottels solche aus Blut aus seiner gebrochenen Nase hinzufügen.

»Ihr seid bezaubernd, ehrenwerte Lucia«, ölte Martinus und blickte Julias Mutter unstet aus seinen wässrigen Augen an, während sich seine dicken Lippen zu einem falschen Lächeln verzogen. Lucia schien die Scheinheiligkeit ihres künftigen Schwiegersohnes nicht weiter zu stören. Ihr war alles lieber als ein höchst suspekter Zeitenwanderer ohne Familie, Geld und Einfluss. Sie erwiderte das Lächeln des jungen Mannes mit eigener Falschheit und so türmten sie beide Schichten von Lüge und Täuschung aufeinander, bis diese eine so dichte Masse bildeten, dass man sie von der Realität kaum unterscheiden konnte.

»Lieber Martinus, Ihr seid zu nachsichtig mit einer alten Frau«, sagte Lucia nun und warf Claudia einen dankbaren Blick zu. »Einen wohlerzogenen Sohn habt Ihr da, Teuerste!«

Die dürre Claudia hob eingeschüchtert ihren Blick, als könne sie nicht recht glauben, was da gerade über die völlig missratene Frucht ihrer Lenden behauptet wurde. Sie versuchte ein zögerliches Lächeln und sagte nichts, die skelettartigen Finger in die Falten ihres Gewandes verkrampft.

»Was sind Eure Pläne, sobald wir die Ehe geschlossen haben?«, wollte Lucia nun von Martinus wissen, der dem entfernt abwartenden Sklaven mit dem Weinkrug bereits wieder sehnsüchtige Blicke zuwarf, obgleich der Spediteurssohn bereits zwei wohlgefüllte Kelche geleert hatte. Dass er trotz dieser Mengen nicht einmal ansatzweise Ausfallerscheinungen zeigte, ja nicht einmal besonders gut gelaunt erschien, gab Julia zu denken.

»Ich … ich werde ja in Kürze das Unternehmen meines Vaters übernehmen«, erklärte Martinus etwas schwerfällig, als wolle er selbst nicht wahrhaben, was er verkündete. »Mein Vater setzt große Hoffnungen in die neuen Wirtschaftsreformen des Kaisers. Der Handel wird sich intensivieren, sagt er. Ich muss bereit sein, sagt er.«

»Und was sagt Ihr, mein lieber Verlobter«, raspelte Julia ihr eigenes Süßholz. »Was sind Eure Ambitionen, Martinus?« Sie lächelte kokett. »Ich bin aus gutem Hause und einen gewissen Standard gewöhnt. Ihr wisst schon – Kleidung, Schmuck, Bedienstete, Belustigungen. Habt Ihr schon einmal Spiele im Circus Maximus veranstaltet?«

Martinus sah Julia leicht gequält an, bemühte sich aber, die Fassung zu wahren.

»Noch nicht«, brachte er hervor. »Aber unsere Hochzeit soll mir Anlass genug sein, Spiele auszuloben.«

Julia sah Martinus in gespielter, aber überzeugender Empörung an.

»Wir sind ein christlicher Haushalt! Wir lehnen Spiele als barbarischen Akt ab und wünschen nicht, damit in Zusammenhang gebracht zu werden!«

Ihr Tonfall ließ keinen Zweifel an der tiefen Abneigung und Martinus lief rot an. Lucia warf ihrer Tochter einen scharfen Blick zu. Sie war wenig davon begeistert, dass die Verlobte ihren zukünftigen Ehemann dermaßen ins Messer laufen ließ. Doch Julia beschloss, die Klinge noch einmal umzudrehen.

»Ihr seid doch auch Christ, Martinus!«

»Sicher, sonst hätte Euer Vater der Vermählung wohl nicht zugestimmt«, gab der junge Mann etwas selbstsicherer zurück und schaffte es endlich, sich dazu zu überwinden, dem Sklaven mit dem Wein zu winken. Dieser eilte herbei und füllte den Becher bis zum Rand. Als Martinus das Getränk etwas hastig zum Mund führte, fügte er den bereits vorhandenen Flecken einige weitere hinzu. Julia lächelte honigsüß, während Lucia sich offenbar gerade noch davon abhalten konnte, mit den Augen zu rollen. Auch ihr Ehemann hatte seine kleinen Laster, doch seine Gelüste konzentrierten sich auf edles Konfekt und nur in geringerem Maße den Wein.

»Das freut mich«, sagte Julia lächelnd. »Ich finde es aber doch sehr seltsam, dass Ihr Spiele abhalten wollt. Tiere und Menschen zur allgemeinen Belustigung zu töten, ist eines Christenmenschen nicht würdig. Das sollte gerade ein Anhänger des Arianus offen vertreten. Ihr seid doch Arianer?«

Julia wusste, dass Martinus zum einen nur pro forma ein Christ war und sich zum anderen durch Glaubensdinge sicher nicht von seinen zahlreichen Vergnügungen abhalten ließ. Gerade das Verbot des Ehebrechens würde, so sagte man, bei ihm auf besonders geringe Gegenliebe stoßen. Und dass Marcellus, und damit auch seine Familie, Trinitarier waren, war allgemein bekannt, wenngleich der Senator darum nie besonders viel Aufheben machte. Im Gegensatz zu anderen seiner Glaubensgenossen, allen voran Bischof Ambrosius, war er nicht der Ansicht, dass ein Disput um ein wichtiges Detail, aber doch eben nur ein Detail, die ganze Kirche in Aufruhr versetzen sollte. Das wiederum wusste Martinus offenbar auch nicht. Jedenfalls lief er rot an und er suchte verzweifelt nach dem richtigen Gedanken. Um Zeit zu schinden, sprach er erneut dem Wein zu.

Natürlich musste Lucia ihrer Tochter das letzte bisschen Freude nehmen.

»Macht Euch nichts daraus, lieber Martinus«, säuselte sie und warf Julia einen warnenden Blick zu, »es ist nicht so wichtig. Das Haus des Marcellus ist für seine Toleranz bekannt, und statt der Spiele wollen wir gerne ein großes Bankett ausrichten, das allen Geschmäckern entgegenkommen dürfte.«

Martinus lächelte dankbar und machte eine zustimmende Geste. Julia war sich sicher, dass jedes Bankett für ihn annehmbar war, solange dabei guter Wein in ausreichender Menge ausgeschenkt wurde. Sie sah, wie der junge Mann den Kelch in einem Zug leerte und sich danach die Lippen leckte. Nein, berichtigte sie sich, es würde wohl auch genügen, wenn der Wein schlecht war.

Um sich von ihrem nahenden Schicksal abzulenken, ließ Julia ihren Blick über die kleine Schar geladener Gäste wandern. Als sie eines alten Herren angesichtig wurde, der sich trotz seines fortgeschrittenen Alters kerzengrade hielt und unter dem belanglosen Geschwätz der Gesellschaft mindestens ebenso zu leiden schien wie sie, hellte sich ihre Miene sofort wieder auf. Lucius Tellius Severus war nicht nur ein alter General und ein angesehener Senator, er war ein Freund der Familie seit vielen Jahren und hatte Julia freundlich empfangen, als diese mit ihren Sorgen um den zwangsrekrutierten Thomas Volkert zu ihm gekommen war. Ja, er hatte sogar versprochen, sich nach ihm umzuhören, und vielleicht hatte er einen Lichtblick für sie, der die drohenden Wolken ein wenig aufzuhellen imstande war. Sie entschuldigte sich artig bei ihrer Mutter, schenkte Martinus ein böses Lächeln, dessen Aussage der mittlerweile beim vierten Kelch angekommene Mann offensichtlich nicht verstand, und erhob sich.

Scheinbar ziellos wanderte sie durch den Raum, bis sie neben Severus zum Stehen kam, der sich, wie es der Zufall so wollte, etwas abseits auf einem Stuhl zur Ruhe begeben hatte. Sein Lächeln war die erste aufrechte Gefühlsäußerung des heutigen Abends und schon dafür war Julia dem alten Mann aufrichtig dankbar.

Da störte es auch nicht, dass Gunter, der tumbe germanische Sklave, sich zu ihnen gesellte. Seit Lucia ihn als Aufpasser ihrer Tochter bestimmt hatte, folgte er ihr auf Schritt und Tritt. Da er so gut wie kein Latein verstand und auf Griechisch nur radebrach, konnte sich Lucia mit dem General problemlos unterhalten.

»Nun, mein junges Täubchen, sehr glücklich scheinst du über die bevorstehende Verbindung nicht zu sein?«, richtete er das Wort an sie. Julia konnte sich gerade noch beherrschen, nicht sehr undamenhaft auf den Boden zu spucken. Aber Severus verstand auch so, was sie empfand, und schüttelte nachsichtig den Kopf.

»Die jungen Leute verstehen die Weisheit hinter den Entscheidungen der Altvorderen nicht immer«, meinte er halb ernsthaft, halb ironisch. Julia schnaubte.

Severus wackelte warnend mit dem Finger. »Ich habe nicht gesagt, dass die Weisheit der Altvorderen immer die richtige Antwort auf alle Fragen darstellt, liebe Julia. Und ich sehe ein, dass eine Ehe mit einem elenden Nichtsnutz wie Martinus Caius dir nur schwerlich als weise vorkommen wird.« Er seufzte. »Ich habe auch große Probleme damit, ihr viel abzugewinnen.«

»Sie nützt den Familien«, meinte Julia steif, freute sich aber, in Severus eine mitleidige Seele gefunden zu haben. »Ich habe demnach auch nur dem Wohl der Familien zu nützen. Nach meinem Wohl fragt niemand.«

Severus nickte. »Das Schicksal vieler Frauen. In deinem Falle besonders gravierend, da du dein Herz bereits verloren hast.«

Julia zögerte, sah sich vorsichtig um. Niemand schien es zu interessieren, dass sie mit einem der Ehrengäste plauderte. Es wusste allerdings auch keiner, dass dies mehr als nur höfliche Konversation war. Dann rückte sie mit ihrer Frage heraus.

»Habt Ihr etwas gehört? Wegen Thomas? Wohin ist er verschleppt worden?«

Severus blickte sie junge Frau erneut tadelnd an.

»Obgleich auch ich mit dem Prinzip der Zwangsrekrutierung nicht allzu viel anfangen kann – aber es scheint, als würden die Zeitenwanderer mit ihren Reformen dem ohnehin gewisse Grenzen setzen wollen –, wollen wir doch nicht abfällig über notwendige Maßnahmen zum Schutze des Reiches reden. Auch du, liebe Julia, genießt die Sicherheit, die diese ›Verschleppten‹ für uns alle garantieren.«

Julia wollte sich mit Severus nicht streiten und enthielt sich daher jeder Antwort. Stattdessen schenkte sie dem alten Mann ein zuckersüßes Lächeln, auf das dieser wunschgemäß reagierte.

»Ich habe diskrete Nachforschungen angestellt. Es scheint, als habe sich dein Thomas im Kampfe ausgezeichnet und ist befördert worden.«

Julias Augen strahlten. Ja, das war ihr Geliebter! Kein notorischer Säufer und Nichtsnutz, sondern jemand, der auch aus einer verzweifelten Lage etwas machte. Ihr Herz begann heftig zu klopfen und sie beugte sich nach vorne.

»Wo ist er?«

»In Noricum. Ich weiß noch nicht genau, wo, aber ich halte die Legio II für den wahrscheinlichsten Standort.«

»Noricum?« Julia runzelte die Stirn und versuchte, sich an die genaue Geographie des Römischen Reiches zu entsinnen. Dann erhellte sich ihr Gesicht. »Das ist nicht weit!«

Severus nickte zögernd. »Mit einem schnellen Pferd in wenigen Tagen zu erreichen, per Wagen dauert es etwas länger. Mein Kind, was hast du vor?«

Julia reckte sich hoch, sie trug einen nachdenklichen Gesichtsausdruck.

»Lauf nicht wieder fort«, warnte der alte Mann mit echter Besorgnis in der Stimme. »Einmal wird man dies als Torheit der Jugend durchgehen lassen, das zweite Mal kann zur Folge haben, dass man dich aus der familia verstößt. Und das kannst du nicht wollen. Nicht einmal ich könnte dir dann noch helfen.«

Julia machte eine beschwichtigende Geste.

»Keine Sorge, ich weiß etwas viel Besseres. Danke, vielen, vielen Dank!«

Sie beugte sich wieder vor und hauchte einen Kuss auf die Stirn des alten Generals, den dieser mit geschlossenen Augen genoss. Dann wandte sie sich ab, fasste ihren Vater und ihren künftigen Schwiegervater ins Auge und holte tief Luft. Es galt, einen Plan in die Tat umzusetzen.

Und diesmal würde ihre Mutter ihr nicht im Wege stehen.

4

Vor vielen Jahren, in der Zukunft, hatte Oberleutnant Klaus von Geeren – nein, Hauptmann, wie er sich zu erinnern hatte, seitdem er die Stelle des in Thessaloniki gefallenen Becker eingenommen hatte – einige Tage dienstfrei gehabt. Zusammen mit einem Kameraden war er ins nahe Trier gefahren, um sich die alte Stadt, die älteste auf deutschem Boden, einmal in Ruhe anzusehen. Er hatte sich immer für Geschichte interessiert und diese Passion ließ sich dort durchaus befriedigen. Dass er damals in Trier auch eine Braut gehabt hatte, die später mit seinem Kameraden durchgebrannt war, mochte auch eine Rolle gespielt haben.

Jedenfalls erinnerte er sich daran, dass er eines Abends vor der Porta Nigra, dem »Schwarzen Tor«, gestanden hatte, dem größten und am besten erhaltenen Bauwerk aus römischer Zeit. Er hatte versucht, sich vorzustellen, wie das denn damals gewesen war – mit den Tempeln und Thermen, dem Forum und den mächtigen Stadtmauern der einstigen Kaiserresidenz. Von Geeren hatte große Mühe gehabt, sich dies realistisch auszumalen, und letztlich dann doch nur das Bauwerk betreten, um ein Gefühl für die Geschichte zu bekommen.

Jetzt war er Teil dieser Geschichte, stand vor dem Stadttor, das einst die Porta Nigra werden sollte. Es stand nicht allein, sondern war integraler Teil der Stadtbefestigungen, und schwarz war es auch nicht: Frisch gestrichen, nicht verwittert und verdunkelt durch tausend Jahre Existenz, stand das Gebäude mit dem großen Tor wie neu erbaut vor ihm, und hindurch zog sich ein reger Verkehr aus Fußgängern. Wie in den meisten römischen Städten war auch Trier tagsüber für Karren verboten, um die ohnehin engen Straßen und Gassen nicht noch mehr zu belasten. Von Geeren wusste gut, was das bedeutete. Das Fenster seiner ansonsten sehr ordentlichen Unterkunft in einer römischen Kaserne, in der die Leibgarde des Kaisers untergebracht war, ging auf eine dieser Gassen hinaus. In der Dunkelheit rumpelten die Eselskarren über das Pflaster, um die Läden zu beliefern, die Märkte und vor allem den kaiserlichen Palast, der Unmengen an Vorräten zu verschlingen schien. Das Gerumpel und die Rufe der Eselstreiber, die Geräusche des Ladevorganges, die in der Nacht weittragenden Unterhaltungen, all dies hatte dem jungen Infanterieoffizier manches Mal den Schlaf geraubt, bis er sich endlich an diese Art von Hintergrundgeräusch gewöhnt hatte.

Er schaute noch einmal das Torgebäude hoch, sah oben Stadtmilizen stehen, die den Verkehr durch das geöffnete Portal mit trägem Interesse beobachteten, während ihre Kameraden unten bisweilen Reisende aufhielten, um sie nach ihren Absichten zu befragen. Generell war die Wachsamkeit aber nicht hoch und das Gefühl ständiger Bedrohung, diese Atmosphäre von Bedrückung, Angst und beinahe hysterischer Verzweiflung, die von Geeren in Thessaloniki erlebt hatte, herrschte hier nicht. Sicher, Germanien mit seinen unruhigen Volksstämmen war nicht weit, aber der Kaiser war in der Stadt und mit ihm das Bewegungsheer des Westens, das außerhalb der Tore in zwei mächtigen Feldlagern kampierte.

Der Deutsche trat unbehelligt durch das Tor – man kannte ihn mittlerweile – und marschierte auf die kaiserliche Residenz zu. Den Weg ging er oft. Häufig fand er sich vor diesem speziellen Stadttor wieder, um es schweigend zu betrachten. Die Wachen mochten ihn für verrückt halten und sprachen möglicherweise hinter vorgehaltener Hand über dieses seltsame Verhalten. Der Infanterist war sich selbst nicht ganz sicher, was ihn eigentlich immer wieder hier heraustrieb. Vielleicht lag es daran, dass dieses steinerne Zeugnis, das all die Jahrhunderte bis in seine eigene Zeit überdauert hatte, die unmittelbarste Erinnerung an seine Herkunft war, die mehr und mehr aus seinem Bewusstsein trat, je besser er sich hier eingewöhnte. Weit weg von der *Saarbrücken,* die immer noch wie sonst nichts »Heimat« für ihn symbolisierte, war dieses eine Stadttor sein Berührungspunkt mit dem Abgrund der Zeit und seinem eigenen Leben vor jener verhängnisvollen und rätselhaften Reise. Vielleicht ging er immer wieder hierher, um sich zu vergewissern, dass er existierte. Die Porta Nigra war wie er ein Zeitreisender, nur in die andere Richtung, der ihn im 20. Jahrhundert besucht hatte, so wie er nun zurückgekommen war, um den Gegenbesuch abzustatten.

Ein alter Freund, sozusagen.

Der junge Mann mit der schlaksigen Gestalt schob den Gedanken fort. Vor ihm wartete ein weiteres Glied in der endlosen Kette von Besprechungen, die er im Auftrage Rheinbergs mit den führenden Generälen des Reiches, oft in Gegenwart von Gratian selbst, führte. Es ging um große Pläne gegen große Bedrohungen. Heute war der Feldherr des Ostens, der dann doch nicht zum Imperator ernannte Theodosius, in Trier eingetroffen, hatte die Vorbereitungen eines Feldzuges gegen die aufsässigen Sarmaten unterbrochen. In den kommenden Tagen wurde auch Rheinberg selbst wieder in Trier erwartet. Von Geeren sehnte diesen Moment herbei, denn so erfrischend auch die Gespräche mit den professionellen römischen Offizieren waren, so ermüdend, ja ernüchternd waren die Endlosigkeiten und Unterschwelligkeiten des römischen Hofes. Dieser Ort kam ihm vor wie eine Schlangengrube und sein völliges Unverständnis politischer Ränkespiele hatte aus ihm einen verschlossenen, nur das Nötigste sprechenden Mann gemacht, peinlich darauf bedacht, nur nicht das Falsche zu sagen.

Und da er nicht einmal ahnte, was falsch oder richtig in den meisten Begegnungen wäre, sagte er lieber gar nichts.

Es dauerte eine halbe Stunde, ehe er sich durch die mehrfachen Schichten an Wachen und Hofschranzen gewunden hatte und er im Besprechungszimmer stand, das er in den letzten Wochen so gut kennengelernt hatte. Was er an diesem Raum am meisten schätzte, war der große steinerne Kamin, dessen wärmendes Feuer angesichts der winterlichen Temperaturen hochwillkommen war. An den Wänden hingen Teppiche mit zahlreichen Ornamenten, die den Raum zusätzlich wärmten. Auf dem mit Mosaiken übersäten Boden stand ein mächtiger Holztisch, auf ihm ausgebreitet eine neue Karte des Römischen Reiches. Sie war vor allem deswegen neu, weil sie von den besten Kartenzeichnern des Kaisers auf der Grundlage des weitaus akkurateren Kartenmaterials der *Saarbrücken* angefertigt worden war. Die römischen Karten hatten nicht immer die richtigen Maßstäbe und Abstände besessen, und obgleich es sich als schwierig erwiesen hatte, die exakte Position antiker Ortschaften in den deutschen Karten auszumachen, hatte man sich anhand zweifelsfrei zu identifizierender Orientierungspunkte nach und nach zurechtgefunden. Und so verfügten die Generäle jetzt über eine große, maßstabsgetreue und die Entfernungen einigermaßen verlässlich beschreibende Karte nicht nur des Reiches, sondern auch aller umliegenden Gebiete. Als ob dies die Römer nicht schon genug verblüfft hätte, hatten sie die Existenz Amerikas mit großem Interesse zur Kenntnis genommen. Zu von Geerens Erstaunen hatten sie weder der Existenz Indiens noch Chinas etwas Überraschendes abgewinnen können, obschon sie sich nicht ganz im Klaren über die Entfernungen gewesen waren. Zu beiden Territorien bestanden, wenngleich über Umwege, Handelsbeziehungen. Aber die beiden großen amerikanischen Kontinentalhälften sowie die große Ausdehnung Afrikas gen Süden hatten zu heißen Diskussionen geführt, ebenso die Existenz Australiens. Einige wagemutige Offiziere hatten gar die Ausrüstung einer Expedition nach Amerika vorgeschlagen, jetzt, da ihnen neue, hochseetüchtige Schiffskonstruktionen zur Verfügung standen. Die Idee war nicht weiter diskutiert worden, aber von Geeren war sich sicher, dass sie im Hinterkopf so manches abenteuerlustigen Mannes gären und reifen würde.

An der Wand aufgespannt hing eine noch größere Version dieser Karte, sorgfältig gezeichnet auf fein gegerbtem, hellem Leder. Auf beiden Karten gab es Markierungen für Truppenstandorte und die Namen benachbarter Reiche oder dort lebender Völkerschaften waren akkurat eingetragen. Dominierend auf der Karte des Holztisches war ein großer, roter Pfeil: Er symbolisierte den Aufmarschweg der Hunnen, soweit dieser aus dem wissenschaftlichen Material in Kapitän Rheinbergs persönlicher Sammlung zu entnehmen war. Und das war auch das Thema dieser Sitzung.

Anwesend waren die Generäle Arbogast, Malobaudes und Theodosius, einige weniger hochrangige Offiziere, die als eine Art Generalstab dienten, sowie Schreiber und weitere Bedienstete. Auf Bitten von Geerens hin war auch Richomer, einer der Führer der kaiserlichen Truppen, hinzugestoßen. Sie hatten ihn vor Thessaloniki kennengelernt und Gratian schien große Stücke auf ihn zu halten. Tatsächlich war er eine wichtige Person in den Planungen, die sie derzeit entwickelten, denn es waren Richomer und er, Hauptmann von Geeren, die die große Kundschaftermission organisieren sollten.

Die meisten der Anwesenden hielten einen Kelch mit warmem Wein in den Händen. Das stark verdünnte Gesöff war überall zugelassen, ein Alkoholverbot im klassischen Sinne kannte man hier nicht. Wein trank man immer, es war wie

Wasser, nur meistens ungefährlicher. Auch von Geeren hielt mit beiden Händen einen warmen Kelch umklammert und freute sich über angenehm temperierte Hände weitaus mehr als über den leidlich wohlschmeckenden Trunk. Arbogast ergriff als Erster das Wort, nachdem sich alle versammelt hatten.

»Gut, lassen Sie uns sehen, wo wir stehen. Tribun von Geeren, vielleicht geben Sie uns den aktuellen Stand. Sie haben Nachricht aus Ravenna erhalten?«

Der Offizier nickte und trat an den Kartentisch.

»Das erste der neuen Dampfschiffe wird in Kürze in See stechen. Drei weitere sind bereits in Auftrag gegeben und die Manufaktur ist Tag und Nacht damit beschäftigt, Dampfmaschinen herzustellen. Dennoch wird die Flotte, die wir benötigen, erst in einigen Monaten einsatzbereit sein.«

Von Geeren deutete auf die Karte und besonders den roten Pfeil.

»Ich denke, dass die von uns diskutierten verschiedenen Strategien keine große Auswahl lassen. Wir müssen die Hunnen und ihren Ansturm vor den Grenzen des Römischen Reiches stoppen. Unsere Flotte soll daher, sobald sie fertig ist, einige Legionen einschiffen und diese die Westküste Europas entlang bis in die nördlichen Seen bringen. Durch eine Passage, die wir die Dänemarkstraße nennen, erreichen wir dann eine große Insel namens Rügen. Diese ist von römischen Truppen nie besetzt worden, daher war sie Euch nicht bekannt. Wir sollten von dort, an der Ostseeküste Germaniens, nach erfolgreicher Landung die Legionen gen Osten marschieren lassen. Von der Landseite setzen wir die Legionen aus Pannonien in Marsch, sodass wir den hunnischen Vorstoß in einer Zangenbewegung abfangen können.«

Von Geeren untermalte seine Ausführungen mit dem Verschieben von kleinen, farbigen Holzstücken, die römische Einheiten symbolisierten, sodass alle Anwesenden einen visuellen Eindruck des Planes bekamen.

»Wir werden diesen Feldzug mit den deutschen Legionären begleiten, da wir für diesen Plan unsere Waffentechnologie benötigen, vor allem Waffen, die auf lange Strecken hin wirken. Einige dieser Technologien versuchen wir gerade, auf hiesige Produktionsweisen hin anzupassen.«

»Ihr sprecht von eisernen Kanonen!«, warf Arbogast ein. Er war damals Zeuge einer Demonstration des MGs gewesen, in Sirmium, als Gratian dort sein Lager aufgeschlagen hatte. Und die Auswirkungen der Kanonade der *Saarbrücken* vor Thessaloniki hatten ihn offenbar sichtlich beeindruckt.

»Tatsächlich spreche ich von stählernen Kanonen«, korrigierte ihn von Geeren. »Leider haben wir noch keinen Stahl in ausreichender Menge herstellen können. Aber wir arbeiten daran. Wir benötigen Feldartillerie, um einen breiten Frontabschnitt kontrollieren zu können. Die Hunnen sind extrem schnell und beweglich, bestehen fast nur aus Kavallerie. Wir müssen uns dieser Kampfweise anpassen.«

Von Geeren unterbrach sich und nahm einen Schluck Wein. Er verzog den Mund, da das Getränk mittlerweile kalt geworden war und der säuerliche Geschmack voll durchschlug.

»Unser größtes Problem ist, dass wir nicht genau wissen, wo sich die Hunnen zurzeit aufhalten, in welche Richtung sie sich genau bewegen und mit welcher Geschwindigkeit. Wir haben einige Zeit damit verbracht, die Goten, die wir vor Thessaloniki geschlagen haben, sowie ihre hunnischen Verbündeten zu befragen. Ich weiß nicht, wie wörtlich wir die Aussagen dieser Leute nehmen können, denn sie tendieren dazu, Zeit und Entfernung eher vage zu beschreiben. Außerdem haben wir unsere Grenztruppen angewiesen, bei den benachbarten Völkerschaften Informationen einzuholen, doch auch hier ist die Qualität unterschiedlich – daher dieser große, rote Pfeil.«

Von Geeren hielt erneut inne. Sein langer Vortrag auf Latein hatte vor allem deswegen viel Zeit gekostet, weil er trotz allen Studiums mit dieser Sprache immer noch kämpfte. Wenn seine Zuhörer hin und wieder das Gesicht verzogen oder nachsichtig lächelten, wusste er, dass er in puncto Grammatik und Vokabular mal wieder danebengegriffen hatte. Andererseits konnten diese Gespräche nicht so lange warten, bis er seine Sprachkenntnisse vervollkommnet hatte.

»Also werden wir eine Erkundungsmission entsenden. Wir werden dabei so vorgehen: Mehrere größere Einheiten von 100 bis 1000 Männern werden fächerförmig in die östlichen Gebiete vorstoßen, um dort zu erkunden. Die größten Trupps werden außerdem mit unseren Infanteristen verstärkt, um gegebenenfalls taktische Erfahrungen im Kampf gegen hunnische Reiter sammeln zu können. Um den Schutz dieser Männer und ihrer kostbaren Ausrüstung zu gewährleisten, müssen wir mit ihnen eine signifikante Anzahl Legionäre mitschicken. Wir werden aber alle als Kavalleristen entsenden – unsere Mission muss schnell und mobil sein.«

»Und dann?«, erinnerte ihn Arbogast.

»Vom Hauptkörper unserer Erkundungstrupps werden wir in breiter Fläche einzelne Späher entsenden, damit wir ein weites Territorium abdecken können. Das ist besonders dann wichtig, wenn sich herausstellen sollte, dass unsere Vermutung über die Position der Hunnen falsch ist. Wir müssen ein großes Gebiet abdecken können.«

»Warum können wir nicht die gesamte Kundschaftermission mit den mächtigen Schusswaffen ausstatten? Wie ich hörte, sind Eure Gelehrten doch bereits dabei, mit den Handwerkern des Reiches eine entsprechende Manufaktur zu errichten«, wollte einer der Offiziere wissen, dessen Namen von Geeren nicht kannte.

»Die Manufaktur zu errichten ist gar nicht das Problem«, erwiderte er geduldig. »Wir haben erste Experimente mit einem Gewehr gemacht, das wir ›Muskete‹ nennen. Die Ergebnisse sind sehr unbefriedigend. Die Waffe ist dem hunnischen Bogen in Schussfrequenz, Reichweite und Genauigkeit weit unterlegen. Die Legionäre mit diesen Musketen auszustatten, hätte keinen positiven Effekt. Dann lieber eine Abteilung erfahrener Bogenschützen mitnehmen. Unsere Leute arbeiten an einer verbesserten Version, mit einem gezogenen Lauf und speziell hergestellten Patronen, einer zweiläufigen Variante, die mit einem Magazin ausgestattet sein soll. Das erfordert große Schmiede- und Handwerkskunst, und die wenigen darin tatsächlich befähigten Männer sind gleichzeitig mit den Dampfmaschinen, dem Schiffsbau und der Konstruktion der Bombarden und Dampfkatapulte beschäftigt, die die neuen Schiffe bewaffnen sollen.«

Von Geeren machte eine entschuldigende Geste. »Wir arbeiten, so intensiv es eben geht. Was wir aber vorhaben, ist letztlich eine Revolution technischer Natur. Diese benötigt trotz aller Unterstützung des Kaisers seine Zeit. Ganz nebenbei versuchen wir auch, die römischen Handwerker und Meister zu unterweisen, ihnen wichtige Grundlagen zu vermitteln, sodass sie uns dann tatsächlich in der Produktion werden helfen können. Doch auch bis dahin braucht es noch etwas. Ich bin sicher, dass wir irgendwann in der Lage sein werden, größere Einheiten der Legionen mit den neuen Waffen auszustatten. Doch das allein genügt nicht: Diese Truppen müssen auch ausgebildet werden. Neue Waffen bedürfen neuer Taktiken und diese sind ganz anders als jene, die sie bisher gewöhnt waren. Die Herausforderung ist groß.«

Arbogast ergriff das Wort.

»Die Herausforderung ist groß«, wiederholte er mit zustimmendem Nicken, »und wir haben nicht genügend Zeit. Wir schreiben jetzt das Jahr 379. Wenn die historischen Angaben stimmen, die wir von unseren Freunden aus der Zukunft erhalten haben, werden die Hunnen nicht mehr lange auf sich warten lassen. Die entscheidende Schlacht ereignet sich im Jahre 451, doch bereits vorher sollen verschiedene germanische Stämme Spanien und Nordafrika erobert haben und auch Gallien ist in großer Gefahr. Wir wissen um diese Dinge und der Sieg über die Goten bei Thessaloniki hat bereits eine ganz große Abweichung von der Geschichte erbracht, sodass wir jetzt eine andere Ausgangsposition haben. Solange aber der Druck der Hunnen auf die verschiedenen Völkerschaften so groß ist, wird das einzige Ventil dieser fliehenden Menschen ein schwaches Rom sein und dies wird unser Ende, wenn wir nicht den Druck vom Kessel nehmen.«

Arbogast lächelte ob dieser Redewendung der Deutschen, die er sich zu eigen gemacht hatte.

»Dann besteht also Einigkeit über unseren Plan?«, vergewisserte sich von Geeren. Arbogast hatte absolut recht, wenn er sagte, dass die Zeit drängte. Theodosius, der oberste Feldherr des Ostens, hatte den Ausführungen schweigend zugehört. Von Geeren wurde aus dem Mann noch nicht recht schlau, musste der Spanier doch wissen, dass er eigentlich von der Geschichte dazu ausersehen gewesen war, Kaiser zu werden. Doch die eindringliche Schilderung der Verwüstungen, die die Vandalen in Spanien angerichtet hatten, war offenbar an diesem Mann nicht spurlos vorübergegangen. Mochte er auch seine Fehler haben, an Liebe zu seiner Heimat mangelte es ihm nicht – genauso wenig an militärischem Sachverstand. Er beugte sich den Notwendigkeiten, so hoffte es der deutsche Offizier zumindest.

»Wir haben mit den Vorbereitungen bereits begonnen«, erklärte Arbogast.

»Der Kaiser hat entsprechende Befehle gegeben. Wir ziehen die besten Männer aus allen Legionen zusammen. Es sollen solche sein, die die Strapazen nicht scheuen und gleichzeitig gewitzt sind, keine dummen Hohlköpfe, die nicht denken können. Sie sollen jung sein und dennoch über Kampferfahrung verfügen, jedoch keine alten Veteranen, die nicht mehr bereit sind, etwas Neues zu lernen. Sie müssen gut reiten können oder in der Lage sein, dies schnell zu erlernen. Das ist eine fast unmögliche Kombination, deswegen können wir auch keine Freiwilligkeit gewähren – wer fähig ist, muss gehen. Als Lohn winkt ihnen frühe Beförderung, ein zusätzlicher Sold sowie all jene Beute, die sich auf dem Wege finden lässt. Das Ziel ist es, bei Einsetzen des Tauwetters sofort aufzubrechen.«

Von Geeren nickte. Arbogast hatte sich besonders für dieses Vorhaben eingesetzt. Es war nicht zuletzt seiner Unterstützung zu verdanken, dass die Dinge schneller vorangingen, manchmal auch ohne einen förmlichen Beschluss dieses erlauchten Gremiums.

»Wann wird Rheinberg in Trier eintreffen?«, fragte nun Theodosius.

»In den nächsten Tagen«, erwiderte von Geeren.

»Neben dieser Mission erscheint mir ein anderes Problem sehr vordringlich«, sagte der Feldherr des Ostens. »Wir müssen uns um Maximus und Andragathius kümmern.«

Alle sahen den Spanier schweigend an. Jeder kannte die historische Entwicklung, von der Rheinberg ihnen berichtet hatte. Der Aufstand des Maximus, des Comes Britanniarum, gegen Gratian. Wie Andragathius, der Reitergeneral des Maximus, Gratian auf betrügerische Weise hinter seine Linien gelockt und dann ermordet hatte, nur, um Jahre später Selbstmord zu begehen, als Theodosius es endlich erreichte, den Usurpator Maximus zu besiegen. Es war für den Feldherrn sicher nicht leicht, sich einen historischen Ablauf vorzustellen, der so niemals wieder eintreten würde, in dem er selbst aber eine tragende Rolle gespielt hatte. Dennoch, der Aufstand des Maximus kam nicht von ungefähr. Es musste bereits jetzt erste Anzeichen dafür geben. Theodosius war fast noch mehr als Gratian bestrebt, diese Gefahr auszuschalten. In jener anderen Historie hatte er den Tod Gratians nicht verhindern können. Was auch immer er von der Entscheidung des jungen Mannes hielt, ihn doch nicht zum Kaiser des Ostens zu ernennen und das Reich bis auf Weiteres alleine zu führen, so war Theodosius doch ein zutiefst loyaler Mann. Die Idee eines Verrats war ihm fremd und entsprach nicht seinem Charakter, zumindest wurde ihm dies nachgesagt.

Ein aufbrausendes Temperament mit dem Hang zu schnellen und unüberlegten Entscheidungen aber schon eher. Und das war allgemein bekannt und der Grund, warum viele der Anwesenden mit einer Reaktion zögerten.

»Der Kaiser hat diesbezüglich noch keine Entscheidung getroffen«, gab von Geeren zu bedenken und war erneut froh, nur als Rheinbergs Stellvertreter zu fungieren. So konnte er Probleme wie dieses auf den Magister Militium abwälzen, ohne sich dafür rechtfertigen zu müssen. »Es scheint, als wolle er Maximus eine Chance geben. In unserer Zeit hat der Comes deswegen den Aufstand gewagt, weil Gratian immer unbeliebter geworden war, nicht zuletzt beim Militär. Er hatte sich mehr und mehr von den Regierungsgeschäften zurückgezogen und war nur noch auf die Jagd gegangen, begleitet von seinen alanischen Bogenschützen, deren Treue er mit viel Gold erkauft hatte und die ihn am Ende doch verraten sollten. Rheinberg hat Gratian diese Fehler sehr eindringlich vor Augen geführt und Ausonius, sein alter Lehrmeister, hat ihn dabei unterstützt. Der Kaiser hat erkannt, wohin ihn dieses Tun führen würde, und solcherart Taten abgeschworen.«

»Das stimmt«, meinte Malobaudes nachdenklich. »Ich habe ihn selten ernsthafter, bemühter und fleißiger gesehen. Kenntnis über die mögliche eigene Zukunft zu erlangen, die dann auch noch mit einem gewaltsamen Tod durch schmählichen Verrat endet, hat offenbar diese Wirkung auf Menschen.«

Alle Blicke richteten sich kurz auf Theodosius, der ein Lächeln in die Runde warf. »Zwar war von meinem schmählichen Tode nicht die Rede«, sagte er, »aber von mir als dem letzten Kaiser Gesamtroms – und von meinem lieben Sohn, dem kleinen Honorius, als Versager auf dem Thron. Auch ich schätze diesen Verlauf der Geschichte nicht besonders, und wenn ich ihn verhindern kann, dann will ich das tun. Und genau deswegen ist es mein Ziel, jede Gefahr im Keime zu ersticken. Wenn Gratian dem Maximus eine Chance geben will, indem er seine Wege ändert und den Unwillen nicht heraufbeschwört, der den Comes zum Aufstand bewogen hat, so mag das eine Lösung des Problems sein. Ich schlage aber vor, Maximus vorsorglich abzusetzen und ihm einen ehrbaren Verwaltungsposten ohne militärische Macht zu übertragen – und Andragathius gleich mit ihm, denn wer den Keim des Verrats in sich trägt, wird diesen auch irgendwann wachsen lassen, dessen bin ich mir sicher.«

Von Geeren erkannte an der Mimik und Gestik einiger der Offiziere, dass Theodosius' Haltung in der Runde durchaus Anklang fand.

»Besprecht dies mit Rheinberg«, bat er den Spanier schließlich in freundlichem Ton. »Und mit dem Kaiser, denn letztlich ist es seine Entscheidung. Wir können hier nur im Rahmen unserer Befehle handeln.« Er zögerte einen Moment. Er wollte noch etwas hinzufügen, doch er war sich nicht sicher, ob der Feldherr oder einer der anderen Anwesenden das als Beleidigung oder indirekten Vorwurf auffassen würden. Dennoch entschloss er sich, es auszusprechen, da es ihm auf der Seele lag.

»Ich muss Euch alle noch einmal auf etwas hinweisen, und möchte Euch bitten, es nicht falsch zu verstehen«, begann er umständlich. »Wie Ihr wisst, haben wir die Details der Informationen über die mögliche Zukunft – die Zukunft, die wir aus unserer Zeit mitgebracht haben – nur wenigen mitgeteilt. Hier kennt Ihr alles, was wir preisgegeben haben, aber der Großteil der Verwaltung und der Militärhierarchie weiß nur von unserer Besorgnis bezüglich dessen, was wir ›Völkerwanderung‹ nennen, unsere Erkenntnisse über die wirtschaftlichen Probleme des Reiches und unsere Haltung zum Religionsstreit.«

»Das war für den guten Ambrosius schon mehr als genug«, murmelte Arbogast. Von Geeren nickte. Seitdem die Deutschen von Gratian in hohen Ehren gehalten wurden, hatte sich der Bischof von Mailand rargemacht – zu rar für Rheinbergs Geschmack, der seinem Stellvertreter bei Hofe aufgetragen hatte, besonders nach dem Kirchenvater Ausschau zu halten und alles Verdächtige sofort zu melden.

»Was nicht allgemein bekannt ist und wo wir von allen einen heiligen Eid des Stillschweigens bekommen haben, sind die Details – etwa die Rolle, die Maximus und Andragathius spielen. Wir wollen damit nicht nur eine Vorverurteilung vermeiden, sondern auch eine Panik in der Bevölkerung, die sicher wenig Freude an den Reformen des Kaisers haben wird, wenn sie diese mit einem möglichen Bürgerkrieg in Verbindung bringt. Ich muss Euch daher alle noch einmal eindringlich bitten, dieses Stillschweigen auf jeden Fall zu bewahren.«

»Tribun von Geeren«, erwiderte Theodosius sofort. »Ich habe diesen Eid abgelegt und werde ihn befolgen. Aber lasst uns ehrlich miteinander sein: Zu viele Menschen haben schon zu viel gehört. Zwei Eurer eigenen Schiffsbesatzung sind unauffindbar verschwunden, nachdem die Meuterei gescheitert ist. Und Ambrosius, so sehr ich ihn als Kirchenmann auch schätze, hegt Groll gegen Euch, ist aber ebenfalls über viele der Dinge, die Rheinberg berichtet hat, im Bilde.«

Er schüttelte den Kopf. »Es würde mich nicht wundern, wenn Maximus über sein mögliches Schicksal bereits Bescheid weiß. Es würde mich auch nicht wundern, wenn er sich mit Ambrosius zusammengetan hat und seine eigenen Planungen forciert. Ich werfe dem Comes jetzt noch nichts vor, aber wir müssen ungeheuer aufmerksam sein.«

Er räusperte sich. »Mein Vater, ein getreuer Diener des vormaligen Kaisers Valentinian, ist vom Reich verraten und getötet worden, Opfer einer Hofintrige. Einst ein gefeierter Feldherr und Held, wurde er ohne eine Verfehlung gerichtet. Ich habe diesen Groll lange mit mir herumgetragen und erkenne an, dass Gratian mich nicht zuletzt deswegen berufen hat, um für diese Schuld an meiner Familie Abbitte zu leisten. Ich will nicht, dass anderen zustößt, was man meinem Vater angetan hat. Niemand soll ohne tatsächliche Sünde verfolgt werden, erst recht nicht auf bloße Annahmen hin. Aber hier geht es um den Bestand des Reiches. Wollen wir die Gefahren der Zukunft bestehen, all die Dinge, die wir eben besprochen haben, dürfen wir kein Risiko eingehen.«

Er fixierte von Geeren mit einem beständigen Blick, als wolle er ihn hypnotisieren. Es war klar, dass dem Spanier dieses Thema sehr am Herzen lag und er durchaus mit sich rang, das Richtige tun zu wollen. Von Geeren kannte die Geschichte seines Vaters, der auch Theodosius geheißen hatte, und sie war in der Tat so tragisch und unwürdig, wie der Sohn sie ihnen allen eben ins Gedächtnis gerufen hatte.

Er nickte nur. »Das entscheidet der Kaiser«, war seine einfache Antwort. »Tragt dem Kaiser Eure Argumente vor. Doch ich kenne Gratian mittlerweile gut genug, dass ich durchaus vermuten kann, wie seine Antwort sein wird:

Bringt Beweise. Bringt Beweise, dass auch in diesem Zeitablauf Maximus bereit ist, den Purpur mit Gewalt zu erwerben. Erst dann wird er damit einverstanden sein, ihn zu entlassen oder andere Maßnahmen gegen ihn zu ergreifen.«

»Dennoch muss ich Theodosius zustimmen«, erhob nun Malobaudes das Wort. Der fränkische Adlige und alte General hatte sich neben dem Spanier zum größten Fürsprecher einer entschlossenen Handlung gegen Maximus entwickelt. »Wir reden hier doch um den heißen Brei herum! Loyalität hin, Gerüchte her, der Keim des Verrats wächst in Maximus, ob er nun jetzt zum Ausbruch kommt oder später. Wir müssen handeln.«

»Der Kaiser entscheidet!«, wiederholte von Geeren. »Und Ihr, General, seid doch ohnehin schon auf dem Weg nach Nemetacum, um von dort aus die Vorgänge in Britannien genau zu beobachten.«

Der Franke schnaufte. »Ich kann nicht viel mehr tun, als Agenten nach Britannien zu schicken und zu hoffen, dass sie von Maximus nicht entdeckt oder gar umgedreht werden. Aber ja, ich habe ein Auge auf ihn und erkenne ich die kleinste Unregelmäßigkeit, dann müssen wir sofort zuschlagen, hart und erbarmungslos!«

Der Spanier nickte. »Gut, General, sehr gut. Ich bin dafür, dass wir die entsprechenden Vorbereitungen sofort treffen! Eine Truppe soll bereitstehen, Maximus zu entmachten, sobald wir auch nur den kleinsten Hinweis haben …«

»Das entscheidet der Kaiser«, wiederholte von Geeren etwas müde. »Der General soll seine Augen offen halten, ja, aber die Konsequenzen zieht der Imperator.«

Theodosius hob die Hände in einer fatalistischen Geste. Es war gerade sein Gespür für Loyalität, das ihn diese Aussage akzeptieren ließ.

Arbogast sah sich um.

»Dann verbleiben wir so. Die Liste mit den Vorschlägen für die Erkundung wird in Kürze vollständig vorliegen, danach beginnen wir sofort mit der Aufstellung und Ausrüstung der Truppe. Ich selbst werde sie kommandieren, sobald der Kaiser mich in diesem Kommando bestätigt, jedoch die Reise in den Osten nicht persönlich antreten. Vierzig der Zeitenwanderer werden uns begleiten. Wir sparen nicht an der falschen Stelle, die Truppe wird die besten Pferde und viel Proviant mitbekommen. Wir brauchen rasch Ergebnisse, damit wir eine Strategie gegen die Hunnen entwickeln können, die Hand und Fuß hat und auf verlässlichen Informationen beruht.«

Er machte eine Kunstpause, um noch einem der Anwesenden die Möglichkeit zu geben, etwas zu ergänzen, doch niemand ergriff das Wort.

»Dann setzen wir dieses Gespräch fort, sobald die Liste vorliegt und Rheinberg in Trier eingetroffen ist.«

Die Versammlung war damit offiziell zu Ende. Von Geeren sammelte seine wenigen Utensilien betont langsam ein, da es oft genug vorkam, dass ihn im Anschluss an den offiziellen Teil noch jemand zur Seite nahm, um ein Detail zu besprechen. Doch als die Offiziere den Raum verließen, war nur Theodosius zurückgeblieben, mit einem Kelch heißen Weins in der Hand. Er blickte nachdenklich in das Feuer des Kamins, das von Sklaven gerade erst geschürt worden war. Von Geeren goss sich ebenfalls nach und stellte sich schweigsam neben ihn.

»Ich wäre letztlich kein besonders guter Kaiser«, sagte der Spanier unvermittelt. »Mein Temperament geht zu oft mit mir durch. Ich habe von der Geschichte in Thessaloniki gehört, wo ich Tausende von Bürgern aus plötzlicher Wut habe hinrichten lassen. Das wirft einen Schatten auf meinen Charakter, Tribun.«

»Es wird nicht eintreffen«, beschwichtigte ihn von Geeren. »Es wird dieses Massaker nicht geben.«

Theodosius nickte. »Ja, das stimmt. Aber ich kann es nicht abtun. Ich weiß, und dafür kenne ich mich gut genug, dass ich zu derlei fähig bin. Es ist in mir, Tribun. Als ich die Geschichte das erste Mal gehört habe, war ich weder erschüttert noch ungläubig. Ich wusste sofort, dass ich das bin und so handeln könnte, wenn da keiner ist, der mich im Zaume hält.«

Theodosius lächelte dünn. »Es ist schwer, einen Kaiser zu kontrollieren, wenn er sich etwas wirklich in den Kopf gesetzt hat. Ich merke es jetzt, wie wichtig es ist, Berater zu haben, die bereit sind, die eigene Meinung zu vertreten, auch, wenn diese von der des Herrschers in wichtigen Punkten abweicht. Wenn ich nur an die Aufhebung der Zwangsrekrutierung in die Armee denke! Freie Berufswahl wird nun eingeführt und die Steuerfreiheit für Kirchengüter gibt es auch nicht mehr. Das Toleranzedikt bestätigt und bekräftigt. Kein Schleifen des Viktoriaaltars im Senat. Eine Münzreform und eine Umschichtung der Staatsschuld. Ein Ende der Steuerbefreiung für die großen senatorischen Familien. Ach, der Aufschrei! Gratian allein wäre niemals auf diese Ideen gekommen und ich erst recht nicht. Ich hätte einen jeden Vorschlag in dieser Richtung für absurd gehalten.«

»Es gibt genug Leute, die diese Reformen immer noch für absurd halten«, erinnerte ihn der Infanterieoffizier.

»Ja, und ich bin davor auch nicht gefeit. Ich soll jetzt einen Arianer für einen gleichwertigen Christen halten und den Streit um die Dreieinigkeit soll man den Gelehrten überlassen? Die Anhänger der alten römischen Kulte sollen in Frieden leben? Letzteres kann ich noch verstehen, aus Respekt vor der Altehrwürdigkeit des Reiches und vor unseren Vorfahren. Aber ich bin so nicht erzogen worden, Tribun. Es fällt mir schwer, über meinen Schatten zu springen.«

»Und doch habt Ihr offenbar bereits zum Sprung angesetzt«, meinte von Geeren lächelnd. »Ihr selbst warnt vor jenem Ambrosius, der in einem anderen Verlauf der Geschichte dafür gesorgt hat, dass man Euch den Beinamen ›der Große‹ zugedacht hat.«

Der Spanier stieß schnaubend den Atem aus.

»Der Große!«, sagte abfällig. »Und doch hinterließ jener Große einen Scherbenhaufen und übergab das Reich in die Hände eines unfähigen Sohnes, der den Niedergang nur noch beschleunigte.«

Theodosius seufzte und schaute in sein Spiegelbild im Wein.

»Ich bin froh, dass Ihr Zeitenwanderer gekommen seid«, gab er leise zu. »Ihr habt zumindest mir die Augen geöffnet. Ich will alles tun, um das Verhängnis abzuwenden. Mein Vater hätte es auch so gewollt.«

Er nickte sich zu, als wolle er den letzten Satz noch einmal bekräftigen, nahm den letzten Schluck Wein, legte von Geeren kurz den Arm auf die Schulter und verließ ohne ein weiteres Wort den Raum.

Der Infanterist blieb noch einen Moment und starrte in die knisternden Flammen des Kaminfeuers.

Er kam zu dem Schluss, dass die heutige Besprechung eigentlich ganz gut gelaufen war.

5

Johann Freiherr von Klasewitz fror. Obgleich in dem Raum ein Feuer im Kamin flackerte, zog er das Fell, in das er sich eingewickelt hatte, enger um seinen Körper. Er versuchte, nicht allzu genervt zu erscheinen, wusste er doch wie jeder weitere Anwesende, dass dieser Ort zwar nicht besonders komfortabel war, dafür aber andere Attribute aufwies, die ihn für dieses Treffen wie prädestiniert erscheinen ließen.

Er lag außerhalb einer der großen Städte. Er war weit von einer der Garnisonen entfernt. Er war nur für dieses Treffen wieder hergerichtet worden. Von Klasewitz hatte man mitgeteilt, dass dieses Anwesen vorher nur noch eine verfallene Ruine gewesen war. In seinen Augen war der Zustand jetzt auch nicht viel besser, und das, obwohl ein Trupp von rund zwanzig schweigsamen Legionären eine Woche daran gearbeitet hatte, zumindest das Haupthaus wieder herzurichten. Durch die Wände pfiff der eisige Wind des gallischen Winters. Das Dach war undicht, was dazu führte, dass der darauf liegende Schnee durch die Wärme des Kamins zu schmelzen begann und in das Innere des Gebäudes tropfte, was wiederum zu einer feuchten Wärme führte, die die Kleidung klamm machte. Und wenn dann wieder ein Windzug durch die undichten Fugen und Ritzen der löchrigen Wand fuhr, erzeugte die Feuchtigkeit der Kleider ein so durchdringendes Kältegefühl, dass der Freiherr seinen Platz direkt vor dem Kamin nicht hatte verlassen wollen.

Damit stand er am Kopfende eines grob zusammengezimmerten Tisches. Auf diesem lag eine der neuen Maßstabskarten des Römischen Reiches, die an alle Garnisonen verteilt worden war, ein sichtbarer Ausdruck des Einflusses, den Rheinberg jetzt auf den Kaiser ausübte. Von Klasewitz zwang sich, nicht allzu lange an seinen früheren Kommandanten zu denken. Jedes Mal, wenn er sich Rheinbergs Antlitz vorstellte, befiel ihn eine Mischung aus unbändiger Wut und Frustration, und das ohne jede Möglichkeit, diese Gefühle an irgendeinem Opfer auszulassen. Das genaue Gegenteil war der Fall: Alle Anwesenden waren hochrangige Persönlichkeiten, denen gegenüber der Freiherr sich einigermaßen zu benehmen hatte. Das fiel ihm außerordentlich schwer. Er biss die Zähne zusammen und verdrängte Rheinberg aus seinem Bewusstsein, wohl wissend, dass die nun folgende Diskussion unweigerlich dazu führen musste, sich doch wieder mit seiner Nemesis zu befassen.

Nein, korrigierte er sich in Gedanken. Wer hier wessen Nemesis darstellte, das war noch nicht ausgemacht. Zwar war der Freiherr derzeit nicht mehr als ein gescheiterter Meuterer, aber er arbeitete an einer Karriere als Verschwörer und, sollte alles glattgehen, als Berater des nächsten Kaisers, der da hieß Magnus Maximus, derzeit noch Comes Britanniarum. In von Klasewitz' eigener Zeit war Magnus Maximus eine Weile lang Imperator des Westens gewesen, nachdem Gratian hinterhältig ermordet worden war, ehe er letztlich an Theodosius dem

Großen scheiterte, der ihn lange hatte gewähren lassen. Dann war das letzte Mal in der römischen Geschichte die Macht des Reiches in den Händen eines Mannes vereint gewesen. Der Einfluss der Deutschen hatte dazu geführt, dass dies nun früher und anders eingetreten war: Gratian war Imperator über ganz Rom. Und Magnus Maximus war immer noch so frustriert wie vorher und von seiner Sache überzeugt.

Der Comes war ein hochgewachsener Mann, mit wettergegerbtem Gesicht und einer bestimmenden Ausstrahlung, einem unverkennbaren Charisma, das ihm zusammen mit der Art und Weise, wie er sich um seine Truppen kümmerte, zu großer Loyalität unter den Legionären verholfen hatte. Da Gratians ursprüngliche Sünde unter anderem gewesen war, sich um die regulären Einheiten der Legionen nicht mehr zu kümmern, war dies für den Comes ein großer Anfangsvorteil gewesen, denn in dieser Zeit machten die Legionen den Kaiser – nicht das Volk, nicht der Senat, nicht die Kirche.

Von Klasewitz' Blick fiel auf das schiefe Gesicht eines Mannes, der dies zu ändern trachtete. Er sah in Ambrosius von Mailand immer noch jemanden, den zu verehren ihm früh beigebracht worden war. Für den Freiherrn war dieser Mann der Heilige, zu dem ihm die Kirche später gemacht hatte, einer der Kirchenväter, eine fast mythische, entrückte Gestalt. Dass der tatsächliche Ambrosius, mit dem er es hier zu tun hatte, mehr ein hochgebildeter Gelehrter, aber vor allem ein gewiefter und mit allen Wassern gewaschener Kirchenpolitiker war, sickerte erst langsam in sein Bewusstsein. Der Bischof von Mailand, gekleidet in einfaches Tuch, schien sich nicht um die kalten Windstöße oder die tropfende Decke zu kümmern. Stattdessen starrte er auf die Karte mit etwa dem gleichen Hunger in den Augen wie auch Maximus. Beide hatten das gleiche Ziel, das sie verband, und ihr Ehrgeiz ähnelte sich in vielen Dingen.

Dass von Klasewitz für sie nicht mehr als ein Instrument war, wollte und konnte der Freiherr nicht erkennen. Seit er alle Bande zur Besatzung der *Saarbrücken* gelöst hatte, hielten den ehemaligen Ersten Offizier nur noch seine Illusionen und Selbsttäuschungen aufrecht. Fähnrich Tennberg hatte er im Auftrag der Verschwörer fortgeschickt. Es war besser, wenn der leicht beeinflussbare junge Mann nicht zu viel wusste.

Was von Klasewitz nicht wahrhaben wollte, war die Tatsache, dass ohne diese Illusionen, denen er sich hingab, sein Wesen zerschmelzen würde wie der Schnee auf dem Dach dieses kaum renovierten Gehöfts, gut fünfzig Kilometer nördlich von Lyon.

In einer anderen Zeitlinie, die durch die Intervention der Deutschen niemals Wirklichkeit werden würde, war Lyon die Stadt, in der Gratian verraten und getötet werden würde.

Es war unter anderem das Ziel der hier versammelten Männer, diesem historischen Detail möglicherweise doch noch zu seinem Recht zu verhelfen.

»Erwarten wir noch jemanden?«, fragte Ambrosius. Ein Tribun, der mit Maximus gekommen war, nickte. »Der alanische Gesandte«, ergänzte Maximus.

»Ein Barbar?«, fragte Ambrosius und verzog das Gesicht.

»Wir brauchen die Alanen, wenn wir Erfolg haben wollen«, beharrte Maximus. »Meine Legionen allein reichen nicht. Außerdem wird es uns helfen, weitere Germanen auf unsere Seite zu ziehen. Wir benötigen jede Unterstützung, die wir bekommen können, vor allem jetzt, da sich die Regeln des Spiels geändert haben.«

Er warf einen bedeutsamen Blick auf von Klasewitz, der den Kopf neigte. Es war nicht zuletzt seine Aufgabe, wieder für Gleichheit der Waffen zu sorgen – und das durchaus im wahrsten Sinne des Wortes.

»Abgesehen davon, edler Bischof, macht Euch keine Sorgen, dass ein verlauster Barbar mit dreckigem Atem und schlechten Manieren hier auftaucht. Die Alanen sind lange genug mit dem Reich in Kontakt gewesen, um gewisse Vorzüge unserer Zivilisation zu genießen. Warum wohl sind die Alanen so begierig, ihre berittenen Bogenschützen unserem geliebten Kaiser zur Verfügung zu stellen? Es ist das Gold, ja, aber es ist auch die römische Lebensart. Und es sind viele Alanen zu hohen Ehren gekommen. Man wird sie kaum von einem echten Römer unterscheiden können.« Maximus machte ein schnaubendes Geräusch. »Was immer heute überhaupt ein echter Römer noch sein soll.«

Diesmal vermied er es, von Klasewitz direkt anzusehen, was möglicherweise offensichtlicher war, als wenn er ihn angestarrt hätte. Bevor noch jemand etwas dazu sagen konnte, öffnete sich die Tür und Schneegestöber wirbelte in den Raum, um sofort zu Boden zu fallen und eine Wasserlache zu bilden. Im Türrahmen stand ein breit gebauter Mann von imposanter Statur.

»Verdammt, schließt die Tür!«, befahl Maximus und der Mann trat vollends ein. Er trug einen langen Bart, dessen Enden miteinander verflochten waren. Sein Haupthaar hingegen war säuberlich gestutzt und in römischer Art geschnitten. Als er seinen Fellmantel ablegte, kam darunter die Reisekleidung eines typischen römischen Händlers zum Vorschein und trotz des Schnees war erkennbar, dass der Mann eine gepflegte Erscheinung hatte. Er schaute sich um, legte den Mantel zu den anderen auf eine Bank und trat näher ans Feuer. Von Klasewitz sah ihm in die Augen. Sie waren vom klarsten Blau, das er jemals erblickt hatte, wie ein Bergsee.

»Das ist Fabius Lecrinus, unser Verbindungsmann zu den alanischen Fürsten«, stellte Maximus ihn vor. »Er spricht nicht nur perfektes Latein und Griechisch, er hat auch lange in der Präfektur Galliens gearbeitet und dort eine angesehene Stellung inne.«

»Warum hat er diese aufgegeben, um sich unserer Sache anzuschließen?«, wollte Ambrosius wissen.

»Hat er das?«, fragte Maximus und nickte Fabius zu, der ihn wissend anlächelte, ehe er das Wort ergriff.

»Ich bin immer noch in der römischen Verwaltung tätig und meine Dienste werden in Lyon sehr geschätzt«, sagte er mit angenehmer Stimme. »Ich bin kein Freiheitskämpfer. Ich will nur größere Chancen für mein Volk im Reich.«

»Warum dann eine Verschwörung gegen Gratian?«, fragte der Bischof. »Die Alanen stehen bei ihm doch hoch im Kurs.«

»Nur jene, die direkt in seinen Diensten stehen und mit denen er auf die Jagd gehen kann«, erwiderte Fabius und der verächtliche Unterton war unüberhörbar. »Ich aber wünsche mir mehr. Ich habe entsprechende Versicherungen des Maximus bekommen. Deswegen bin ich hier.«

»Seid Ihr befugt, bindende Vereinbarungen zu treffen?«, fragte nun von Klasewitz, um endlich auch einmal etwas zu sagen. Das beifällige Nicken des Bischofs zeigte ihm, dass er das Richtige gefragt hatte.

»In einem gewissen Rahmen, ja. Endgültige Entscheidungen treffen natürlich nur die Fürsten, für die ich hier spreche. Das versteht Ihr sicher.«

»Dann lasst uns beginnen«, meinte Maximus. »Tribun von Klasewitz wird als Erster berichten. Es geht vor allem um unsere Bemühungen, gewisse Nachteile in Bezug auf unsere Ausrüstung auszugleichen.«

Ambrosius runzelte die Stirn. Da unterschied sich der Bischof von Maximus. Während der Comes, ganz der professionelle Soldat, die technischen Neuerungen und großartigen Waffen der Zeitenwanderer begierig akzeptiert hatte und danach trachtete, sie in seine Hände zu bekommen, war der Bischof sich offenbar noch nicht sicher, wo genau die Grenze zwischen fortgeschrittener Handwerkskunst und hexerischem Zauber zu ziehen war. Dass er jedoch nicht mehr tat, als nur finster dreinzublicken, sprach für seinen Realismus.

Von Klasewitz räusperte sich. Die Blicke aller waren auf ihn gerichtet.

»Ich muss Ihnen nicht erklären, dass unsere eigenen Bemühungen zur Herstellung moderner Waffen von ungleich schlechteren Startbedingungen ausgehen als die unserer Gegner. Der Kaiser verfügt über das Schiff mit allen Werkstätten und der gesamten Besatzung, und er unterstützt Rheinberg mit allen Ressourcen, die ihm zur Verfügung stehen. Wir haben mittlerweile in Britannien einen kleinen Stützpunkt errichtet, unweit von London, und dort mit unserer Arbeit begonnen. Maximus und ich haben daher beschlossen, unsere Arbeit auf ein einzelnes Ziel zu konzentrieren: die Produktion von Feldartillerie. Kanonen. Haben wir eine funktionsfähige Artillerie, können wir viele der Vorteile unserer Gegner zumindest kompensieren. Die Herausforderungen sind erheblich, wie Sie sich vorstellen können.«

Er sah in die Runde. Nein, die meisten hier konnten sich das nicht vorstellen. Auch Maximus, der seinem kleinen waffentechnischen Entwicklungszentrum am nächsten war und die dortigen Arbeiten verfolgte, verstand es oft nicht. Schon die Produktion von Schwarzpulver stellte ein erhebliches Problem dar. Doch von Klasewitz wusste, dass er die hier Versammelten mit technischen Details nur langweilen würde.

»Dennoch«, so fuhr er fort, »gehe ich davon aus, dass uns im Frühjahr eine Reihe von Geschützen zur Verfügung stehen werden. Es werden Bronzekanonen sein, ohne gezogenen Lauf, aber es ist der erste Schritt. Ich arbeite bereits intensiv an einer Nachfolgekonstruktion mit größerer Reichweite und besserer

Genauigkeit. Vielleicht werden wir das auch schnell hinbekommen, aber ich will nicht zu viel versprechen.«

»Was ist mit Feuerrohren für unsere Legionäre?«, wollte Ambrosius wissen.

Von Klasewitz schüttelte den Kopf. »Kurzfristig unmöglich. Wie unsere Informanten sagen, scheuen auch unsere Gegner davor zurück, die Legionäre des Kaisers entsprechend zu bewaffnen. Wir nennen die erste Stufe dieser Rohre ›Musketen‹ und sie sind militärisch nicht allzu viel wert. Aber ich möchte die Soldaten mit etwas anderem bewaffnen. Es trägt den Namen ›Handgranate‹ und ich strebe eine sehr vereinfachte Konstruktion an.«

Auch dazu, das wusste von Klasewitz, benötigte er Schwarzpulver – und das in erheblichen Mengen.

»Diese Granaten werden im Kampf Mann gegen Mann helfen?«, fragte der Alane.

»Gegen Reiter wie auch Fußsoldaten gleichermaßen«, versicherte der Freiherr. »Ihr einziger Nachteil ist, dass jeder Mann nur eine begrenzte Anzahl wird mitführen können und dass es gefährlich werden kann, wenn man mit der Waffe nicht ordentlich umzugehen weiß. Die Männer werden eine Ausbildung benötigen.«

»Was ist mit den alanischen Reitern?«, hakte Fabius nach. »Bekommen auch wir diese fortschrittlichen Waffen?«

Von Klasewitz wechselte einen schnellen Blick mit Maximus. Hier verließ das Gespräch seine Zuständigkeit. Es ging da um Politik, nicht länger um militärische Strategie. Fabius bemerkte den stummen Austausch und sah den Feldherrn auffordernd an.

»Eine wichtige Frage, die letztlich mit der Zahl dieser Waffen zusammenhängt, die wir zu produzieren in der Lage sein werden. Ich kann es jetzt noch nicht zusichern. Es gibt aber sicher keine prinzipiellen Gründe dagegen.«

Das war eine glatte Lüge, wie von Klasewitz wusste. Natürlich gab es prinzipielle Gründe dagegen, nur schwer beherrschbaren Barbarenstämmen diese Machtmittel in die Hände zu geben. Auch unter ihnen fanden sich begabte und lernbegierige Handwerker. Mochten die Alanen in diesem Kampf die Granaten auch gegen Gratians Männer schleudern, wer wusste, wen sie im Jahr darauf treffen würden. Maximus durfte das natürlich nicht so sagen, aber von Klasewitz war sich nicht sicher, ob Fabius, gebildeter Mann, der er zweifelsohne war, das nicht von selbst erriet. Der Gesichtsausdruck des Alanen war undurchsichtig. Er gab seine Gedanken nicht zu erkennen, schien jedoch bereit zu sein, die Erklärung des Maximus fürs Erste zu akzeptieren.

»Wir müssen noch einige politische Optionen besprechen, ehe wir in die Details der militärischen Planung einsteigen, die ich Euch überlassen muss«, erklärte Ambrosius in falscher Bescheidenheit. Der Bischof täuschte seine Unkenntnis nur vor. Er mochte kein Soldat sein, er war aber auch kein weltfremder Geistlicher. Dennoch ließ seine Äußerung alle aufhorchen. Auch Maximus schien erstaunt. Offenbar hatte der Mailänder noch eine Überraschung in petto.

Es war allgemeine und unausgesprochene Übereinkunft, dass das Ziel der ganzen Verschwörung war, Maximus zum neuen Kaiser zu machen. Es war noch nicht klar, ob er als gesamtrömischer Kaiser fungieren würde oder sich letztlich durch Ernennung eines neuen Kaisers im Osten auf den Westen beschränkte, aber wenn er Gratian gestürzt hatte, war er erst einmal der einzige Träger des Purpurs. Von Klasewitz hatte die Zusicherung erhalten, dass man ihm zum Kapitän der *Saarbrücken* und zu einem Admiral der Flotte machen würde, außerdem wurde ihm ein Sitz im Senat versprochen. Das war, wie von Klasewitz fand, für den Anfang nicht übel.

Was Ambrosius wollte, war eigentlich auch sonnenklar. Er wollte sowohl die arianische Häresie wie auch die alten römischen Kulte ausrotten, um die trinitarische Variante zur allein gültigen Staatskirche zu erheben. In der Zeit, aus der von Klasewitz kam, war ihm dies gelungen, vor allem dank willfähriger Kaiser, zuerst den jungen Gratian und dann Theodosius, wenngleich jener mit etwas weniger Elan. Doch Gratian, so schien es, verfolgte nun eine andere Kirchenpolitik, inspiriert von Rheinbergs liberalen Ideen, und Theodosius war nicht einmal Kaiser. Gerade weil Ambrosius wusste, was er in jener anderen Zeit vollbracht hatte, musste ihn die Intervention der Zeitenwanderer besonders schmerzen.

Der Bischof mit dem schiefen Gesicht – ein Auge war etwas höher als das andere – erhob sich und breitete die Arme aus. Von Klasewitz erkannte, wie einer der beiden Geistlichen, die ihn zu diesem Treffen begleitet hatten, den Raum wie auf ein Zeichen verließ.

»Natürlich ist es unser aller Ziel, Gratian zu stürzen und den edlen Maximus zum Kaiser zu machen. Gratians unumschränkte Macht beruht derzeit nicht nur darauf, dass die Deutschen ihn unterstützen, sondern auch darauf, dass er nach dem Tode des Valens auf dem Schlachtfeld zu Adrianopel allein legitimer Herrscher des Reiches ist – solange er sich nicht bequemt, einen Nachfolger für seinen verstorbenen Onkel zu ernennen.«

»Was er auch so bald nicht tun wird«, meinte Maximus und kniff misstrauisch die Augen zusammen. »Selbst Theodosius überschlägt sich förmlich, ihm seine Treue zu schwören.«

»Ja«, sagte Ambrosius nickend. »Auf ihn können wir in dieser Krise nicht bauen. Möglicherweise werden wir ihn sogar beseitigen müssen, wenn es an der Zeit ist, so leid mir das auch tut. Aber es hat sich eine neue Entwicklung ergeben.«

Der Bischof machte eine Kunstpause.

»Vor einigen Tagen erhielt ich Besuch. Sehr seltsamen Besuch. Er kam nicht direkt nach Mailand, stattdessen erhielt ich eine Nachricht, die mich zu einem Treffpunkt führte, nicht ganz unähnlich unseres jetzigen Aufenthaltsortes. Dort traf ich zwei Männer. Ich darf sie Euch vorstellen.«

Wie auf ein Stichwort öffnete sich die Tür wieder. Schnee wirbelte herein, und dann stapften zwei vermummte Männer in den Raum, dicht gefolgt von

Ambrosius' Begleiter, der diese wohl angeführt hatte. Beide Männer hatten Kapuzen tief ins Gesicht gezogen. Einer war offenbar jung, bewegte sich kraftvoll und selbstsicher. Der andere schien älter, wirkte plump und wurde von dem Jüngeren am Arm gehalten, als habe er Probleme, sich zu orientieren.

Dann schlug der Jüngere die Kapuze zurück. Ein markantes Gesicht, geziert durch einen Bart, mit einem durchdringenden Blick, der alle Anwesenden zu sezieren schien. Er sagte nichts.

»Darf ich Euch den gotischen Adligen Godegisel vorstellen?«, intonierte Ambrosius nun fast feierlich. »Es ist jener, der in Thessaloniki kämpfte und den Seinen die Tore geöffnet hat, Vertrauter des Gotenrichters Fritigern und in gewisser Hinsicht sein Emissär.«

»Was wollen die Goten?«, fragte Maximus, der sein Misstrauen nun deutlich zeigte.

»Wir bringen ein Geschenk und fordern nichts«, erwiderte der junge Gote in deutlich akzentuiertem Griechisch. Er drehte sich zu seinem immer noch vermummten Begleiter und zog ihm die Kapuze vom Kopf.

Von Klasewitz kannte das eingefallene, müde und desorientiert wirkende Gesicht dieses Mannes nicht. Doch Maximus und sein Offizier holten gut hörbar Luft und schienen dann wie erstarrt.

»Für diejenigen unter Euch, die diesen Mann nicht kennen, lasst mich ihn vorstellen: Begrüßt Flavius Julius Valens, Onkel des Gratian, Kaiser des Ostens.«

Von Klasewitz starrte den älteren Mann fassungslos an. Valens war gestorben, vor Adrianopel gefallen – in seiner Zeit wie auch in dieser! Welche Schicksalsmächte auch immer die *Saarbrücken* in die Vergangenheit geschleudert hatten, dieses Vorkommnis schien zu mehr geführt zu haben als nur zum Auftauchen der Deutschen. Valens hatte überlebt und war ganz offensichtlich in die Gefangenschaft der Goten geraten.

Maximus trat vor. »Wie können wir wissen, dass dies der echte Valens ist? Ich gebe zu, er ähnelt dem Kaiser sehr, aber …«

»Er führt die kaiserlichen Siegel mit sich«, unterbrach ihn Ambrosius. »Er weiß Dinge, die nur der Kaiser des Ostens wissen kann. Befragt ihn, wenn er klar ist.«

»Klar?«

»Er wurde schwer verletzt und hat sich in einen Traum geflohen, als er erkannte, welche Niederlage er zu verantworten hatte. Er ist …«

»Verrückt!«, vervollständigte Maximus und wirkte nun völlig entspannt. »Verrückt und damit nicht regierungsfähig. Selbst sein Überleben ist damit sinnlos, denn als Geisteskranker muss er abdanken oder abgesetzt werden.«

Ambrosius lächelte sanft.

»Ihr mögt ihn verrückt nennen, Comes. Ich nenne ihn … fügsam.«

Maximus Augen verengten sich wieder.

»Was habt Ihr vor, Bischof?«, fragte er.

Ambrosius' Lächeln wurde breiter.

»Ich beschaffe Euch ein ungeahntes Maß an Legitimität, Maximus. So, wie Valens nach dem Tode des Valentinian die Ernennung Gratians zum Kaiser des Westens gebilligt hat, wird er nunmehr Euch als neuen Träger des Purpurs bestätigen – in aller Öffentlichkeit und zum Zeugnis eines jeden.«

Stille herrschte im Raum.

Dann lächelte auch Maximus.

6

»Der normale Weg, wenn man zur See fahren möchte, ist der über das Eritreische Meer«, erklärte Aurelius Africanus und wies auf das, was Köhler als »Rotes Meer« kannte. Die neuen Karten halfen, die geographischen Elemente genauer zu bestimmen, aber es war immer noch schwierig, die aktuellen Ortschaften und Städte sowie den genauen Verlauf der Küsten zu erraten. Köhler hatte feststellen müssen, dass innerhalb von rund eintausend Jahren vieles versandete, andere Gegenden vom Meer reklamiert wurden, sodass die deutschen Karten zwar sehr hilfreich waren, in wichtigen Details jedoch abwichen. Als Köhler und Behrens Kapitän Rheinberg überredet hatten, die Expedition mit der *Valentinian* zu wagen, hatte er ihnen unter anderem aufgetragen, jede Abweichung von den Karten genau zu notieren und, wo möglich, Messungen vorzunehmen, auch wenn diese nicht genau sein mochten.

»Das wäre zu unserer Zeit auch möglich gewesen«, kommentierte Köhler den Vorschlag des Trierarchen und runzelte die Stirn. »Wir haben hier einen Kanal, er nennt sich Suez-Kanal. Er verbindet das Mittelmeer mit dem Roten Meer, das du das Eritreische nennst. Wir könnten dann daher bis Ägypten fahren, den Kanal durchqueren und dann … wo liegt Adulis genau?«

»Hier!«, zeigte Aurelius auf eine Stelle, wo sich auch eine von den römischen Kartographen gekennzeichnete Markierung befand. Sie lag an der Ostküste des Horns von Afrika. Zu seiner Zeit, erinnerte sich der Unteroffizier, gehörte dies zum Kaiserreich Äthiopien, das seine eigenen Wurzeln bis nach Aksum zurückführte. »Es ist der größte Seehafen des Reiches von Aksum, wichtigster Handelsplatz. Von dort geht eine Straße in das Landesinnere, direkt bis zur Hauptstadt selbst. Wenn wir das, was wir suchen, nicht in Adulis finden, dann in Aksum. Es gibt eine Gesandtschaft des Kaisers dort, die aber größtenteils nur mit Handelsfragen beschäftigt ist. Auch sind einige unserer Priester dort aktiv, seit das Reich sich dem Christentum geöffnet hat. Aber die Aksumiten sind keine Trinitarier, und daher sind die Beziehungen in dieser Hinsicht etwas … na ja, unterkühlt.«

»Gut, wir können aber mit dem Schiff nicht bis nach Adulis, da es den Kanal nicht gibt«, kam Köhler wieder auf das eigentliche Thema zurück.

»Oh, es gibt ihn schon«, korrigierte Aurelius ihn. »Es mag sein, dass dies ein großes Bauwerk deiner Zeit ist, aber bereits die ägyptischen Pharaonen haben vor Hunderten von Jahren einen solchen Kanal errichtet. Die Perser haben ihn ausgebaut und ich muss zu meiner Schande gestehen, dass trotz entsprechender Anstrengungen unter Kaiser Trajan der Kanal zum größten Teil mittlerweile versandet ist.«

Köhler schüttelte den Kopf, weniger aus mangelndem Glauben, sondern mehr über sich selbst.

»Ich muss mich mal wieder entschuldigen, mein Freund«, sagte er dann. Er trat für einen Moment an das Fenster, das ihm einen guten Blick auf die neue Werftanlage bot. Von hier konnte er nicht nur die an einem Pier im sanften Wind schaukelnde *Valentinian* erblicken, sondern auch die unweit davon geankerte *Saarbrücken*. Drehte er seinen Kopf etwas nach rechts, war die endlos erscheinende Reihe von Arbeitssklaven zu entdecken, die mit Schaufeln und Eimern damit beschäftigt waren, das große Trockendock auszuheben, das zum Kernstück der Hafenanlage gehörte. Dort sollte in einigen Wochen, nach der Fertigstellung, der Kleine Kreuzer auf Grund gelegt und überholt werden. Das Wasser des Mittelmeers griff den Eisenrumpf mit besonderer Aggressivität an und Dahms betrachtete den sich stetig ausbreitenden Rost mit großer Sorge. Es war höchste Zeit, dem Schiff einen komplett neuen Anstrich zu verpassen.

Köhler wusste auch, dass es der Plan Rheinbergs war, alle Sklaven danach zu kaufen, sobald genügend Gold vorhanden war, und sie sofort freizulassen. Bereits jetzt wurden sie behandelt wie Angestellte, nicht wie Eigentum, darauf hatte der Kapitän bestanden.

Dann fiel sein Blick wieder auf den Kreuzer. Was passieren würde, wenn ihnen die Farbe ausging, wollte sich Köhler nicht ausmalen. Einer der Gründe, warum Rheinberg die Entwicklung von hölzernen Dampfschiffen römischer Fertigung so forcierte, war nicht zuletzt die Angst, dass die Lebensdauer und Einsatzbereitschaft der *Saarbrücken* begrenzt waren und sie über alternative Machtmittel verfügen mussten, wenn es so weit war.

Wenn der Kreuzer nur noch ein vor sich hin rostendes Wrack sein würde.

Köhler wollte nicht daran denken. Er riss sich von diesem Bild los und wandte sich wieder an Africanus, der ihn nur lächelnd beobachtet hatte.

»Gut, es gibt also einen Kanal, wir können ihn aber trotzdem nicht benutzen, weil er nicht vor der Versandung geschützt wurde.«

Africanus hob die Schultern. »Es steht auf der Liste.«

Köhler schüttelte den Kopf. Er hatte diese Antwort in den letzten Wochen ziemlich oft gehört. Die sagenumwobene Liste war von Rheinberg und Dahms aufgestellt worden. Sie enthielt alle Maßnahmen, die man zu ergreifen trachtete, »wenn Zeit dafür war«. Die Rekonstruktion des Kanals gehörte sicher dazu, ebenso wie einige andere Baumaßnahmen. Jetzt, wo sie bewiesen hatten, dass es möglich war, aus Bronze eine funktionsfähige, wenngleich nicht besonders leistungsfähige Dampfmaschine zu bauen, standen auf der Liste sogar ehrgeizige Dinge wie ein das Römische Reich durchziehendes Eisenbahnnetz. Dies würde für Handel, aber auch für die Verteidigung gigantische Vorteile bringen – und es war jetzt zumindest theoretisch technisch machbar. Wenn jemand fragte, wann man sich darum kümmern würde – wie um viele andere Herausforderungen auch –, war die Antwort: Es steht auf der Liste. Als ob es damit dann auch schon getan sei.

Kaffee zu besorgen hatte auch auf der Liste gestanden, vor allem, als klar wurde, dass die Kaffeebohne trotz des Zugangs zu Aksum offenbar noch nicht bekannt war. Es war Köhlers und Behrens' Initiative zu verdanken, dass dieser

Punkt von der Liste gestrichen worden war, um ihn auch tatsächlich umzusetzen. Rheinberg nannte es sein »Wohlfühl-Projekt« – der Versuch, den Kritikern zu beweisen, dass die Ankunft der Deutschen nicht nur deswegen Vorteile hatte, weil das Reich nun effizienter seine Feinde umbringen konnte. Köhler war die Motivation egal, die den Kapitän dazu bewogen hatte, dem Vorhaben zuzustimmen.

Er wollte endlich wieder richtigen Kaffee trinken.

»Wir werden also nicht nach Adulis reisen. Was ist die Alternative?«, fragte der Hauptbootsmann.

»Nicht so schnell, mein Freund. Wir können natürlich über Alexandria kommen, dann per Flussboot den Nil hinauf und dann über die südliche Grenze der ägyptischen Provinz auf dem Landweg nach Aksum. Doch diese Reise dauert viel länger, wenngleich es der direkte Weg ist, denn er ist beschwerlich und das Wetter heiß. Außerdem können wir auf Wagen nur relativ wenige Handelsgüter mitführen. Doch wenn wir vom Negusa Nagast die Erlaubnis haben wollen, in seinem Land nach der wilden Kaffeebohne zu suchen – oder gar seine Hilfe dafür in Anspruch nehmen –, müssen wir schon etwas im Austausch anbieten.«

Africanus beugte sich wieder über die Karte.

»Wir werden daher stattdessen mit der Valentinian nach Alexandria fahren, dann den Nil bis zum Kanal nach Clysma nehmen, um dort einen Küstensegler auszustatten, der uns direkt nach Adulis bringen wird. Auf See kommen wir viel schneller voran und wir können ausreichend Handelswaren mit uns führen, die wir in Ägypten erwerben werden.«

»Aber von Adulis aus …«

»Die meisten Waren werden wir in der Hafenstadt verkaufen, direkt an die königlichen Händler, sodass der aksumitische Kaiser durchaus wissen wird, wenn er ein gutes Geschäft gemacht hat. Mit einer Auslese kostbarer Kleinodien, darunter einiges aus dem Bestand der Saarbrücken, geht es dann auf dem Landwege nach Aksum. Dort werden wir dem Negusa Nagast unsere Aufwartung machen, vorbereitet und eingeführt durch die römischen Händler vor Ort. Die haben an unserer Expedition großes Interesse, da sie an einem lukrativen Handel gut mitverdienen würden. Wir haben schon Boten vorausgeschickt und unsere Expedition angekündigt.«

»Die Ankunft der Zeitenwanderer hat sich schon bis nach Aksum herumgesprochen?«, fragte Köhler.

»Das wissen wir nicht. Aber die Erfahrung zeigt, dass wichtige Informationen um das Mittelmeer herum schnell reisen. Es würde mich nicht wundern, wenn die Agenten des aksumitischen Kaisers in Syria oder Ägypten oder Palästina sehr gut über das informiert sind, was sich im Reich ereignet. Aksum ist ein mächtiges Reich mit Ambitionen. Diese Ambitionen richten sich glücklicherweise nicht gegen Rom, sondern gen Osten, nach Arabia hinein. Angesichts unseres Verhältnisses zu den Parthern sind wir für jeden, der im Osten agiert, dankbar. Aksum und Rom sind nicht verbündet, aber wohlwollend befreundet, und das sollte uns helfen.«

»Dann machen wir es so, wie du es sagst«, meinte Köhler. »Die Valentinian ist ausgerüstet und wir haben eine Mannschaft. Neben Behrens und mir werden noch zwei Infanteristen sowie zwei Matrosen und ein Maschinist der Saarbrücken mitkommen. Der Rest der Mannschaft besteht, wenn ich dich richtig verstanden habe, aus Veteranen der Scipio.«

Die *Scipio* war Africanus' letztes Kommando gewesen, eine römische Trireme, die er in einem ebenso heroischen wie sinnlosen Angriff gegen die gerade im Mittelmeer dieser Zeit aufgetauchte *Saarbrücken* geführt hatte. Ein Treffer aus einem Schiffsgeschütz des Kreuzers hatte die Trireme auf den Meeresgrund geschickt, doch ein guter Teil der Besatzung hatte gerettet werden können. Die *Valentinian* benötigte weniger Männer als der große Ruderer, also hatte Africanus fast den gesamten Rest seiner Männer hierher beordern können. Er arbeitete gerne mit Leuten zusammen, die er kannte und auf die er sich verlassen konnte.

»Ich trainiere bereits hart mit der ganzen Mannschaft«, erklärte Africanus. »Wir müssen uns mit einer sehr ungewohnten Art der Seefahrt vertraut machen und auch die Waffen zu beherrschen versuchen. Aber sobald es Frühling wird, können wir sicher in See stechen und mit unserer Expedition beginnen.«

Köhler nickte zufrieden. Er wollte sich bereits abwenden, um seinen eigenen Dienst auf der *Saarbrücken* zu beginnen – der zurzeit daraus bestand, einer Gruppe römischer Seeleute Grundlagen der Nautik zu erklären, die diese mit einer Mischung aus ungläubigem Erstaunen und der abfälligen Arroganz von Besserwissern zu verarbeiten versuchten –, als ein dritter Mann in den Raum trat. Es war Dr. Hans Neumann, Marineoberstabsarzt, und er sah unerwartet glücklich aus. Köhler ahnte bereits, welche Neuigkeiten der Arzt mitbrachte, und runzelte die Stirn.

»Herr Marineoberstabsarzt!«, grüßte er respektvoll.

»Köhler, Sie habe ich gesucht!«, dröhnte Neumann und ließ sich ächzend auf einen Stuhl fallen. »Was für ein Tag, verdammt. Sechs Stunden lang habe ich den besten Heilern Ravennas und ihren Gehilfen beibringen wollen, welch ein Segen es ist, wenn sie ihr chirurgisches Besteck vor dem Gebrauch abkochen und dass es sinnvoll sei, verrostete Instrumente wegzuschmeißen, anstatt sie endlos weiter zu verwenden. Verdammt, einer der Männer hatte Dreck unter den Fingernägeln und brüstete sich damit, bereits Operationen am geöffneten Schädel durchgeführt zu haben! Die machen mich noch völlig wahnsinnig!«

Köhler grinste. Neumann musste in regelmäßigen Abständen Luft ablassen, sonst würde er die Leitung seiner Medizinischen Schule nicht lange ertragen. Tatsächlich äußerte er sich meistens sehr wohlwollend über die traditionellen Kenntnisse seiner Studenten, deren Qualität oft höher war, als er sich hatte träumen lassen. Die gallischen Medizinschulen waren berühmt im ganzen Reich und seine Studenten waren allesamt Absolventen von dort, ergänzt durch einige

Ägypter, die ebenfalls eine lange medizinische Tradition für sich reklamierten. Doch so fingerfertig und kenntnisreich manche dieser Männer und nur wenigen Frauen auch waren, es waren die grundlegenden Fragen, an denen sich Neumann regelmäßig abarbeitete. Hygiene bei der Behandlung – bei jeder Behandlung – gehörte zu den Themen, die nicht immer leicht zu vermitteln waren. Glücklicherweise waren die Römer gemeinhin ein sehr reinliches Volk, sodass die grundsätzliche Idee der Sauberkeit eine gewisse gesellschaftliche Akzeptanz fand. Wären sie nur wenige Hundert Jahre später gestrandet, hätte man übertriebene Reinlichkeit bei einem Mann als Schwäche ausgelegt und ihn damit verspottet.

»Wie sind die Fortschritte?«, fragte Köhler. Er wusste, dass von Neumanns Anstrengungen viel abhing. Sie benötigten qualifizierte Mediziner, zumindest mehr gut ausgebildete Sanitäter und eine lokale Produktion von medizinischen Gütern wie Verbänden sowie einfachen Medikamenten. Die Schränke im kleinen Lazarett der *Saarbrücken* waren wohlgefüllt, aber das würde nicht ewig so bleiben und je mehr die Deutschen sich über das Reich verteilten, desto schwieriger wurde es für einen einzelnen Arzt, der sich nicht in Stücke schneiden konnte.

Neumann seufzte. Er holte seine leere Tabakspfeife hervor, schaute sie frustriert an und steckte sie in den Mund, in dem verzweifelten Bemühen, etwas von dem Tabakaroma im Holz zu erhaschen. Seinen letzten Krümel hatte er schon vor Wochen aufgeraucht. Es war eine Frustration, die er mit vielen Männern der *Saarbrücken* teilte.

»Es geht eigentlich ganz gut. Der erste Zweimonatskurs ist um und ich habe bewusst mit erfahrenen Feldchirurgen der römischen Streitkräfte begonnen. Das sind sehr pragmatische Männer, die Frustrationen und Improvisation gewohnt sind und schon einiges mitgemacht haben. Acht von ihnen habe ich intensiv weitergebildet und ich will meinen, dass sie jetzt auch in unserer Zeit ordentliche Sanitätsassistenten darstellen würden. Für diese Gegenwart sind die nunmehr hervorragend ausgebildete Mediziner. Und ich habe von ihnen eine Menge über hiesige Arzneien gelernt. Es war für beide Seiten eine gute Sache. Einer bleibt bei uns und hilft künftig bei der Ausbildung. Zwei werden fortan auf der Saarbrücken im Lazarett weiterarbeiten, zusammen mit meinem Sanitätsgehilfen. Die restlichen fünf gehen zurück zu den Legionen. Ich habe ihnen aufgetragen, mindestens je zwei ihrer Gehilfen so gründlich auszubilden, wie ich es mit ihnen getan habe, und sie haben es mir versprochen. Mit etwas Glück wird sich das neue Wissen schnell verbreiten, sodass es bald allgemeiner Kenntnisstand wird.«

Neumann seufzte erneut. »Das kann Rom gut gebrauchen.«

Africanus enthielt sich eines Kommentars. Obgleich er wie viele andere, die eng mit den Deutschen zusammenarbeiteten, immer noch großes Erstaunen für einige der technischen Wunder aus der Zukunft empfand, hatte er aber auch den gleichen, subtilen Minderwertigkeitskomplex entwickelt, den viele intelligente und gebildete Römer hatten. Nicht alle ließen sich das anmerken. Manche kompensierten ihn mit besonderem Lerneifer, um zu beweisen, dass sie für all dies nicht zu dumm waren und schnell aufholen würden. Andere aber hatten große Probleme mit dem Wissensgefälle, obgleich Rheinberg sorgsam darauf bedacht war, bei der Vermittlung und Zurschaustellung dieses Wissens den notwendigen Respekt vor den Römern nicht zu vergessen. Bei manchen schlug dieser Minderwertigkeitskomplex in Ablehnung um, mitunter sogar in blanken Hass. Damit umzugehen, war schwierig.

Africanus war nicht vor diesen Gefühlen gefeit, aber er hatte seine eigenen Qualitäten. Seine Kenntnisse des Mittelmeers und seine Vertrautheit mit den Zuständen des Reiches machten ihn zu einer wertvollen Quelle von Wissen, über das die Deutschen nicht verfügten. So hatte der Trierarch niemals das Gefühl, nicht gleichwertig oder anerkannt zu sein. Dass er aber zu Neumanns letzter Bemerkung lieber schwieg, zeigte auch, dass er nicht ganz frei war von Vorbehalten.

»Sie sind aber sicher nicht zu uns gekommen, um über die Fortschritte der medizinischen Ausbildung zu referieren«, griff nun Köhler das Gespräch wieder auf. »Außer, Sie wollen uns persönlich mitteilen, welcher der Absolventen uns auf der Valentinian begleiten wird.«

Neumanns Augen blitzten auf. Er grinste breit.

»Keiner«, sagte er schlicht.

»Keiner? Aber ich dachte …«

»Ich werde selbst mitkommen!«

Köhler hob die Augenbrauen, hütete sich aber, allzu große Verwunderung zu zeigen. Doch Neumann hatte diesen Zweifel wohl vorausgesehen und nickte dem Mann freundlich zu.

»Ich habe mit Rheinberg kurz vor seiner Abreise nach Trier darüber gesprochen«, erklärte er. »Natürlich bin ich vor allem an den medizinischen Kenntnissen in Ägypten und Aksum interessiert und will davon lernen. Darüber hinaus bin ich das einzige Mitglied der Besatzung, das über gewisse botanische Kenntnisse verfügt, was dem Ziel der Expedition dienlich sein sollte. Das Wichtigste ist aber, dass ich es schlicht hier nicht mehr aushalte und Rheinberg gesagt habe, dass er mir entweder was Besseres zu tun gibt, als den Medizinprofessor zu spielen, oder ich den Dienst quittiere, eine Praxis in Rom aufmache, mir eine dicke Villa kaufe und eine Senatorentochter mit riesigen Titten heirate!«

Köhler lächelte. Neumann war und blieb das in jeder Hinsicht unsoldatischste Mitglied des Offizierscorps der *Saarbrücken.* Kein Wunder, dass er mit dem Mann so gut zurechtkam.

»Und der Kapitän hat Ihr Ultimatum akzeptiert?«

Neumann grinste immer noch.

»Natürlich! Sie haben mir dabei geholfen!«

»Ich?«

»Sie und Behrens und Ihre Taverne in Ravenna, durch die Sie das Reich mit

Branntwein vergiften. Andere Besatzungsmitglieder fangen auch an, Ideen zu entwickeln. Rheinberg wird immer mehr Mühe haben, die Männer beisammenzuhalten. Wenn ich verschwinde, ist der Damm gebrochen. Nein, er hat jedes Interesse, mich bei Laune zu halten.«

Köhler sah dem Arzt an, dass er sich königlich amüsierte.

Nein, korrigierte er sich: kaiserlich.

Er grinste zurück und hieß Neumann in seiner Mannschaft willkommen.

7

Julia musste an ihren Plan denken, um all dies zu ertragen, und leicht war es nicht. Ihre Eltern hatten, ebenso wie die ihres Noch-Verlobten und bald Angetrauten, auf einer öffentlichen Zeremonie bestanden. Und das schnell, ehe die aufsässige Julia sich etwas ausdenken konnte, um diesen Plan doch noch zu unterwandern. Da die Familien beide christlich waren, hatten sie auf die traditionelle römische Heiratsform verzichtet. Die Kirche selbst hatte keine Vorgaben entwickelt, wie man zu heiraten habe – jedenfalls noch nicht –, und so hatten sich die Familien darauf geeinigt, sich selbst etwas »Würdiges« auszudenken. Das primäre Ziel dieser Veranstaltung war dann auch weniger, das Brautpaar zu erfreuen, als vielmehr, der höher gestellten Öffentlichkeit zu zeigen, dass mehrere Probleme gelöst worden waren: Julia, die kurz davorgestanden hatte, zur alten Jungfer zu werden, war endlich versorgt, Martinus Caius, der sämtliche anatomischen Details aller ravennischen Huren kannte, war auf den rechten Weg eingeschwenkt und zwei wichtige Familien von Adel und Geld hatten sich miteinander verbunden, was auch von politischer Bedeutung war. So etwas besiegelte man nicht im kleinen Kreise, das musste festlich gefeiert und ausreichend von den anderen Familien gleichen Standes gewürdigt werden – und daher hatte man sie auch alle eingeladen.

Und sie waren auch alle gekommen.

Da die Stadtvilla der Familie den Andrang nicht hatte bewältigen können, waren keine Kosten und Mühen gescheut worden. Vor den Stadtmauern hatte man zwei riesige Festzelte mit wasserdichten Planen auf einer eigens erbauten Holzkonstruktion errichtet. Unzählige Sklaven hatten außerdem eine Küche aufgebaut, um die notwendigen Speisen vorzubereiten, und viele Sessel und Sitzliegen waren entweder aus der Villa hierher geschafft oder gemietet worden, um allen Gästen den notwendigen Komfort zu bieten.

Julias Mutter war in den Vorbereitungen förmlich aufgegangen. Wie ein Feldherr hatte sie die Heerscharen von Bediensteten dirigiert und die gesamte Festivität generalstabsmäßig geplant. Der einzige Beitrag, den ihr Vater hatte erbringen müssen – von den persönlich ausgesprochenen Einladungen an besonders wichtige Ehrengäste einmal abgesehen –, bestand darin, tief in seine Tasche zu greifen und goldene Denare in großer Menge zur Verfügung zu stellen. Die Tatsache, dass der höchst wohlhabende Vater des Bräutigams ebenfalls sein Scherflein beitrug, potenzierte den Pomp und Luxus dieser Feier nur noch. Der beste Wein Italiens wurde in Wagenladungen voller Amphoren herbeigeschafft. Das war dann auch der Aspekt des Festes gewesen, für den Martinus Caius so etwas wie Interesse gezeigt hatte. Ansonsten hatte er den Trubel stoisch über sich ergehen lassen. Die Tatsache, dass er keine Sekunde besonderer Aufmerksamkeit für seine Zukünftige aufgebracht hatte, sprach für seine Geisteshaltung. Dass es Lucia war, die zwei Stunden vor Beginn der eigentlichen Zeremonie den

Sklaven streng verbot, dem Bräutigam weiteren Wein zu kredenzen, wies darauf hin, wer auch künftig bezüglich der neu begründeten Verbindung das Sagen zu haben beabsichtigte.

Immerhin war Gunter, der dämliche germanische Sklave, jetzt aus dem Spiel. Der Aufpasser, den ihre Mutter ihr zugeteilt hatte, und dessen massiger Körperbau verdeckte, dass er die geistigen Fähigkeiten eines Brotlaibes hatte. Anfangs hatte Julia noch ein gewisses Vergnügen dabei empfunden, ihren Bewacher an der Nase herumzuführen, um ihm zu entkommen, aber es dann aufgegeben: Es war einfach zu leicht. Und so hatte Gunter sie auf Schritt und Tritt begleitet, bis heute, bis zu dem Zeitpunkt, da der unnütze Sohn eines mächtigen Transportunternehmers sie unter seine Fittiche nehmen würde.

Julia ließ auch das alles über sich ergehen.

Es war ihr Plan, der ihr Kraft gab. Es war die Tatsache, dass sowohl ihre Eltern als auch die des Bräutigams den Wünschen einer verwöhnten und schwierigen Braut stattgegeben hatten, alle froh, dass diese beiden überhaupt zur Heirat zu bewegen waren. Julia hatte diese Erleichterung gemolken, so gut sie konnte, und sie war mit dem Ergebnis sehr zufrieden.

Jetzt musste sie nur noch diese Zeremonie überstehen und gute Miene zu einem Spiel machen, dessen Regeln ihr nicht gefielen. Während noch Sklavinnen an ihrem Festgewand herumzupften, sah sie auf die andere Seite des Festzeltes. Dort stand Martinus Caius, wirkte fast verloren und bemitleidenswert in der festlichen Toga, die man ihm angetan hatte. Er suchte nicht den Blickkontakt zu seiner künftigen Braut, sein offensichtliches Interesse galt allein den Köstlichkeiten, die zum baldigen Verzehr für die Festgemeinde an der Längswand des Zeltes aufgetischt worden waren. Als jemand einen Handkarren mit sechs großen Weinamphoren hereinrollte, wollten Martinus' Augen von den Behältern gar nicht mehr ablassen. Julia hatte eine ziemlich gute Vorstellung davon, was sich in ihrer Hochzeitsnacht abspielen würde, und das gab ihr durchaus Grund zur Sorge. Weniger deswegen, weil sie sich erhoffte, ihr neuer Gatte würde seine ehelichen Pflichten auf besonders treffliche Art erfüllen, sondern vielmehr, weil es zum jetzigen Zeitpunkt, trotz all des Ekels, den sie dabei empfand, notwendig, ja unerlässlich war, dass er sie überhaupt anging.

Julia war schwanger.

Der Vater war Thomas Volkert, die Frucht wuchs seit jener Nacht in der Herberge, der ersten und einzigen gemeinsamen Nacht, bevor er in die Streitkräfte »rekrutiert« worden war. Julia wusste es seit geraumer Zeit, da ihre Blutungen aufgehört hatten und sie heftige Übelkeit am Morgen empfand, die sie bisher vor der Familie hatte geheim halten können. Eine sanfte Wölbung war ebenfalls nicht völlig zu verkennen. Wie gut, dass beide Familien übereinstimmend auf die Farce einer Prüfung der Jungfräulichkeit verzichtet hatten. Jeder wusste um ihre Leidenschaft für den flüchtigen Deutschen.

Es war notwendig, dass alle, Martinus nicht zuletzt, davon ausgingen, dass dieses Kind legitimer Spross dieser Verbindung sein würde. Und dazu musste es eine Hochzeitsnacht geben. Es war also letztlich gut, dass die Hochzeit jetzt so schnell wie möglich stattfand, ehe die Schwangerschaft allzu offensichtlich werden würde.

Im schlimmsten Falle war Martinus entweder nüchtern genug, um die Aufgabe tatsächlich bewältigen zu wollen, oder dermaßen betrunken, dass ihm niemand die Erledigung ernsthaft zutrauen würde. Julia hatte diesbezüglich bereits ein hocherfreuliches Gespräch mit ihrer Mutter geführt, die von der plötzlichen Strebsamkeit ihrer Tochter, die ehelichen Pflichten zur allgemeinen Zufriedenheit zu erfüllen, sehr beglückt gewesen war. Sie hatte es sich sofort zur Aufgabe gemacht, dafür zu sorgen, dass Martinus der Wein nur in Maßen zugeführt wurde. Julia verließ sich hier auf ihre Mutter. Sie war eine Expertin darin, andere Menschen zu manipulieren.

Trotzdem hatte Julia beschlossen, ein Auge auf Martinus zu werfen. Da sie dies gut damit verbinden konnte, ihre scheinbaren Begehrlichkeiten bezüglich des Ehevollzugs zu zeigen, würde dies in zweifacher Hinsicht helfen, die plötzliche Fruchtbarkeit der Senatorentochter zu legitimieren. Für eine Weile war Julia bereit, die Lüge mitzumachen, bis es ihr gelingen würde, Thomas von ihrem Kind zu berichten und einen Plan zu entwickeln, sich aus dieser verhassten Ehe wieder zu lösen – und wenn sie dazu den Kaiser um Beistand bitten musste.

Julia holte tief Luft. Ihr Kleid saß perfekt. Bereits jetzt trug sie den Ring an ihrem Finger, den sie zusammen mit dem Verlobungsversprechen von Martinus erhalten hatte. Dies gehörte noch zu den alten, heidnischen Ritualen, doch es schien, als habe die Kirche nichts gegen dieses Symbol. Volkert hatte ihr erzählt, dass die Tradition des Ringes selbst zu seiner Zeit noch existierte, eine Zeit, in der es auch eine fest gefügte Hochzeitszeremonie der Kirche gab, die jetzt noch nicht vorhanden war.

Julias Augen suchten den Raum ab. Sie fand die beiden Priester, Vertraute ihres Vaters, die dem Paar auf Bitten des Senators den Segen geben würden, auf würdige, aber nicht formalisierte Art und Weise. Letztlich würde Senator Marcellus dem Vater von Martinus Caius seine Tochter übergeben, um den Sohn zu ehelichen, denn mit diesem Schritt verließ Julia ihre elterliche Familie und gehörte künftig zu der ihres Gatten.

Da sie damit auch den unmittelbaren Bannkreis ihrer Mutter verlassen würde, war Julia grundsätzlich über diese Aussicht erfreut.

Ihr Vater winkte. Der zentrale Teil der Zeremonie würde bald beginnen. Offenbar waren alle wichtigen Gäste eingetroffen. Die großen Holzöfen verbreiteten trotz der winterlichen Temperaturen eine angenehme Wärme. Julia seufzte leise, was ihr jeder als die übliche Nervosität der Braut nachsehen würde. Dass der Grund viel tiefer lag, musste sie bis auf Weiteres für sich behalten.

Senator Michellus nahm sie am Arm und führte sie auf das kleine Podest, das am Kopfende des Zeltes aufgebaut worden war. Auch Martinus, eher lethargisch wirkend, war von seinem Vater nach vorne geleitet worden. Der wässrige Blick des Bräutigams, mit dem er Julia begrüßte, machte die Aussicht auf eine

»richtige« Hochzeitsnacht noch unangenehmer. Der Mann musste definitiv genug Wein bekommen, um Lust und Erinnerung zugleich zur rechten Zeit zu verlieren. Julia nahm sich vor, darauf peinlich genau zu achten.

Sie lächelte.

Und lächelte.

Und lächelte durch die ganze, relativ kurze Zeremonie. Sie lächelte, als ihre Hände in die von Martinus gelegt wurden. Sie lächelte, als der Priester nach vorne trat und lautstark den Segen intonierte. Sie lächelte, als Senator Michellus sie für vermählt erklärte und das Publikum bat, dieses besondere Ereignis jetzt gebührend mit ihnen zu feiern. Alle spendeten lauten Beifall, es hagelte Glückwünsche, Schulterklopfen, Händeschütteln, gute Ratschläge und anzügliche Bemerkungen.

Julia lächelte.

Sie stellte sich vor, dass der Mann an ihrer Seite nicht der dickliche Trunkenbold war, sondern der junge Offizier aus einer fremden und fremdartigen Welt, an den sie so schnell ihr Herz verloren hatte, dass sie es immer noch nicht glauben konnte. Für einen winzigen Moment erahnte sie, was sie gefühlt hätte, wenn der Tag kam, an dem sie sich mit dem Mann vermählen würde, der als Einziger tatsächlich ein Recht auf eine Hochzeitsnacht mit ihr hatte.

Nicht »gefühlt hätte«. Fühlen würde. Julia würde bis zu ihrem letzten Atemzug dafür kämpfen, das hatte sie sich geschworen, genauso, wie ihr Treueschwur Martinus gegenüber nichts anderes war als eine glatte Lüge.

Sie lächelte. Und lächelte.

Als sich die Menge auf die aufgetischten Speisen stürzte und die Gemeinde in einem Gewirr schmatzender und schlürfender Geräusche untertauchte, stellte sich die ach so glückliche Braut, immer noch lächelnd, in eine Ecke, nahm einen Becher Wein, um die angespannte Gesichtsmuskulatur zu erleichtern, trank in kleinen Schlucken und beobachtete, wie ihr Gatte, Zentrum ihres Lebens, einen großen Becher mit tiefen, durstigen Zügen leerte, um sich sogleich nachschenken zu lassen. Martinus war auf einem guten Weg, fand sie, er musste nur zur rechten Zeit gestoppt werden. Als Julia sah, dass ihre Mutter die Situation genau im Blick hatte, fühlte sie sich seltsamerweise beruhigt; eine Empfindung, die sie bezüglich ihrer Mutter eher selten empfand.

Dann trat ein Mann in einer seltsamen Uniform vor sie, verbeugte sich, hob seinen Becher zum Gruße und sagte in ungelenkem Latein: »Ich beglückwünsche Euch zu Eurer Vermählung und überbringe Euch die besten Glückwünsche des Magister Militium. Der edle Rheinberg muss sich leider entschuldigen, da er in wichtigen Staatsgeschäften auf dem Wege nach Trier ist.«

Julia erwiderte die Verbeugung. Der Mann war einer der Zeitenwanderer, die natürlich ebenfalls zu diesem Fest eingeladen worden waren. Senator Michellus gehörte neben Symmachus zu den engsten Verbündeten der Deutschen im römischen Senat und war Rheinberg persönlich bekannt. Es war sicher das Mindeste, dass der neue Heermeister einen Stellvertreter entsandt hatte.

Der Mann verbeugte sich erneut. »Ich habe mich noch nicht vorgestellt. Ich bin Oberleutnant Joergensen von der Saravica. Stets zu Euren Diensten.«

Julia lächelte, diesmal durchaus von Herzen, und warf einen schnellen Blick nach links und rechts. Niemand von Bedeutung war in Hörweite.

»Sagt, Oberleutnant, habt Ihr von Eurem Deserteur gehört?«

Der junge Mann verzog für einen Sekundenbruchteil das Gesicht, ehe sich wieder eine höfliche Maske über seine Züge legte. »Welchen meint Ihr genau, Julia? Wir hatten leider so einige in letzter Zeit, unseren ehemaligen Ersten Offizier vorneweg.«

»Ja, eine Schande, und wie gut, dass es nicht zu Schlimmerem gekommen ist. Nein, ich meine jenen jungen Fähnrich ... das ist doch das richtige Wort, oder? ... wegen dem es meine Eltern nun so eilig hatten, mich mit diesem Mann dort zu vermählen.«

Julia blieb von perfekter Höflichkeit und ließ sich keine Bitterkeit anmerken. Es war nicht zuletzt auch das Unverständnis Rheinbergs, das zur Eskalation geführt hatte. Sie hoffte, dass sie sich gut genug im Griff hatte. Joergensen hingegen war weniger beherrscht. Als sie ihre Frage gestellt hatte, war ein Schatten über seinen Blick gefallen. Er wirkte gar nicht einmal wütend oder verärgert wie zu dem Zeitpunkt, als er von Klasewitz erwähnt hatte. Julia schien es, als sei der Offizier eher ... traurig.

Das war interessant, wie sie fand.

»Wir haben nichts von ihm gehört«, sagte der Mann schließlich nach einigem Zögern. »Er ist wie vom Erdboden verschwunden.«

»Aber Ihr lasst noch nach ihm suchen?«

Joergensen zuckte mit den Achseln.

»Die römische Verwaltung wurde angewiesen, nach ihm Ausschau zu halten, aber ein einziger Mann im ganzen Reich ... das dürfte eher Zufall sein, wenn wir ihn aufspüren sollten.«

Julia runzelte die Stirn.

»Ihr scheint aber auch keinen allzu großen Nachdruck bei der Suche zu betreiben«, meinte sie.

»Das ist nicht ganz falsch«, gab der Deutsche zu. »Thomas Volkert hat einen Fehler gemacht, aber er ist jung und vielleicht etwas ungestüm. Wenn ich Euch so als strahlende Braut vor mir sehe, kann ich gut verstehen, dass einem die Gefühle den Kopf verdrehen können.«

Julia schenkte ihm für das Lob ein strahlendes Lächeln. Sie wollte, dass er weitersprach.

»Aber Kapitän ... Pardon, Heermeister Rheinberg hat durch die Meuterei Männer verloren, und obgleich unsere Bemühungen um die Ausbildung römischer Seeleute gute Fortschritte machen, brauchen wir jeden erfahrenen Mann. Dennoch ist Fahnenflucht ein sehr ernsthaftes Vergehen. Wir können nicht einfach so darüber hinwegsehen. Und die römische Seite ... man hat uns verdeutlicht, dass eine allzu schnelle Begnadigung Volkerts politisch auch nicht opportun wäre. Es müssen klare Grenzen gezogen werden, vor allem angesichts der Tatsache, dass er eine Senatorentochter entführen wollte.«

Eine eigenwillige Interpretation der Realität, dachte Julia bei sich, behielt aber ihr Lächeln. Darin war sie mittlerweile geübt.

»… so hoffen wir ein wenig, dass etwas Gras über die Sache wächst. Tatsache ist aber, dass er derzeit in Gefahr ist, von den römischen Behörden gefunden und hingerichtet zu werden. Der Heermeister ist durchaus zur Milde bereit, aber man verlangt von ihm, ein Exempel zu statuieren, das zeigt, dass er seine eigenen Leute genauso behandelt wie einen römischen Soldaten. Daran können wir bis auf Weiteres nichts ändern. Und daher … Thomas … er …«

Joergensen zögerte, als wolle er nicht recht mit der Sprache heraus.

»… könnte vielleicht versuchen, sich bei Ihnen zu melden«, sagte er schließlich. »Sollte er das tun, dann sagt ihm doch, dass er derzeit nicht auf Milde hoffen darf. Er muss sich noch versteckt halten. Ich finde jedoch, er ist wahrscheinlich durch diese Heirat bestraft genug, wenn Ihr mir diese Bemerkung gestattet.«

Julia hielt unbeirrt an ihrem Lächeln fest, auch wenn es nun säuerlich zu werden drohte. Aber der Mann hatte natürlich völlig recht. Diese Heirat war eine Bestrafung, für Volkert und für sie selbst. Und allein schon deswegen würde sie keinen Bestand haben.

»Ich werde es mir merken und sollte er sich tatsächlich bei mir melden, werde ich es ihm bestimmt ausrichten«, meinte sie sanft. »Er ist ein vernünftiger Mann und wird die richtige Entscheidung treffen.«

Wenn Joergensen nicht so recht wusste, wie er diese Antwort zu deuten hatte, behielt er sein Unbehagen für sich. Er plauderte noch einige Minuten über Belanglosigkeiten, doch dann hatte sich bereits eine Schlange anderer Gäste in höflichem Abstand gebildet, die ebenfalls der Braut ihre Aufwartung machen wollte. Joergensen verabschiedete sich, hatte offenbar die Nachricht übermittelt, deretwegen er zu diesem Fest geschickt worden war, und verschwand in der Menge.

Julia erwartete nicht, ihn hier noch lange zu sehen. Sie hätte ihm sagen können, dass sie eine ziemlich genaue Ahnung hatte, wo sich Volkert aufhielt. Auch, dass die römischen Behörden wahrscheinlich würden herausfinden können, wo er sich aufhielt, wenn sie ernsthaft nach ihm suchen würden. So aber blieb Volkert in einem Niemandsland, nicht begnadigt, vom Tode bedroht, aber auch nicht so hoch auf der Prioritätenliste, dass er sich in unmittelbarer Gefahr befand. Sie hätte dem Offizier sagen können, dass sie kurz nach Ende der Feierlichkeiten mit ihrem Mann zu einer Hochzeitsreise aufbrechen würde, und zwar nach Noricum, wo sie »schon immer mal hinwollte«. Weil Volkert dort war. Und dann würde sie ihm sogar berichten, was Joergensen ihr anvertraut hatte, wofür es auch immer gut war. Vor allem aber würde sie einen Plan schmieden, mit ihm zu fliehen und endlich das gemeinsame Leben zu führen, das sie sich erträumten.

Diesmal war Julia besser vorbereitet. Eine Schatulle mit Golddenaren sowie

Schmuckstücken hatte sie bereits beiseitegeschafft. Sie würden nicht von der Hand in den Mund leben müssen.

Dann wandte sie sich an den nächsten Gast, eine ältere Matrone, Freundin ihrer Mutter, und ebenso wie sie eine Verfechterin altrömischer Sitten. Sie freute sich über Julias Hochzeit mindestens genauso wie Lucia Michellus, und allein das war Grund genug, sie nicht zu mögen.

»Meine Liebe! Wie bezaubernd! Wie reizend! Wie …«

Wie entsetzlich.

Julia lächelte.

8

»Der Imperator erwartet Euch!«

Wenn der Diener irgendeine Meinung über den Emporkömmling hatte, der seit Kurzem das Recht besaß, bei Hofe ein und aus zu gehen, und dessen Herkunft zumindest zweifelhaft war, dann behielt er sie für sich. Sein Gesichtsausdruck war eine Maske perfekter Ehrerbietung und seine Bewegungen abgezirkelt und einstudiert, von der Verbeugung bis zum Hinweis auf die breite Holztür, hinter der sich die derzeitigen Gemächer des Kaisers befanden. Wie Rheinberg wusste, war Trier zwar Hauptstadt des Reiches, aber das war ein durchaus vager Begriff. Hauptstadt war da, wo der Kaiser sich aufhielt. Und da römische Kaiser im Regelfalle von der Front aus regierten, war die offizielle Bezeichnung als Hauptstadt wenn nicht irrelevant, so doch meist zweitrangig. Dennoch musste es einen Platz für die kaiserliche Verwaltungsspitze geben, die nicht mitreiste, wenn der Kaiser seine Armee bewegte, und zurzeit war das Trier. Es gab bereits jetzt Pläne, den Sitz nach Ravenna zu verlegen, durchaus der historischen Entwicklung entsprechend, die Rheinberg kannte. In der Tat sprach vieles dafür, vor allem jetzt, da Gratian Herrscher des Gesamtreiches war und nicht nur über den Westen gebot.

Rheinberg folgte dem Weg, der ihm gewiesen wurde, und betrat den Raum, den er mittlerweile ganz gut kannte. Er kam einem Arbeitszimmer am nächsten. Der junge Kaiser, der hinter einem großen, marmornen Schreibtisch gesessen und Papiere unterzeichnet hatte, erhob sich sofort, als Rheinberg eintrat, und lächelte erfreut. Er war nicht allein. Hauptmann von Geeren war ebenfalls anwesend, hatte offenbar auf einem Sofa gewartet, einen Becher Wein in der Hand. Auch er kam sofort auf die Füße, als der Diener Rheinberg hereinführte. Ebenfalls zugegen war Elevius, der Leibdiener des Kaisers, der ihn seit seiner Kindheit betreute und vor dem Gratian, wie Rheinberg wusste, keine Geheimnisse hatte. Der alte Mann goss heißen Wein in einen Becher, als der Kapitän der *Saarbrücken* näher trat, und überreichte ihn mit einer leichten Verbeugung.

»Die Reise war ereignislos, wie ich hoffe?«, eröffnete Gratian das Gespräch, nachdem sie sich in römischer Sitte an den Unterarmen gefasst und begrüßt hatten. »Die Straßen sind sicher?«

»So sicher, wie man es erwarten kann, wenn man von vierzig Kavalleristen begleitet wird«, erwiderte Rheinberg lächelnd. »Aber generell sieht die Situation nicht schlecht aus. Selbst die Sarmaten halten sich zurück, wie ich hörte. Die Kunde vom Sieg bei Thessaloniki scheint viele Barbaren gehörig beeindruckt zu haben und die Anführer wollen wohl lieber erstmal etwas abwarten.«

»Setzen wir uns!«

Die Männer nahmen Platz und in den ersten Minuten drehte sich das Gespräch um Nichtigkeiten. Rheinberg spürte, wie er sich entspannte. Der warme Wein mochte auch seinen Beitrag dazu leisten, aber er kam mehr und mehr zu der Überzeugung, dass man mit dem jungen Kaiser gut arbeiten konnte. Er hatte immer noch etwas Wankelmütiges, Sprunghaftes an sich und hielt mitunter schwer an einer Meinung fest, aber da er nun das gesamte Reich verwaltete, schien die gestiegene Verantwortung ihn reifen zu lassen. Die Tatsache, dass er mit Rheinberg einen Berater hatte, der sich bemühte, den Kaiser mit den Realitäten seines Reiches manchmal auch brutal zu konfrontieren, hatte sicher ihren Anteil daran.

Gratian warf einen langen Blick auf Rheinberg, ehe er zu sprechen begann. »Heermeister, Eure Reformen bringen mich in Schwierigkeiten.«

Rheinberg nickte. Er wusste, dass jetzt noch kein Kommentar von ihm erwartet wurde.

»Da wären die Entscheidungen bezüglich der Religion. Ich glaube fast, das sind noch die harmlosesten. Ich bekomme Unterstützung von jenen, mit denen ich am wenigsten zu tun habe: Symmachus und der Fraktion der Traditionalisten, die noch an den alten Kulten hängen. Die Bestätigung des Toleranzedikts hat ihnen in die Hände gespielt. Selbst die Kürzung der Alimente für Tempel und Priester haben sie geschluckt.«

»Das war der Preis, den sie zu zahlen hatten«, warf Rheinberg nun ein. »Die mächtigsten und reichsten der alten Kulte sind dabei, eine Organisation zu gründen, die Spenden bei den Anhängern sammelt, um die Tempel zu erhalten. Sie müssen sich selbst organisieren.«

»Das hat mir immerhin geholfen, bei den Christen die unzähligen Steuerbefreiungen für kirchliche Güter etwas zurücknehmen zu können. Wir haben uns auf ermäßigte Abgaben geeinigt, mehr oder weniger. Noch zahlen nicht alle.«

»Anfangsprobleme.«

Gratian runzelte die Stirn. »Ja, vielleicht. Hoffentlich. Aber der finanzielle Aspekt ist nur das eine. Die Christen wettern gegen die Bestätigung des Edikts und die Trinitarier gegen die Anerkennung der Arianer und umgekehrt. Das regt sie fast noch mehr auf als meine Toleranz gegenüber Jupiter, Hera und Venus.«

»Wir haben das erwartet. Aber es ist immer noch besser, als die jeweilige Gegenseite von Staats wegen zu verfolgen und damit wertvolle Ressourcen für etwas auszugeben, was uns bei der Bewältigung der eigentlichen Problematik nicht hilft.«

»Ja«, meinte der Kaiser. Er bemühte sich erkennbar darum, überzeugt zu klingen, doch Rheinberg wusste, dass er sich überwinden musste. Gratian war als sehr frommer Trinitarier erzogen worden. Es fiel ihm schwer, über seinen eigenen Schatten zu springen.

»Dann die gesamte Steuerreform«, klagte der Kaiser nun. »Die Abschaffung zahlreicher Steuerprivilegien. Das war ein Geheul. Es ist immer noch ein Geheul. Die Verwaltung stöhnt. Ich weiß noch nicht einmal, wie wir die ganzen Steuern eintreiben sollen!«

»Dafür aber wurden die Steuersätze gesenkt«, gab Rheinberg zu bedenken. »Mehr Leute müssen jetzt zahlen, aber dafür individuell weniger.«

»Das freut manche, wie viele Händler oder Zunfthandwerker, aber all jene, die bisher befreit waren? Ich muss mir da einiges anhören lassen, Heermeister.«

»Das kann ich gut verstehen!« Rheinberg versuchte, ein gewisses Maß an Mitgefühl in seine Stimme zu legen. Tatsächlich waren die Reformen in seinen Augen noch nicht einmal genug, wie radikal sie manchen auch erschienen mögen. »Aber es geht um das schiere Überleben des Reiches.«

Gratian nickte gedankenverloren. Er seufzte, ehe er fortfuhr.

»Die Auflösung der Berufspflicht hat wenig Aufschrei verursacht. Die Umwandlung von Zünften und anderen Vereinigungen in rein freiwillige Assoziationen auch nicht. Ich hatte sogar das Gefühl, dass viele es als Befreiung ansahen. Es erhöht jetzt aber auch den Druck, denn die Berufe stehen jetzt scharf im Wettbewerb um den besten Nachwuchs.«

»Das ist gut und genauso beabsichtigt«, ergänzte Rheinberg. »Wir brauchen Qualität, vor allem dann, wenn wir die technischen Neuerungen im ganzen Reich einfügen wollen, über die wir gesprochen haben.«

Gratian kratzte sich am Kopf. »Der größte Brocken aber ist die Sklavensteuer. Eine regelmäßige Abgabe für jeden erwachsenen Sklaven in Privatbesitz, eine einmalige Abgabe für jeden in Sklaverei Geborenen und ein Steuernachlass für jeden, der in Freiheit entlassen wird. Eine Umsatzsteuer von zwanzig Prozent auf den Sklavenhandel.«

Er fixierte Rheinberg wieder ganz genau. »Wir wissen beide, worauf das hinauslaufen soll, Heermeister. Ich bin ein Christ und habe ein ganz grundsätzliches Problem mit der Sklaverei. Sie scheinen diesen Vorbehalt zu teilen. Diese Steuer wird dazu führen, dass Sklaven teuer werden. Teurer sogar als freie Arbeitskräfte, denn zusätzlich zur Steuer muss der Besitzer ja auch Nahrung und Unterkunft bezahlen.«

»Die Sklaverei ist es, die den Fortschritt Roms gehemmt hat«, wiederholte Rheinberg ein altes Argument, mit dem er Gratian von der neuen Steuer überzeugt hatte. »Wenn eine Wirtschaft auf billige und zahlreiche Arbeitskräfte zurückgreifen kann, muss sie sich keine Mühe damit geben, neue Technologien zu entdecken, die die Produktion verbessern, vereinfachen und beschleunigen. Und wenn wir, die Zeitenwanderer, unsere neuen Techniken in die Breite des Reiches exportieren wollen, werden die Menschen sie nicht annehmen. Sie werden sagen: ›Wozu das alles? Das können doch Sklaven machen! Es gibt doch genug von ihnen!‹ Erinnert Euch an das Geschrei, als wir nach Thessaloniki mit den Goten einen Ansiedlungsvertrag geschlossen haben, anstatt 50.000 neue Sklaven zu unterjochen! Es gibt also sicher ein moralisches Argument, aber es gibt auch ein wirtschaftliches. Imperator, wir müssen die Sklaverei abschaffen, damit Rom gestärkt wird!«

»Ich weiß, ich weiß«, entgegnete Gratian. »Aber ich muss wohl immer wieder davon überzeugt werden. Der halbe Senat verflucht mich wegen dieser Sache. Die ganzen Latifundienbesitzer!«

»Erklärt ihnen, dass jeder Freigelassene ein potenzieller Rekrut für die Legionen ist«, schlug Rheinberg vor. »Sklaven dürfen keine Soldaten werden und Soldaten brauchen wir. Wenn wir das Heer der Sklaven in Freie verwandeln, werden manche in sich nicht auch den Ruf nach dem Waffenhandwerk verspüren? Gerade jetzt, wo wir die Soldstruktur verändert haben – und die Steuerprivilegien der Veteranen nicht angetastet?«

Die akute Personalnot der Streitkräfte und die massiven Schwierigkeiten, Freiwillige für den Waffendienst zu finden, waren die größten Herausforderungen, denen Rheinberg nach seiner Ernennung zum Heermeister gegenübergestanden hatte. Schnelle Reformen waren notwendig gewesen – doch so ein Koloss wie das Römische Reich bewegte sich nur sehr langsam.

Das war auch Gratians Problem. In der originalen Zeitlinie war er gestorben, weil er vergessen hatte, was es bedeutete, ein Kaiser zu sein. Die endlosen Jagdausflüge mit seinen alanischen Reitern, die Vernachlässigung der Bedürfnisse der Streitkräfte und die Tatsache, dass er den hohen Erwartungen, die man an den Sohn des großen Valentinian stellte, nicht entsprechen konnte. Die Ankunft der Zeitreisenden und die Konfrontation mit diesem Schicksal hatten in Gratian einen tief greifenden Wandlungsprozess ausgelöst. Jetzt wollte er ein Kaiser sein und sich um die richtigen Dinge kümmern, gute Entscheidungen treffen und dafür sorgen, dass das Reich zusammenhielt. Doch jetzt war es genau diese Entschlossenheit, die seine Situation immer unsicherer machte.

Rheinbergs Ziel war es gewesen, den langen Bürgerkrieg, der auf den Tod Gratians folgte, zu verhindern, um das Reich auf den Ansturm der Hunnen und all jener Völkerschaften, die diese vor sich hertrieben, vorzubereiten. Jetzt aber sah es so aus, als wäre der innere Widerstand im Reich so stark, dass eine Explosion in Gewalt kaum noch zu verhindern war. Der Kapitän hatte einsehen müssen, dass es nicht einfach war, Dinge zu tun, die einem richtig erschienen. Besonders wenn man nicht verstand, wie die Menschen dachten und fühlten, denen man helfen wollte. Zu akzeptieren, dass trotz aller Verblendung, für die Rheinberg es hielt, die Frage danach, von welcher Natur Jesus Christus eigentlich sei, ob nun sterblicher Gottessohn oder Gott selbst, die Römer emotional packte und zu fanatischem Handeln und Denken trieb, war für den Deutschen sehr schwer gewesen. Aber dies war nicht seine Zeit und er kämpfte jeden Tag damit, zu verstehen, wie sich all das, was ihm aus dem Studium der Geschichtsbücher so offensichtlich erschien, in der Realität als so anders, ungleich schwieriger herausstellen konnte.

Hin und wieder wollte er daran verzweifeln. Doch er hatte sich für diesen Weg entschieden und viele Menschen glaubten an seine Vision eines besseren, eines siegreichen und eines von Vernunft geleiteten Reiches. Es waren noch nicht alle, aber die Zahl wuchs, und der Zustrom der Neugierigen, Lernbegierigen, Jungen, Abenteuerlustigen und Gelehrten in die Urbs Germanicum in der Nähe von Ravenna sprach auch dafür, dass es da ein Potenzial gab, mit dem man arbeiten konnte.

Er hatte eine Weile nichts gesagt und jetzt fiel ihm Gratians prüfender Blick auf. Rheinberg lächelte schwach.

»Ich war in Gedanken«, sagte er entschuldigend.

»Das bin ich auch oft. Nicht immer komme ich zu einem Ergebnis.«

»Ich wünschte, ich hätte für alles eine Lösung. Aber ich kann auch nur auf der Basis dessen handeln, was ich weiß. Wir müssen versuchen, das Steuer umzulenken, und einen neuen Kurs einschlagen.«

»Und dabei hoffen, dass das Schiff nicht schon viel zu vermodert ist, um noch einen Hafen zu erreichen«, vervollständigte Gratian die Analogie. Der Umgang mit Rheinberg hatte ihm zu einem trockenen Humor verholfen, den er vorher nie so offen gezeigt hatte. Nicht jedes Mitglied des umfangreichen Hofstaates war darüber sonderlich erbaut.

»Wir ziehen jetzt die Truppe zusammen, die den genauen Standort der Hunnen ausmachen soll«, lenkte Rheinberg nun auf das wichtigste Thema. »Wir verbessern die Waffen und die Einsatzbereitschaft der Legionen und erneuern die Befestigungen vor allem entlang der erwarteten Invasionsroute der Hunnen. Und wenn wir noch etwas Zeit bekommen, nur ein Jahr, oder zwei, dann können wir eine neue Art von Legion gen Osten in Marsch setzen und die Hunnen aufhalten, ehe sie auch nur in die Nähe der Reichsgrenzen kommen. Spätestens ab dann, Majestät, können wir uns ganz auf die Erneuerung des Reiches sowie die Lösung des Kirchenkonfliktes konzentrieren. Dann wird es auch möglich sein, dass breite Teile des Volkes, Handel und Handwerk, von den technischen Neuerungen profitieren, die wir anzubieten haben.«

Gratian nickte. »Wenn wir diese Zeit haben, so will ich zuversichtlich sein. Doch obgleich sich Maximus wie auch andere sehr ruhig verhält und ich die Details Eures zukünftigen Wissens streng vertraulich behandelt habe, befürchte ich, dass ich entweder sofort Maßnahmen gegen die mir bekannten potenziellen Verräter ergreifen muss oder die Unzufriedenheit sich doch in Aufstand und Rebellion Bahn brechen wird.«

»Wir können Maximus nicht verhaften, nur, weil er in der Zukunft ein Rebell sein wird«, widersprach Rheinberg. »Das würde zu einer Hexenjagd werden, zu permanenter Angst unter allen Notablen und Militärs. Willkür wäre möglich, denn mit dem Wissen aus der Zukunft ließe sich jede Maßnahme rechtfertigen. Nein, wir müssen weiterhin alles tun, damit nach Recht und Gesetz gehandelt wird. Maximus ist ein treuer und fähiger Kommandeur der Truppen in Britannien und ehe wir keinen schlagenden Beweis dafür haben, dass er bereits jetzt die Usurpation plant, müssen wir ihn in Ruhe lassen.«

»Ja, das mag sein. Ich habe nur Angst, dass, wenn wir es zweifelsfrei wissen, die aufständischen Soldaten bereits vor unseren Toren stehen.«

Rheinberg seufzte. »Dann müssen wir darauf vorbereitet sein, so gut es eben geht.«

Gratian war anzusehen, dass ihm diese Antwort nicht behagte. Er schien aber Rheinbergs Argumentation folgen zu wollen, zumindest für den Augenblick.

Rheinberg wusste, dass es unter den »Eingeweihten« kochte. Es gab einige, die nicht länger abwarten und sehenden Auges in ein mögliches Verderben rennen wollten. Von Geeren hatte ihm Entsprechendes berichtet und er war sich darüber im Klaren, dass er einen Drahtseilakt vollführte. Es hing alles davon ab, Gratian so weit zu beeinflussen, dass dieser bereit war, sich zurückzuhalten, und darauf zu hoffen, dass seine Autorität groß genug war, um seine Leute einigermaßen unter Kontrolle zu halten.

Gratian nickte. »Und das neue Schiff, die Valentinian, wird also nach Ägypten aufbrechen?«

Rheinberg war dankbar für den Themenwechsel. Wie immer, wenn es viel zu tun gab, begann ihn das Gespräch rasch zu ermüden. Er war Marineoffizier, kein Politiker. Und von Geeren, der einfach nur schweigend dabeisaß, war auch keine Hilfe.

»Ja, ich gehe davon aus, dass man bereits in See gestochen ist«, erwiderte er. »Die Expedition wird nicht nur helfen, die neue Macht Roms im Mittelmeer zu demonstrieren, sondern auch wichtige wirtschaftliche Brücken schlagen.«

Gratian deutete ein schwaches Lächeln an. »Nun, mit dem neuen … wie heißt das Zeug? Branntwein? … habt Ihr ja bereits großen Erfolg. Eure Männer haben die Technologie bereits im ganzen Reich verkauft. Rom ist betrunken.«

»Rom war auch schon vorher betrunken, nur diesmal geht es schneller«, korrigierte Rheinberg, ebenfalls lächelnd.

»Ich möchte noch einmal betonen, dass die Idee des Branntweinmonopols noch nicht vom Tisch ist«, erinnerte ihn der Kaiser.

»Ich habe es meinen Männern bereits schonend beigebracht. Beide sind durchaus bereit, sich auf ihre neu erworbene Taverne zu bescheiden, vor allem, da sie für großartiges Engagement in geschäftlichen Dingen gar keine Zeit haben. Beide werden in Kürze mit der Valentinian nach Aksum aufbrechen. Ich denke, dass wir uns so einigen können: Ein Prozentsatz der Einnahmen aus dem Monopol geht direkt in unsere Forschungs- und Ausbildungsstätte, um ein Einkommen zu sichern und den allgemeinen Staatshaushalt zu entlasten. Dann sollte es unproblematisch sein, wenn Rom mit den Betrunkenen den Resthaushalt sanieren hilft.«

Gratian machte eine zustimmende Geste.

»Wonach meine Leute jetzt suchen, wird den Betrunkenen helfen, wieder nüchtern zu werden«, ergänzte Rheinberg, nun wieder lächelnd. »Die Reise nach Aksum ist hier von großer Bedeutung.«

»Darauf bin ich gespannt. Kaffee nennt Ihr das Gewächs?«

»Ja, und es ist vielfältig einsetzbar. Aber vor allem dient es dazu, ein schwarzes Getränk daraus zu brauen, mit heißem Wasser. Je nach Geschmack setzt man Milch hinzu oder süßt es. Sehr belebend. Wir vermissen es, da unsere eigenen Vorräte schon aufgebraucht sind. Wenn Branntwein ein Erfolg war, so wird Kaffee eine Sensation werden. Und wenn wir es so machen, wie wir es besprochen haben – ein strenges Staatsmonopol einrichten –, dann werden die Goldmünzen nur so in die Staatskasse fließen. Es wird eine Weile dauern, aber ich bin fest davon überzeugt. Und nicht einmal unsere ärgsten Kritiker werden zu einer Tasse Kaffee Nein sagen können.«

»Das ist dann immerhin mal eine gute Aussicht«, meinte Gratian. Er war heute offenbar tatsächlich in einer eher deprimierten Grundstimmung. Rheinberg holte tief Luft.

»Majestät, Rom sieht in der Tat einer guten Zukunft entgegen«, sagte er bestimmt. »Wir stehen vor großen Herausforderungen, aber bemerkt Ihr nicht den Unterschied? Noch vor Kurzem habt Ihr die großen Gefahren und das drohende Verhängnis nicht klar gesehen, nicht klar sehen können! Jetzt aber wissen wir, wohin wir gehen und was wir tun müssen. Es wird auf diesem Weg Stolpersteine geben, daran habe auch ich keinen Zweifel. Wir werden sogar hin und wieder mal hinfallen und uns die Knie blutig schlagen – aber wir sind in einer einmaligen Position, die uns viel Kraft und die Macht geben wird, allen Herausforderungen erfolgreich zu begegnen. Ein sicheres Reich, das wirtschaftlich prosperiert. Ein Reich, in dem innerer Friede herrscht. Ein Reich, das den Respekt seiner Nachbarn verdient und das niemanden zu fürchten hat. Ein Reich, das durch neue Technologien Wissenschaft und Produktion zu neuer Blüte treiben wird. Und all dies, Majestät, wird untrennbar mit Eurem Namen verbunden sein. Bitte verliert das nicht aus dem Blick. Es sind immer die Herrscher, an die man sich zuerst erinnert.«

Gratian lächelte nun breiter. »Macht Euch nicht klein. Das bloße Faktum der Zeitreise wird Euch und Euer Schiff unsterblich machen.«

»Nichts, was in unserer Macht gelegen hätte. Wir sind Opfer einer Schicksalsmacht. Wir haben die See gründlich nach ähnlichen Zeichen abgesucht, die Stelle, an der wir angekommen sind, immer und immer wieder befahren. Für uns alle steht fest, dass sich der Vorgang wohl nicht wiederholen wird. Er ist von uns nicht beeinflussbar und sein Ursprung bleibt ein Rätsel. Dieses historische Ereignis wird sicher auf ewig in aller Bewusstsein bleiben, ja. Aber was wir – was Ihr daraus gemacht habt, dass ist von wahrhaftiger historischer Bedeutung!«

Gratian nickte, als wolle er sich dies selbst bestätigen. Elevius, der stumm an der Seite gestanden hatte, reichte ihm einen neuen Kelch mit Wein.

»Dann wollen wir uns der leidigen Details widmen«, sagte der junge Imperator schließlich und zeigte auf ein Bündel schriftlicher Aufzeichnungen. »Wir haben noch einen ermüdenden Nachmittag vor uns.«

Und so war es.

9

»Das Schiff sieht total beschissen aus!«

Die Tatsache, dass Obermatrose Hannes Weinkamp diesen Satz mit einem stolzen Unterton aussprach, hielt Köhler davon ab, ihm die Meinung zu sagen. Da seine Äußerung außerdem auf Deutsch erfolgt war, sodass die römischen Besatzungsmitglieder der *Valentinian* nur den Unterton und das zufriedene Lächeln Weinkamps wahrnahmen, hatte sicher auch damit zu tun.

Außerdem konnte Köhler seinem Mann, einem von vier Seemännern der *Saarbrücken,* die er auf die Jungfernfahrt des Dampfseglers mitnahm, kaum widersprechen. Niemand an Bord der *Saarbrücken* war ein Experte in der Konstruktion von Schiffen – und von Dampfseglern aus Holz schon gar nicht. Die *Valentinian* war eine Kreuzung zwischen der Theorie aus Büchern mit der Schiffsbauerfahrung römischer Werften. Die Zimmerleute dort wussten genau, wie man eine Trireme baute oder einen der großen Frachtsegler, mit denen das Getreide aus Ägypten nach Italien geschafft wurde. Sie konnten auch kleinere Segelschiffe bauen, Fischerboote etwa oder Küstensegler, die Nachrichten und etwas Fracht von Hafenstadt zu Hafenstadt brachten. Die Idee der Zeitenwanderer, einen modernen Segler zu bauen, der die Fähigkeiten eines Schoners oder einer Brigg des 19. Jahrhunderts mit der Wetterunabhängigkeit eines Dampfers verband, war gut gewesen, aber nur schwer umzusetzen. Da man unter Zeitdruck gestanden hatte, war eine Art Kompromiss dabei herausgekommen: ein etwas schlankerer Frachtsegler mit neuer Takelage, zwei Masten, Vor- und Hauptsegeln, wie sie eigentlich erst viel später, zur Zeit der Karavellen genutzt worden waren, mit einem Kiel, der das Schiff hochseetauglich machte, und hohen Bordwänden, um den mediterranen Stürmen zu widerstehen – und einem Aufbau, der eine aus Bronze und Eisen gefertigte Dampfmaschine enthielt. Es war die erste, die im Römischen Reich in Dienst gestellt wurde, gefeuert mit Holzkohle. Oberheizer Karl Forstmann, ein schweigsamer, schlaksiger Mann aus der Truppe Dahms', war allein für die Betreuung dieses guten Stücks abgestellt worden. Er hatte die Arbeit lakonisch und wortkarg akzeptiert, ließ aber keinen Zweifel daran, dass er die Anlage für unausgereift und letztlich gefährlich hielt. Er achtete von Anfang an nicht nur darauf, dass im »Maschinenraum« mehr als genug Löschwasser bereitstand, sondern wirkte sichtlich froh darüber, dass die *Valentinian* auch als Segler vorankommen würde. Selbst bei idealen Bedingungen würde die Dampfmaschine das römische Kriegsschiff mit der einfachen Schiffsschraube aus Bronze nicht schneller als mit 6 bis 7 Knoten voranbringen. Das mochte sich im Falle einer Windstille oder beim Kreuzen gegen den Wind als nützlich erweisen, doch ein großartiger Geschwindigkeitsvorsprung gegenüber anderen Schiffen war es noch nicht.

Köhlers prüfender Blick glitt vom hohen, eisernen Schornstein, der aus dem Achterdeck ragte, zu den beiden Bombarden, die rechts und links auf dem

Mitteldeck festgezurrt aufgebaut waren. Es waren die allerersten Kanonen aus der Waffenschmiede von Dahms, weit entfernt von den Stahlgeschützen, von denen der Ingenieur träumte. Da sie aber ein direkter Weg dorthin waren, hatte man sie den ursprünglich geplanten Dampfkatapulten vorgezogen. War Oberheizer Forstmann von seiner Maschine schon wenig überzeugt, so war der für die beiden Geschütze zustände Hannes Weinkamp über die kruden Stücke anfangs richtiggehend erschüttert gewesen. Sie hatten keinen gezogenen Lauf, obgleich die Geschützrohre mit größter Sorgfalt gegossen worden waren und sicher nicht schlechter waren als die Kanonen, mit denen der 30-jährige Krieg ausgefochten werden würde. Sie schossen keine Kugeln, sondern eine Art Eisenschrot, in dünnen Stoffsäcken zusammengepresst. Die Bombarden sollten keine Schiffe versenken, sondern bei Piraten oder anderen Gegnern auf Deck die Mannschaften niedermähen, um einen Enterversuch entweder abzuwehren oder gar nicht erst möglich zu machen. Weinkamp hatte unter begeisterter und verschreckter Anteilnahme zahlreicher römischer Zuschauer einige Testschüsse abgefeuert und durfte feststellen, dass Zielen und Treffen zwei Vorgänge darstellten, die nur schwer miteinander in Einklang zu bringen waren. Immerhin knallten die Kanonen laut und qualmten ordentlich, was wahrscheinlich seine psychologische Wirkung auf eventuelle Gegner nicht verfehlen dürfte.

Alles in allem war die *Valentinian* ein Schiff, das so effizient gebaut worden war, wie sie es sich in der Kürze der Zeit hatten erlauben können. Das machte den neuen Stolz der römischen Flotte nicht schön – Weinkamp hatte mit seinem Urteil nach rein ästhetischen Gesichtspunkten nicht unrecht –, aber hoffentlich doch so beeindruckend, dass die Anrainer des Mittelmeeres erkennen würden, dass, in übertragenem Sinne, ein frischer Wind wehte. Auch, wenn er die stinkenden Abgase einer Dampfmaschine brachte.

»Weinkamp, beherrschen Sie sich! Wir werden beobachtet«, bequemte sich Köhler jetzt doch noch zu sagen. In der Tat: Die Hafenmauer stand voller Schaulustiger und auf einer hölzernen Tribüne, beschirmt durch einen Baldachin, saßen Honoratioren des Reiches. Marineoffiziere, der Militärpräfekt Renna, ein guter Freund der Deutschen, hohe Stadtbeamte und einige Senatoren. Eine Gruppe Musikanten spielte auf und Händler boten einen Imbiss an, es herrschte fast Jahrmarktsstimmung. Angesichts so vieler Zuschauer durfte das Auslaufen der *Valentinian* keinen Makel haben, und die Hoffnungen richteten sich dabei vor allem auf den unterdecks tätigen Forstmann, der die Dampfmaschine seit einer guten halben Stunde befeuerte und ihr zumindest bereits einige Rauchwolken hatte entlocken können. Angesichts der Tatsache, dass heute ein trüber Wintertag war, windstill, mit sanftem Nieselregen, war die neue Technik besonders wichtig, denn sonst würde man sich auf die offene See rudern lassen müssen.

Und das würde, bei aller Höflichkeit, garantiert für so manche spöttische Bemerkung sorgen.

Aurelius Africanus, offiziell der Kapitän der *Valentinian,* war erkennbar nervös. Seine langjährige seemännische Erfahrung half ihm jetzt nur ein kleines Stück weit, denn dieses Schiff war für ihn ungewohnt. Es hatte einige wenige Werfterprobungsfahrten gegeben, die der Trierarch dazu genutzt hatte, sich mit dem Seeverhalten der ungewohnten Konstruktion vertraut zu machen, doch es war diese Jungfernfahrt, auf der sich das Schiff und damit auch der Kommandant erstmals richtig bewähren musste.

Africanus konnte auf Köhlers Hilfe vertrauen, der offiziell das exaltierte Amt des Ersten Offiziers innehatte. Dennoch durfte sich der Bootsmann nicht zu sehr in den Vordergrund spielen, das würde die Autorität des Trierachen untergraben. Es war eine bewusste Entscheidung gewesen, einen Römer zum Kapitän des neuen Schiffes zu machen. Der Minderwertigkeitskomplex derjenigen, die erkannten, wie weit die technologische Entwicklung der Zeitenwanderer der des Reiches voraus war, musste aktiv bekämpft werden, damit die Deutschen und ihre Rolle Akzeptanz fanden. Africanus war stellvertretend für alle römischen Seekapitäne an Bord und es lasteten große Erwartungen auf seinen Schultern. Er war sich dieses Drucks sichtlich bewusst, denn wer ihn kannte, sah sofort, dass einiges von der Souveränität seines Auftretens nur Schauspielerei war. Köhler irritierte das nicht. Er war schon immer der Ansicht gewesen, dass zu einem guten Offizier auch stets solides darstellerisches Talent gehörte, da er es schaffen musste, auch in größter Gefahr der Mannschaft Zuversicht und Selbstvertrauen zu vermitteln. Das bloße Auslaufen aus dem Hafen bei Windstille sollte zu den kleineren Übungen gehören.

»Leinen los!«, brüllte Africanus mit heiserer Stimme.

»Leinen sind los!«, kam eine vielstimmige Antwort sowohl vom Pier her wie auch von der Mannschaft des Schiffes. Mit einer kaum wahrnehmbaren Bewegung löste sich der Dampfsegler von der Mauer. Köhler behielt den Vorgang genau im Auge, sah aber keine Veranlassung einzugreifen.

Africanus seufzte auf, was aber nur jene mitbekamen, die bei ihm auf dem Oberdeck standen. Der alte Gubernator von Africanus' versunkener Trireme war auch hier für das Steuer verantwortlich und hatte sich mit dem für ihn ungewohnten, aber letztlich weitaus komfortableren Steuerrad vertraut gemacht. Der Trierarch zog das Mundstück des Sprachrohrs zu sich, pustete hindurch und befahl: »Maschine viertel Kraft voraus!«

Köhler konnte sich gut vorstellen, wie Forstmann angesichts dieser Order das Gesicht verzog. Viertelkraft war bei der Bronzedampfmaschine, die keinen gescheiten Druck aufbauen konnte, eine lächerlich geringe Beschleunigung. Aber der Oberheizer befolgte den Befehl ohne weiteres Murren. Der Dampf stieg nun rhythmisch aus dem Schornstein auf und das Oberdeck, genau über der Anlage samt Antriebswelle gelegen, begann sanft zu erzittern. Köhler schloss die Augen und fühlte, wie sich der Dampfsegler zu regen begann.

Die *Valentinian* erwachte.

Mittlerweile hatten die Mannschaften das Schiff mit langen Stöcken weiter von der Hafenmauer geschoben. Der Steuermann benötigte keine Befehle, um seine Arbeit zu machen. Er wirbelte das Steuerrad herum, als er genauso wie Köhler fühlte, dass das Schiff auf das Ruder zu reagieren begann. Der Bug des Dampfseglers schwang zur Mitte des Hafenbeckens hin. Sanft glitt das Schiff über das glatt daliegende Wasser.

Die Zuschauer betrachteten den Vorgang mit andächtiger Stille. Selbst die Musikanten hatten zu spielen aufgehört. Die Honoratioren hatten sich unter ihrem Baldachin von den Sitzen erhoben. Einige von ihnen hatten die *Saarbrücken* schon in Aktion gesehen, aber das hier war etwas ganz Besonderes. Kein Wunderwerk aus einer abstrakt fernen Zeit, sondern das Werk römischer Schiffsbaukunst – mit etwas Hilfe, ja, aber ein Schiff, das jeder hier leichter begreifen konnte als den metallenen Koloss des Kleinen Kreuzers.

Dieses Schiff gehörte zu ihnen, richtig zu ihnen. Ein Römer, einer der Ihren, kommandierte es und ein anderer steuerte es. Dass es ein deutscher Oberheizer war, der im Inneren des Dampfseglers dafür sorgte, dass die Dampfmaschine funktionierte, war nicht zu sehen und wurde von vielen wahrscheinlich ausgeblendet. Köhler gestattete sich ein Lächeln. Die Entscheidung Rheinbergs, die *Valentinian* sogleich mit vorwiegend römischer Besatzung auslaufen zu lassen und Africanus das Kommando zu übertragen, war goldrichtig gewesen. Die Zuschauer am sehr langsam kleiner werdenden Pier strahlten Stolz und Bewunderung aus, wo sie die *Saarbrücken* eher mit Angst und eingeschüchtert betrachtet hatten.

Triremen und kleine Segler umschwärmten die *Valentinian,* begleiteten das Schiff aus dem Hafenbecken hinaus und gaben ihm Geleit. Bunte Fahnen und Wimpel hingen von den Masten und an den Seilen, Menschen winkten begeistert. Köhler hörte einen fröhlichen Aufschrei und er sah wie der junge Marcellus, das erste römische Besatzungsmitglied der *Saarbrücken,* aufgeregt an der Reling stand und auf den Zehenspitzen wippte, während er heftig winkte. Köhler machte einen Schritt nach vorne und erkannte, dass unter den zahlreichen Schiffen, die die *Valentinian* begleiteten, auch das Fischerboot von Marcellus' Vater war, der seinen Sohn mit sichtlichem Stolz in die Obhut von Marineoberingenieur Dahms gegeben hatte, um aus ihm mehr zu machen als einen Fischer. Dahms hatte die Aufgabe sehr ernst genommen und der fast 13 Jahre alte Bursche hatte unter der Masse der Lektionen schnell zu stöhnen begonnen. Doch da er nicht zuletzt aufgrund der Rolle, die er bei der gescheiterten Meuterei gespielt hatte, zu so etwas wie dem Schiffsmaskottchen geworden war, hatte er sich dieser Ehre für würdig erweisen wollen. Seine erste große Fahrt, als Assistent von Forstmann, war eine Belohnung und eine Bewährungsprobe zugleich. Dahms hatte tatsächlich etwas feuchte Augen gehabt, als er zugestimmt hatte, dass Marcellus an Bord gehen durfte. Natürlich war dies nur auf eine Augenreizung zurückzuführen, wie er sogleich versichert hatte. Niemand hatte ihm diese Ausrede abgenommen.

Dahms hatte daheim – in der fernen Zukunft – eine Familie, eine Frau und einen Sohn zurückgelassen, die er wahrscheinlich nie wiedersehen würde. Jeder wusste, dass er den jungen Marcellus mit der gütigen Strenge eines Vaters und weniger mit der rücksichtlosen Disziplin eines Vorgesetzten behandelte, und niemand hatte es ihm je vorgeworfen.

Köhler hatte zweimal versprechen müssen, auf Marcellus aufzupassen. Es war klar, dass er an Bord des Dampfseglers bleiben und nicht bis nach Aksum mitkommen würde. Dahms hatte dem Jungen selbst noch mehrfache Ermahnungen mit auf den Weg gegeben und die kleine Tasche, die er ihm schließlich überreicht hatte, um seine Habseligkeiten mit an Bord zu bringen, war letztlich ein Geschenk des Ingenieurs gewesen. Marcellus hatte sie mit sichtlichem Stolz entgegengenommen. Dass der Chefingenieur der *Saarbrücken* ihm auch noch eine Reihe auserlesener römischer Süßigkeiten hineingetan hatte, würde Marcellus wahrscheinlich erst auffallen, wenn er die Tasche an Bord öffnete. Nein, mit der strengen Disziplin des Vorgesetzten und Ausbilders hatte das nichts zu tun. Aber Köhler wurde bei diesen kleinen Gesten warm ums Herz, genauso warm wie vor einigen Tagen, als sie in der Taverne, deren Anteile Behrens und er kurz vor der Abreise alle übernommen hatten, den versammelten Sklavinnen und Sklaven die Freiheit gegeben hatte – und das Angebot einer bezahlten Anstellung.

Alle hatten akzeptiert. Auch da hatte es feuchte Augen gegeben. Köhler spürte, dass sich Dinge änderten, und dass er mehr tun konnte, als er sich jemals in seinem Leben ausgemalt hätte. Er berührte das Leben vieler Menschen und machte es anders. Besser. Genauso, wie Dahms das Leben des Fischerjungen Marcellus berührt hatte, der hüpfend an der Reling stand und seinem vor Stolz berstenden Vater zuwinkte.

Er würde auf ihn aufpassen, versprach er Dahms im Stillen noch ein drittes Mal.

»Volle Fahrt voraus!«, befahl Africanus nun und Köhler konnte sich wieder lebhaft vorstellen, wie Oberheizer Forstmann im Bauch der *Valentinian* herzlich auflachte. Doch der Mann tat seine Pflicht, erhöhte den Dampfdruck und das stampfende Geräusch der Maschine wurde durch die Holzbohlen deutlich hörbar. Die leichte Brise, die eingesetzt hatte, reichte den Seglern nun nicht mehr aus, mit dem Dampfer mitzuhalten, und bei den beiden römischen Triremen hörte Köhler das schneller werdende Eintauchen der Ruder ins Wasser, das klatschende Geräusch, mit dem die Galeeren versuchten, dem Dampfsegler zu folgen. Africanus winkte von seiner Stellung neben dem Steuermann zu den Triremen hinüber. Für eine kurze Zeit konnten die Ruderer mit ihren erfahrenen, muskulösen Seeleuten sicher mithalten, vor allem jetzt, da die See spiegelglatt erschien. Doch es dauerte keine weiteren fünf Minuten, da gaben die Trierarchen auf, ließen die Ruderer ausruhen und die Triremen verschwanden am Heck der *Valentinian* langsam aus dem Sichtbereich. Schließlich drehten sie ab, um in den Hafen zurückzukehren. Wenn etwas die Überlegenheit selbst einer so kruden Dampfmaschine wie der ihren unter Beweis stellte, dann war es dieses Manöver gewesen, und die Seeleute würden in Ravenna davon berichten, wie das neue römische Kriegsschiff ohne Ruder, nur weißen Dampf ausstoßend, beständig weitergefahren war, auf die offene See hinaus, so weit von der Küste fort, wie es kein Trierarch von Verstand jemals wagen würde. Es war eine neue Qualität, daran bestand kein Zweifel. Köhler lächelte zufrieden, sein Blick traf den von Africanus, in dessen Augen er ein begeistertes Leuchten wahrnahm. Auch die anderen römischen Seeleute an Bord schnatterten wie kleine Mädchen, schlugen sich erfreut auf die Schultern, machten Scherze und wirkten aufgeregt und ausgelassen. Africanus hatte offenbar nicht die Absicht, dieses bunte Treiben zu unterbinden, und es gab dafür auch keine Notwendigkeit. Der diesige, aber ruhige Morgen hielt keine weiteren Herausforderungen bereit und die *Valentinian* nahm nun Kurs Südost, direkt auf Alexandria zu. Der große, runde Kompass war das Geburtstagsgeschenk der *Saarbrücken* gewesen, obgleich die Männer von Dahms bereits damit beschäftigt waren, ähnliche Geräte lokal herstellen zu lassen. Doch der Marineoberingenieur hatte es sich nicht nehmen lassen, das von einer Glasscheibe bedeckte Instrument persönlich an Bord des Dampfseglers zu bringen und neben dem großen Steuerrad zu installieren. Ihnen standen auch genaue Karten zur Verfügung, römische wie Abschriften der deutschen, und ein Ersatzsextant des Kleinen Kreuzers. Dahms hatte es auf seine Prioritätenliste gesetzt, mit lokalen Mitteln Sextanten herstellen zu lassen, und war beglückt gewesen zu erfahren, dass die Fähigkeiten vor allem der römischen Kunstschmiede durchaus ausreichend waren, um das Gewünschte zu liefern, sobald man ihnen erst erklärt hatte, was von ihnen verlangt wurde. Doch die Produktion hatte gerade erst begonnen, also war erneut aus den Vorräten des Kleinen Kreuzers geplündert worden.

Der Dunst verzog sich und eine strahlende, aber leider nicht viel Wärme spendende Wintersonne trat an den Himmel. Die See raute etwas auf, die *Valentinian* schwankte, hielt sich aber gut im Wasser. Köhler nickte Africanus zu.

»Wir sollten Forstmann von seinem Leid erlösen«, meinte er zum Kommandanten. »Noch zehn Minuten bei voller Kraft und er wird um sein Leben fürchten.«

Africanus grinste und gab Befehl, die Maschine auf halbe Fahrt zu reduzieren. Forstmanns Befehlsbestätigung kam verdächtig schnell und hatte zweifelsohne einen erleichterten Unterton.

»Wir beginnen mit den Manövern!«, befahl Africanus nun. »Wir müssen dieses Schiff genau kennenlernen!«

Er fixierte Sepidus, den alten Gubernator mit dem wettergegerbten Gesicht, der das Steuerrad mit fast kindlicher Begeisterung umklammert hielt und der seinen Blick voller Erwartung erwiderte.

»Steuer hart backbord!«

Sepidus ließ das Rad wirbeln. Der Dampfsegler ächzte. Africanus wollte es wirklich wissen.

»Ach Scheiße!«, murmelte Weinkamp.

10

Freiherr von Klasewitz stöhnte unterdrückt auf. Der Werkmeister, nominell Chef der Manufaktur, schaute ihn ungerührt an. Sicher, der Zeitenwanderer war berechtigt, ihm Befehle zu erteilen, und er war daher bereit, ein gewisses Maß an Übellaunigkeit zu ertragen. Aber dieser auf der einen Seite so kenntnisreiche, auf der anderen Seite unerträgliche Mensch reizte seine Geduld und Nerven manchmal bis zum Äußersten. Der Römer war der festen Überzeugung, dass sie viel schneller zu den erwarteten Ergebnissen kommen würden, wenn der Zeitenwanderer ihm nicht so massiv auf die Pelle rücken würde. Er hatte bereits einmal mit dem Gedanken gespielt, sich bei Maximus über den Mann zu beschweren, doch der Comes schien große Stücke auf den Fremdling zu halten. Und Maximus wollte er nicht erzürnen, dafür war das Gefühl von loyaler Bewunderung, das der Werksmeister für ihn empfand – den Mann, der für alle der künftige Imperator war –, viel zu groß. Also blieb ihm nichts anderes übrig, als von Klasewitz und seine Launen zu ertragen.

Und nebenbei lernte er zwischen all den Tiraden, ungerechten Wutausbrüchen und arroganten Bemerkungen tatsächlich so einiges. Die Wissenschaft, die der Zeitenwanderer »Ballistik« nannte, fand er besonders faszinierend. Nicht, dass sie ihm fremd war – der Werkmeister war seit vielen Jahren im Bau von Katapulten, Onagern und anderen Fernwaffen sehr versiert –, aber die Art und Weise, wie von Klasewitz neue Werkstoffe, neue Herstellungstechniken und die Berechnung ihrer Funktionsweise miteinander verband, war faszinierend.

Vielversprechend gar. Wenn es nur endlich gelang, eines der Stücke so zu gießen, dass es nicht in Einzelteile zerfiel, Risse bekam und einen Schuss mit gescheiter Genauigkeit abgeben konnte. Der Werkmeister, Bulbius mit Namen, musste einräumen, dass es in Hinsicht auf diese Aspekte noch Raum für Verbesserung gab.

Dass von Klasewitz ihn und seine Männer mehrfach als barbarische, unfähige Vollidioten bezeichnet hatte, half der Weiterentwicklung allerdings nicht besonders.

Der Freiherr hatte seine Fähigkeiten in der Führung anderer nicht verbessert. Im Gegenteil. Für ihn war dies alles unter seiner Würde. Ein lästiges Übel, eine Pflicht, die er erfüllen musste, um ein höheres Ziel zu erreichen.

Er starrte auf das Kanonenrohr, eine gedrungene, längliche Form von gut einem Meter fünfzig Länge, aus Bronze gegossen. Hatte das Reich noch Schwierigkeiten, einen passenden Schmelzofen zur Stahlherstellung zu errichten – soweit von Klasewitz gehört hatte, waren Dahms und seine Männer aber schon relativ weit und die Stahlherstellung im ersten Puddelofen würde in nicht allzu ferner Zukunft beginnen –, so waren diese Probleme für von Klasewitz noch größer. Er konnte nicht auf die vielfältigen Kenntnisse und Fähigkeiten der Besatzung des Kleinen Kreuzers zurückgreifen. Der Fähnrich, der mit ihm entwischt war, hatte davon ohnehin keine Ahnung und war schon vor geraumer Zeit mit einer anderen Aufgabe betraut worden. Von Klasewitz kannte sich als Geschützoffizier gut mit Ballistik und Technik moderner Schiffsgeschütze aus. Doch alles andere, vor allem die Herstellung der Kanonen sowie die benötigten Werkzeuge und Fertigkeiten, musste er sich mühsam aus seiner Erinnerung zusammenklauben, und oft genug war auch das nicht ausreichend.

Das Kanonenrohr vor ihm war beredtes Beispiel seines Dilemmas. Der feine, kaum sichtbare, aber beim Abfeuern des ersten Schusses bereits fatale Riss im Metall machte das aufwendig und langwierig hergestellte Stück bereits jetzt nutzlos.

»Einschmelzen«, sagte er heiser. »Einschmelzen und noch mal.«

Der Werkmeister neigte den Kopf. Er fand, dass seine Leute Fortschritte machten. Die beiden letzten Versuche davor waren völlige Fehlschläge gewesen, bei denen man auf den ersten Blick erkannt hatte, dass das Experiment gescheitert war. Bei diesem Versuch hatte man bis zur genaueren Untersuchung sogar annehmen dürfen, dass es gelungen war, ein funktionsfähiges Rohr hergestellt zu haben. Aber der Freiherr war offenbar nicht in der Stimmung, diesen Fortschritt anzuerkennen und jemanden dafür zu loben.

Eigentlich war er nie dazu in der Stimmung.

Bulbius nickte noch einmal und wandte sich wortlos ab. Er ließ von Klasewitz allein zurück, tauchte in der heißen und lärmigen Werkhalle dieser höchst geheimen Anlage unweit von London unter, um genau das zu tun, was ihm aufgetragen worden war. Es dauerte keine Minute, da kamen drei kräftige Arbeiter und rollten das unnütze Rohr unter dem mürrischen Blick des Freiherrn auf einem Handwagen davon. Direkt zum Einschmelzen. Dass sie es eilig hatten, wenn die Artillerie für den großen Angriff fertig sein sollte, war ihnen allen klar. Den Comes wollte niemand enttäuschen.

Von Klasewitz wandte sich ab, stieg eine hölzerne Treppe am Rande der Werkhalle empor und betrat das Arbeitszimmer, das er sich hier hatte einrichten lassen. Es bestand aus zwei Räumen, abgetrennt durch eine Holzwand: einem kombinierten Arbeits- und Besprechungsraum, in dem er auch versuchte, sinnvolle Konstruktionszeichnungen anzufertigen, und einem Wohnraum, der, auf dieser Einrichtung hatte er bestanden, eine eigene kleine Latrine hatte. Die Vorstellung, sich mit Hunderten von römischen Arbeitern fröhlich schwätzend auf den gemeinsamen »Donnerbalken« vor der Werkshalle zu setzen, hatte den Freiherrn mit Entsetzen erfüllt.

Sehnsuchtsvoll warf er einen Blick auf die Tür zum Wohnzimmer, das er sich, soweit es möglich war, geschmackvoll eingerichtet hatte, mit dicken Teppichen, einigen Statuetten, einem großen Kamin, einigen Liegesofas und natürlich einem breiten Bett, bedeckt mit Fellen und Decken. Er genoss diesen Luxus, der in manchen Dingen auch den der *Saarbrücken* übertraf. Und im Gegensatz zu Rheinberg und seinen Gefolgsleuten fand er auch nicht, dass es so dringend war, die Sklaverei abzuschaffen. Die Tatsache, dass Maximus selbst ihn mit zwei skythischen Mädchen, gerade 16 Jahre alt, beehrt hatte, die sich offenbar klaglos in ihre Rolle als Dienerinnen und Gespielinnen zu fügen bereit waren, hatte von Klasewitz davon überzeugt, dass es einfach Menschen gab, denen man dienen musste, und solche, die zum Dienst geboren waren. Was sonst sollten die ungebildeten und ein seltsames Kauderwelsch sprechenden Kreaturen mit ihrem Leben anfangen? Über das Gesicht des Freiherrn flog ein Lächeln freudiger Erwartung. Derzeit hielten sich die Sklavinnen in den für ihresgleichen errichteten Quartieren auf. Die Arbeiter in der Werkshalle waren fast alle Freie, viele davon Soldaten, und nur einfache, manuelle Arbeit wurde den wenigen Sklaven überlassen. Die sonstige Arbeit, das Kochen, das Waschen der Wäsche und, wie von Klasewitz genüsslich hatte feststellen müssen, die Bereitung entspannender Momente, war den Sklaven vorbehalten. Er war sich darüber im Klaren, dass selbst überzeugte römische Sklavenbesitzer, vom Christentum beseelt, mittlerweile die Benutzung weiblicher Sklaven für fleischliche Gelüste ablehnten und die Moral sehr hoch hielten. Doch von Klasewitz, so sehr er auch für die Einheit der Kirche und die Ausmerzung von Apostaten eintrat, gestattete sich ein gewisses Maß an moderner Liberalität. Schließlich waren vor allem die Barbarinnen – Beutestücke römischer Angriffe jenseits des Hadrianswalls – nur wenig mehr als Tiere und würden niemals irgendwo eine Rolle spielen.

Außerdem hatte er sich etwas Lohn und Abwechslung verdient, fand er. Das Schicksal hatte ihm schließlich übel genug mitgespielt.

So in Gedanken hatte er ganz die Gestalt übersehen, die da vor seinem Arbeitstisch in einem Sessel saß. Sie erhob sich nun und entfaltete sich zu stattlicher Größe. Maximus, der Comes, war gekommen, um selbst nach dem Rechten zu sehen. Von Klasewitz straffte sich. Er war sich nicht immer ganz sicher, wie er sich dem künftigen Imperator gegenüber verhalten sollte. Der Comes war ein wichtiger, einflussreicher Mann und er war derjenige, auf den von Klasewitz alles gesetzt hatte. Er war in seinen Augen aber auch nicht mehr als viele andere in dieser Vergangenheit: barbarische Tölpel, die es im Grunde nicht verdient hatten, in den Genuss seines Wissens zu kommen.

Recht betrachtet … eine interessante Gedankenkette entfaltete sich plötzlich im Bewusstsein des Freiherrn. Er hielt unmerklich inne, schenkte Maximus ein unverbindliches Lächeln. Sein Blick ging für einen Moment ins Leere.

Die Dinge ins richtige Licht gerückt, so fiel es ihm ein, sollten eigentlich alle ihm, von Klasewitz, als dem überlegenen Geist aus einer überlegenen Zeit Befehl und Initiative überlassen. Der Freiherr musste sich zugestehen, dass dies derzeit eher unwahrscheinlich war. Dennoch, tief in seinem Innersten wusste er, dass letztendlich nur dann die Dinge im Lot waren, wenn er die Führung übernahm und das konnte im Rom dieser Tage nur bedeuten …

Von Klasewitz holte unwillkürlich Atem, ignorierte den fragenden Blick des Comes.

Es konnte nur bedeuten, ja, letztlich, dass er selbst den Purpur trug. Dieser Gedanke, so unpassend und unangemessen er angesichts der Gegenwart eines anderen Mannes erschien, der derzeit viel größere Chancen auf dieses Amt hatte, ließ ihn in plötzlicher Klarheit denken. Ja, er lächelte breit, und wiewohl Maximus dieses Lächeln als ihm geltend interpretierte, hätte er wohl verärgert und entsetzt reagiert, wenn er den wahren Grund für die Heiterkeit des Freiherrn erahnt hätte. Der deutsche Exilant, hier, in diesem Augenblick, in einem Zimmer einer Werkshalle unweit Londons, nicht mehr als ein glorifizierter Manufakturdirektor zweifelhaften Erfolges, fühlte plötzlich, dass er das Richtige plante und die Logik seines Daseins einen Sinn zu ergeben schien. So war doch auch die gescheiterte Meuterei letztlich etwas Gutes gewesen, dachte er sich, während er Maximus die Hand zum Gruße reichte. Gescheitert als Kapitän der *Saarbrücken,* würde er erfolgreich, ja triumphierend sein als Kaiser Roms, vor dem auch Rheinberg das Knie beugen würde.

Das Lächeln des Freiherrn wurde immer breiter.

»Gute Fortschritte, so darf ich Eurem Gesicht entnehmen?«, riss ihn Maximus' Frage aus seinen Gedanken. Er fasste sich schnell. Jetzt, da ihm klar war, wohin ihn sein Schicksal leiten würde, war jede Freundlichkeit, ja Unterwürfigkeit nur notwendiges Mittel zum Zweck und daher durchaus mit seiner Würde zu vereinbaren. Servil neigte von Klasewitz den Kopf.

»Fortschritte, ja, aber wir sind immer noch im Zeitplan zurück«, erwiderte er. Schon vor einiger Zeit hatte der Freiherr gelernt, dass es wenig Sinn machte, Maximus anzulügen. Der General war ein Mann, der viele Vertraute hatte, Leute, die ihm bedingungslos ergeben waren. Er war immer bemerkenswert gut über alles informiert. Wahrscheinlich waren selbst die Berichte, die von Klasewitz ihm hin und wieder übermittelte, weitgehend überflüssig. Maximus wusste über alle Details seines Planes gut Bescheid.

»Die Kanone eben sah doch ganz gut aus«, bemerkte der Comes. Er hatte die Szene in der Werkshalle zweifelsohne durch die Fenster des Arbeitszimmers verfolgt, die einen großzügigen Blick auf die Vorgänge in der Halle erlaubten.

»Sie war ein Fortschritt, aber leider trotzdem unbrauchbar. Ein feiner Riss. Beim ersten Abfeuern wäre das Rohr geplatzt und hätte die Bedienungsmannschaft verletzt, wenn nicht gar getötet. Aber wir kommen der Sache sicher näher.«

»Die Kanonen sind ein wichtiger Teil unseres Planes«, erinnerte ihn Maximus.

»Ich weiß das.«

»Ich zähle auf Euren Erfolg.«

»Ihr könnt Euch auf mich verlassen.«

Maximus' Gesichtsausdruck war nicht zu entnehmen, ob er dieser Versicherung Glauben schenkte oder nicht.

»Wir brauchen zwanzig Stücke, mindestens«, insistierte er.

Von Klasewitz verzog keine Miene. Vor nicht allzu langer Zeit waren andere Zahlen genannt worden. Maximus schien sich nicht sonderlich um sein Geschwätz von gestern zu kümmern.

»Es werden mindestens zwanzig werden, mit der notwendigen Munition«, erwiderte von Klasewitz und versuchte, dabei möglichst selbstbewusst zu wirken. In der Tat hing die Taktik der Aufständischen ganz entschieden davon ab, in den Feldschlachten nicht nur numerische Überlegenheit zu haben, sondern auch die Macht der Artillerie so effektiv wie möglich einzusetzen.

»Dreißig wären besser«, setzte Maximus nach.

»Dreißig sind möglich, aber nicht wahrscheinlich«, war des Freiherrn Antwort. Es nützte nichts, jemandem wie dem Comes Versprechungen zu machen, die man nachher nicht einhalten konnte. Der Mann schien zufrieden. Er hatte wahrscheinlich keine andere Antwort erwartet.

»Was ist mit den anderen Waffen? Wie habt Ihr sie genannt – Arkebusen? Handgranaten?«

Klasewitz nickte. »Ja. Einfache Gewehre, die von kräftigen Männern benutzt werden können. Ich hoffe immer noch, eine Zenturie mit diesen Waffen ausstatten zu können. Die Fortschritte hier sind ermutigend. Die Herstellung ist einfacher, da die Belastung der Rohre nicht so stark ist. Außerdem haben Eure Bemühungen dazu geführt, dass wir mittlerweile über eine ausreichende Menge an Schießpulver verfügen. Handgranaten sind einfacher. Wir haben eine einfache Variante entworfen. Wir werden einige Hundert herstellen können, solange uns genügend Schwarzpulver zur Verfügung steht.«

»Das sind gute Nachrichten. Es ist ein gefährliches Unterfangen. Lange werden wir diese Dinge nicht mehr geheim halten können. Es wird irgendwann etwas durchsickern. Rom schaut bereits misstrauisch auf mich. Ich weiß, dass es Männer beim Hofe gibt, die darauf aus sind, mich zu töten, weil sie die Geschichte – Ihre Geschichte – kennen und meine Rolle darin. Sie wissen nicht, dass ich Euch aufgenommen habe und ziemlich genau darüber in Kenntnis bin, was mir in Ihrer Zeit gelungen und misslungen ist. Gewisse Fehler werde ich nicht wiederholen. Aber ich habe bereits Dinge in die Wege geleitet, die von dem abweichen, was in Ihrer Version der Geschichte passiert ist.«

»Ihr habt von einem zweiten Plan gesprochen«, deutete von Klasewitz seine Neugierde an.

»Ich habe von einer Ergänzung unserer militärischen Vorgehensweise geredet«, korrigierte ihn der Comes. Es schien ihm Spaß zu machen, seinen Gesprächspartner noch etwas zappeln zu lassen. »Wir können nicht allein auf unsere militärischen Erfolge bauen, wir müssen an anderer Stelle ebenfalls zuschlagen.«

»Ihr wollt mir darüber nichts weiter sagen«, stellte von Klasewitz fest und konnte seine Enttäuschung nicht völlig verbergen. Gleichzeitig löste diese Tatsache Wut bei ihm aus. Er gehörte offenbar doch nicht zum innersten Zirkel der Verschwörung. Das würde sich ändern. Alles würde sich ändern. Jetzt sah er klar, einen deutlich abgesteckten Weg. Noch mochte Maximus ihn auf Abstand halten, aber es war offensichtlich, dass das Schicksal noch einige Überraschungen auf Lager hatte.

Maximus schlug von Klasewitz mit falscher Kameraderie auf die Schulter. »Es ist besser, wenn Ihr nicht alles wisst. Manche Dinge blühen besser im Verborgenen. Und gerade in dieser Sache ist absolute Geheimhaltung von großer Bedeutung.«

Freiherr von Klasewitz wusste ganz genau, wie der Comes das gemeint hatte. Oh ja. Einmal ein Verräter, immer ein Verräter, das waren die unausgesprochenen Worte dahinter. Ihm war nicht zu trauen. Grimmige Entschlossenheit erfüllte den Deutschen. Ja, er würde dem Comes beweisen, dass er in seiner Einschätzung durchaus recht hatte. Der Purpur, den dieser zu tragen beabsichtigte, würde, wenn überhaupt, nur kurz auf dessen Schultern ruhen.

Von Klasewitz lächelte und senkte devot den Kopf.

Noch war es nicht an der Zeit.

Maximus warf einen Blick auf die Konstruktionszeichnungen auf dem Arbeitstisch.

»Erklärt mir noch einmal das Prinzip jener Gewehre, über die die Männer der Saarbrücken verfügen«, verlangte er. »Ich muss wissen, was mich im schlimmsten Falle erwartet.«

Klasewitz unterdrückte ein Seufzen.

Noch war es nicht an der Zeit.

Aber bald. Aber bald.

11

Es war eine Freude, das leidende Gesicht ihres Gatten zu sehen. Es war ihre Rache dafür, dass er in ihrer Hochzeitsnacht nicht betrunken genug gewesen war und sie noch hatte nachhelfen müssen. Eine bittere und zugleich so süße Rache. Als der Wagen durch ein Schlagloch rumpelte und sie auf dem Sitz hin und her gerüttelt wurde, blieb Julia auf ihren weichen Kissen wohlbehütet und abgefedert. Sie hatte keinen Blick für die reizvolle Landschaft, sie starrte allein auf die zusammengesunkene Gestalt von Martinus Caius, der wenige Meter vor ihr auf dem Kutschbock saß, die Zügel in der Hand.

Julia hatte insistiert.

Der Weg war lang, voller Gefahren.

Und Martinus, Sohn eines Spediteurs, war ein Mann von Erfahrung, groß geworden auf den Straßen und Wegen des Reiches. Er hatte den Schweiß der Pferde, das Knarren der Achsen, die Flüche der Eseltreiber mit der Muttermilch aufgesogen. Ein Mann der Straße, ein Weiser des Weges, ein Held des Transports. Julia hatte ihn all dies genannt, mit leuchtenden Augen und schwärmerischem Gehabe, natürlich in Gegenwart seines Vaters und ihrer Mutter, und ungeahnter, ja ungläubiger Stolz war im Gesicht des älteren Caius zu erkennen gewesen. Da war es nur logisch, ja männlich, nein *römisch,* wenn Martinus, der getreue Ehemann, für die von seinem bezaubernden Weibe so sehr herbeigesehnte Hochzeitsreise selbst die Zügel in die Hand nahm. Dazu musste er auf dem harten Kutschbock sitzen und er durfte natürlich dem Wein – oder noch schlimmer, dem neuartigen germanischen Branntwein – nur in sehr geringen Mengen zusprechen. Sein Adlerauge galt dem Weg, sein suchender Blick möglichen Gefahren, und all dies zum Schutze und Komfort seiner, oh welch Segen Gottes, schwangeren Ehefrau.

Julia griff in eine Schüssel mit Früchten und schob sich einige Weintrauben in den Mund. Irgendwo im Reich gedieh immer irgendwas und der Vorteil einer Ehe mit dem Sohn eines Spediteurs war es, dass dieser all diese Dinge leicht beschaffen konnte. Eine Sklavin, die mit in ihrem Wagen reiste, reichte Julia einen Becher mit verdünntem Wein. Draußen war es kühl und es wurde immer kälter, je weiter sie nach Norden drangen. Doch Julias Wagen, umhüllt von einer dicken Plane, ausgepolstert mit Teppichen, war relativ gut temperiert.

Der arme Martinus Caius, Flüche ebenso heroisch unterdrückend wie seinen Wunsch, sich mit einem guten Schluck aufzuwärmen, zog seinen Mantel fester um sich. Julia ließ die Plane, die ihr einen Blick auf das Leid ihres Gatten gegönnt hatte, wieder zurückfallen, damit es nicht allzu kalt für sie wurde.

Es wäre für den jüngeren Caius alles halb so schwierig gewesen, wenn sein Vater nicht darauf bestanden hätte, dass die beiden weiteren Wagen, voller Proviant, Kleidung und anderen wichtigen Dingen, von einem erfahrenen und vertrauten Kolonnenführer aus seinen Diensten geleitet würden. Dieser würde jedes Nachlassen seines Sohnes sofort dem Chef berichten und Martinus Caius, durchaus erfreut über die plötzliche, positive Aufmerksamkeit in den Augen seines Vaters, wäre wieder der alte Schwächling gewesen.

Nein, so musste Julia halb anerkennend, halb ungläubig feststellen, da steckte irgendwo noch so etwas wie Stolz in ihrem ungeliebten Gatten. Stolz vielleicht auch auf seinen ungeborenen Sohn – natürlich »spürte« Julia, dass es ein Junge werden würde –, an dessen Zeugung er sich nicht genau erinnern konnte. Seine Frau hatte ihm seine Männlichkeit in so vielen Worten beschrieben, er selbst entsann sich nur noch daran, dass er sich wohl entkleidet und Gleiches von seinem Weibe verlangt hatte, danach aber …

Julia erinnerte sich besser. Germanischer Branntwein hatte sein Gutes. Der angetrunkene, aber erhitzte Caius hatte keines weiteren Zuspruches bedurft, um ein großes Glas davon zu trinken. Er war nach einem kläglich gescheiterten Versuch, den kleinen Martinus doch noch zum Einsatz zu bringen, röchelnd in ihren Armen eingeschlafen.

Das war, so musste sich Julia eingestehen, gerade noch einmal gut gegangen. Und seitdem hatte sich ihr Gatte ihr auch nicht mehr genähert. Einmal, eines Morgens, hatte er es versucht, doch Julia hatte sich betont vor seinen Augen erbrochen. Mit Hingabe.

Seitdem ließ er sie in Ruhe.

Julia warf einen kritischen Blick in den Wein. Das mit dem Erbrechen war keinesfalls simuliert gewesen, es war von Herzen gekommen. Die Schwangerschaft machte sich bemerkbar.

Der Wagen rumpelte wieder. Es war eine lange Reise, aber dennoch recht komfortabel. Martinus' Vater hatte seine besten Wagen aufgeboten, dazu acht Männer als Begleitung, vier davon von so starkem Körperbau und mit mächtigen Knüppeln bewaffnet, dass sich ihnen niemand nähern würde. Übernachten würden sie unterwegs nicht in Herbergen, wie es gewöhnliche Reisende taten, sondern immer bei Freunden der Familie, in angemessener Umgebung, in Sicherheit und mit Luxus. Julia wusste, dass Nachrichten ihrer Reise vorausgingen, mit expliziten Hinweisen an die freundlichen Gastgeber, den jüngeren Caius nicht durch zu offenherzigen Zugang zu den Kellern der Häuser von seinen neuen, ernst genommenen, männlichen, ja *römischen* Pflichten abzubringen. Gattin und Sohn, ja, ganz sicher, ein Stammhalter, hatten in seinen Händen sicher zu sein und das neu erweckte Verantwortungsgefühl, welch positiver Einfluss der neuen Ehefrau, sollte gehegt und gepflegt werden.

Martinus Caius hatte jedenfalls seit Beginn ihrer Reise sehr schlechte Laune und fast, aber nur fast, tat er Julia auch ein wenig leid.

Sie tröstete sich mit dem Gedanken, dass, sobald sie dem Zugriff ihrer angeheirateten Familie entschwunden war und sich als üble Schlampe entpuppt hatte, Martinus Caius endlich wieder eine Ausrede hatte, seinem liebsten Laster zu frönen, und für seine Darstellung des leidenden Betrogenen auch noch die Sympathie seiner Familie erwarten durfte.

Abgesehen vom Wackeln des Wagens und ihrer Freude am Leiden des Martinus gab es keine große Abwechslung für sie. Ihr Weg war ein relativ sicherer, da sie eigentlich nur der Militärstraße folgen mussten. Von Ravenna aus ging es direkt nach Aquilea, und von dort die Via Julia Augusta entlang – welch Ironie, wenn Julia das recht bedachte – weiter nördlich bis zur Provinzhauptstadt Virunum, der Kapitale von Noricum Mediterraneum. Von dort führte die Straße weiter zur Straßenstation Noreia bis nach Lauriacum, der Stadt, in der die Legion lag, bei der Thomas Volkert Dienst tat.

Wenn sie ihre Informationen nicht täuschten.

Wenn er noch in Noricum war.

Julia wollte nicht daran denken. Im schlimmsten Falle würde sie schlicht einen langweiligen Frühling in einer völlig uninteressanten Garnisonsstadt verbringen, weit entfernt selbst von den Annehmlichkeiten der Provinzhauptstadt Virunum. Sie würde dann nach Ravenna zurückkehren und ein Kind zur Welt bringen, das den Nachnamen Caius führen würde, zumindest so lange, bis sie herausfinden konnte, wo sich Thomas aufhielt.

Oder bis er sie fand.

Eines von beiden würde geschehen, dessen war sie sich sicher.

Der Wagen schaukelte erneut heftig. Ein unterdrückter Fluch ihres Ehemannes ließ Julia unwillkürlich lächeln.

»Die Reise erfreut Euch, Herrin«, versuchte sich die Sklavin in Konversation. Julia wollte sie erst anherrschen, doch dann fiel ihr ein, was Thomas Volkert zum Thema Sklaverei gesagt hatte, als sie das Thema einmal kurz diskutiert hatten. In seinem Haushalt, so hatte er mit einer Bestimmtheit gesagt, die neu für sie gewesen war, würde es keine Sklaven geben, nur freie Bedienstete, ordentlich bezahlt und behandelt. Und wenn kein Geld für Bedienstete da war, nun, dann eben nicht – dann würde er sie, Julia, bedienen und ihr jeden Wunsch von den Augen ablesen.

Er war so süß gewesen. Natürlich hatte Julia ihm Letzteres keine Sekunde geglaubt. Natürlich würden sie ein einfacheres Leben führen, aber sie hatte ja vorgesorgt. Eine Schatulle mit Schmuck, ein Gürtel, in den Golddenare eingenäht waren, ein Beutel mit Silber- und Kupfermünzen, alles leicht am Körper zu tragen. Davon konnte man ein kleines Stück Land erwerben, vielleicht ein paar Tiere, und sicher ein paar Sklaven.

Nein, korrigierte sie sich. Genau das würden sie nicht tun. Und es geziemte sich nicht, da war Julia altmodisch, sich den expliziten Wünschen ihres wahren Gatten zu verschließen. Sklaven waren Menschen. Und am besten waren sie frei. Julia war Christin und konnte diesen Gedanken zumindest theoretisch durchaus nachvollziehen.

Sie holte also Luft und lächelte die Sklavin an.

»Dein Name ist Claudia, nicht wahr?«, sagte sie warm.

»Ja, Herrin.«

»Du bist in Sklaverei geboren?«

Die junge Frau senkte den Kopf. »Ja, Herrin.«
»Wurdest du bisher von deinen Herren gut behandelt?«
»Ich bin zufrieden, Herrin.«
Die Antwort kam etwas zögerlich, klang eher höflich als ehrlich. Was sollte Claudia auch über ihre vorherige Arbeit sagen? Sie hatte zu den Bediensteten der Mutter von Martinus Caius gehört. Keine herausgehobene Stellung, aber die Arbeit einer Leibsklavin, direkt für die Herrschaft. Man sagte, dass alle männlichen Mitglieder der Familie zu Jähzorn neigten. Man sagte auch, dass der Ältere Caius, ermüdet von seiner unansehnlichen Frau, alles bestieg, was nicht rechtzeitig entkommen konnte.
Sklavinnen hatten normalerweise keine Chance, irgendwohin zu entkommen.
Julia beschloss, die Richtung des Gesprächs zu verändern. Claudia war nun offenbar als ihre Leibsklavin vorgesehen und sie nahm sich vor, das Leben der jungen Frau nicht unnötig schwer zu machen.
Wenn sie in Noricum ankamen und sie sich mit Thomas Volkert davonmachen würde, war Claudia wahrscheinlich den Launen ihres »Ehemannes« ausgesetzt. Andererseits würde sie nicht allzu viel durch ihn zu befürchten haben. Julia hatte dafür gesorgt, dass in einem der beiden Wagen ein Fass des neuen, germanischen Branntweins mitgeführt wurde. Sobald sie in Lauriacum angekommen waren, würde sie ihren Mann das Fass als freundliches Geschenk einer fürsorglichen Ehefrau überreichen.
Und verschwinden.
Martinus Caius würde sich auch ohne ihre Flucht bis zur Bewusstlosigkeit betrinken, dazu bedurfte es nicht einmal eines Anlasses. Und sobald er von ihrer Aktion erfahren hatte, würde er schlicht weitermachen.
Julia war das egal. Sie ging das alles dann nichts mehr an.
Offenbar ermutigt durch Julias Konversationsbereitschaft, wandte sich Claudia wieder an sie.
»Ich weiß, dass es unbotmäßig ist, Euch um etwas zu bitten, Herrin, vor allem, da ich Euch erst seit kurzer Zeit diene …«
Julia lächelte sie ermunternd an. »Sprich nur.«
»Sobald wir in Lauriacum sind, Herrin, und die Unterkunft angemessen und alles bereitet ist, darf ich dann vielleicht für einen halben oder ganzen Tag die Freiheit haben, meinen Bruder zu besuchen?«
»Dein Bruder lebt in Lauriacum?«
»Er ist ein Sklave bei einem reichen Patrizier der Stadt«, erklärte Claudia nun sehr eifrig. »Er wurde vor vier Jahren dorthin verkauft, da er gut schreiben und lesen kann, und arbeitet als Schreiber. Manchmal schickt er mir einen Brief, aber ich kann weder schreiben noch lesen und muss immer jemanden finden, der ihn mir vorliest, und kann nur selten antworten. Schreiber sind teuer und bisher habe ich nur sehr wenig Geld erhalten.«
Wenn es ein schönes Argument für Thomas' Beharren auf ordentlich bezahlten Bediensteten gab, dann wohl dieses.

»Jedenfalls will ich ihn gerne wiedersehen. Wir sind uns sehr nahe«, fügte Claudia halb schüchtern, halb hoffnungsvoll zurück. »Erst vor Kurzem schickte er mir einen Brief.«

Julia nickte.

»Natürlich wird sich das einrichten lassen«, meinte sie großzügig und freute sich, als Claudia mit einem dankbaren Lächeln antwortete. »Und ein Handgeld sollst du auch bekommen, jetzt, da du in meinen Diensten stehst. Jeder Mensch, ob Sklave oder frei, sollte ein paar Münzen in der Tasche haben.«

Der freudige Gesichtsausdruck der Sklavin wurde noch intensiver. Sie neigte den Kopf, wohl auch, um eine Träne in den Augenwinkeln zu verbergen.

»Sag, was schreibt dein Bruder über die Zustände in Lauriacum? Er wird doch sicher den üblichen Tratsch und die wichtigsten Nachrichten aus der Gegend erzählt haben?«

Claudia nickte eifrig. »Er schreibt viel und gerne, der gute Remius. Er hat viel berichtet über die großen Truppenbewegungen am Legionslager. Offenbar werden aus dem ganzen Land Einheiten in die Stadt gezogen. Die Tavernen sind voll von Kämpfern aus allen Ecken des Reiches.«

Julia runzelte die Stirn. Ein ungutes Gefühl beschlich sie.

»Hat er geschrieben, was wohl der Grund sei?«, hakte sie nach. »Ein neuer Feldzug gegen die Germanen? Die Sarmaten sollen ja aufmüpfig geworden sein!«

Claudia zuckte mit den Achseln. »Er weiß nichts Genaues. Man sagt sich, eine größere militärische Expedition in den Osten sei geplant. Und es handele sich letztlich nur um eine relativ kleine Truppe, alle zu Pferde, und man habe gehört, dass Zeitenwanderer sie begleiten würden. Näheres wisse er auch nicht. Wir werden es sicher bald erfahren, wenn wir dort eintreffen, Herrin!«

Julia nickte abwesend. Eine plötzliche Kälte durchfuhr sie und sie zog den Umhang um ihre Schultern fester. Eine böse Ahnung beschlich sie, ein Gedanke, der keinen rationalen Ursprung hatte, der einfach in ihr aufstieg und sie nicht wieder losließ.

»Wann … wann bricht diese Truppe auf?«, brachte sie schließlich hervor.

»Ich weiß es nicht, Herrin. Aber normalerweise doch, sobald das Wetter gut genug ist, dass man schnell vorankommt. Andererseits, wenn alles Reiter sind … sie könnten schon unterwegs sein. Der Brief ist jetzt gut zwei Monate alt, Herrin.«

Wenn Claudia über das plötzliche Interesse Julias an römischen Truppenbewegungen verwundert war, so zeigte sie es nicht. Sie war einfach nur froh, dass die Aussicht bestand, ihren Bruder treffen zu können – und ein paar Münzen in der Hand halten zu dürfen. Dafür konnte sie auch seltsame Fragen beantworten.

Julia sagte nichts mehr, starrte auf die Plane des Wagens, ihre Gedanken in plötzlichem Aufruhr. Natürlich hieß das erstmal gar nichts, beruhigte sie sich selbst. Thomas Volkert war ein frisch in den Dienst gepresster Legionär. Er konnte reiten, ja, das hatte er ihr einmal anvertraut, aber das musste ebenfalls noch nichts bedeuten. Sie zogen Männer, offenbar von besonderer Befähigung, aus dem ganzen Reich zusammen, und Lauriacum war nur der Sammelpunkt. Thomas würde sich das Treiben wahrscheinlich nur interessiert anschauen, aber nicht Teil der Aktion sein.

Bestimmt nicht.

Ganz sicher.

Und doch nagte da dieser Gedanke an Julia, dass ihr Thomas, aufgrund einer wilden Fügung des Schicksals, es doch geschafft hatte, die Aufmerksamkeit seiner Vorgesetzten positiv zu wecken und nun auch zu jener Expedition gehörte. Schließlich war er doch auch befördert worden und …

Eine Expedition, die möglicherweise schon aufgebrochen war.

Die Reise nach Noricum kam vielleicht schon zu spät.

Furcht erfasste Julia, Furcht vor der Sinnlosigkeit ihres Unterfangens, in das sie so viel Hoffnung gelegt hatte. Der Wagen ruckelte. Ihr Ehegatte fluchte. Julia war es egal.

Sie hatte es jetzt eilig.

Sehr eilig.

Bertius war eigentlich zu klein für einen Legionär.

Da man aber mittlerweile so gut wie jeden nahm, war jemand von seiner geringen Körpergröße keine Ausnahme mehr in den römischen Streitkräften. Er gehörte zu den Wenigen, die sich freiwillig gemeldet hatten, und das vor mittlerweile gut zehn Jahren. In dieser Zeit waren trotz aller Einsätze sein Bauch dicker, sein Haar dünner und sein Blick wässriger geworden. Ersteres lag an seiner Vorliebe für kandierte Früchte, in die er einen Teil seines Soldes investierte, das Zweite am Alter und seiner Neigung zur Kahlköpfigkeit und das Letzte an seiner Vorliebe für Wein, in den er den anderen Teil des Soldes investierte. Die Tatsache, dass er trotz seiner zehn Jahre bis jetzt noch nicht über den Rang eines einfachen Legionärs herausgekommen war, hatte wiederum sehr viel damit zu tun, dass Bertius dabei einen hervorragenden Instinkt dafür entwickelt hatte, sich vor lästigen, anstrengenden und möglicherweise lebensgefährlichen Aktivitäten zu drücken. Immer haarscharf an der Insubordination vorbei, immer jemanden gefunden, dem er die Schuld für seine eigene Nachlässigkeit in die Sandalen schieben konnte, immer bereit, sich hinter dem Rücken anderer zu verstecken, wenn es hart auf hart kam – eine Vorgehensweise, bei der ihm seine geringe Körpergröße in beträchtlichem Maße hilfreich war. Dafür erzählte er gerne und viel von seinen angeblichen Ruhmestaten, vor allem dann, wenn jemand anders die Zeche bezahlte. Seine einfache germanische Abstammung aus einem Dorf in der Nähe der Lahn kaschierte er meist durch groß angelegte Epen, in denen er ein verstoßener Fürstensohn war, der von seinen Feinden getrieben Obhut in den Grenzen des Römischen Reiches gefunden hatte.

Kurz, Bertius, der Germane, war ein Schwätzer und ein Drückeberger und Thomas Volkert hatte die Freude, in dieser Nacht mit ihm Wache zu stehen. Für den Dekurio war das etwas angenehmer – er musste die Runde machen und alle wachhabenden Soldaten überprüfen, ob sie nicht etwa schliefen oder ihre Pflichten anderweitig vernachlässigten. Fand er einen Mann vor, der sich dessen schuldig gemacht hatte, sah die Legion drakonische Strafen vor, die bis zum Tode des Unachtsamen führen konnten. Da auch Bertius nicht sterben wollte – tatsächlich hatte er dies während seiner ganzen militärischen Karriere mit großem Eifer zu verhindern gesucht –, war er wachsam und, leider, auch mitteilungsbedürftig. War Dekurio Volkert bei seiner nächtlichen Runde an seinem Posten angekommen, streckte sich die eher gedrungene Gestalt des Legionärs, ein Leuchten fuhr über Bertius' Gesicht und er begann, Volkert mit allerlei Mutmaßungen, Gerüchten und Geschichten aufzuhalten. Dass er dies vornehmlich tat, um der tödlichen und einschläfernden Monotonie der Wache zu entfliehen, wusste Volkert sehr wohl. Diese Monotonie wurde noch durch die Tatsache verstärkt, dass hier, inmitten einer Garnisonsstadt, zumindest vorerst trotz der Nähe zur Grenze nicht mit feindlichen Angriffen zu rechnen war. Die größte

Herausforderung mochten Legionäre auf Stadtgang sein, die betrunken ins Lager zurückwollten, obwohl die Tore bei Sonnenuntergang geschlossen wurden.

Heute Nacht passierte nicht einmal das und Bertius war voller Drang, seinem Dekurio interessante Dinge darzulegen, die Volkert entweder schon ein Dutzend Mal gehört hatte oder die er schlicht nicht hören wollte.

Rang hatte seine Privilegien, also konnte er dem Legionär normalerweise über den Mund fahren und weitermarschieren, in der Hoffnung, dass letztlich doch die Müdigkeit siegen und Bertius bei seiner nächsten Runde verstummen würde. Volkert sagte sich, dass er sogar ein Eindösen des Mannes ausnahmsweise als mindere Pflichtverletzung ahnden würde, wenn er nur endlich den Mund hielt.

Doch Bertius hatte noch viel zu sagen.

Als Volkert das dritte Mal in dieser Nacht, kurz nach ein Uhr morgens, am Posten des dicken Legionärs vorbeikam, war dieser offensichtlich hellwach. Und ehe der Dekurio ihm bedeuten konnte, den Mund zu halten und einfach seinen Pflichten nachzukommen, hatte dieser auch schon das Wort an ihn gerichtet. Die Begeisterung, mit der Bertius seinem Mitteilungsdrang nachkam, machte es einem im Grunde freundlichen Menschen wie Volkert schwer, ihn einfach so zu unterbrechen.

»Wisst Ihr, Dekurio«, begann Bertius eifrig und knetete seine Wurstfinger dabei. »Ich habe gehört, dass die große Expedition in den Osten nunmehr losgehen soll. Morgen treffen die Zeitenwanderer ein, hat man mir gesagt.«

Volkert kam nicht umhin, jetzt aufzuhorchen. Dass die Kundschaftermission in den Osten, für die auch er eingeteilt worden war, bald aufbrechen sollte, war ihm bewusst. Und auch die Tatsache, dass eine Abteilung deutscher Infanteristen sie begleiten würde, lag ihm, seit er davon erfahren hatte, schwer im Magen. Aber hatte Bertius tatsächlich ausnahmsweise mal eine wichtige Information aufgeschnappt?

Der wohlbeleibte Legionär schien Volkerts plötzlich aufgeflackertes Interesse zu bemerken, denn er beeilte sich sofort, die gute Gelegenheit auszuschlachten.

»Es ist wahr, Dekurio«, erklärte er mit gewichtigem Tonfall. »Morgen treffen die Zeitenwanderer ein. Es soll sogleich zu einer Demonstration der Donnerwaffen kommen, damit die Soldaten, die mit den Zeitenwanderern zusammen ausrücken, sich daran etwas gewöhnen können. Und dann, nur wenige Tage später, soll die Mission bereits ausrücken.«

Bertius senkte seine Stimme, wurde fast verschwörerisch. »Ich habe gehört, Ihr sollt dazugehören, Dekurio!«

Volkert nickte geistesabwesend. Er grübelte bereits darüber nach, wie er sich am besten aus der Affäre ziehen konnte. Sicher, man kannte ihn hier nicht unter seinem richtigen Namen. Er hatte sich einen kunstvoll gestutzten Backenbart wachsen lassen und die Monate bei der Legion hatten ihn sicher generell geprägt, sodass keiner der Infanteristen ihn auf den ersten Blick wiedererkennen würde. Glücklicherweise hatte er auch nur oberflächliche Kontakte zu den

Grauen gehabt, als er noch auf der *Saarbrücken* gewesen war. Lediglich mit Hauptmann Becker hatte er des Öfteren zu tun gehabt.

Und der war tot, wie man hörte.

Mit etwas Glück konnte er verbergen, dass er Deutsch sprach. Mit etwas Glück würde es ihm gelingen, sich so weit entfernt wie nur möglich von den Infanteristen aufzuhalten. Volkert warf Bertius einen prüfenden Blick zu. Vielleicht vermochte er sogar von diesem Exemplar diesbezüglich noch etwas lernen?

Bertius interpretierte den Blick des Dekurios falsch und machte einen Schritt zurück.

»Natürlich«, stammelte er, »wäre es mir eine große Ehre, zu den Ausgewählten für diese ruhmreiche und sehr wichtige Mission zu gehören. Aber ich bin eigentlich unwürdig. Erfahrene Männer, Männer, die den Geist Roms viel besser repräsentieren als ich, sollten an meiner Stelle vorgezogen werden, um den Erfolg der Expedition zu gewährleisten.«

Volkert grinste. Bertius war tatsächlich der Ansicht gewesen, dass er kurz davorstand, von ihm für die Reise nach Osten rekrutiert zu werden. Dabei erfüllte der Legionär bereits die Grundvoraussetzung nicht: Er konnte nicht reiten.

Zumindest hatte er das behauptet, als die Legionäre befragt worden waren.

»Glaubt mir, o Herr«, missdeutete Bertius den Gesichtsausdruck Volkerts erneut. »Ich wäre Euch nur eine Last. Seht mich an! Ich schleppe mich durch den Dienst in meinem verzweifelten Versuch, einen kläglichen Beitrag zur Rettung des ruhmreichen Rom zu leisten. Der Gedanke, dass ich durch meinen doch so geringen Einsatz die Kinder des Reiches sicher in ihren Betten weiß, erfüllt mich mit großer Befriedigung, und gerade die Aussicht auf eine gefahrvolle Mission, an der ich zweifelsohne scheitern würde, macht mir große Angst – nicht um mein erbärmliches Selbst, sondern darum, dass ich Rom nicht gerecht werden und meinen Ahnen Schmach bereiten würde.«

Volkert schüttelte den Kopf. Bertius' in jahrelanger Übung als Drückeberger geschultes rhetorisches Talent war beeindruckend.

»Deine Ahnen sind doch wilde Germanen, die sich über jedes Problem Roms sehr freuen würden«, gab Volkert zu bedenken.

Bertius hielt einen Moment inne, dann leckte er sich über die Lippen, um etwas Zeit zu gewinnen. »Das ist wahr, aber germanische Tapferkeit und der Anstand, dem rechtmäßigen Herrn größte Loyalität …«

»Da fällt mir ein: Hast du nicht erzählt, dass du bei deiner Flucht vor den Häschern, die dich nach der Ermordung deines ruhmreichen Vaters töten wollten, tage- und nächtelang durchgeritten seiest, ehe du im Reich Sicherheit gefunden hast?«

Bertius schluckte. »Ähm, nun, ich war damals noch jung und voller Verzweiflung. Da gelingt einem, was einem in gesetzterem Alter und in der Ruhe eines ordentlichen Lebens möglicherweise wieder entgleitet, wenn Ihr versteht, edler Dekurio.«

»Der edle Dekurio wird dafür sorgen, dass du morgen auf ein Pferd gesetzt wirst, o tapferer Bertius«, kündigte Volkert an. Der leicht scharfe Unterton seiner Aussage signalisierte dem Legionär, dass dies nicht Teil des scherzhaften Geplänkels war. Volkert hatte viel Verständnis für die charakterlichen Eigenheiten seiner Leute und ließ ihnen in diesem rauen Leben Raum, wo es nur ging. Aber Bertius trieb es mit seinem Ansinnen, im Dienst der Streitkräfte ein gemütliches Leben zu führen, zu weit.

Und, was erschwerend hinzukam, er war ein Freiwilliger. Volkert verstand, dass die in den Dienst gepressten Soldaten ihre Pflicht mit weniger als der notwendigen Motivation versahen – aber ein Freiwilliger mit zehn Jahren Erfahrung auf dem Buckel?

Bertius sagte nichts mehr, drehte sich um und starrte in die Dunkelheit, als würde er erwarten, jeden Augenblick von wilden Sarmaten angegriffen zu werden.

Volkert setzte seinen Rundgang fort. Das Gespräch mit Bertius hatte ihn lang genug von seinem eigentlichen Problem abgelenkt, um wieder etwas Ruhe zu finden. Einen kühlen Kopf zu behalten, das war jetzt die eigentliche Herausforderung.

Er spürte eine gewisse Wehmut, als er an die Infanteristen dachte, die morgen eintreffen würden. Sie repräsentierten ein Stück Heimat. Sie gehörten eigentlich zu ihm. Aber er durfte sich ihnen nicht offenbaren. Zu groß war die Gefahr, dass er verhaftet und gebunden nach Ravenna geführt werden würde. Das Todesurteil würde mit Sicherheit folgen.

Er durfte das nicht zulassen, nicht um seinetwillen und nicht aufgrund seiner Liebe zu Julia, die für ihn zu einer Konstante seiner Existenz geworden war. Er wollte und würde die Hoffnung nicht aufgeben.

Und wenn es bedeutete, gegen die Hunnen zu reiten, dann sollte es so sein.

Als Volkert wieder beim Wachfeuer ankam, gesellten sich zwei weitere Unteroffiziere zu ihm, die wie er an anderen Abschnitten des großen Lagers ihre Runden drehten, um die Posten zu beaufsichtigen. Volkert kannte sie nur vom Sehen, sie dienten in anderen Teilen der Legion, mit denen seine eigene Abteilung eher selten zu tun hatte. Schweigsam saßen sie um das flackernde Feuer, genossen die kurze Pause, die es ihnen gestattete, sich aufzuwärmen.

Eine Amphore mit *Pesca* machte die Runde, das mit Essig versetzte Wasser war das Standardgetränk des römischen Soldaten. Während des Wachdienstes war jede Form von Alkohol, auch der üblicherweise stark verdünnte Wein, absolut verboten. Pesca schmeckte so, wie man es erwarten konnte, säuerlich bis ungenießbar, aber das meist stark verkeimte Wasser war oft nur durch den Essigzusatz genießbar zu machen. Volkert hatte anfangs seine Schwierigkeiten gehabt, sich an das Getränk zu gewöhnen, musste aber zugestehen, dass es durchaus erfrischend war, auch wenn die Erfrischung dadurch erzeugt wurde, dass einem ein Schauer des Widerwillens durch den Körper fuhr. Zur nächtlichen Speisung gab es das übliche Mahl des Legionärs, den *Puls* oder Getreidebrei.

Obgleich es diesen durchaus in verschiedenen Variationen gab – und in dem, den die Männer sich für diese Nacht gekocht hatten, fanden sich auch Stücke von Rindfleisch –, hatte Volkert nie eine große Leidenschaft dafür entwickelt. Viele der Feinde Roms nannten die Legionäre auch gerne »Breifresser«, ein Schimpfwort, das die Männer mit Gleichmut akzeptierten. Getreidebrei war einfach herzustellen, die Zutaten auch während des Marsches gut zu beschaffen und er sättigte schnell. Das Schrot, das wusste Volkert, gab vor allem bei langen Märschen die notwendige Energie, die die Männer für die großen Anstrengungen benötigten, und daher waren Fleischgerichte meist nur dem Lagerleben vorbehalten, wenn der Nachschub einigermaßen funktionierte. Hier, in einer Garnisonsstadt, war die Auswahl an Gerichten natürlich ungleich größer und die Tatsache, dass die wachhabenden Unteroffiziere ohne große Diskussionen einen Topf mit Brei angesetzt hatten, zeigte, dass dies eine Gewohnheit war, die tief in allen Legionären steckte. Letztlich kam auch Volkert nicht umhin, nachdem er einen Teller der warmen Masse in sich hineingeschaufelt hatte, das angenehme Gefühl des gefüllten Magens und die Kraft, die diese Speise ihm gab, zu schätzen. Immerhin wurde gemeinhin kein Gaurum zugefügt, was Volkert nur recht war, denn diese Form der Würze würde er sein Lebtag nicht genießen können.

So verging die Nacht. Als Volkert seine Runde wieder aufgenommen hatte und bei Bertius vorbeisah, war auch dieser damit beschäftigt, den Blick stets auf das durch Fackeln erhellte Vorfeld des Lagers gerichtet, von einem Teller kalten Puls zu löffeln. Die beste Methode, die umfassenden Vorträge des dicken Legionärs zu beenden, war, wie Volkert wusste, ihm etwas zu essen zu geben. Dass Bertius natürlich auch nur Pesca trinken durfte, war für den Mann eine echte Tortur, die er aber mit Fassung trug. Die Freude und der Eifer, mit denen er den kalten Brei in sich hineinstopfte, das Knirschen und Knacken, wenn nicht richtig zerstampfte Körner sich an den Zähnen abarbeiteten, waren ein eindeutiges Bild. Auch diese Nacht, so war sich Volkert sicher, würde aus Bertius keinen schlanken und ranken Vorzeigesoldaten machen.

Ein mehrwöchiger Ritt konnte da wahre Wunder vollbringen.

Volkert lächelte, als er weiterging.

Er hatte seine Ankündigung nicht vergessen.

13

Es gab verschiedene Gründe, warum die *Valentinian* im späten Winter losgefahren war. Ein wichtiger Grund war die Tatsache, dass zu dieser Jahreszeit die Schifffahrt auf dem Mittelmeer weitgehend zum Erliegen kam: Im Regelfalle verboten die Behörden sogar das Auslaufen größerer Schiffe im Zeitraum zwischen November und März. Die schwere See des ohnehin unberechenbaren Mittelmeers stellte für die Schiffe der Spätantike eine große Herausforderung dar. Dies hatte für den Dampfsegler zwei wichtige Vorteile: Zum einen würde man auch nicht auf vorwitzige Piraten stoßen, denn für die gab es zu dieser Jahreszeit nichts zu holen, und zum anderen würde ihre Ankunft in Alexandria außerhalb der regulären Saison den Neuigkeitswert erheblich steigern und damit den propagandistischen Effekt, den man mit der Reise ebenfalls verband, nur noch verstärken.

Da außerdem kurz nach dem Auslaufen des Schiffes ein beständiger, frischer Nordwind wehte, kam das Schiff auch ohne Einsatz der Dampfmaschine gut voran. Der starke Wind führte zu unruhiger See, die jedem Ruderschiff zum Verhängnis geworden wäre, und auch viele der antiken Segelschiffe hätten massive Probleme gehabt – vor allem jene, die von Süden nach Norden zu reisen beabsichtigten, denn in den Wind zu kreuzen war eine noch weitgehend unbekannte Vorgehensweise. Die hochbordige und durch ihren mächtigen Kiel sehr stabil im Wasser liegende *Valentinian* mochte tatsächlich keine Schönheit sein, das strahlende Gesicht von Trierarch Africanus zeigte jedoch, dass er mit dem Verhalten auf See mehr als nur einverstanden war. Für den Kapitän eröffnete sich eine völlig neue Erfahrung der Seefahrt, eine nie geahnte Sicherheit und Stabilität der Schiffsführung und das alles sogar ohne Dampfkraft. Ließ der Wind einmal nach oder drehte er für kurze Zeit, war die Freude noch größer, wenn die *Valentinian* langsam zwar, aber mit großer Beharrlichkeit gegen den Wind anstampfte und nicht zurück an die italische Küste getrieben wurde. Trotz der geringschätzigen Meinung von Oberheizer Forstmann arbeitete die aus guter Bronze gefertigte Dampfmaschine ordentlich und zuverlässig. Der junge Marcellus half unter Deck bei der Wartung des technischen Wunderwerks und soweit Köhler das mitbekam, wuchs sein Verständnis für die Funktionsweise der Maschine mit jeder Stunde, die er mit ihr zubrachte. Jeder Aberglaube, jede scheue Furcht, die noch so manches andere Besatzungsmitglied des Dampfseglers erfüllen mochte, waren dem Jungen völlig fremd. Er sog das faszinierende technische Wissen auf wie ein Schwamm. Vielleicht würde sich Dahms' Wunsch, aus dem Jungen den ersten echten römischen Ingenieur zu machen, tatsächlich erfüllen.

Ein anderes Besatzungsmitglied, das mit fast schon kindlicher Freude jede Furcht und jede Vorsicht von sich wies, war der alte Sepidus. Der Seebär, zu dem Köhler eine starke Wesensverwandtschaft empfand, war kaum vom Steuer zu lösen, schlief nur maßvoll und übernahm das Ruder zu jeder sich bietenden Gelegenheit. Als Gubernator, der mit schwerfälligen und unsicheren Triremen groß geworden war, musste die *Valentinian* so etwas wie eine Offenbarung für ihn darstellen. Er war möglicherweise noch begeisterter von dem neuen Spielzeug als Africanus, und der grinste bereits wie ein Honigkuchenpferd.

Und so kam die *Valentinian* gut voran. Bei gutem Wind machte sie acht bis zehn Knoten, bei schlechtem Wind immer noch vier bis fünf, angetrieben durch die unermüdliche und mit Holzkohle befeuerte Dampfmaschine. Köhler war froh, dass die Winde ihnen generell gnädig waren, denn Holzkohle war nicht halb so effektiv wie Steinkohle, und obgleich man den Dampfsegler mit guten Vorräten gefüllt hatte, bezweifelte der Hauptbootsmann, dass es das Schiff mit durchgehend auf voller Last laufender Maschine bis nach Alexandria geschafft hätte. Steinkohle, das wusste er, stand auf der Prioritätsliste zu beschaffender Rohstoffe ziemlich weit oben, nicht zuletzt, weil die Vorräte der *Saarbrücken* fast aufgebraucht waren und der Kleine Kreuzer immobil zu werden drohte.

Für die Reise nach Alexandria benötigten sie bei ihrer derzeitigen Geschwindigkeit rund sieben Tage. Köhler hatte den Kurs angesichts der Erfahrungen von Africanus und der genauen Karten gut berechnen können. Der Küstenverlauf war anders als im 20. Jahrhundert, manche Teile der Küste waren im Verlaufe der Jahrhunderte vom Mittelmeer erobert worden. Ein Süßwassersee, der unweit der Küste im Inland lag und der derzeit Alexandrias größtes Süßwasserreservoir war, bestand zwar im 20. Jahrhundert noch, war aber mit dem Meer verbunden und daher versalzen. Auch sonst gab es einige Änderungen, wenngleich diese letztlich nur marginaler Natur waren. Es gehörte zu den Aufgaben der *Valentinian,* am Beispiel der Stadt aufzuzeigen, wie weit die deutschen Karten von der Realität der Spätantike abwichen.

Die Zeit verging ohne größere Vorkommnisse. Die See war zwar rau und der Wind launisch, aber vor einem richtigen Wintersturm blieben sie verschont und es wurde mit jedem Tag wärmer. Am Ende des sechsten Tages, nach Einbruch der Dunkelheit, als ein sternenklarer Himmel sich über der Besatzung des Dampfseglers erstreckte, erkannte Marcellus mit wachen Augen einen Lichtschein im Süden.

»Das«, erklärte Africanus, »ist der Leuchtturm von Alexandria, der Pharos. Er ist eines der Wunder der Welt.« Köhler, dessen schulische Bildung eher begrenzt war, fiel diese Tatsache bei der Bemerkung des Trierarchen wieder ein. Zu seiner Zeit gab es den Leuchtturm nur noch in Legenden und Zeichnungen, er war lange zerstört worden.

Die Nacht verging schnell. Das Licht des Pharos reichte in einer klaren Nacht bis zu fünfzig Kilometer auf das Wasser hinaus und die *Valentinian* hatte ihre Geschwindigkeit verringert, um beim Morgengrauen in den Hafen einlaufen zu können. Als die Sonne aufging, entfaltete sich bereits die ganze Pracht Alexandrias vor den Augen der Besatzung und Africanus beobachtete mit Amüsement, dass die Deutschen genauso wie Marcellus mit offenen Mündern den

Anblick genossen. Da war erst einmal natürlich der Leuchtturm, der sich nach Köhlers vorsichtiger Schätzung mehr als 130 Meter in die Höhe reckte, in drei Stockwerke eingeteilt, von denen jedes auf dem darunterliegenden ruhte und von jeweils geringerem Umfang war. Jetzt, so nahe gekommen, erkannte man auch, dass der berühmte und beeindruckende Leuchtturm nicht alleine war. Ein kleinerer stand gegenüber, auf einem Kap, und wurde, wie Africanus erklärte, Pharillon genannt. Er war zwar etwas kleiner als das Wahrzeichen Alexandrias, bot aber in der Nacht und im Nebel eine klare Demarkation der Hafeneinfahrt. Jetzt, an diesem frischen und sonnigen Morgen, standen sie dort als steinerne Zeugnisse einer antiken Bautechnik, die alle rechtschaffen beeindruckte, die sie noch nie gesehen hatten. Africanus und Sepidus, die beide schon mehrmals hier gewesen waren, störten die Beobachter nicht in ihrem andächtigen Starren. Für Africanus war dies sowieso eine Art Heimkehr, stammte seine Familie doch aus einem Fellachendorf weiter südlich am Nil.

Die *Valentinian* kam aus westlicher Richtung in den Hafen. Als sie die Leuchttürme hinter sich gelassen hatten, konnte man an Backbord das imposante Panorama der in vielen Farben in der Sonne glänzenden Paläste erkennen. Hier, in den weitläufigen Gebäuden, nahe an der See und fern des Gestanks der Metropole, lebten die Reichen und Hochgestellten, die mächtigen Reederfamilien der Stadt, die Händler, hohe Beamte des Reiches oder schlicht jene, die von altem Geld waren. Diese Stadt, gegründet vom legendären Alexander, war auch vor der Eroberung durch die Römer ökonomisches und administratives Zentrum gewesen, und viele der griechischen und ägyptischen Familien, die heute noch hier lebten, konnten ihre Stammbäume und ihren Einfluss auf die Geschicke Alexandrias viele Hundert Jahre zurückverfolgen. Es gab genug wohlhabende Stadtbürger, die von dem lebten, was ihre Vorfahren erarbeitet hatten, und ihr angenehmes Dasein wurde durch die großartigen Palastbauten sehr augenscheinlich gemacht.

Je näher sie den eigentlichen Anlegestellen kamen, desto mehr entfaltete sich die atemberaubende Pracht der Stadt vor ihren Augen. Auch jene, die schon öfters hier gewesen waren, kamen nicht umhin, von ihrer Arbeit aufzusehen und sich zumindest für einige Momente dem Anblick zu widmen. Direkt in ihrem Sichtfeld ragte das große Theater der Stadt auf, dicht am Ufer gebaut, mit einer eigenen Anlegestelle, damit sich die Reichen und Schönen von den Palästen, ohne sich auf die staubigen und anstrengenden Straßen begeben zu müssen, über das Wasser zu den abendlichen Aufführungen rudern lassen konnten. Gleich neben dem Großen Theater erstreckte sich das eigentliche Hafengebiet mit seinen Anlegestellen, zahlreichen Werften und einem weitläufigen Marktbereich mit Hallen und offenen Lagerflächen, auf denen auch jetzt, trotz der Tatsache, dass zu dieser Zeit kaum Schiffe in der Stadt eintrafen, ein reges Treiben herrschte. Als die *Valentinian* die Leuchttürme passiert hatte, war die Anweisung gegeben worden, obgleich eigentlich unnötig, die Dampfmaschine anzuwerfen, sodass das Einlaufen den gewünschten propagandistischen Effekt haben würde.

Das Arbeitsgeräusch der Dampfmaschine hallte über das weite Hafenbecken und brach sich an den hohen und imposanten Bauwerken am Ufer, und es dauerte nicht lange, bis sich eine stattliche Menge an Schaulustigen angesammelt hatte, um dem majestätischen Hereingleiten der *Valentinian* beizuwohnen. Zu Köhlers Beruhigung erschien auch rasch eine Kohorte der Hafenwache, die den Anlegeplatz abzusperren und allzu vorwitzige Zuschauer zurückzudrängen begann.

Köhler löste seinen Blick vom Panorama der Stadt. Er würde noch genug Gelegenheit haben, sich in den Tempeln und Kirchen und auf den großen Plätzen umzusehen. Doch er erkannte bereits, dass seine Hilfe nicht benötigt wurde: Africanus hatte alles im Griff. Als die Dampfmaschine erstarb und das Schiff sich mit einer sanften, fast nicht mehr bemerkbaren Bewegung an die Kaimauer schob, die Seile herüberflogen und die *Valentinian* festgemacht wurde, war ihre Jungfernfahrt offiziell vorbei. Es war klar, dass sich die Neukonstruktion hervorragend bewährt hatte.

An der Kaimauer hatte sich neben den Schaulustigen eine Abordnung der Stadt eingefunden, lokale Honoratioren, die die erste Begrüßungsrunde dominieren würden. Natürlich würde es auch einen Empfang beim Statthalter Roms in diesem Teil Afrikas geben, ehe man sich auf die Reise ins Landesinnere machen konnte, um so schnell wie möglich zum Roten Meer zu gelangen und von dort aus auf dem Seewege Aksum zu erreichen.

Als die *Valentinian* fest verzurrt war, schob sich Marcellus an die Reling und sah Köhler und Africanus erwartungsvoll an.

»Darf ich mir die Stadt ansehen?«, fragte er eifrig.

Köhler warf Africanus einen Blick zu. »Wir beide sind mit den Offiziellen eine Weile beschäftigt und wir müssen sicher eine kleine Wache zurücklassen – aber ich sehe kein Problem darin, heute dem Rest der Mannschaft Landgang zu gewähren.«

»Vor allem Euch Zeitenwanderern«, meinte Africanus. »Ihr kennt bisher nur Ravenna und Thessaloniki. Ihr müsst Euch mit dem Imperium vertraut machen. Eine römische und eine griechische Stadt sind etwas anderes als Alexandria.«

»Was ist der Unterschied?«

Africanus lächelte. »Alexandria ist Alexandria. Hier findest du sie alle, aus aller Welt, aus allen Regionen des Reiches. Hier findest du alle christlichen Kirchen und alle anderen Religionen, hier findest du die größte Gelehrsamkeit neben der fanatischen Dummheit. Es gibt keine Stadt wie Alexandria.«

Der Trierarch sah sich suchend um, dann winkte er Sepidus.

»Mein alter Freund hier«, sagte er, als sich der Mann mit dem wettergegerbten Gesicht zu ihnen gesellte, »war schon viele Male in seinem Leben in Alexandria. Er hatte hier sogar mal eine feste Freundin. Laviria hieß sie, oder?«

Der ältere Mann verdrehte die Augen. »Musst du die alten Geschichten immer wieder aufwärmen, Africanus!«

»Sie hatte Feuer!«

»Oh ja, aber leider nicht unter ihrem Herd. Jedes Mal musste ich sie in die Taverne führen und meinen Sold für Mahlzeiten hergeben, die sie fast alleine verspeiste. Und nach dem dritten Jahr war das deutlich zu erkennen!«

Africanus grinste, als Sepidus auf meisterhafte Art und Weise eine Leidensmiene aufsetzte.

»Sepidus war damals Secutor auf einer Trireme, die zum alexandrinischen Kontingent gehörte«, erklärte er Köhler. »Kurz danach wurde er nach Ravenna versetzt.«

»Einer der großen Glücksfälle meines Lebens. Laviria sprach plötzlich vom Heiraten!«

»Ja, die Weisheit des Imperators ist unergründlich und er wacht mit Güte über jene, die ihm dienen!«, erwiderte Africanus. »Wie dem auch sei: Sepidus kennt sich aus. Rufe deine Männer, Köhler, sowie den jungen Marcellus hier, und ich will ihnen meinen Steuermann als Führer geben. Schaut Euch in der Stadt um und kehrt zum Einbruch der Dunkelheit wieder zurück. Du selbst, mein Freund, wirst mich in der Tat begleiten müssen.«

Köhler warf einen Blick auf Behrens, der mit leuchtenden Augen das Treiben am Ufer betrachtete. Es war für ihn das erste Mal, dass er einen anderen Kontinent betrat – und das auch noch zu einer anderen Epoche. Es war klar, dass er gerne zur kleinen Gruppe derjenigen gehören wollte, die die Stadtführung bekamen.

»Dann werde ich zusammen mit Africanus und Dr. Neumann den Grüßaugust machen«, sagte er und versuchte, Sepidus' Leidensmiene mit ähnlicher Intensität zu kopieren. Es gelang ihm nicht ganz.

Nur wenige Minuten später verließen zwei Gruppen das Schiff. Eine größere, bestehend aus den fünf Deutschen und Marcellus, marschierte erwartungsvoll unter der Leitung des Sepidus von Bord. Die andere, bestehend aus Africanus, Köhler und dem Proreta Lucius, würde die wartenden Honorablen begrüßen und wahrscheinlich im Verlaufe des Tages interessierten Besuchern mehrmals eine Führung an Bord des Schiffes gewähren. Neben denjenigen, die nur aus Höflichkeit Interesse daran hatten, erwartete Köhler auch jene, die ernsthafte fachliche und berufliche Neugierde antrieb – die Reeder, die Werftbesitzer, Trierarchen anderer Schiffe. Rheinbergs Anweisung war klar: Die Baupläne der *Valentinian* waren kein Geheimnis – bis hinunter zu einem exakten Bauplan der Dampfmaschine, der alexandrinischen Gelehrten auf Wunsch ausgehändigt werden sollte. Es war ebenso sinnlos wie kontraproduktiv, aus alledem ein Geheimnis zu machen. Nur, wenn sich solche Innovationen schnell verbreiteten und zum Allgemeinwissen wurden, konnten sie die Lage im Reich verbessern helfen. Dies war ein weiterer Grund dafür, warum der Kapitän die Reise nach Alexandria befürwortet hatte: Obgleich die Blütezeit der Metropole vorbei war, galt sie immer noch als ein Drehkreuz des Wissens. Diese Funktion galt es zu nutzen.

Die erste Gruppe tauchte voller Begeisterung in das quirlige, von Pilgern und

Reisenden aus aller Welt überschäumende Leben der Innenstadt ein. Sepidus führte sie auf die Breite Straße, die Hauptverkehrsader der Stadt, die, wie sie bald erfahren durften, streng symmetrisch angelegt war, wie ein Schachbrett. Es schien, wenn man sich erst wichtige Wegmarken eingeprägt hatte, als wäre es absolut unmöglich, sich in dieser Stadt zu verirren, und auch Marcellus wirkte zwar beeindruckt, aber nicht verloren. Zu den Wegmarken gehörte im Westen der Stadt das Mondtor, an dem direkt eines der prächtigsten Gotteshäuser Alexandrias stand, die Theonas-Kirche, ehemals Sitz des Bischofs von Alexandria. Auf dem Weg erläuterte ihnen Sepidus, dass es kaum eine Stadt gebe, in der sich die religiösen Gegensätze des Reiches mehr entfalteten. Alexandria war ebenso die Stadt der Arianer wie der Trinitarier gewesen, mächtige Bischöfe wie Gregor oder der berühmte Athanasius hatten ihr den Stempel aufgedrückt. Aber auch viele andere Glaubensrichtungen fanden sich hier wieder, etwa die offiziell verbotenen Manichäer aus dem Orient, die hier einst ein Einfallstor ins Römische Reich gesucht hatten.

Im Zentrum der Stadt gab es eine weitere große Kirche, deren Bau vor noch nicht allzu langer Zeit abgeschlossen worden war: die Kaiserkirche, die nun aktueller Bischofssitz war. Auch dieser widmeten die Besucher einige Zeit, doch es packte sie schnell wieder die Entdeckungslust, und das, obgleich es an jeder Straßenecke etwas Neues zu bewundern gab. Tempel und andere Gotteshäuser, zum Teil von großartiger Architektur, reihten sich aneinander. Die Rennbahn war einer der Mittelpunkte der Stadt und wie Sepidus erzählte, waren die Alexandriner verrückt nach den Wagenrennen – wenn es so etwas wie einen Volkssport gab, dann diesen. Sie besuchten den Alexanderplatz, benannt nach dem zu dieser Zeit gar nicht mythisch wirkenden, sondern sehr realen Stadtgründer. Dort lag einst die Sema, das Grabmal Alexanders, das später in neu gebaute Palastanlagen der ptolemäischen Könige verlegt und noch später, zu Zeiten des Königs Aurelian, zerstört worden war.

Immer wieder lenkte sie ihr Weg auf die Breite Straße zurück, die die Metropole exakt durchteilte. Neben dem Küstenbereich, dessen Paläste sie von der See aus hatten bewundern können, war dies eine bevorzugte Wohnlage für jene, die begütert waren. Hier war es lauter und hektischer, denn auf der tatsächlich wortwörtlich breiten Straße herrschte Tag und Nacht ein hektisches Treiben.

Sepidus musste natürlich auch vom Nachtleben der Stadt berichten, ja, war dies doch, wofür Alexandria besonders bekannt war. Die zahlreichen Lokalitäten, in denen man trinken, tanzen und sich noch anderen Vergnügungen hingeben konnte, waren dem alten Gubernator offenbar noch gut bekannt und es war Behrens, der seine schwärmerischen und immer detaillierter werdenden Ausführungen mit einem stummen Nicken in Richtung Marcellus beendete. Der Junge hatte für diese Darlegungen ein sehr hohes großes Interesse entwickelt und zeigte sich etwas enttäuscht, dass Sepidus Behrens versprach, zu einem anderen Zeitpunkt die beschriebenen Attraktionen persönlich mit ihm in Augenschein zu nehmen.

Den Abschluss ihres stundenlangen Rundganges stellte das Serapeion dar, der mächtigste, heidnische Tempel der Stadt. Gewidmet der Stadtgottheit Serapis war das Gebäude von gigantischen Ausmaßen, seine Wandelgänge und Säulen erstrahlten in einem fast blendenden Weiß, während die zahlreichen Malereien lebendige Farben zeigten. Bevor sie nach Alexandria aufgebrochen waren, hatte Behrens sich von Kapitän Rheinberg das erzählen lassen, was sich in dessen wenigen Büchern zu Alexandria finden ließ, unter anderem die Tatsache, dass in der alten Zeitlinie nur drei Jahre von jetzt an, 391, der Kaiser Theodosius die Zerstörung dieser einmaligen Kultstätte anordnen würde. Jetzt, da der Spanier nicht zum Kaiser erhoben wurde, war es durchaus möglich, dass dem Gebäude dieses Schicksal erspart bleiben würde. Als die Besucher sich das architektonische Meisterwerk staunend ansahen, wuchs in allen der Wunsch, dass es in der Tat so kommen würde, denn es war ohne Zweifel ebenso ein Wahrzeichen dieser Metropole wie der Leuchtturm von Pharos.

Köhler, Neumann und Africanus hingegen hatten die Freude eines solchen Stadtrundganges nicht. Es war bezeichnend für die Stadtoberen Alexandrias, die sicherlich von den technischen Errungenschaften der Zeitenwanderer gehört hatten, dass die Gäste sogleich, nach erster Begrüßung, ins Museion geführt wurden. Hier waren die Reste dessen zu finden, was einst als berühmte Bibliothek von Alexandria galt. Diese größte Sammlung antiken Wissens war bei der Invasion Caesars in Ägypten teilweise zerstört, aber wieder restauriert worden, nur um späterhin mehrmals Brandkatastrophen zum Opfer gefallen zu sein. Der letzte Aderlass lag nur wenige Jahre zurück, erneut zur Zeit der Wirren unter Kaiser Aurelian, als abgesehen von der Zerstörung des Residenzviertels auch weitere Teile des Schriftrollenbestandes vernichtet worden waren. Dennoch konnten sich die Besucher davon überzeugen, dass die Sammlung immer noch beachtlich war und dass immer noch Gelehrte von Weltrang die Bestände für ihre eigenen Forschungen nutzten. So erhielten Wissenschaftler staatliche Stipendien, um an ihren Projekten zu arbeiten. Das Museion war das, was vor dem Eintreffen der *Saarbrücken* einem Forschungsinstitut am nächsten kam. Und der derzeitige Vorsitzende der Institution, ein Mathematiker namens Theon, begrüßte die Zeitenwanderer mit einem Enthusiasmus, der allein in der Begeisterung eines Forschers begründet war, endlich neue Dinge zu erfahren.

Natürlich war bei aller Wissbegierde bei den versammelten Gelehrten, die unter Führung Theons das Begrüßungskomitee bildeten, auch der in der Wissenschaft übliche Neid sowie das Bedürfnis, die eigene Genialität unter Beweis stellen zu müssen, durchaus vertreten. Es war daher unvermeidbar, dass – trotz aller Fragen und des mehrfach geäußerten Ansinnens, die *Valentinian* und hier vor allem die Dampfmaschine zu besichtigen – ein junger griechischer Gelehrter, der sich selbst Dionos nannte und als Schüler des großen Heron von Alexandria bezeichnete, sich nicht nehmen ließ, den Besuchern die zweifelsohne vorhandene Erfindungsgabe der Forscher dieser Zeit zu demonstrieren.

Und da die Zeitenwanderer vor allem mit ihrer Dampfmaschine für Aufsehen gesorgt hatten, war es nur nachvollziehbar, dass Dionos, offenbar gut auf den Besuch vorbereitet, seine eigene Dampfmaschine präsentierte.

Es war nicht zu viel gesagt, wenn man behauptete, dass Köhler und Neumann ungemein beeindruckt waren. Jetzt hätte Oberheizer Forstmann gut in diese Gruppe gepasst, doch er hatte es vorgezogen, sich mit der Stadt vertraut zu machen.

Sie kamen in einen lichtdurchfluteten Raum, kreisrund, mit großen Fenstern. An der Decke waren schöne Malereien angebracht, die offensichtlich auf die griechische Göttin Athene hinwiesen. Viel wichtiger aber war eine metallene Konstruktion, die in der Mitte des Raumes stand. Neben ihnen hatten bereits zwei weitere junge Männer, offenbar Gehilfen den Dionos, auf sie gewartet.

»Dies«, erklärte der Forscher mit dem sauber gestutzten Backenbart und den vor Stolz leuchtenden, dunkelbraunen Augen, »ist die Aeolipile!«

Köhler und Neumann betrachteten den Apparat neugierig. Er bestand aus einem zum Teil mit Wasser gefüllten Gefäß, in das ein unter das Wasser eines großen, geschlossenen Beckens hinabreichendes, beiderseits offenes Rohr eingesetzt worden war. Unter dem Becken war ein Feuer vorbereitet. Eine auf einer Achse drehbare Kugel war mit dem Wasserbecken verbunden; an ihr waren zwei gekrümmte Rohre befestigt, und zwar genau entgegengesetzt und mit Austrittsöffnungen, die dafür sorgten, dass der bei Erhitzen des Wasserbeckens austretende Wasserdampf die Kugel zum Rotieren brachte. Und so geschah es: Das Feuer brachte das Wasser im Becken zum Kochen, der Dampfdruck schoss in die Kugel und der komprimierte Dampf wurde durch die beiden kleinen Austrittsrohre ausgestoßen. Die Kugel drehte sich.

»Diese Erfindung des großartigen Heron, so will ich meinen, entspricht im Prinzip Eurer Maschine, die das Schiff antreibt, mit dem Ihr nach Alexandria gekommen seid«, erläuterte Dionos mit einer Mischung aus Stolz, Arroganz und Selbstsicherheit, die einen zweifelsohne geweckten Minderwertigkeitskomplex nicht ganz überdecken konnten.

Neumann und Köhler wechselten einen kurzen Blick. Das war exakt das, wovor Rheinberg sie gewarnt hatte. Keine Hybris zeigen. Diese Leute mussten ernst genommen werden. Niemals auch nur andeutungsweise zu tun, als wären die Zeitenwanderer prinzipiell überlegen. Arroganz war tödlich.

»Verehrter Dionos«, sagte Neumann, »Ihr seht mich beeindruckt und überrascht. Das hätte ich nicht für möglich gehalten. Alexandria ist wahrlich eine große Stätte des Wissens und der Gelehrsamkeit. Ich erkenne, dass über die Jahrhunderte bis in jene Zeit, aus der wir stammen, so vieles verloren gegangen zu sein scheint, was wir mühsam wieder haben neu erarbeiten müssen. Jener Heron muss ein Genie gewesen sein. Lebt er noch? Kann man mit ihm sprechen?«

Der junge Dionos schien von der Antwort des Arztes sehr angetan zu sein, denn er lächelte breit und deutete eine Verbeugung an.

»Heron ist seit über 200 Jahren tot«, informierte er Neumann. »Ich bezeichne mich als seinen Schüler auf der Basis seiner Studien, die ich fortzusetzen und zu verfeinern gedenke.« Er zögerte einen winzigen Moment. »Vielleicht kann mir Eure Konstruktion dabei Inspiration sein.«

»Inspiration vielleicht, aber sicher wird sie Euch nichts von den Prinzipien mehr lehren, denn diese scheinen Euer Meister und Ihr bereits perfekt verinnerlicht zu haben. Vielleicht gibt Euch unsere Maschine Hinweise auf einige wichtige handwerkliche Aspekte. Hierzu stehen wir nur zu gerne zur Verfügung.«

Dionos schien zufrieden. Africanus ergriff das Wort.

»Geehrte Herren, ich möchte mich im Namen der römischen Flotte für diese höchst lehrreiche Stunde bedanken. Wir verlassen diesen Ort befruchtet und angeregt, in dem Wissen, dass, solange dem Reich Gelehrsamkeit dieser Art zur Verfügung steht, wir jeden Sturm meistern können – durchaus im wahrsten Sinne des Wortes. Doch wir besuchen diese schöne Stadt nur als Durchgangsstation. Unser Weg führt uns weiter, ins Reich Aksum. Wir müssen sogleich mit den Reisevorbereitungen beginnen. Entschuldigt daher, dass wir uns, entgegen unserem Willen, nicht mehr länger hier aufhalten können.«

Waren es nun Africanus' freundliche Worte oder die Tatsache, dass die Gelehrten sich den Fremden gegenüber genügend bewiesen hatten, jedenfalls wurde der Abschied der Besucher nicht weiter herausgezögert. Mit vielen Floskeln, vielen Verbeugungen und Ausdrücken der gegenseitigen Wertschätzung wurden die Männer entlassen und zurück zur *Valentinian* geführt.

Den Abend beschlossen alle Besatzungsmitglieder als Gäste der städtischen Honoratioren, die ihnen zu Ehren zu einem Festmahl geladen hatten. Für den kommenden Tag wurden diverse Führungen interessierter Besucher auf dem Dampfsegler geplant, während die eigentliche Schiffsführung mit Hochdruck an den Reisevorbereitungen nach Aksum beginnen würde. Es stand auch noch das Treffen mit dem hiesigen Statthalter an, mit dem sie Pläne für die Errichtung einer modernen Werftanlage besprechen wollten. Da sie offiziell im Auftrage des Kaisers unterwegs waren, bekamen sie jede nur mögliche Unterstützung der örtlichen Behörden. In Adulis, der Hafenstadt des afrikanischen Reiches, würden sie außerdem von einem römischen Handelsgesandten erwartet werden, der zwar offiziell nur die ökonomischen Interessen des Reiches vertrat, aber in vielen Fällen auch diplomatische Aufgaben wahrnahm. Es war, soweit sie das sehen konnten, alles auf das Idealste vorbereitet.

Bis Marcellus verschwand.

14

Ambrosius, Bischof von Mailand, war schlechter Laune. Er bat insgeheim den Herrn, ihm seine Gedanken zu verzeihen, aber die wenig schmeichelhaften Worte, die sein Geist für seine Mitreisenden, die Reiseumstände sowie das Ziel seiner Reise fand, wollten einfach nicht aus seinem Bewusstsein verschwinden. Der Wagen, in dem er über die Straße nach Trier fuhr, war schlecht gefedert und seine Reisegefährten, alles Priester seines engsten Mitarbeiterstabes, ließen ihre schlechte Laune ebenfalls nur aneinander aus, anstatt in Demut die schwierige Fahrt zu ertragen und, Gott gebe es, doch endlich einmal den Mund zu halten. Das Wetter war schlecht, es war kalt und sie kamen nicht sehr schnell voran. Ambrosius hätte es vorgezogen, zu Pferde zu reisen, was schneller und letztlich angenehmer gewesen wäre, doch hatten seine Brüder darauf bestanden, »ihm Beistand zu leisten«, wie sie es genannt hatten.

Ambrosius konnte auf diese Art des Beistandes ganz hervorragend verzichten. Dennoch, es galt, gewisse Konventionen zu beachten. Er war auf dem Weg zum Kaiser, um ihn zu befragen, seine Rechtgläubigkeit unter Beweis zu stellen. Dafür benötigte er Zeugen, und die Brüder, die er bei sich führte, sollten diese Funktion erfüllen. Auch wollte er erneut in Disput mit dem Heermeister Rheinberg treten, der sich in der Nähe des Kaisers aufhielt und zweifelsohne seine häretischen Einflüsterungen in den letzten Wochen fortgesetzt, ja intensiviert hatte. Ambrosius wusste, dass er sich durch seine verdeckte Unterstützung des Maximus bereits auf einen gefährlichen Weg begeben hatte, daher musste er sich und seine Entscheidung nachträglich absichern. Und je mehr sich in der Führung der Kirche verbreitete, dass der einst so pietätvolle und rechtgläubige Gratian den Eingebungen der hexerischen Zeitenwanderer erlegen sei, desto eher würde die Kirchenhierarchie auch ruhig halten, wenn sich Maximus mit Gewalt des Purpurs bemächtigte und die sogenannten »Reformen« des Kaisers wieder rückgängig machte.

Zumindest war das Ambrosius' Hoffnung. Er war sich nicht so sicher, ob Maximus dieses schnell gegebene Versprechen tatsächlich einhalten würde. Zu viele der Maßnahmen des jungen Kaisers, das musste selbst der Bischof mit widerwilligem Respekt anerkennen, ergaben Sinn. Darunter fiel sicher nicht die ausdrückliche Bestätigung des Toleranzediktes des Galerius und damit auch die Duldung häretischer Strömungen in der Kirche – aber so manches andere war nicht dumm und auch ein Maximus, erst einmal mit den Anforderungen der Regierung konfrontiert, würde die Logik und den Nutzen dieser Dinge durchaus erkennen. Ambrosius akzeptierte das, solange der neue Kaiser seine zentralen Forderungen erfüllen würde: die trinitarische Richtung der Christenheit zur allein gültigen Staatskirche zu machen und alle anderen Sekten, Kulte, Religionen, inklusive der alten römischen Staatsgötter, auf den Scheiterhaufen der Geschichte zu stellen. Und das, so war es Ambrosius' Wille, zur Not auch mit Schwert und Feuer.

Sie waren nicht mehr weit von Trier entfernt und würden die Stadt am späten Nachmittag erreichen, rechtzeitig vor Einbruch der Dunkelheit, wenn die Wachen die Tore verschließen und keinen Verkehr mehr zulassen würden. Ambrosius gedachte sogleich, beim Kaiser vorstellig zu werden, der, auch das gehörte zu den positiven Veränderungen, über die der Bischof nicht gerne nachdachte, nunmehr jeden Tag viele Stunden arbeitete, manchmal von sehr früh bis nach Mitternacht. Früher, so wusste Ambrosius wohl, war Gratian oft zur Jagd geritten und hatte die Amtsgeschäfte Untergebenen überlassen, die dann Entscheidungen mal mehr, mal weniger in seinem Sinne getroffen hatten. Welchen magischen Einfluss dieser Rheinberg auch immer auf den jungen Kaiser hatte, in diesem Falle schien der Blick in die eigene, mögliche Zukunft Gratian zu einer neuen Qualität von Ernsthaftigkeit und Disziplin verholfen zu haben.

Der Bischof suchte in seinem Herzen nach Bedauern darüber, dieses Leben in Kürze auslöschen zu wollen, ja zu müssen, doch er fand nur aufrichtige Überzeugung, das Richtige zum Wohle der Kirche und damit in letzter Konsequenz auch das Richtige für den gesamten Erdkreis zu tun. Es gab manchmal Opfer und der Herr würde diese einst zu beurteilen wissen, und Ambrosius war bereit, für jene, die sterben mussten und unschuldig waren, zu beten.

Aber verschonen würde er sie deswegen noch lange nicht.

Derart innerlich gewappnet, ließ der Bischof das ärgerliche Geschwätz seiner Reisebegleiter unbewegt über sich ergehen. Sein verschlossener Gesichtsausdruck hinderte ohnehin jeden von ihnen daran, das Wort an ihn zu richten, sodass er nicht befürchten musste, in diesen See der Belanglosigkeiten hineingezogen zu werden. Es war eine Mühsal, aber dann waren doch im Dunst des Nieselregens, der sie den ganzen Tag über mit bleierner Schwere begleitet hatte, die Mauern von Trier zu erkennen. Neue Zuversicht erfüllte den Bischof, als der Wagen in der Dämmerung vor die Stadttore rumpelte, sie dem Fahrzeug entstiegen, ihre Glieder reckten und gähnten, um dann zu Fuß die Schwelle zur Stadt zu überschreiten und sich sogleich beim Kommandanten der Stadtwache für eine schnelle Eskorte zur Residenz des Kaisers zu empfehlen.

Ambrosius war nicht irgendwer. Es dauerte nicht lange, da wurde er in den Palast geführt, den Gratian bewohnte. Als er das große Atrium betrat, in dem die Gäste warteten, die um eine Audienz beim Imperator nachsuchten, sah er, wie Handwerker beim Schein zahlreicher Öllampen damit beschäftigt waren, den Boden des Saales durch ein neues, großes Mosaik zu verschönern. Absperrungen hielten die wenigen Gäste davon ab, auf die Baustelle zu treten. Drei Männer knieten auf Kissen vor großen Kisten mit farbigen Steinen, neben sich Zeichnungen liegend, die den Entwurf des Mosaiks darstellten. Ein älterer Mann mit langem, grauweißem Bart stand daneben und schien die Arbeit zu beaufsichtigen. Möglicherweise war er sogar der Urheber des Entwurfs. Hin und wieder murmelte er leise Anweisungen zu den knienden Männern, die diese sofort ausführten. Mit kleinen Hämmern fügten sie die farbigen Steine nebeneinander ein, verbunden durch winzige Schichten eines speziellen Lehms, der schnell austrocknen und dem Mosaik die notwendige Festigkeit geben würde. Es war eine langwierige und diffizile Arbeit, die ein hohes Maß an Konzentration, Erfahrung und Kunstfertigkeit erforderte. Ambrosius erkannte, dass die Handwerker ihre Arbeit offensichtlich verstanden, denn die Expertise in ihren sparsamen und exakten Bewegungen war unübersehbar. Auch der Aufseher schien mit der Arbeit seiner Männer zufrieden, ließ er doch hin und wieder ein zustimmendes Grunzen hören oder klopfte einem von ihnen anerkennend auf die Schulter.

Es waren nur wenige Wartende anwesend und sie schienen kein großes Interesse an der Arbeit der Handwerker zu haben. Ambrosius jedoch trat vor und betrachtete die Darstellung genauer. Es war grundsätzlich kein überraschend anderes oder neues Bild: Das fertige Mosaik, das bereits jetzt zu gut zwei Dritteln vollständig war, würde Imperator Gratian zeigen, wie er auf einem Stuhl saß und Rat hielt. Neben ihm standen christliche Würdenträger, Militärs, Verwaltungsbeamte, alle an typischer Körperhaltung und den Gegenständen erkennbar, die sie in den Händen hielten. Sie standen symbolisch für die Weisheit, die der Imperator von ihnen erhielt, und stellten keine spezifischen Personen dar. Ambrosius wusste, dass Gratian darauf großen Wert legte. Der Hof war ein Hort von Eifersüchteleien, Neid, Missgunst, Gier, dem Ringen um Macht und Einfluss. Macht definierte sich durch die Nähe zum Kaiser. Gratian musste die verschiedenen Strömungen gut im Auge behalten und durfte niemanden allzu sehr bevorzugen, musste flexibel bleiben, seine Gunst verteilen, umschichten, geben und entziehen. Eine bestimmte Person, ein identifizierbares Individuum in etwas »Ewigem« wie einem Mosaik darzustellen, würde diesem Prinzip widersprechen.

Dann fiel der Blick des Bischofs von Mailand auf ein Detail, das ihm bisher entgangen war. Er holte tief Luft und versuchte, sich seinen Ärger nicht ansehen zu lassen, doch er musste um seine Selbstbeherrschung ringen. Nein, auch von den Zeitenwanderern hatte der Kaiser hier niemanden in personam darstellen lassen. Kein Rheinberg, kein von Geeren, niemand.

Aber da unten, zu den Füßen des Kaisers, war die Darstellung von Wellen erkennbar. Und in diesen Wellen, inmitten römischer Triremen, schwamm, aus blaugrauen Steinen sorgfältig und plastisch zusammengesetzt, das Gefäß der Dämonen, das die Zeitenwanderer *Saravica* nannten, nach einer nicht allzu weit von Trier entfernten kleineren Siedlung an einem westlich gelegenen Fluss.

Das Schiff war deutlich zu erkennen. Die Handwerker hatten es sich nicht einmal nehmen lassen, mit sehr feinem Steinstaub, eingelegt in den noch feuchten Lehm, den sich kräuselnden Rauch nachzuempfinden, der aus den Schornsteinen des Schiffes emporstieg. Nein, es war gar nicht nötig, jemanden als Person darzustellen, denn die Symbolkraft dieses Schiffes war mehr als ausreichend.

Ambrosius starrte die unfertige Arbeit mit brennenden Augen an und spürte das unbändige Verlangen, einen Hammer zu ergreifen und mit aller Macht auf das noch frische Kunstwerk einzuschlagen, das Bildnis zu zerschmettern und damit symbolisch diese Verewigung des Einflusses der Zeitenwanderer aus dem Gedächtnis aller zu tilgen.

Ambrosius holte noch einmal tief Luft und machte einen Schritt zurück. Seine Brüder saßen in einer Ecke und setzten ihre belanglosen Gespräche fort. Sie hatten nichts gemerkt.

Der Bischof wandte sich ab, jetzt noch ungeduldiger als vorher. Er wusste, dass Maximus ihm noch einen weiteren Gefallen schuldete, wenn er dereinst den Purpur trug.

Einen Gefallen, der etwas mit einem großen, schweren Hammer zu tun hatte.

Er wappnete sich mit Geduld. So unergründlich die Wege des Herrn manchmal auch sein mochten, so war es aber auch unausweichlich, dass am Ende alle Versucher und Häretiker unterliegen würden. Es war diese Gewissheit, aus der Ambrosius seine Kraft und Zuversicht schöpfte, und sie half ihm auch, seine Emotionen unter Kontrolle zu bekommen. Es gelang ihm sogar, jenseits der Darstellung Anerkennung über die gute Handwerksarbeit zu empfinden, die nur leider für eine irregeleitete Nachricht missbraucht wurde.

Nichts, was man nicht wieder ändern konnte.

Es dauerte nicht lange, dann wurden Ambrosius und zwei seiner Brüder, Lucius und Hardinus, zum Kaiser vorgelassen. Ein Bediensteter führte sie schweigsam durch die Gänge des Palastes, bis sie in den Arbeitsräumen des Imperators angekommen waren. Ambrosius betrat diese mit allen Anzeichen des Respekts. Er wollte Gratian nicht bekämpfen, zumindest hier und heute nicht, sondern ihm eine Chance geben, die Charakterstärke zu zeigen, die ihm sein alter Lehrer Ausonius einst vermittelt hatte.

Wie zu erwarten war, war Gratian nicht allein. Das personifizierte Anathema, Magister Militium Rheinberg, war ebenfalls anwesend. Ambrosius zwang sich zu einem Lächeln. Er verbeugte sich vor dem Kaiser und murmelte eine Grußformel, ehe er sich wieder aufrichtete und umsah.

Der Einfluss der Zeitenwanderer war auch hier überall zu erkennen. Und wie Ambrosius vorher bereits kontempliert hatte, war er nicht nur negativ. Die große Karte des Römischen Reiches, die an der Wand aufgespannt war, galt als gemeinsame Arbeit deutscher und römischer Experten und zeichnete sich durch eine Maßstabstreue und Detailliertheit aus, die der Bischof noch auf keiner Darstellung dieser Art erblickt hatte. Er ertappte sich bei dem Wunsch, eine ebensolche Karte zu besitzen, auf der er mit größerer Sorgfalt und Genauigkeit die Grenzen der bischöflichen Verantwortlichkeiten und die Einflussgebiete der wahren Kirche würde eintragen können. Fast fühlte er sich versucht, Gratian um eine Kopie zu bitten, doch würde dies derzeit als Eingeständnis einer Überlegenheit der Zeitenwanderer aufgenommen werden, das zu machen der Bischof keinesfalls bereit war. Er warf noch einen letzten, halb bedauernden, halb neidvollen Blick auf die farbige Wandkarte, dann aber heftete er seine Augen auf Gratian, der ihm älter, erwachsener erschien als noch vor einigen Monaten, als er ihn das letzte Mal getroffen hatte. Die neue Ernsthaftigkeit des Kaisers, von der alle gleichermaßen berichteten, zeigte sich in seinem ganzen Habitus, in seiner sparsamen Gestik ebenso wie in seiner würdevollen, jedoch gleichzeitig erschöpft wirkenden Körperhaltung.

Bischof Ambrosius nahm dies mit Bedauern zur Kenntnis. Diesen Mann zu töten war sicher eine Verschwendung. Er hoffte, die Unausweichlichkeit dieser Entscheidung würde sich als Irrtum seinerseits herausstellen, doch die vertrauliche, ja fast freundschaftliche Art, mit der Rheinberg neben dem jugendlichen Kaiser stand, sprach ihre eigene Sprache. Und das Misstrauen, die abwartende Vorsicht in den Blicken beider Männer, wie sie Ambrosius musterten, kam noch hinzu. Der Bischof wischte allen Zweifel davon.

»Ehrenwerter Augustus, danke, dass Ihr mich empfangen habt. Ich darf Euch meine Brüder Lucius und Hardinus vorstellen, treue Mitarbeiter meines Collegiums, die mich auf der beschwerlichen Reise aus Mailand hierher begleitet haben.«

»Sie sind alle willkommen, Ehrwürden«, erwiderte Gratian und nickte den beiden Priestern, die sich einen Schritt hinter Ambrosius hielten, freundlich zu. »Wir sollten uns alle setzen, erst recht nach einer langen Reise. Ich lasse Getränke und Speisen bringen, damit Ihr Euch stärken könnt.«

Ambrosius' erster Reflex war es, durch eine Betonung seiner asketischen Natur einen Punkt in dem stummen Ringen zu gewinnen, das nun unweigerlich beginnen würde. Doch seine beiden Brüder wirkten ob der Ankündigung des Kaisers so begeistert, setzten sich auf die dargebotenen Liegen und schauten derart begierig auf die Serviertische, die stumme Sklaven auf einen Wink Gratians herbeitrugen, dass Ambrosius die Ablehnung herunterschluckte und sich abermals fragte, ob die Idee, mit diesen beiden Priestern gemeinsam aufzutreten, eine seiner schlechteren gewesen sein könnte.

So setzte sich auch Ambrosius und wartete, bis ihm Bedienstete einen Becher mit verdünntem Wein sowie einige kalte Speisen zur Seite gestellt hatten. Er war hungrig, aber er wollte nicht zu dankbar erscheinen und begnügte sich damit, seine Kehle kurz anzufeuchten, ehe er wieder das Wort ergriff.

»Ihr fragt Euch sicher, was mich um diese Jahreszeit nach Trier führt, Augustus.«

»In der Tat.«

»Ich bin hergekommen, um mit Euch über wichtige Aspekte der Kirchenpolitik und des Glaubens zu sprechen.«

Ambrosius bemerkte, wie sich der Blick Rheinbergs unmerklich verengte und eine sofortige Anspannung in seiner Körperhaltung sichtbar wurde. Gratian hingegen wirkte eher nervös, spielte mit dem Becher in seiner Hand, obgleich er so tat, als sei dies eher ein Ausdruck von Gelassenheit.

»Es muss sich um etwas sehr Wichtiges handeln, wenn Ihr dazu die Reise hierher auf Euch nehmt«, sagte nun Rheinberg. Sein Latein, das musste der Bischof einräumen, wurde bei jeder neuen Begegnung besser.

»Es ist wichtig, ja, von zentraler Bedeutung. Eigentlicher Anlass waren Beschwerden einiger Bischöfe, die mir zu Ohren gekommen sind.«

»Beschwerden worüber?«

»Die Tatsache, dass die vollkommene Steuerfreiheit kirchlicher Besitzungen aufgehoben werden soll und dass neue Schenkungen an die Kirche nur noch mit einer vorher vereinbarten Abgabenlast zu erfolgen wären, erfreut keinen meiner Brüder besonders. Ich fühle mich genötigt, mich dieser Klage anzuschließen.«

»Euch ist die finanzielle Lage des Imperiums bekannt, Bischof?«, fragte nun Gratian mit leichter Ungeduld in der Stimme.

»Nun, sicher, in groben Zügen. Es ist mir bekannt, dass gerade nach Adrianopel zahlreiche Gelder in den Aufbau der östlichen Streitkräfte fließen.«

»Und in viele andere Dinge, die notwendig sind, um den Hunnen effektiv zu begegnen«, ergänzte Rheinberg.

»Dann sollte das Reich sicher neue Geldquellen erschließen. Es gibt viele reiche Leute, die von jeder Steuer ausgenommen sind. Die Mehrzahl der Senatoren, viele Adlige, Landgutbesitzer – sie alle zahlen keine oder nur wenige Abgaben, sind aber von außerordentlichem Reichtum.«

Gratian nickte. »Das stimmt, ehrenwerter Ambrosius. Wir haben auch hier Schritte unternommen. Alle Steuerprivilegien werden gestrichen, dafür die Höhe der Abgaben gesenkt. Niemand wird mehr ausgenommen, aber die Last wird gerecht verteilt.«

»Ausgezeichnet. Ich stimme dem zu.«

»Niemand, Ambrosius. Ich wiederhole es. Niemand wird ausgenommen. Die Steuerfreiheit der traditionellen Religionen Roms wird ebenso beendet. Alle, die etwas erwirtschaften, müssen künftig etwas abgeben. Gebt dem Kaiser, was des Kaisers ist.«

Ambrosius kniff die Augen zusammen.

»Aber die Kirche sollte weiterhin eine Ausnahme sein. Wir haben eine wichtige Aufgabe zu erfüllen.«

»Wenn Rom fällt, wird dies die Erfüllung dieser Aufgabe sehr erschweren«, gab Rheinberg zu bedenken. Der Bischof war dem Mann für diesen Einwand sehr dankbar, denn er erlaubte es ihm, vorsichtig in die Richtung seines eigentlichen Themas zu lenken. Er schenkte dem Zeitenwanderer daher auch ein freundliches Lächeln.

»Das mag wohl sein. Aber es sind doch Eure eigenen Überlieferungen, die beweisen, dass die Kirche ewig ist und die Jahrtausende übersteht. Reiche zerfallen, es gibt sogar Schismen, aber letztlich bleibt die Kirche und die Dominanz des katholischen Glaubens, die Heilslehre des Trinitarismus bestehen und beherrschend bis in Eure Zeit, aus der Ihr gekommen seid.«

Etwas flackerte in Rheinbergs Augen, doch er verzog keine Miene.

»Ja, die Kirche existiert und hat ihr Zentrum weiterhin in Rom.«

»Und die Gebote werden von Millionen von Menschen befolgt – in vielen Ländern zeitgleich, die viele verschiedene Zungen sprechen, ohne ein einigendes Dach eines Imperiums«, ergänzte Ambrosius.

»Das ist wahr.«

»Warum dann also sollte die Kirche, die eine ewige, eine über Jahrtausende gehende Mission hat, sich dermaßen mit den Notwendigkeiten eines bestimmten Staates oder Reiches auseinandersetzen und nicht vielmehr vornehmlich an ihr eigenes Wohl und Bestehen denken?«

»Ja, warum nicht? Wollt Ihr Krieg und Verderbnis auf Eure Gläubigen herabregnen lassen?«

Ambrosius winkte ab. »Die Botschaft Christi hat Krise und Verderbnis überstanden und wird dies auch künftig tun. Ihr selbst seid der beste Beweis dafür.«

»Aber meine Verantwortung«, erklärte nun Gratian, »liegt vor allem im Erhalt dieses Reiches und im Wohl seiner Bürger.«

»Dieses Wohl umfasst doch wohl auch das Seelenheil!«, erklärte Ambrosius mit Kälte in der Stimme.

»Für das Seelenheil ist die Kirche verantwortlich – und jeder Christ in der Art seines Charakters und Umgangs. Das Imperium kann dafür einen Rahmen schaffen, mehr nicht.«

»Dieser Rahmen ist in Gefahr, wenn Ihr der Kirche wirtschaftliche Lasten auferlegt«, argumentierte der Bischof.

»Dieser Rahmen droht nicht mehr zu existieren, wenn sich nicht alle an diesen Lasten beteiligen.«

Ambrosius schüttelte den Kopf.

»Wir bewegen uns hier im Kreis, Augustus. Letztlich dreht es sich doch um die eine Frage: Können wir, die Kirche, unsere Gläubigen und all jene, die noch nicht die Gnade der Missionierung erfahren haben, wirksam vor ewiger Verdammnis schützen, wenn das Imperium uns gleichzeitig die Mittel nimmt, die Arbeit des Herrn effektiv und überall im Reich tun zu können?«

Rheinberg beugte sich vor.

»Ehrenwerter Bischof, erlaubt mir eine Frage.«

»Bitte.«

»Wieso seid Ihr Euch so sicher, dass die ewige Verdammnis auf die Menschen wartet, wenn die Kirche sich nicht darum bemüht, sie abzuwenden?«

»Erlösung kann es nur durch Christus geben«, erwiderte Ambrosius fest. »Wie sonst können die Menschen Gott erblicken? Wir nehmen das Opfer des Gottessohns an und dadurch erlangen wir Gnade.«

Rheinberg nickte nachdenklich.

»Aber Gott hat uns nach seinem Ebenbild erschaffen.«

»Das stimmt.«

»Wenn er das getan hat, sind wir doch Teil der Schöpfung, ja, manche würden gar behaupten, ihre Krone.«

»Sicher haben wir im Schöpfungsplan eine exaltierte Stellung und Aufgabe – aber auch Verantwortung«, meinte Ambrosius. Er wollte diese Diskussion nicht mit Rheinberg führen, sondern mit dem Imperator. Gratian aber hörte dem Disput still und aufmerksam zu.

»Und der Gott, der uns mit dieser exaltierten Aufgabe erschaffen hat, ist ein gnadenvoller Gott?«

»Das ist er. Er ist bereit, uns zu verzeihen, wenn wir uns ihm zuwenden. Seine Güte ist grenzenlos.«

»Ich verstehe.«

Rheinberg schloss die Augen.

»Und er gab uns den freien Willen, zu tun, was wir für richtig halten?«

»Das tat er. Nicht zuletzt ein Grund für den Sündenfall. Gott gab uns auch die Freiheit, das Falsche zu tun.«

»Das Falsche von unserem Standpunkt oder von seinem?«

»Wenn wir den Schriften folgen, dann sicher von seinem, denn er gab uns Gebote.«

»Gott ist also vorhersehbar, berechenbar?«

»Wir können ihn nicht völlig erfassen und verstehen. Wir können uns dieser Erkenntnis nur annähern.«

»Ist das so? Also erschuf uns Gott, der ewig Gütige und Vergebende, nach seinem Abbild, ja, sieht für uns sogar eine exaltierte Stellung vor, und doch müssen wir ihn um Vergebung bitten? Und doch urteilt er über uns und unsere Sünden? Und so schickt er all jene, die ihn und vor allem seine Kirche nicht anerkennen, in ewige Verdammnis? Auch die Juden?«

»Die Juden besonders. Sie haben den Heiland auf dem Gewissen.«

Rheinberg schüttelte den Kopf.

»Bischof, Ihr beschreibt keinen gütigen, unergründlichen Gott, sondern einen eifersüchtigen, missgünstigen, verstockten und neidvollen Gott. Darin erscheint er mir nicht so viel anders zu sein als Jupiter, der auf die Erde hinabschritt, um Jungfrauen zu vernaschen, und in wildem Jähzorn Blitze schleudert, wenn er sich ärgert – oder Hera ihn genervt hat.«

Ambrosius starrte Rheinberg wild an. »Die Regeln der Kirche …«

»Die Regeln der Kirche sind mir schon klar«, unterbrach ihn Rheinberg. »Aber sind die Regeln der Kirche auch die Gottes, oder nicht nur solche, die von Menschen gemacht wurden, eben weil die wahre Herrlichkeit Gottes für sie so unergründlich ist, wie Ihr soeben selbst festgestellt habt?«

Ambrosius fühlte, wie die kalte Wut in ihm aufstieg.

»Wer seid Ihr, dass Ihr Gottes Absichten und Willen interpretieren wollt?«

»Das mache ich gar nicht. Ihr aber beständig. Das Einzige, was ich tatsächlich interpretieren kann, ist Folgendes: Wir sind alle Sterbliche, die an diesem Ort und zu dieser Zeit existieren. Wir haben einen Weg des Lebens gefunden, der seine Stärken und Schwächen hat, und sicher haben wir den Auftrag, die Stärken zu verfestigen und die Schwächen zu bekämpfen. Doch gibt es in der Definition dieser Eigenschaften sehr individuelle Interpretationen, wie es auch unterschiedliche Ansichten zur Natur der Dinge, ja der Natur Gottes gibt. Wenn Gott sich aber in seiner ganzen Schöpfung zeigt, in all ihrer Vielfalt, in allen Menschen, die er nach seinem Abbild schuf, und wenn er uns den freien Willen gab – wer bin ich, dass ich Gott beleidige, indem ich von diesem freien Willen keinen Gebrauch mache und andere möglicherweise unbillig dabei behindere?«

Rheinberg erhob sich und machte einen Schritt auf Ambrosius zu. Der Bischof erkannte keinen Zorn, keine heilige Wut in den Zügen des Zeitenwanderers, nur eine tief sitzende Müdigkeit, eine Verzweiflung, deren Ursprung er nicht ermessen konnte.

»Und so muss auch dieses Reich handeln, wenn es überleben will: Es muss den Rahmen bilden für den freien Willen. Dieser Rahmen wird diesen Willen schon genügend einschränken und Ihr selbst habt soeben darüber Klage geführt. Wir Menschen wissen es zurzeit offenbar nicht besser. Also müssen wir mit dem arbeiten, was wir haben. Und solange Gott sein Versprechen nicht zurücknimmt, dass wir einen freien Willen haben, wird er damit sicher eine Absicht verfolgen. Wer weiß? Vielleicht ist es gerade das wirre Durcheinander, das wir unser Leben nennen, das ihn erfreut. Vielleicht hat er deswegen dabei zugesehen, wie wir durch die Zeiten gewandert sind, um hier und jetzt, in dieser Zeit, einen Eindruck zu hinterlassen.«

»Gott?«, rief Ambrosius aus. »Behauptet Ihr etwa, dass der Herr Euch gesandt hat?«

»Er hat zumindest keine Einwände erhoben.«

»Ihr seid Versucher! Wer aufrecht ist und aufrecht glaubt, wird dies sofort erkennen! Ich weiß nicht, aus welchen Höllenschlünden Ihr entstiegen seid, aber wie Eva einst Adam den Apfel gereicht hat, so wollt Ihr uns von einer Frucht kosten lassen, die das Reich seinem wahren Abgrund, seiner wahren Verdammnis entgegentaumeln lässt.«

»Sagt wer?«

Gratian hatte das gefragt. Ambrosius starrte ihn an, als sei er ein Störenfried im Disput mit Rheinberg, obgleich es doch seine eigentliche Absicht gewesen war, diese – nein, eine andere – theologische Diskussion mit dem Kaiser zu führen. Doch dermaßen von Rheinbergs Worten erzürnt, hatte er seine ursprüngliche Absicht bereits wieder vergessen.

Der Bischof ignorierte den Kaiser, war ganz auf Rheinberg konzentriert. Dieser sah ihn nun ernst an, fast bedauernd.

»Selbst, wenn Gott den höchst ungöttlichen Gedanken hegen würde, dass es jene gäbe, die es nicht verdienen, an seiner Seite zu sitzen und nach dem Tode an seiner Glorie teilhaben zu dürfen, warum sollte er dann jene, die in seinen Augen gefehlt haben, erst nach so langem Warten bestrafen – warum auf ein Gericht warten, ein Urteil, und dann eine Bestrafung, eine Verbannung, wenn Gott als der Allmächtige nicht jeden und alles, was ihm missfällt, jederzeit auslöschen könnte? Gott ist doch allmächtig, oder?«

»Das ist er.«

»Welche Rachsucht muss Gott erfüllen, dass er uns allen womöglich noch ewiges Leid auferlegt, genügen wir seinen Kriterien nicht, wo er alledem doch sofort ein gnadenvolles Ende machen könnte. Gott ist doch gnadenvoll, oder?«

»Ja, aber …«

»Das Ende ist nah?«

Ambrosius zögerte. Wenn er eines gelernt hatte aus der Existenz der Zeitenwanderer, dann war es die Tatsache, dass das Jüngste Gericht offenbar noch etwas auf sich warten lassen würde. Doch Rheinberg setzte seine Gedanken bereits fort.

»Und wenn Gott uns die Wahl gegeben hat, warum soll er uns dann für unsere Wahl bestrafen?«

»Er probt uns.«

»Wozu? Um laut lachend auf seinem Himmelsthron zu sitzen und voller Rachelust jene auszusortieren, die es nicht geschafft haben, und nur jene zu belohnen, die in seinen Augen Anerkennung fanden? Wozu uns denn erst die Wahl geben? Eurem System fehlt die Logik, Bischof.«

»Es ist das System Gottes. Er gab uns die Gesetze.«

»Nein, es ist, was die Menschen in ihrem Unverständnis daraus gemacht haben, mit ihren Interpretationen und Verfälschungen und Umdeutungen. Es gibt die Verdammnis, Ambrosius, dessen bin ich mir sicher, aber nur jene, die wir uns selbst bereiten, und zwar schon hier, auf Erden, indem wir es zulassen, dass wir in Furcht leben und uns von Furcht regieren lassen.«

»Es steht uns gut an, Gott zu fürchten.«

»Ich mag keinen Gott, vor dem ich mich fürchten muss. Und vor einem Gott, den ich nicht zu fürchten habe, muss ich keine Angst empfinden. Keine Angst vor einem Urteil. Keine Angst vor Rache. Keine Angst vor Strafe.«

»Und so willst du ein lasterhaftes Leben voller Frevel und Sünde führen, weil du meinst, Gott sähe es nicht und würde dich nicht dafür bestrafen?«

Rheinberg runzelte die Stirn.

»Gott gab mir den freien Willen. Er wird mich nicht bestrafen. Wenn Gott strikte Unterwerfung unter bestimmte Gesetze fordern würde, warum hat er dann erst die Möglichkeit zugelassen, dass wir seine Gesetze verletzen können?«

»Er gab uns freien Willen.«

»Was ist das für ein freier Wille, wenn die Wahl daraus besteht, zwischen einer Sache zu wählen, die einem Verdammnis bringt, und einer, die Erlösung bedeutet? Wie frei ist mein Wille, wenn es gar nicht mein Wille ist, sondern der der Kirche, die mir sagt, was ich zu tun habe? Aber wisst Ihr was, lieber Bischof, wahrscheinlich habt Ihr auf eine bestimmte Art und Weise sogar recht. Ich denke auch, dass Gott Gesetze erlassen hat.«

»Die Gebote des Herrn.«

»Ich denke an fundamentalere Gesetze. Gesetze, die mir nicht vorschreiben, was ich zu tun habe, die aber Konsequenzen definieren für bestimmte Geisteshaltungen oder Handlungen. Ich kenne sie nicht. Aber es gibt einen Unterschied zwischen Konsequenzen als Folgen unserer Handlungen und einer Bestrafung. Kennen wir diese Gesetze, so werden wir von selbst Abstand nehmen von allem, was schlecht für uns ist. Kennen wir sie nicht, basieren wir unsere Entscheidungen auf Zufällen. Manchmal liegen wir richtig, manchmal nicht. Aber ich glaube nicht, dass wir jemals von Gott verurteilt werden dafür, dass wir frei gewählt haben.«

»Die Kirche hat Regeln, nach denen man sich richten kann«, argumentierte Ambrosius.

»Ja, und da sind nicht einmal dumme Regeln dabei. Aber die Ungläubigen strafen, ihnen Hab und Gut nehmen, sie töten? Und jene Christen, die die Wahrheit etwas anders interpretieren, mit brennenden Fackeln jagen, ihren Besitz vernichten, Feuer legen, ihnen alle Rechte aberkennen? Ich weiß nicht. Was ich weiß: Ich habe einen freien Willen. Also gewähre ich diesen auch allen anderen, denn wer bin ich, dass ich Gott widerspreche?«

Ambrosius öffnete den Mund und schloss ihn wieder. Ihm war mit einem Male klar, dass jedes weitere Argument, die Fortsetzung dieses Streits, möglicherweise seinem Ziel entgegenstand, Gratian doch noch für seine Sache zu gewinnen.

Seine beiden Mitbrüder hatten den Disput in fassungslosem Entsetzen verfolgt, eine Mischung aus Wut, Abscheu und Unverständnis in ihren Gesichtern. Das war gut, fand Ambrosius. Es war das, was er erhofft hatte. Nur war es nicht Gratian, der all diese Worte gesprochen hatte, sondern Rheinberg, von dem er nichts anderes als Häresie und Defätismus erwartet hatte. Er wollte diese Worte abtun, abstreifen, sie sich nicht zu Herzen kommen lassen. Rheinberg war nicht wichtig. Er würde sterben. Er musste ausgelöscht werden. Das war beschlossen und besiegelt.

Aber dieser junge Kaiser. Ambrosius' Augen ruhten auf dem Gesicht Gratians, auf dem sich eher Ratlosigkeit widerspiegelte. Dieser junge Kaiser. War er zu retten? Oder war es möglich, sein Schicksal hier, in den Augen seiner Zeugen, ebenso wie das des Magister Militium zu besiegeln?

»Und, Augustus«, wandte er sich nun direkt an den Kaiser. »Habt Ihr die Worte Eures Heermeisters gehört?«

»Das habe ich.«

»Ist es das, was Ihr denkt und befürwortet?«

Gratian sagte nichts, dachte nach. Dann, nach einigen Sekunden, seufzte er und reckte sich.

»Ambrosius, ich achte Euch sehr.«

»Danke, Augustus.«

»Ihr seid ein kluger Mann und werdet von vielen respektiert. Euer Wort hat Gewicht und oft genug sprecht Ihr weise. Gerne hätte ich, dass Ihr an meiner Seite steht.«

»Ich will an Eurer Seite stehen, Augustus. Doch manche Eurer Entscheidungen und die Wahl Eurer Ratgeber machen mir dies nicht einfach.«

Ambrosius musste nicht einmal einen bedeutungsvollen Blick auf Rheinberg werfen, damit jeder wusste, wen er im Speziellen damit meinte.

»War Galerius dumm, Bischof?«

Rheinberg wusste, dass der Kaiser sich auf den Mitkaiser des großen Konstantin bezog, den eigentlichen Urheber des berühmten Toleranzediktes, das anschließend oft fälschlicherweise Konstantin zugeschrieben wurde. Vom Krebs gezeichnet war es eine der letzten Amtshandlungen des Galerius gewesen, dieses Edikt zu unterzeichnen. Dass Konstantin anschließend in meisterhafter Machtpolitik das Potenzial der christlichen Religion für sich entdeckte, hatte seine Rolle in der historischen Betrachtung ungleich größer erscheinen lassen.

»Galerius tat wohl, den Christenverfolgungen ein Ende zu bereiten.«

»Warum dann neue Verfolgungen einleiten?«

»Es ist jetzt eine andere Zeit. Die Nachricht Christi ist an das Ohr vieler gelangt. Es ist nunmehr notwendig, den Staat als Werkzeug Christi zu begreifen. Es ist die große Aufgabe des Imperiums, dem rechten Glauben zum Erfolg zu verhelfen.«

»Da unterscheiden sich unsere Auffassungen, Bischof«, sagte Gratian sanft. Er erhob sich nun, strich seine Toga glatt und blickte für einen Moment sinnierend in das Feuer des Kamins, der den Raum erwärmte.

»Ich gebe zu, einstmals habe ich so gedacht wie Ihr, Bischof. Der Staat als Werkzeug Gottes. Das Imperium als Vollstrecker der christlichen Botschaft. Ausonius hat mich dies gelehrt.«

»Ausonius ist ein weiser Mann. Hört auf seine Worte.«

»Ich denke, dass er sich irrt. Das Imperium dient vor allem erst einmal einem Zweck: nämlich sich selbst, der eigenen Erhaltung, der Schaffung eines Rahmens des Rechts und der staatlichen Ordnung, der Bewahrung der Zivilisation. Und die besteht aus mehr als der Kirche oder dem Glauben. Rom ist alt, Ambrosius. Wollt Ihr, dass wir die Jahrhunderte vergessen, die uns so weit gebracht haben? Sollen wir die Taten der Vorfahren tadeln? Ist all das nichts wert?«

»Es ist eine andere Zeit«, beharrte Ambrosius, dem offensichtlich keine bessere Antwort einfiel. Christ oder nicht, der Respekt vor den Vorfahren war tief in die römische Seele eingegraben und auch der hitzköpfige Bischof konnte sich davon nicht gänzlich freimachen.

»Es ist eine andere Zeit«, bestätigte Gratian. »Die Hunnen schert es nicht, ob wir Christen sind oder dem Jupiter opfern, ob der Soldat, der das Schwert führt, zu Mithras betet oder zu Sol Invictus. Sie sehen den römischen Soldaten und das, was er beschützt, den Reichtum des Imperiums. Sie kümmern sich nicht darum, ob Christus eins mit Gott ist oder von ihm getrennt und ob jenes Konzil dieses sagte oder dieses Konzil jenes. Und sind die Hunnen darin allein? Was ist mit den Goten, die sich selbst Christen nennen?«

»Arianer«, spie Ambrosius heraus.

»Wie dem auch sei. Haben die Goten nicht vor Adrianopel meinen Mitkaiser Valens geschlagen und das Reich in den Grundfesten erschüttert? Und was ist mit den Parthern, Bischof? Kümmert es das Parthische Reich, ob wir jene oder diese Glaubensgrundsätze verfolgen? Ist Julian Apostata deswegen in persische Gefangenschaft geraten, weil er gegen das Christentum eintrat?«

»Ja, Gott hat ihn gestraft!«

»Er hat eine Entscheidung aus freiem Willen gefällt«, murmelte Rheinberg. »Vielleicht war diese Entscheidung dumm, aber warum sollte Gott ihn dafür bestrafen, von seinem Recht Gebrauch gemacht zu haben?«

Ambrosius ignorierte ihn.

Gratian seufzte.

»Bischof, die Hunnen schert all dies nicht, wie auch die meisten unserer restlichen Feinde nicht. Das Imperium dient dem Imperium. Wenn wir nicht mehr sind, ist nichts mehr. Das ist die größte Verantwortung, das ist die höchste Aufgabe. Und dazu brauche ich die Hilfe aller, Ambrosius. Die Hilfe jener, die wie Symmachus an die alten Götter glauben. Die Hilfe der Trinitarier. Die Hilfe der Arianer. Die Hilfe der Manichäer. Die Hilfe der Anhänger des Mithras und der Osiris und des Sonnengottes. Die einigende Idee heißt Rom. Darauf sollten sich alle einschwören lassen und das geht nur, wenn ich ihnen eben nicht vorschreibe, was sie sonst noch glauben sollen. Wen sie anbeten. Das muss jeder mit sich und seinen Göttern ausmachen, wie ich es jeden Tag tue, wenn ich bete.«

Gratian seufzte erneut. Er wirkte sehr müde, fast so müde wie Rheinberg, und für einen winzigen Moment wollte Ambrosius wieder Mitleid mit ihm haben.

Nur einen sehr kurzen Moment.

Er erhob sich. Es war klar, dass der Imperator seine Entscheidung getroffen hatte. Die Worte rangen in den Ohren des Bischofs. Er verstand sie auf einer abstrakten, rationalen Ebene. Er wollte aber nicht weiter darüber nachdenken, nicht erkennen, wo sie vielleicht Sinn haben könnten und wo nicht. Er kannte sein Ziel. Am Ende war es die Staatskirche – die Kirche für den Staat, der Staat für die Kirche, beides untrennbar miteinander verbunden und beide vereint in dem Bestreben, den wahren Glauben zu verbreiten.

In- und außerhalb des Imperiums.

Nichts anderes zählte.

Nichts anderes war wichtig.

Und wer diesem Ziel im Wege stand, der würde von der Macht dieser notwendigen Entwicklung dahingefegt werden.

Es gab noch einige wenige Grußformeln. Die Atmosphäre war unterkühlt. Beide Seiten wussten, was sie voneinander zu halten hatten. Und als sie noch Höflichkeiten austauschten, überlegten sie auch beide, was jetzt passieren würde, welche Konsequenzen unausweichlich und welche vielleicht vermeidbar waren. Die Unsicherheit darüber war bei Gratian und Rheinberg sicher stärker als beim Bischof von Mailand, der genau wusste, was zu tun war und wohin ihn diese Taten unweigerlich führen würden.

Gott, dessen war er sich sicher, war auf seiner Seite.

Ambrosius wehrte alle Fragen und Kommentare seiner entrüsteten Brüder ab, als er raschen Schrittes den Palast durchmaß und wieder in der Eingangshalle ankam, die von Öllampen erleuchtet wurde. Die Künstler, die am Mosaik arbeiteten, hatten für heute Schluss gemacht, die Baustelle lag verwaist im schwummrigen Licht der Lampen. Für einen winzigen Moment spürte Ambrosius das Bedürfnis, es gewaltsam aufzureißen, darauf herumzutrampeln. Er wusste, dass seine Brüder sich daran beteiligt hätten, und sei es nur, um dem Bischof zu gefallen.

Er atmete tief durch, warf einen Blick auf die Wachsoldaten, die in Nischen an der Wand standen, scheinbar unbeteiligt und unachtsam – aber Ambrosius wusste es besser. Er senkte den Kopf und eilte seinen Begleitern voran in die kühle Abendluft.

15

Thomas Volkert drehte sich auf seinem Pferd um und sah die Kolonne entlang, die sorgsam Aufstellung genommen hatte. Er war einem der größeren Erkundungstrupps zugeteilt worden, fast einer kleinen Legion gleich. Nachdem die deutschen Soldaten eingetroffen waren, hatten die Vorbereitungen für den Aufbruch an Intensität zugenommen. Zweiundzwanzig Infanteristen – die besten Reiter, soweit man nach der kurzen Ausbildung davon sprechen konnte – würden sich an der Expedition beteiligen. Es war Volkerts vornehmste Aufgabe gewesen, sich so weit wie möglich von den Zeitenwanderern fernzuhalten. Aus dieser Ferne beobachtet, hatte er zu seiner Freude feststellen können, dass er von den Infanteristen niemanden kannte, sich zumindest nicht sonderlich an einen der Männer erinnerte. Es war daher davon auszugehen, dass dies umgekehrt ähnlich sein würde.

Die größte Herausforderung war gewesen, nicht Deutsch zu sprechen. Einmal hatte es einen Vorfall gegeben, bei dem er sich beinahe verraten hätte. Zwei der Infanteristen hatten am Feuer gesessen und sich über einen jungen römischen Rekruten lustig gemacht, der sich vergeblich mit seinem Gepäck abgemüht hatte. Anstatt ihm zu helfen, hatten sie auf Deutsch eine Reihe von sehr abfälligen Bemerkungen für den Mann übrig gehabt, Bemerkungen, die schließlich in Beleidigungen über alle Römer, die Barbaren dieser Zeit, ihre Primitivität, ihren Gestank und ihre ekelhaften Essgewohnheiten ausgeartet waren. Volkert war in Hörweite gewesen und hatte die Details des Gesprächs daher gut mitbekommen. Wut war in ihm aufgestiegen über die Arroganz und Dummheit seiner Landsleute. Fast wäre er dazwischengefahren und hätte sie angeschrien. Gerettet hatte ihn ein Unterfeldwebel, der die beiden Schwätzer zurechtgewiesen und ihnen eine anstrengende Arbeit zugeteilt hatte. Volkert hatte ein Stoßgebet gen Himmel gesprochen. Dies war ihm eine Warnung gewesen. Er musste Selbstbeherrschung üben und auch Mimik und Gestik unter Kontrolle halten. Ein Blick, ein Paar hochgezogener Augenbrauen, ein Grunzen oder Seufzen, ein Abwinken – all dies konnte ihn verraten, wenn es einem aufmerksamen Beobachter auffiel. Das Beste war weiterhin, den Abstand zwischen sich und den Infanteristen so groß wie möglich zu halten.

Zumindest in der bisher geplanten Kolonnenformation sollte ihm dies gelingen. Die deutschen Infanteristen würden die Nachhut bilden, zusammen mit den Karren, in denen die Expedition ihre Vorräte transportierte. Es waren neuartige Karren, die die Deutschen aus Ravenna mitgebracht hatten, sie waren gefedert und hatten Räder mit geschmiedeten Eisenspeichen, die weniger leicht brechen würden. Die technische Innovation wurde von den römischen Legionären mit großem Interesse aufgenommen. Statt Ochsen oder Esel würden kräftige Zugpferde die Fahrzeuge ziehen, was ihre Geschwindigkeit erhöhen sollte. Thomas Volkert würde davon nicht viel zu Gesicht bekommen, er war mit seinen Männern der Kolonnenspitze zugeteilt worden.

Als er sich wieder umdrehte, fiel Volkerts Blick auf Bertius, der wie ein Häufchen Elend auf seinem Pferd saß und immer dann, wenn er sich unbeobachtet glaubte, Volkert böse Blicke zuwarf. Wie der Deutsche erwartet hatte, war der Germane ein ausgezeichneter und gewandter Reiter, was ihn sofort zu einem Kandidaten für die Expedition gemacht hatte. Da auch andere Vorgesetzte Volkerts Missfallen über faule Drückeberger teilten, waren sie nach eingehender Beratung sehr froh gewesen, einen guten Grund gefunden zu haben, den dicklichen Legionär einmal mit einem sinnvollen Auftrag zu bedenken. Vielleicht hofften sie, dass er doch noch das Herz eines Kriegers in sich finden und sich bewähren würde. Vielleicht wollten sie ihn und seine ewige Aufschneiderei auch schlicht loswerden, vor allem jene, die in Noricum zurückbleiben würden.

Volkert warf einen Blick in den Himmel. Es war später März und unverkennbar lag der Frühling in der Luft. Er holte tief Luft und sog den würzigen Geruch in sich auf. Das anbrechende warme Wetter war ein Grund mehr für den relativ schnellen Aufbruch. Sie wollten heute noch weit kommen. Volkert hatte die genaue Marschroute von seinem Zenturio mitgeteilt bekommen, und obgleich sie für die kommenden Wochen noch in vertrautem Terrain reiten würden, eine Weile auch noch innerhalb römischer Grenzen, war die Aufgabe letztendlich herauszufinden, wo sich der hunnische Vormarsch zurzeit genau befand. Es ging darum, einen Gegenangriff zu planen, die Hunnen außerhalb der römischen Grenzen aufzuhalten und damit das Schlimmste für das Reich zu verhindern.

Volkert konnte nicht sagen, dass ihm bei diesem Auftrag sonderlich wohl war. Die Angst, bei dieser gefährlichen Mission zu sterben und Julia niemals wiedersehen zu dürfen, war genauso schmerzhaft wie die Erkenntnis, dass er sich auf Monate noch weiter von seiner Geliebten entfernte, als er jetzt schon war.

Er verdrängte den Gedanken und versuchte, sich auf das Naheliegende zu konzentrieren. Es war früh am Morgen und recht feucht und kühl. Atem stieg in hellen Wolken aus den Nüstern seines Pferdes, eines kräftigen Braunen, der ihn willig trug und gutmütig zu sein schien – vielleicht etwas zu gutmütig für ein Kavalleriepferd, aber Volkert wollte sich nicht beschweren. Besser, als von einem wilden Hengst bei jeder passenden Gelegenheit in den Dreck geworfen zu werden.

Nicht, dass das jetzt so einfach war wie noch vor wenigen Monaten. Denn zusammen mit den gefederten Wagen hatten die Infanteristen auch Steigbügel mitgebracht, die leicht an den Sätteln befestigt werden konnten. Sie würden es den deutschen Soldaten unter anderem erlauben, reitend vom Pferderücken aus ihre Gewehre abzufeuern. Eines der Maschinengewehre wiederum war auf einem eigens dafür bereitgestellten Einachser montiert worden, gezogen von zwei Hengsten, die einen noch gelasseneren Eindruck machten als Volkerts Tier –

wohl nicht zuletzt deswegen ausgesucht, weil sie möglicherweise das Geknatter des Maschinengewehrs am ehesten zu ertragen bereit waren.

Der Aufbruch war nahe. Es gab immer noch einige wenige Reiter, die ihre Einheiten nicht gefunden hatten. Die Expeditionsleitung war bereits am Ende der Straße zu sehen, sie redete noch mit einigen Honoratioren der Stadt. Es waren Priester anwesend, die das Vorhaben segneten – jene der alten römischen Religionen ebenso wie der christlichen Kirche. Volkert selbst war am vorhergehenden Abend von einigen Kameraden zu einem Gottesdienst für Mithras, den Gott des Krieges, eingeladen worden.

Er hatte abgelehnt. Es war ihm nicht übel genommen worden.

Von der nahen Stadt bewegte sich eine Kolonne ganz anderer Art auf die abrückenden Legionäre zu. Schaulustige versammelten sich an diesem fast schon frühlingshaften Tag. Sie ahnten wohl, dass dieser Aufbruch etwas Besonderes war, nicht mit den üblichen Manövern zu vergleichen. Obgleich die Order gegeben worden war, über den Zweck der Mission Stillschweigen zu bewahren, gab es genug Männer wie Bertius, die aus ihrer Abkommandierung zu dieser Expedition noch etwas Gutes hatten machen wollen und in den Tavernen der Stadt damit angeben würden. Es gab hier keine Hunnen, weit und breit nicht. Die Wahrscheinlichkeit, dass die Kunde vom Zweck der Expedition dieser allzu weit vorauseilen würde, war eher gering. Und so wurden sie zu einem gesellschaftlichen Ereignis.

Spaziergänger, Leute in Wagen, ein paar Straßenhändler, die noch schnell etwas verkaufen wollten – einen Glücksbringer vielleicht oder einen zusätzlichen Beutel für die zu erwartende Beute. Ein wenig Geld wechselte den Besitzer, doch Volkert lehnte die Avancen der Geschäftsleute ab. Er verfügte nur über wenig Bargeld und hielt sein spärliches Salär beisammen. Er hatte im Hinterkopf das Bedürfnis, zu sparen, um eines Tages, wenn das Schicksal ihn wieder mit Julia zusammenführen sollte, nicht völlig mittellos dazustehen.

Er versuchte abermals, den Gedanken an die Geliebte fortzudrängen, doch er blieb hartnäckig. Fast meinte er sogar, ihre Stimme zu hören.

»Thomas, du wirst verrückt«, murmelte er leise zu sich selbst.

»Thomas!«

Doch, er wurde wahnsinnig. Er hörte Stimmen! Das war Julia, weit entfernt, als ob sie aus dem Äther zu ihm sprechen würde. Volkert griff sich an die Stirn, schloss einen Moment die Augen, konzentrierte seinen Willen. Das fehlte ihm jetzt noch, dass er an seinem Verstand zu zweifeln hatte! So etwas konnte er gar nicht gebrauchen!

»Thomas! Thomas!«

Volkert öffnete die Augen.

Nein, verrückt war er nicht.

Er drehte sich auf seinem Pferd um, die Augen groß, voller Unglauben, ein Sturm der Gefühle tobte plötzlich in seiner Brust. Aufregung, wilde Hoffnung, starke Sehnsucht, unbändiges Verlangen, alles zusammen und noch viel mehr.

Aber das konnte nicht sein.

Volkert sah sich um, aber er konnte bei all den Menschen kein vertrautes Gesicht erkennen. Spielten ihm seine Sinne doch einen Streich?

»Thomas! Hier!«

Da war sie.

Es war Julia!

Sie war es tatsächlich!

Volkert glitt aus seinem Sattel, stolperte fast, rannte auf die junge Frau zu, fiel ihr in die weit geöffneten Arme, drückte sie an sich, versank ganz in der Umarmung. Er ignorierte die vielsagenden Blicke der anderen Legionäre, hörte ihre anzüglichen Kommentare nicht. Sein Gesicht im Haar der Geliebten verborgen, atmete er ihren Duft ein, konnte nicht genug davon bekommen, klammerte sich an sie wie ein Ertrinkender an das rettende Stück Holz.

»Julia! Um Gottes willen! Wie hast du mich gefunden?«

Julia rang um Worte. Dann schließlich, nach einem tiefen Aufschluchzen, brachte sie einen Satz heraus.

»Ich hatte Hilfe! Oh Thomas! Ich bin erst seit wenigen Stunden in der Stadt und habe erst jetzt vom Aufbruch eurer Expedition gehört! Ich bin sofort hierher geeilt! Ich habe sofort geahnt, dass sie dich auch schicken würden! Thomas! Wann werde ich dich wiedersehen? Wann nur?«

All die verzweifelte Hoffnung sprach aus ihren Worten, die lange Zeit der Trennung. Es sprudelte aus ihr heraus, die Hochzeit mit dem ungeliebten Martinus Caius, der gerade jetzt in einer Taverne saß und seiner Lieblingsbeschäftigung nachging. Und dann, sie konnte, nein wollte es nicht für sich behalten, die freudige, die schmerzliche, die wichtigste Neuigkeit: dass sie ein Kind haben würde. Ihr gemeinsames Kind.

Thomas Volkerts Kind.

Es war fast zu viel für ihn.

Für einige Momente klammerten sie sich nur weiter aneinander, da Worte nicht mehr ausdrücken konnten, was sie empfanden. Dann lösten sie sich. Er blickte ihr ins Gesicht, seine Gedanken rasten. Es war keine Zeit.

»Wir brechen in Kürze auf, Julia«, brachte Volkert hervor. »Wir werden lange unterwegs sein. Du musst dich um unser Kind kümmern. Versprich mir das.«

»Ich verspreche es.«

»Wenn ich zurückkomme, möchte ich einen Ort wissen, an dem ich eine Nachricht an dich hinterlassen kann.«

Julia überlegte nicht lange.

»Hier in Lauriacum gibt es das Haus des Lucius Verenicus Utellus. Er gehört zu den städtischen Honoratioren und hat einen Sklaven, einen Schreiber namens Remius. Er ist gut angesehen und wird sicher in seinem Dienst bleiben. Die Schwester des Remius ist meine Leibsklavin, und sie tauschen regelmäßig Briefe aus. Wenn du wieder da bist, wende dich an diesen Remius, Bruder der

Claudia, Sklavin in Ravenna. Er wird eine Nachricht übermitteln können, die ich zu Gesicht bekomme, ohne dass …«

»Sag es, es stört mich nicht«, log Volkert tapfer.

»… mein Gatte es merkt«, brachte sie hervor. »Thomas, ich konnte es nicht verhindern.«

»Ich mache dir keinen Vorwurf. Es ist ein sicheres Zuhause. Es hilft dir, für unser Kind zu sorgen. Das ist alles, was jetzt zählt. Wenn ich zurückkomme, melde ich mich. Wir werden uns treffen und einen Plan schmieden. Bis dahin hab Vertrauen.«

Julia nickte, versuchte, sich die Tränen aus den Augen zu wischen, doch es drang immer neue Feuchtigkeit nach.

»Ich vertraue dir. Du musst nur überleben. Oh, Thomas, bitte, das ist dein Versprechen: Kein Hunne, keine Krankheit, kein Unfall wird dich mir nehmen!«

Volkert vergrub sein Gesicht in ihren Haaren, strich ihr sanft über den Rücken. »Ich gelobe es«, wisperte er in ihr Ohr. »Es ist mein heiliger Schwur. Ich kehre zurück und du wirst von mir hören.«

»Dann schwöre ich dir, zu warten und gut für unser Kind zu sorgen«, flüsterte sie zurück. Ihre Stimme war nun fester. Sie schob Volkert etwas von sich, löste ein Tuch von ihrem Gewand, das sie um den Hals getragen hatte. Dann lächelte sie schüchtern.

»Es ist etwas albern«, sagte sie dann, fast scheu. »Aber mehr kann ich dir nicht geben. Behalte es bei dir.«

Volkert nahm das Tuch entgegen, drückte es an sein Gesicht, atmete ihren vertrauten, schmerzlich vermissten Duft ein. Dann faltete er es sorgsam zusammen und steckte es in eine Tasche an seinem Gürtel.

»Das ist nicht albern«, sagte er mit belegter Stimme. »Es wird mir Trost und Erinnerung an meinen Schwur sein. Ich danke dir dafür, Julia. Mit diesem Geschenk werden meine Nächte niemals einsam sein und jede Verzweiflung, die mich ergreifen mag, will ich damit ersticken.«

Die Worte aus Volkerts Mund, voller Ehrlichkeit und aufrichtig, ließen wieder Tränen in die Augen Julias schießen. Sie öffnete den Mund und wollte noch etwas sagen, als von der Kolonne her die Hornisten in ihre Mundstücke bliesen. Das Signal zum Abrücken.

Ausgerechnet jetzt.

Volkert fühlte die sehnsüchtige Verzweiflung in sich aufwallen, wollte sich nicht von der Stelle bewegen, wollte das Schicksal und Gott und das Universum anflehen, beschimpfen, verfluchen und um Gnade bitten. Doch der Sturm der Gefühle, der ihn förmlich zu zerreißen drohte, führte zu keinem Wunder und keinem Trost. Julia sah, wie es ihren geliebten Mann innerlich quälte, sie holte tief Luft, löste sich gänzlich von ihm, lächelte, wischte die Tränen fort.

»Denk an dein Versprechen, Thomas. Ich liebe dich. Darauf verlasse dich.«

»Ich liebe dich. Darauf verlasse dich auch.«

»Du wirst leben und zurückkehren.«

»Du wirst auf mich warten und unser Kind zur Welt bringen.«

Julia nickte. »Dann wissen wir jetzt beide, was zu tun ist.«

Volkert lächelte. Er kannte dieses Funkeln in ihren Augen. Wenn sich Julia, die Tochter des Marcellus, etwas in den Kopf gesetzt hatte, dann würde sie niemand davon abbringen.

Und für diesen Charakterzug war er ihr in diesem Augenblick sehr, sehr dankbar.

Er beugte sich vor, ein letzter, sanfter Kuss. Er ließ das Gefühl der samtweichen Berührung noch einmal ganz von sich Besitz ergreifen, dann wandte er sich ohne ein weiteres Wort ab, bestieg sein Pferd, das getreulich an seiner Seite gewartet hatte, und ritt zurück zur Kolonne.

Als er sich schließlich umsah, war Julia in der Menge der Schaulustigen verschwunden. Doch er wusste, dass sie ihn ansah, er spürte ihre Blicke und genauso spürte er die Entschlossenheit, die hinter diesen Blicken lag.

Erneut bliesen die Hornisten.

Männer trieben die Pferde an.

Die Kolonne machte sich langsam auf den Weg. Menschen winkten. Kinder zeigten aufgeregt auf die Wagen, die Zeitenwanderer, die glänzenden Schilde, die Pferde, die Standarten.

Bertius gesellte sich an die Seite seines Dekurios. Aller Vorwurf war aus seinen Augen verschwunden.

»Eure Frau?«

Volkert zögerte erst, dann nickte er stumm. Ja. Bei allen Göttern des Römischen Reiches, sie war seine Frau.

»Ihr werdet sie wiedersehen. Ich habe so was im Gefühl. Hat mich bisher noch nie getäuscht.«

Volkert sah den dicken Legionär an, wunderte sich über die Wärme in seiner Stimme, das Verständnis, die Zuversicht, die er spendete.

»Das sind sehr freundliche Worte für jemanden, der dafür verantwortlich ist, dass du an dieser Expedition teilnehmen musst«, sagte Volkert.

Bertius nickte gemessen.

»Wenn jeder ohne Schuld ist, wen hat man dann noch, dem man verzeihen kann?«

Volkert sagte nichts. Er drehte sein Gesicht nach vorne, holte tief Luft.

Es ging nach Osten, in unbekannte Gefilde und drohende Gefahren.

Thomas Volkert hatte keine Angst.

Zumindest redete er sich das ein.

16

Josaphat wies Marcellus auf das große Gebäude hin.

»Schau mal! Davon haben wir in Alexandria echt viele!«

Marcellus schaute die Kirche hoch und nickte. Er war jetzt wirklich müde. Die Idee, mit dem Hafenjungen auf Entdeckungsreise zu gehen, war vor rund einer Stunde noch viel attraktiver gewesen als jetzt. Doch Josaphat, trotz seiner abgerissenen Kleidung und der Tatsache, dass er nicht nur im Hafen arbeite, sondern dort wahrscheinlich auch hinter irgendwelchen Kisten schlief, hatte sich als jemand erwiesen, der besonders fasziniert von Sakralbauten war – Tempel, Kirchen, Obelisken, religiöse Monumente jeder Gottheit, Josaphat kannte sie alle.

Marcellus hatte etwas Spannenderes erwartet. Kirchen und Tempel kannte er aus Ravenna. Nein, auch zu dem mittlerweile fast dreizehn Jahre alten Jungen waren die Geschichten der Seeleute über das »eigentlich interessante« Alexandria durchaus vorgedrungen – nicht die Stadt der Priester und Administratoren, der Händler und Reeder, sondern das Alexandria der …

Nun, man musste es unumwunden sagen: der nackten Frauen.

Je nackter, desto besser.

Für jemanden wie Josaphat, der offenbar auf den Straßen der Metropole aufgewachsen war, schien dieses Thema nicht ganz den Reiz zu haben, wie Marcellus erhofft hatte. Obgleich er seinen neu gewonnenen Freund mit sanfter Bestimmtheit immer wieder auf diesen Aspekt hinsteuerte, vor allem dann, wenn sie einen weiteren Monumentalbau erreicht hatten, war Josaphat offenbar nur in geringem Maße davon zu überzeugen, Thema und Besuchsorte zu wechseln. Außerdem wurde es dunkel, Marcellus bekam Hunger und Durst und der lange Tag hatte ihn auch durchaus müde gemacht. Er war kurz davor, seinem Freund zu sagen, dass er zum Hafen zurückzukehren gedenke, als er mit einem Male wie vom Donner gerührt stehen blieb.

Für einen winzigen Moment hatte er gedacht, in der Menge jemanden gesehen zu haben. Ein vertrautes Gesicht. Ein Gesicht, das er hier nicht zu sehen erwartet hatte. Und das hier auch nicht hingehörte.

Er blinzelte, sah genauer hin. Vor einer Taverne saßen auf wackeligen Stühlen einige Männer, alle mit Wein und einem frühen Abendessen beschäftigt, einige in die Gewänder von Schreibern und Beamten gekleidet, andere waren eindeutig als Bau- und Verladearbeiter zu erkennen, die wahrscheinlich ihr Auskommen im Hafen hatten.

Nichts Ungewöhnliches, wollte man meinen.

Wahrscheinlich hatte er sich getäuscht. Die Schatten wurden länger. Außerdem war es doch gar nicht möglich. Eine absurde Vorstellung geradezu. Marcellus fuhr sich mit der Hand über die Stirn. Ja, er hatte Hunger, und die tafelnden

Männer erinnerten ihn nur zu sehr an diese Tatsache. Eine Sinnestäuschung, hervorgerufen durch den starken Appetit.

Erneut wollte er sich an Josaphat wenden, der die essenden Männer mit einem deutlich hungrigeren Gesichtsausdruck als Marcellus musterte, da nahm er etwas in seinen Augenwinkeln wahr. Fast gegen seinen Willen wandte er sich ab, riss die Augen auf. Ein junger Mann kam aus der Taverne, schaute sich um, als erwarte er jemanden zum Essen, verzog enttäuscht das Gesicht und ging zurück in den Schankraum.

Nein, es bestand gar kein Zweifel! Es war keine Täuschung, keine Einbildung und hatte auch nichts mit den Schatten zu tun.

Der junge Mann war Marcellus wohlbekannt. Er hieß Markus Tennberg, trug den deutschen Dienstgrad eines Fähnrichs und war zusammen mit Freiherr von Klasewitz als einer der Meuterer verschwunden, als der Aufstand gegen Kapitän Rheinberg scheiterte. Er wurde im ganzen Reich gesucht. Rheinberg persönlich hatte ein Kopfgeld von 500 Solidi auf von Klasewitz und Tennberg ausgesetzt. Je. Er meinte das sehr ernst, das wusste Marcellus.

Tennberg war mehr als nur ein Deserteur wie Thomas Volkert. Er war ein Verräter. Marcellus erinnerte sich an die Worte, die sein Magister, Marineoberingenieur Dahms zu dem Thema gefunden hatte. Sprach er über Volkert, so war da Bedauern in seiner Stimme, aber auch Sympathie und Verständnis. Milde. Bereitschaft zur Gnade. Wechselte das Thema aber zu von Klasewitz und seinen Komplizen, so wurde Dahms' Stimme kalt. Zwar hatte man den Rest der Meuterer, degradiert und unter Bewachung, von weiteren Strafen befreit, da jeder Mann benötigt wurde, aber Dahms behandelte diese Besatzungsmitglieder mit kühler Ablehnung und, wo nötig, beißender Schärfe. Tennberg, der sich nicht ergeben hatte, sondern dem Verantwortlichen des Aufruhrs in das Exil gefolgt war, hatte nichts verdient außer Dahms' tiefster Verachtung.

Nicht zuletzt deswegen, weil dieses Gefühl sich zu einem gewissen Maße auch auf seinen begierigen Schüler Marcellus übertragen hatte, fasste der Junge einen schnellen Entschluss.

»Ich habe Hunger, Jos«, sagte er und schlug seinem neuen Freund auf die Schulter. »Lass uns dort einkehren!«

»Ich habe kein Geld«, erwiderte Josaphat, kaum eine Handbreit kleiner als Marcellus, aber erkennbar gedrungener gebaut, mit groben Knochen und starken, sehnigen Händen. So ein Junge, das erahnte Marcellus intuitiv, hatte immer Hunger. Und viel.

Er holte einige Münzen aus seiner Tasche. Die revolutionärste Neuerung in seinem Leben war gewesen, dass er als Besatzungsmitglied der *Saarbrücken* in den Genuss eines wenngleich spärlichen Soldes gekommen war. Und da er in den letzten Monaten nur wenig Gelegenheit gehabt hatte, seine Kupfermünzen auch auszugeben, hatte sich doch eine recht ordentliche Anzahl angesammelt. Mehr als genug für zwei ordentliche Mahlzeiten auch in einer gehobeneren Gaststätte.

Josaphat sah die Münzen mit großen Augen an, jetzt mehr denn je vom Sinn dieser Freundschaft überzeugt, und erhob keine Einwände. Zielstrebig steuerten die Jungs die Taverne an. Unter dem Vorwand, dass ihm etwas kühl sei, betrat Marcellus den Schankraum. Er war nicht sehr voll, mit mehreren leeren Tischen. Marcellus erkannte Tennberg sofort, er saß in einer Ecke und starrte in seinen Becher. Marcellus wählte einen Tisch seitlich von ihm und zog Josaphat mit sich.

Eine Sklavin stellte sich an ihren Tisch und sah sie erwartungsvoll an. Marcellus machte große Augen. Das Mädchen war kaum älter als er, aber trug aus offensichtlichen Gründen ein recht eng geschnittenes Gewand, das ihre knospenden Vorzüge herausstrich. Das war exakt, wonach Marcellus gesucht hatte, und vielleicht noch ein wenig mehr in dieser Art. Er grinste die Sklavin unumwunden an, während Josaphat sie gar nicht richtig zu bemerken schien und stirnrunzelnd die Schriftzeichen an der weiß gekalkten Wand musterte, die so etwas wie die Speisekarte darstellten.

Das junge Mädchen, das an seinem Los erkennbar wenig Freude hatte, wirkte eher eingeschüchtert und ängstlich. Wenn Marcellus die Striemen an ihrem Oberarm richtig deutete, dann wurde sie geschlagen, und das nicht selten.

Nein, so sagte er sich, das war doch nicht, wonach er gesucht hatte.

Zu seiner Überraschung konnte sein Freund lesen, und als er die angebotenen Speisen identifiziert hatte, plapperte er drauflos. Die Handvoll Münzen seines Freundes eingedenk, bestellte er Brot, Käse, ein einfaches Fischgericht und verdünnten Wein. Als er mit der Bestellung fertig war, wandte sich die Bedienung ab und eilte zur Küche. Marcellus sah ihr halb bedauernd, halb mitleidig nach. Es gab einige seltsame Ansichten der Zeitenwanderer – etwa zur Sklaverei –, die langsam für ihn Sinn zu haben begannen, je länger er darüber nachdachte. Er hatte in all der Zeit auf der *Saarbrücken* für viele Aspekte des römischen Alltags eine neue Perspektive gewonnen, auch wenn er sich dessen nicht immer bewusst war.

Marcellus setzte sich so hin, dass er Tennberg aus den Augenwinkeln beobachten konnte, während er gleichzeitig leise mit Josaphat über belanglose Dinge plauderte. Er versuchte dabei, das Thema der *Saarbrücken* und der Zeitenwanderer möglichst zu vermeiden, damit Tennberg nicht etwas hörte, was ihn misstrauisch machen konnte. Sein Freund war ohnehin nicht richtig bei der Sache, denn die Wohlgerüche aus der Küche schienen ihn ganz in ihren Bann zu schlagen. Als die Bedienung nur kurz danach zurückkam und von einem mächtigen Tablett irdenes Geschirr auf ihrem Tisch platzierte, war es um Josaphat ganz geschehen. Noch während Marcellus einige Münzen in die geöffnete Hand der Sklavin zählte, hatte er seine Schüssel an sich gezogen, ein Stück Brot aus dem Laib abgerissen und den dicken, hölzernen Löffel gezückt. Mit intensiver Konzentration begann er, sich durch den geräucherten Fisch und das Gemüse zu essen, seine Augen ganz auf die Speisen fixiert und damit völlig unansprechbar. Nur hin und wieder hob er seinen Blick, nickte Marcellus anerkennend zu, nahm einen Schluck des verdünnten Weins, um sich daraufhin sofort wieder in die stetig abnehmende Nahrungsmenge zu vertiefen.

Da hatte jemand wirklich Hunger.

Marcellus war durchaus nicht ohne Appetit, aber Tennberg im Blick zu halten, erschien ihm weitaus interessanter, und so konnte er mit Josaphats Essgeschwindigkeit nicht einmal halb mithalten. Als sein Freund fertig war und versuchte, keine allzu sehnsüchtigen Blicke auf Marcellus' Portion zu werfen, schob dieser ihm hin, was er noch nicht vertilgt hatte. Dankbarkeit im Blick, schlang Josaphat auch das in sich hinein. Nur seinen Becher mit Wein behielt Marcellus in der Hand.

Auch Tennberg hatte nicht viel mehr getan, als mit seinem Becher zu spielen. Immer wieder betrachtete er die Tür. Es stand zweifelsfrei fest, dass er auf jemanden wartete.

Josaphat war mit dem Essen fertig – jetzt wirklich fertig! –, als Tennbergs Verabredung eintrat. Der Deserteur erhob sich, wies auf einen leeren Stuhl an seinem Tisch. Marcellus betrachtete den Neuankömmling. Er sah gut gekleidet aus, ordentlich rasiert und frisiert, ein Mann von gewissem Wohlstand. Die beiden Männer steckten die Köpfe zusammen und fingen zu tuscheln an. Marcellus strengte sich sehr an, aber er konnte kein Wort verstehen. So blieb ihm nichts übrig, als an seinem Wein zu nippen und so unauffällig wie möglich zu bleiben. Als er die wachsende Ungeduld seines Freundes spürte, beschloss er, ihn einzuweihen. In raschen Worten skizzierte er die Situation. Josaphat, mit vollem Magen und sichtlich dankbar für die Einladung, war sofort Feuer und Flamme. Er versprach, Marcellus bei allem zu helfen, was dieser wohl vorhatte, und bestellte, nur zur Tarnung, zwei weitere Becher Wein, die kurz darauf gebracht wurden.

Schließlich erhoben sich die Männer und verließen die Taverne. Die beiden Jungen folgten ihnen. Draußen war es mittlerweile dunkel. Marcellus erkannte, dass die Männer sich verabschiedeten und getrennte Wege gingen. Es war ihm sofort klar, wen er zu verfolgen hatte, und als Tennberg sich Richtung Hafen auf den Weg machte, eilten die beiden Jungen ihm sofort hinterher. Der Plan des Marcellus war, den Aufenthaltsort des Deserteurs zu bestimmen, um danach sofort auf der *Valentinian* Meldung zu erstatten. Africanus und Köhler würden wissen, was zu tun war.

Die Dunkelheit machte sich in den Seitengassen bemerkbar. Während die Hauptstraße vom Schein zahlreicher Fackeln und Lampen erleuchtet wurde, ließ die Illumination in den abzweigenden Wegen nach. Der Schatten Tennbergs war immer schwieriger auszumachen, sodass die Jungen enger aufschließen mussten, als ihnen lieb war. Die Tatsache, dass sich Josaphat auch bei Dunkelheit mit schlafwandlerischer Sicherheit durch seine Heimatstadt – und vor allem das Hafengebiet – bewegte, erwies sich als unschätzbarer Vorteil. Das spendierte Abendessen, so fand Marcellus, war eine ausgezeichnete Investition gewesen.

Plötzlich griffen harte Fäuste von hinten an sein Hemd. Marcellus schlug unwillkürlich um sich, seine kleine Faust klatschte auf einen muskulösen Arm, doch dann pressten sich mächtige Finger schmerzhaft in seine Schultern. Tränen schossen dem Jungen in die Augen und er schrie auf.

»Schrei du nur. Niemand hört auf Straßenjungs, die sich zu weit vorgewagt haben!«

Marcellus wurde herumgewirbelt, konnte den mächtigen Schatten des Mannes nicht genau ausmachen. Auch Josaphat hatte es erwischt, doch er wehrte sich nicht, ließ sich vielmehr wie ein nasser Sack fallen. Ein zweiter Mann beugte sich über ihn, wollte ihn auf die Füße setzen, da stöhnte der Hafenjunge auf.

»Mir ist so schlecht«, jammerte er. Marcellus sah, wie Josaphat sich nach vorne beugte, seine rechte Hand mit dem Körper bedeckte, den ausgestreckten Zeigefinger tief und mit Willen in seinen geöffneten Mund steckte, laut würgte und mit einem großen, machtvollen Schwall sein Abendessen auf die Tunika seines Häschers kotzte.

»Verdammt! Ah! Welch ein Gestank! Scheiße!«, fluchte der Getroffene, machte unwillkürlich einen Satz zurück.

Das war sein Fehler.

Josaphat riss sich aus dem schwachen Griff des Befleckten, wirbelte herum und verschwand in der Dunkelheit. Der über und über mit Erbrochenem bedeckte Häscher wollte ihm nachstellen, gab aber schon nach wenigen Schritten auf, denn der Hafenjunge war in den stockdunklen Gassen verschwunden.

Der Mann fluchte erneut, heftig und laut. Während alledem hatten die Hände des anderen Mannes sich wie Schraubstöcke um die schmalen Schultern des Marcellus gelegt. Keine Chance auf Entkommen – und der Trick mit dem Kotzen würde kein zweites Mal funktionieren, dessen war sich Marcellus sicher. Jos schien derlei schon öfters erlebt zu haben, so schnell und gewieft war seine Reaktion gewesen.

Dann schälte sich die Gestalt eines Dritten aus der Dunkelheit.

Tennberg.

Der junge Deserteur sah Marcellus abschätzig an.

»Er ist es. Ich habe es gleich geahnt, als ich ihn in der Taverne entdeckt habe. Er muss mich erkannt haben.«

»Der andere Junge ist entkommen, Herr«, sagte der bekotzte Häscher mit unterwürfigem Ton. »Er hat …«

»Ich rieche es. Säubere dich und komme dann zum Unterschlupf. Den hier nehmen wir mit. Der Hafenjunge wird sich irgendwo verstecken und niemand wird seine Worte ernst nehmen. Keiner hört auf dieses Gesindel. Und niemand weiß, wo wir stecken. Dass wird den hier haben, ist das Wichtigste.«

»Was soll mit ihm geschehen?«, fragte der kräftige Mann, der Marcellus im Blick hatte.

Tennberg warf dem Jungen erneut einen verächtlichen Blick zu.

»Das ist Dahms' kleiner Schatz. Wir werden ihn verhören. Wenn er geredet hat, wird er beseitigt. Noch eine Kinderleiche in irgendeiner Kloake wird niemanden interessieren. Und wir können unsere Arbeit fortsetzen.«

»Die Expedition nach Aksum wird bald aufbrechen. Sollen wir sie noch in Alexandria abfangen?«, fragte der andere Mann. Tennberg wirbelte herum und verpasste ihm einen Tritt.

»Idiot!«, zischte er. »Was kommt als Nächstes? Willst du unsere Pläne auf Plakate schreiben und überall anschlagen? Sei froh, dass wir das Balg sowieso umbringen wollten. Schwachkopf! Und jetzt geh und reinige dich, du stinkst zum Kotzen.«

Der Verdreckte wandte sich stumm ab. Marcellus fühlte sich hochgehoben und über die Schulter des Mannes geworfen. In seinem Magen ruhte ein eisiger Klumpen der Angst. Er hatte gut verstanden, was Tennberg gesagt hatte. Verhören und umbringen. Wieder traten Tränen in die Augen Marcellus' und er unterdrückte ein Schluchzen. Mit einem Male fühlte er sich sehr allein und alles andere als abenteuerlustig. Er hoffte, ja er betete inständig, dass Tennbergs Einschätzung des geflohenen Jos nicht korrekt war, sondern dass dieser schnell seinen Weg zur *Valentinian* und dort auch Gehör finden würde. Dort machte man sich bestimmt bereits Sorgen.

Schwach regte sich Widerstand in ihm und er wand sich im eisernen Griff des Mannes, doch dieser musste nur einmal so fest zudrücken, dass Marcellus die Luft wegblieb und er seine Versuche einstellte. Widerstandslos ließ er sich forttragen, das Gesicht dem Rücken des Mannes zugewandt. Tennberg schien ihnen voranzugehen.

Niemand würde sie eines Blickes würdigen. Darin hatte der Deserteur sicher recht. Alexandria war voll obdachloser Kinder, wie jede andere größere Metropole des Reiches auch. Sie unterstanden niemandes Schutz und Gerechtigkeit.

Marcellus fühlte, wie Mutlosigkeit von ihm Besitz ergriff.

Und diesmal unterdrückte er das Schluchzen nicht.

17

Godegisel hatte nicht mit dieser Entwicklung gerechnet.

Ja, er hatte den gefangenen Exkaiser Ostroms getreulich zu denen gebracht, die mit Kaiser Gratian über Kreuz waren. Um, wie es der Richter ausgedrückt hatte, »im Spiel zu bleiben«. Der junge gotische Adlige wusste, was damit gemeint war, und obgleich die Goten jetzt de jure römische Bürger waren und auf römischem Gebiet siedelten, nachdem sie so vernichtend vor Thessaloniki geschlagen worden waren, wollte die Führung, wenn auch nicht mehr formal in Amt und Würden, nicht davon lassen, die Geschicke des Reiches, das sie aufgenommen hatte, mitzubestimmen.

Militärisch ging das nicht mehr. Die Römer hatten den Goten die Waffen genommen und sie weit über die östliche Reichshälfte verteilt. Ihnen wurde die Anlage eigener, geschlossener Siedlungen verboten, was angesichts der Tatsache, dass die Bevölkerung des Reiches ohnehin nur spärlich war, kein Problem darstellte: Es gab genug halb verwaiste Dörfer und Ortschaften, die von den Neusiedlern »aufgefüllt« werden konnten. Die Reformen, die das Reich nach Ankunft der Zeitenwanderer überschwemmten, kamen den Goten zugute. Sie profitierten von den neuen Freiheiten und Erleichterungen, wie es alle taten, die heimatlos waren und sich anstrengen mussten, in ihrer neuen Heimstatt akzeptiert zu werden – und zu prosperieren.

Und jetzt saß er hier und war zu so etwas wie einem Leibwächter gemacht worden. Die Verschwörer unter dem Kommando des Maximus hatten Godegisel nicht sehr ehrenvoll behandelt, zweifelsohne war der Adlige für sie kein Gleichrangiger. Es war dieser seltsame Kontrast, über den er in seinen freien Stunden der Muße – und derer gab es sehr viele – nachdachte: Auf der einen Seite wollten die Verschwörer Gratian und durch ihn den Einfluss der Zeitenwanderer bekämpfen, die sie mal als »unheilig« oder »dämonisch«, manchmal schlicht als »Verräter« bezeichneten. Auf der anderen Seite konnten sie einen gewissen Respekt davor, dass ihre Feinde die Goten im Osten geschlagen und ihre Bedrohung fürs Erste beendet hatten, nicht verleugnen. Und wenn Valens, in jenen Phasen, in denen er bei relativer geistiger Klarheit war, sich von Godegisel den Kampf um Thessaloniki schildern ließ, dann war auch der oströmische Kaiser offenbar nicht abgeneigt, den Segen in der Intervention der Fremden zu erkennen – wenngleich er von der Tatsache, dass Gratian nun Kaiser ganz Roms war, wenig erbaut erschien.

Valens war ein Kapitel für sich.

Die Verletzung, die er während der Schlacht bei Adrianopel erlitten hatte, war völlig verheilt und von außen machte der Kaiser – oder Exkaiser – einen erholten Eindruck. Doch irgendetwas hatte Spuren bei ihm hinterlassen. Obgleich er Phasen durchlebte, in denen er klar und vernünftig erschien, gab es wieder Stunden, ja manchmal Tage, in denen er völlig in sich versunken vor sich hin dämmerte, sinnlose Sätze murmelte und weder Godegisel noch irgendjemand anderen, der ihn ansprach, bewusst wahrzunehmen schien.

Valens war bereits zu seinen besten Zeiten das gewesen, was man einen wankelmütigen, ja instabilen Menschen genannt hätte. Er war immer sehr auf seinen Ruf bedacht gewesen und hatte seinen Neffen Gratian eher als Bedrohung, denn als Kollegen im Amt wahrgenommen. Je älter er wurde, desto klarer waren die irrationalen Züge in seiner Persönlichkeit zutage getreten. Er hatte sich mehr und mehr auf die Aussagen von Orakeldeutern und Auguren verschiedenster Herkunft verlassen, sie in mehr und mehr Entscheidungen einbezogen und ihnen am östlichen Hof unbillig großen Einfluss eingeräumt – was nicht von allen Adligen oder hohen Militärs mit Freude gesehen worden war. Valens hatte diesen Unwillen sicher gespürt, selbst dann, wenn niemand ihn offen auszusprechen gewagt hatte. Er war verschlossener geworden, herrischer, unduldsamer, mit jedem Jahr, das verstrich. Seine Entscheidung vor Adrianopel, eben nicht auf die Hilfe Gratians zu warten, sondern selbst die Schlacht zu wagen, war nur der krönende Abschluss an falschen und voreiligen Einschätzungen gewesen. Den Ruhm mit seinem Neffen nicht teilen zu müssen, das wurde allgemein als Grund für diese Entscheidung angenommen. Aber vielleicht hatte auch nur einer seiner Orakeldeuter gemeint, die Zeichen für die Schlacht stünden gut.

Wenn man also etwas Gutes am neuen Valens erkennen wollte, dann das, dass er sich seines größten Fehlers schmerzhaft bewusst war und dass er in jenen Phasen, wo er klar zu denken und zu sprechen schien, deutlich zu argumentieren und analysieren wusste. Godegisel hatte ihm erzählt, dass er es gewesen war, der den flüchtenden Kaiser gefangen genommen hatte, in den Ruinen eines kleinen Guts unweit des Schlachtfeldes. Obgleich Valens damals durchaus bei Bewusstsein gewesen war, konnte sich der ältere Mann heute nicht mehr daran erinnern. Er schien es dem gotischen Adligen nicht übel zu nehmen, zumindest zeigte er es nicht, und er akzeptierte ihn willig als Gesprächspartner, so er überhaupt ein Interesse an Konversation zeigte.

Die Besuche der Verschwörer waren da von anderer Qualität. Godegisel hatte rasch herausgefunden, was die Männer von Valens wollten: Sie wollten seinen Nimbus als Kaiser des Ostens nutzen, um dem Usurpator Maximus Legitimation zu verschaffen. Sollte der Sturz Gratians gelingen, würde Valens wie von Gottes Hand geführt aus dem Nichts auftauchen, formal den Purpur des Ostens tragen, Maximus' gewaltsamen Umsturz segnen und befürworten, ihn zum Mitregenten erheben, der er dann de facto schon sein würde, um selbst wenige Wochen später abzudanken, sodass Kaiser Maximus ganz Rom regierte. Valens, so war ihm zugesichert worden, dürfe sich in den Ruhestand zurückziehen, natürlich mit entsprechendem Gefolge, einer staatlichen Pension, vielleicht auf Capri, oder in Diokletians altem Palast, oder wo auch immer er aus dem Weg war.

Godegisel hatte den Eindruck, dass Valens diesem Plan manchmal gewogen war und dann wieder auch nicht, und so hatten die Verschwörer auch noch keine definitive Antwort aus ihm herausbekommen. Es war, als würden zwei Seelen in der Brust des Exkaisers widerstreiten: die eine des neuen Valens, geläutert oder gedemütigt durch Sturz, Verletzung und Gefangenschaft, bereit zum Kompromiss und für einen würdigen Lebensabend, und die des alten Valens, stolz, aufbrausend, neidisch und ehrgeizig, der sich ganz als Imperator des Ostens definierte und bei aller Ablehnung seines Neffen Usurpation eines britannischen Heeresführers schon aus prinzipiellen Gründen ablehnte. Dazu kam, dass die Verschwörer ihre religiösen Grundüberzeugungen, vor allem einen radikalen Trinitarismus und die von Ambrosius geförderte Idee einer entsprechenden Staatskirche, nur schlecht verborgen hatten. Valens war Christ, aber er hatte in einem Teil des Reiches regiert, in dem arianische Bischöfe die Oberhand zu haben pflegten, und er schien die fundamentalistische Radikalität des Maximus aus Gründen, die Godegisel selbst nicht nachvollziehen konnte, abzulehnen.

Wie dem auch sei, der junge Adlige war sich nicht sicher, welche Rolle er in dieser Scharade eigentlich zu spielen hatte. Offiziell wurde er von Maximus als Verbindungsglied zu den »gotischen Interessen« gesehen, was genau das auch immer bedeuten sollte. Godegisel war sich nicht einmal sicher, was für Interessen das waren. Der Richter hatte ihm diesbezüglich keine Anweisungen gegeben und aus Angst vor Entdeckung hatte Godegisel auch noch keine Nachrichten geschickt, um nach Anweisungen zu fragen. Darüber hinaus, Loyalität hin oder her, war Fritigern überhaupt kein Richter mehr, sondern nur ein etwas privilegierter Landbesitzer im Osten Roms, durchaus respektiert, aber ohne formale Macht. Der Vertrag mit Rom sah sehr ausführlich vor, dass die Goten jede eigene semistaatliche Struktur aufzulösen und sich ganz in das rechtliche Gefüge des Reiches einzufügen hatten. Keine »foederatii«, kein Staat im Staate, sondern, das war das Ziel, vollständige Integration und am Ende Assimilierung im Austausch für Frieden und volle Bürgerrechte.

Godegisel war sich auch nicht sicher, was eigentlich seine persönliche Haltung zu der ganzen Sache war. Er selbst hielt Maximus für einen Feldherrn einiger Qualität, der Loyalität erzeugen und halten konnte, eine Fähigkeit, die der Adlige zu respektieren wusste. Aber Ambrosius erschien ihm mit jedem Treffen verbissener und fanatischer zu werden, und darüber hinaus waren die meisten Goten eher den Arianern zugeneigt – ein Sieg der Sache des Maximus mochte sich auf lange Sicht für sein Volk eher als negativ erweisen.

Godegisel hatte auch viel Zeit damit verbracht, über die Zeitenwanderer nachzudenken. Über den Kampf bei Thessaloniki, den er doch an vorderster Front miterlebt hatte. Die Waffen dieser Männer waren in der Tat Furcht einflößend gewesen. Doch die Menschen selbst hatten sich in nur wenig von ihm unterschieden. Sie waren sterblich gewesen, sehr sterblich, und Godegisel selbst hatte einen ihrer Anführer getötet. Doch danach hatte er vergeblich auf die Rachsucht der Zeitenwanderer gewartet, auf eine besondere, individuelle Strafe. Wie Dämonen, Wesen mit übernatürlichen Fähigkeiten, waren sie ihm nie erschienen. Wenn es tatsächlich stimmte und sie nur eine große Anzahl von Jahren im Zeitstrom voneinander trennte, wäre es da nicht sinnvoll, ihren Rat ernst zu nehmen und eine Zukunft zu erschaffen, in der manche Fehler möglicherweise vermieden werden konnten? Godegisel fand diesen Gedanken außerordentlich attraktiv. Und hätte Gott etwas dagegen, so hätte er in seiner Allmacht die Reise des metallenen Schiffes durch die Zeiten doch gar nicht erst zugelassen.

Nein, je mehr er über all diese Dinge nachdachte, desto mehr erschien ihm die Hilfe, die der Richter den Verschwörern hatte angedeihen lassen, als trotzige Geste, die nicht recht durchdacht worden war. Und seien es nun die kritischen Kommentare des Valens, wenn dieser in der Stimmung war, mit ihm zu sprechen, oder seine eigene Wahrnehmung der Treffen mit Maximus und seinen Kameraden, die Einstellung Godegisels verfestigte sich, dass er hier am falschen Ort die falsche Rolle spielte.

So stand er, in Gedanken versunken, am Fenster seines Aufenthaltsortes, eines einfachen Wohnhauses in der Provinz Britannien, nicht allzu weit von der Hauptstadt entfernt. Die Tatsache, dass die Temperaturen im neuen Siedlungsgebiet der Goten wahrscheinlich weitaus angenehmer waren, trug nicht zu Godegisels Motivation bei, hier noch länger als nötig zu verweilen.

»So in Gedanken, junger Gote?«

Valens' Stimme schreckte Godegisel auf. Er wandte sich um. Der Exkaiser saß in einem Stuhl, einen Kelch Wein in der Hand und hatte die ersten Worte seit Stunden gesprochen. Sie beide waren allein.

»In Gedanken, ja, Augustus.«

Valens machte eine wegwerfende Handbewegung.

»Nenne mich nicht mehr so. Ich mag ein dummer, alter Mann sein, der nicht immer erkennt, was die Stunde geschlagen hat, aber Augustus bin ich sicher nicht mehr. Und selbst, wenn ich in mein Amt zurückkehren sollte, dann nur für eine kurze Zeit und von Gnaden des Maximus, der, so scheint mir, ein durch und durch ungnädiger Mann ist.«

Godegisel lächelte. Offenbar begann eine von Valens' besseren Phasen. Sie waren meist durch einen gesunden Sarkasmus gekennzeichnet.

»Ihr habt noch nicht zugesagt.«

»Ich werde auch nicht zusagen.«

Godegisel horchte auf. Das war jetzt ein neuer Zug, eine neue Qualität.

»Ihr wollt Maximus nicht als Imperator bestätigen, hat er erst Gratian gestürzt?«

»Nein.« Der Mann nahm einen Schluck Wein und verzog das Gesicht. »Was für ein Essig«, murmelte er. Dann richtete er seinen Blick wieder auf den Goten.

»Ich war auch nachdenklich, lieber Freund. Viele Wochen, ja Monate. Oft waren meine Gedanken verwirrt, doch ich habe alles mitbekommen, was um mich herum passiert ist.«

Godegisel schwieg.

»Ich habe nunmehr eine Entscheidung getroffen. Ich war ein Narr vor Adrianopel und ich bin ein Narr, dass ich Gratian auch nur einen Vorwurf mache. Er ist jung und tut, was er kann. Hätte ich auf ihn gewartet, wären Eure Männer vor Adrianopel aufgerieben worden und all diese Probleme hätten sich so nicht gestellt.«

Godegisel kommentierte das nicht. Er kam aber nicht umhin, dem alten Mann recht zu geben. Gegen die vereinte römische Armee hätten die Goten keine Chance gehabt. Es wäre eine blutige Schlacht geworden, aber am Ausgang hätte es keinen Zweifel gegeben.

»Maximus will das Reich durch einen Bürgerkrieg zerreißen. Mein Bruder Valentinian hat immer wieder vor dieser Möglichkeit gewarnt und alles getan, um derlei zu verhindern. Er übergab mir den Osten, wohl wissend, dass sein Sohn Gratian den Westen erben würde. Meine Aufgabe als Gratians Onkel wäre es gewesen, meinen Neffen zu beschützen und anzuleiten, anstatt ihn durch meine Unvorsichtigkeit und Überheblichkeit dermaßen im Stich zu lassen.«

Valens schüttelte betrübt den Kopf.

»Nein, Godegisel«, sagte er leise. »Ich habe keine so sonderlich gute Figur abgegeben. Ich bin es nicht wert, dass an dem Tag, an dem du mich gefunden hast, Zenturio Alchimio und seine Männer gestorben sind. Ich habe sie genauso verraten, wie ich meinen Neffen verraten habe.«

Der Exkaiser hatte gesehen, dass sich Godegisel bei der Nennung des Namens versteift hatte. Alchimio war durch das Schwert der Goten gefallen, wie alle verbliebenen Soldaten von Valens' Leibgarde.

Valens hob eine Hand.

»Keine Vorwürfe, junger Mann. Ich sagte doch, ich nehme die Schuld auf mich. Du hast getan, was zu tun war. Wäre ich an deiner Stelle gewesen und bei klarem Verstand, hätte ich nicht anders gehandelt. Alchimios Blut klebt an meinen Händen, viel mehr davon als an deinen.«

Godegisel wusste nichts zu entgegnen. Er hatte bereits in früheren Gesprächen versichert bekommen, dass der ehemalige Kaiser ihm nichts nachtrug, aber in diesem Zusammenhang hatte er es noch nicht bekräftigt. Worauf wollte der alte Mann hinaus?

»Jetzt fragst du dich sicher, warum ich dir das alles erzähle, oder?«, fragte Valens weitsichtig. »Das ist ganz einfach. Wenn ich das richtig gesehen habe – und sollte ich mich irren, dann verzeihe meine forschen Worte bitte bereits jetzt –, dann bist du über die Pläne des Maximus genauso wenig begeistert wie ich. Ich frage dich: Hast du eindeutige Befehle der Deinen, Maximus' Anweisungen zu befolgen und ansonsten nur hier zu sitzen und einen alten Trottel wie mich nicht an Einsamkeit verenden zu lassen?«

»Mein Befehl war, Euch dem Maximus zu bringen und dann nach Gutdünken, aber immer das Wohl meines Volkes im Sinne, zu handeln. Offiziell kann ich keine Funktion innehaben, denn mit dem Vertrag von Thessaloniki ist die gotische Nation, soweit es die Überlebenden der Schlacht betrifft, erloschen.«

Valens nickte. »Ja, sehr schlau. Loyale römische Bürger sind wir nun, nicht wahr?« Er stieß ein leises, meckerndes Gelächter aus.

»Ich bin mir über den Grad der Loyalität und seine Ausrichtung nicht völlig im Klaren«, gab Godegisel zu. Valens sah ihn mit verengten Augen an, presste die Lippen aufeinander. Dann stellte er seinen Kelch zur Seite und beugte sich in verschwörerischer Haltung vor.

»Ich habe darüber nachgedacht. Meine Loyalität ist klar. Sie gilt Rom. Sie gilt dem rechtmäßigen Kaiser. Beides habe ich einmal verraten und mich dabei gleich selbst. Ein zweites Mal wird mir dieser Fehler nicht unterlaufen.«

»Was habt Ihr im Sinn?«

»Ich möchte von hier verschwinden und das so schnell wie möglich. Wir werden hier nur schwach bewacht, eher … beobachtet, will ich meinen. Es sollte uns gelingen, vor allem bei diesem Wetter, im Schutze der Dunkelheit zu entwischen, einen Fischer hinreichend zu bestechen und nach Gallien überzusetzen, um flugs zum Hofe zu reisen und Gratian über die Ziele und das Ausmaß der Verschwörung in Kenntnis zu setzen.«

»Uns? Wir?«

Valens blickte zu Boden. »Ich bin alt und wahrscheinlich nicht auf der Höhe meiner Kräfte«, sagte er leise. »Ich benötige Hilfe. Alleine schaffe ich es nicht. Was denkst du, Gote? Willst du zurück in Richtung Heimat oder hier weiter die Zeit totschlagen – wohlmöglich noch Jahre, je nachdem, wann die Verschwörer nun zuzuschlagen gedenken?«

Der junge Mann wandte seinen Blick von Valens ab, starrte wieder in den diesigen, britannischen Tag und erinnerte sich seiner Gedanken, die er eben noch gewälzt hatte. Er erkannte mehr und mehr, dass der Vorschlag des ehemaligen Kaisers seine Probleme am ehesten zu lösen imstande war. Und hatte der Richter den Gefangenen nicht seiner Obhut übergeben? Godegisel ertappte sich dabei, wie die Aussicht, diese regnerische Insel verlassen zu dürfen, ein sanftes Lächeln auf sein Gesicht zauberte.

Valens deutete diese Regung richtig. Er lehnte sich wieder zurück und klatschte in die Hände.

»Einen Fischer bestechen, ja?«, sagte Godegisel nun, verließ seinen Platz am Fenster und setzte sich zu Valens. »Womit genau?«

Valens lächelte. »Nun, ich habe sicher kein Gold bei mir. Und da meine freundlichen Gastgeber für alle meine Bedürfnisse sorgen, haben sie es auch nicht für nötig befunden, mich mit eigenen Mitteln auszustatten. Aber sei ehrlich: Dein Richter hat dich ganz ohne Geld auf den Weg geschickt?«

»Dieser Weg war weit. Und meine Männer brauchten auch noch etwas für den Rückweg.«

Die Tatsache, dass Godegisel seine gotischen Begleiter in Gallien zurückgeschickt hatte, war im Nachhinein betrachtet ein Fehler gewesen.

Valens nickte verstehend. »Als selbstloser Anführer, um das Wohl Eurer Männer besorgt, hast du ihnen alles Geld überlassen.«

»Nun …«

»Nein?«

»Nicht ganz.«

»Was ist dir geblieben?«

»Zehn Solidi.«

»Ah, Gold. Für zwei davon wird uns jeder Fischer übersetzen, für einen dritten möglicherweise sogar eine Weile den Mund halten.«

Valens sah Godegisel lauernd an. Der junge Mann kratzte sich am Kopf. Dann grinste er.

»Besser, als hier herumzusitzen und philosophisch zu werden, nicht wahr?«, sagte er schließlich.

»Philosophie führt zur Schwermut«, erklärte Valens bestimmt.

Godegisel sah ihn forschend an. »Wer aber sagt mir, dass Ihr nicht in Kürze wieder in jene versinkt und nicht mehr ansprechbar erscheint, Euch möglicherweise gar nicht mehr an unseren Plan erinnern werdet?«

»Ich. Selbst, wenn ich abwesend erschien, so war ich doch hellwach. Und für unsere Bewacher will ich diesen Eindruck noch eine Weile pflegen. Aber im Geheimen, lasst uns unsere Vorbereitungen treffen. Hier, ich fange sogleich an: Ich habe einen genauen Plan der Standorte und der Wachzyklen aller Soldaten erstellt, mit denen wir in den letzten Wochen zu tun hatten.«

Valens zog ein Dokument hervor. Godegisel machte große Augen.

Der Exkaiser hatte nicht gelogen. Er war aufmerksamer und wacher gewesen, als es selbst Godegisel erwartet hätte. Und er hatte seinen Vorschlag und dessen Ausführung von langer Hand geplant.

Godegisel beugte sich über das Papier.

Spätestens jetzt war er Feuer und Flamme.

Und er schwor sich, nie wieder einen römischen Kaiser zu unterschätzen …

18

Rheinberg hatte einen Palast.

Ein anderes Wort fiel ihm nicht ein, als er diesen Abend, bei einbrechender Dunkelheit, in das Refugium zurückkehrte, das man ihm als Heermeister des Reiches in Trier zugewiesen hatte. Das weitläufige Anwesen bestand aus einem Haupthaus und einigen Nebengebäuden und war nach Ansicht Rheinbergs mit dem bloßen Begriff »Stadtvilla« nur unzureichend beschrieben. Für ihn war es ein Palast.

Es war keinesfalls so, dass er in seinem bisherigen Leben schlechte Unterkünfte gewohnt gewesen war. Sein Vater hatte es zu bescheidenem Wohlstand gebracht und seiner Familie ein schönes, kleines Haus gebaut, in dem Rheinberg, bevor er zur Militärakademie geschickt wurde, sogar ein eigenes Zimmer bewohnt hatte. Später, im Rahmen seiner militärischen Laufbahn, hatte er nach bestandener Prüfung die Privilegien einer Offiziersunterkunft genossen, immer etwas besser und geräumiger als die der weniger hochrangigen Kameraden. Nie luxuriös und groß, aber immer ausreichend, vor allem für Rheinberg, dem Selbstdisziplin und Bescheidenheit von frühester Kindheit an eingebläut worden waren.

Dies aber war ein Palast.

Der Hausvorsteher, das Faktotum, hieß Felix und war ein alter, ehrwürdiger Mann, der den Haushalt organisierte und dafür zu sorgen hatte, dass es einem hochgestellten Herrn an nichts fehlte. Rheinberg fühlte sich unwohl in seiner Gegenwart. Das lag nicht an Felix selbst, der die Zuvorkommenheit und Höflichkeit in Person war, von sanftem Auftreten, immer aufmerksam, freundlich, dienstbeflissen. Es hing sicher damit zusammen, dass Felix ein älterer Herr war, distinguiert, mit einem gepflegten, weißen Backenbart, eine ehrwürdige Erscheinung, die unwillkürlich Respekt hervorrief – ein Respekt, der ihm von den anderen, sehr zahlreichen Bediensteten auch entgegengebracht wurde. Wenn Rheinberg nicht zu Hause war, führte er das absolute Kommando.

Es hing aber vor allem damit zusammen, dass Felix ein Sklave war. Sklave seit Geburt. Im Besitz des Staates, um genau zu sein. Rheinberg hatte sich nach seinem Lebensweg erkundigt und in höflicher, ruhiger Eilfertigkeit hatte Felix diesen geschildert. In Sklaverei geboren, war er in den Genuss einer guten Bildung gekommen, da auch seine Eltern im Besitz des Staates, Schreiber und Tutorin gewesen waren. Er hatte Mathematik und Geometrie und Philosophie gelernt und einige Zeit als Privatlehrer für diverse hohe Staatsbeamte gearbeitet, vor allem in der Unterweisung ihrer Kinder. Dann hatte er in der Reichsverwaltung gewirkt, bis er schließlich dem Stab des Heermeisters zugeteilt wurde. Da er auf die sechzig zuging, war man der Ansicht gewesen, ein etwas geruhsamerer Posten sei nun angemessen, und alles in allem, so war Rheinbergs Eindruck gewesen, hatte der alte Mann kein schlechtes Leben gehabt.

Aber er war ein Sklave.

Rheinberg hatte große Probleme mit diesem Konzept. In der Siedlung der Zeitenwanderer bei Ravenna gab es bald keine Sklaven mehr. Jene fähigen Männer und Frauen, die ihnen aufgefallen waren, als das Trockendock ausgehoben wurde, waren erworben und sofort freigelassen worden. Die Mannschaft, vor allem jene, die den sozialistischen Ideen nahe standen, hätten Sklaverei direkt vor ihrer Nase nicht geduldet, und Rheinberg war nur zu gerne bereit gewesen, ihnen da weit entgegenzukommen. Es war die Sklaverei, die seiner Ansicht nach dem technischen und ökonomischen Fortschritt Roms entgegenstand. Sie abzuschaffen, gehörte zu den langfristigen Zielen seines Reformprogrammes.

Die größte Irritation aber war nicht einmal Felix, das alte Faktotum, das ein großes Maß an Ruhe, Selbstsicherheit und Bedachtsamkeit ausstrahlte. Rheinberg behandelte ihn mit Respekt, wie er auch nie unfreundlich oder herrisch gegenüber einem der Bediensteten auftrat, die sich fast alle aus Sklaven rekrutierten. Felix schien seinen neuen Herren zu schätzen, seine freundliche Art und seine Tendenz, Verstöße gegen die Ordnung des Hauses milde zu bestrafen. Seit Rheinberg das Haus bezogen hatte, war niemand mehr ausgepeitscht worden oder gefesselt oder sonst wie gequält. Die Atmosphäre war eine leichte, angenehme, und genau danach begehrte es Rheinberg nach einem langen Tag in der Schlangengrube römischer Staatspolitik.

Die größte Irritation hieß Aurelia.

Sie war ein Geschenk.

Nein, kein Geschenk der Götter, sondern ein Geschenk im wörtlichen, pragmatischen Sinn. Militärpräfekt Renna, der seine Beförderung auf den exaltierten Posten nicht zuletzt seiner Unterstützung Rheinbergs zu verdanken hatte, hatte sich nicht nehmen lassen, Dankbarkeit zu zeigen. Von einem der angesehensten Sklavenhändler des Reiches hatte er eine ideale Sklavin für seinen Freund Rheinberg erworben: schön, jung, gebildet und natürlich sehr gehorsam und gut erzogen. Aurelia war als Sklavin geboren worden und in ihren Vorfahren war so ziemlich alles vertreten, was das Römische Reich zu bieten hatte. Ihr Vater war ein aus Dakien stammender Sklave gewesen, die Mutter eine Sklavin aus Persien. Den Vater hatte sie nie kennengelernt – er war noch vor ihrer Geburt verkauft worden –, doch ihre Mutter hatte ihr von den eigenen Vorfahren erzählt, die aus noch abenteuerlicheren Ecken des Weltkreises stammen sollten. Aufgewachsen im Haushalt eines römischen Beamten, waren ihre Intelligenz und Schönheit früh entdeckt und gefördert worden. Als ihr Besitzer in finanzielle Schwierigkeiten geraten war, musste er seinen wertvollsten Besitz zu Geld machen, um die Schuldeneintreiber zufriedenzustellen. Aurelia hatte zu den wertvollsten Gütern gehört und war dementsprechend verkauft worden, gerade zu dem Zeitpunkt, als Renna nach »etwas Passendem« für Rheinberg Ausschau zu halten begonnen hatte.

Aurelias Gesichtszüge zeigten den persischen Einschlag ihrer Mutter, schmalen Knochenbau, mandelförmige, braune Augen. Die schlanke Gestalt war wohlproportioniert und mit ihren zweiundzwanzig Jahren war sie zwar gute fünf Jahre jünger als Rheinberg, hatte aber ihr gesamtes bisheriges Leben vor allem das getan, was sie beim Verkauf neben ihren körperlichen Vorzügen so wertvoll gemacht hatte: gelernt.

Sie sprach und schrieb Latein und Griechisch und sprach den persischen Dialekt ihrer Mutter fließend. Sie konnte Rechnen und hatte Lektionen in Lagerhaltung und Haushaltsführung erhalten. Sie besaß ein beeindruckendes organisatorisches Talent, was selbst der alte Felix neidlos anerkennen musste. Sie wurde früh mit der Verwaltung auch größerer Geldmittel beauftragt und hatte eine Hand fürs Wirtschaften. Bei den Einkäufen für das Haus ging sie mit fast militärischer Strategie vor und schien damit das Budget des Heermeisters so effizient zu nutzen, wie dieser es selbst niemals geschafft hatte. Ohnehin hatte er sich seit seiner Ankunft in dieser Zeit kaum um Finanzen gekümmert. Es schien, als sei dies durch die Ankunft der Aurelia auch gar nicht mehr notwendig.

Das war immer noch nicht irritierend. Es war entlastend. Rheinberg schätzte es nicht, eine persönliche Sklavin zu besitzen. Felix und die anderen Bediensteten des Hauses waren Besitz des Staates, sie aber gehörte allein ihm. Renna wusste wohl, warum er das getan hatte. Wollte er Rheinberg testen? Aurelia, als sein Besitz, konnte sich ihm in nichts widersetzen. Bei allen moralischen und ethischen Überzeugungen war Rheinberg immer noch ein junger Mann. Er hatte Renna für das Geschenk gedankt, aber gleichzeitig klargemacht, dass er der Frau die Freiheit zu geben gedachte, sobald sich eine günstige Gelegenheit dafür ergab, die den Militärpräfekten nicht beleidigte. Renna hatte verständnisvoll genickt und es ihm überlassen. Sie sei ja jetzt sein Eigentum, er könne mit ihr anstellen, was er für richtig halte.

Da begann die Irritation.

Zum einen war Aurelia eine Schönheit. Zum zweiten war sie gehorsam und folgsam. Und zum dritten ertappte Rheinberg sich dabei, wie er die Entscheidung, ihr die Freiheit zu geben, wieder und wieder aufzuschieben begann.

Und wenn er darüber nachdachte, fand er zu seiner allergrößten Irritation heraus, dass der Grund für sein zögerliches Verhalten so offensichtlich war, wie er nur sein konnte: Er wollte nicht, dass Aurelia ihre Freilassung zum Anlass nahm, das Haus zu verlassen.

Ihn zu verlassen.

Rheinberg dachte genau darüber nach, als er an diesem Abend sein Anwesen betrat und sich müde umsah. Jeden Abend das gleiche Ritual: Die Sklaven nahmen ihm den schweren Mantel ab, brachten ein Tablett mit gekühltem Wein, wiesen ihn darauf hin, dass das Abendmahl gerichtet sei, und fragten, ob er besondere Wünsche habe. Er nahm all dies mit der gleichen geistigen Abwesenheit zur Kenntnis wie immer und wusste, dass er insgeheim nur nach Aurelia Ausschau hielt. Diese würde unweigerlich auftauchen, wenn er sich zum Abendmahl hingesetzt hatte. Er saß, lag nicht. Die römische Angewohnheit, liegend zu essen, hatte er sich nicht aneignen können. War er eingeladen, ließ es sich nicht vermeiden, aber dies war sein Haus und seine Sklaven kümmerte es nicht.

Er hätte sie jeden Abend rufen können, ihn zu begrüßen. Seine Scheu, den eigenen Willen durchzusetzen, war wenig verwunderlich. Was hätte sonst deutlicher gemacht, dass er der Herr und sie sein Besitz war? So wahrte er den Schein ihrer Unabhängigkeit, den er brauchte, um nicht dauernd darüber nachzudenken, warum er nicht zum Magistrat ging und sogleich ihre Freilassung dokumentieren ließ, ihr ein großzügiges Handgeld auszahlte oder, noch besser, eine angemessene Stellung verschaffte, die ihren Fähigkeiten entsprach. Und so belog er sich selbst. Er wusste es und doch agierte er dabei so hilflos wie alle …

… verliebten Jungs.

Rheinberg hob den Kelch vom Tablett, das ihm von einem schweigsamen Bediensteten gereicht wurde, und nahm einen Schluck. Ein anderer Sklave reichte ihm eine Schüssel mit warmem Wasser und ein Handtuch. Er reinigte sich Hände und Gesicht. Das Wasser war angenehm parfümiert. Das Handtuch noch in den Händen, schlenderte er entspannt durch das Atrium bis in den Speiseraum, der durch Öllampen schwach erhellt war. Rheinberg erinnerte sich daran, dass Dahms bei Ravenna an der Erzeugung von Elektrizität und der Konstruktion von Bogenlampen arbeitete, eines der zahlreichen Projekte des umtriebigen Ingenieurs. Er ermahnte sich selbst, beizeiten nach dem Fortschritt in diesen Bemühungen zu fragen. Die Öllampen stanken und ihr Licht war schwach. Immerhin vertrieben sie im Sommer lästige Insekten. Manchmal aber vertrieben sie auch den Hausherrn und das war wohl nicht ganz Sinn der Sache.

Er räusperte sich, als er sich vor dem gedeckten Tisch niederließ. Am Anfang hatte Felix, der auch jetzt im Hintergrund darauf wartete, ob sein Herr einen Wunsch hatte, noch Tischmusik aufspielen lassen. Rheinberg, der den ganzen Tag über geredet und zugehört hatte, von vielen Menschen bedrängt worden war und selbst viele Menschen hatte bedrängen müssen, hatte genug Lärm gehabt und ohnehin nie eine besondere musikalische Ader entwickelt. Die Tischmusik war so schnell wieder abgeschafft worden, wie sie aufgetaucht war. Es war jetzt angenehm still.

Dann tauchte wie aus dem Nichts die anmutige Gestalt Aurelias auf. Sie verbeugte sich leicht – alle Sklaven des Hauses hatten schnell bemerkt, dass Zeichen übermäßiger Unterwürfigkeit bei ihrem neuen Herren nicht erwünscht waren – und begann, wie jeden Abend, das Fleisch auf dem Tablett zu zerteilen, um es auf Rheinbergs Teller zu legen.

Und wie jeden Abend sagte Rheinberg: »Lass das bitte sein. Setz dich hin und iss selbst. Leiste mir Gesellschaft.«

»Wie mein Herr befiehlt.«

»Und höre auf, mich Herr zu nennen.«

Aurelia lächelte. Sie entwickelte reizende Grübchen, wenn sie das tat. Rheinberg wusste dann nichts mehr zu ergänzen und als sie sich nun zu ihm setzte und darauf wartete, dass er zu essen begann, seufzte er nur noch.

»Ihr habt Kummer, Herr?«

»Ich bin müde.«

»Darf ich Euch massieren? Euer Nacken ist immer sehr verspannt.«

Unnötig zu erwähnen, dass kundige, die verknoteten Muskeln zielsicher aufspürende Hände ebenfalls zu den Qualitäten Aurelias gehörten. Rheinberg hatte es ihr einmal erlaubt, ihn zu massieren, und danach nie wieder. Die Gefühle, die dabei ausgelöst wurden, und sein innerer Widerstreit zwischen seinem Begehren und der Erkenntnis, dass er sie dabei jederzeit wie einen Gegenstand benutzen durfte, hatten dazu geführt, dass er sich selbst vollständige Zurückhaltung auferlegt hatte. Er würde sich nie mehr im Spiegel ansehen können, wenn er dieser nur zu leichten Versuchung erlag. Er war dann nicht besser als … als alle, die eben nicht besser waren. Jene, die an Sklaverei nichts fanden. Die diese Menschen nicht als das wahrnahmen, was sie waren. Für die sie nur Möbelstücke waren, Einrichtungsgegenstände.

»Danke, nein«, sagte er also, wie jeden Abend, höflich und bestimmt und erneut senkte Aurelia nur demütig den Kopf. Es war, so dachte er sich, das völlige Fehlen von Widerworten, das ihm zu schaffen machte. Niemand in diesem Haus argumentierte mit ihm. Alle waren nur zu bestrebt, ihm zu dienen. Und die Tatsache, dass er nicht wusste, ob er auch nur einem seiner Bediensteten ernsthaft sympathisch war oder ob alle ihn nur anlächelten und freundlich waren, weil sie eine Bestrafung befürchteten oder weil sie sich in ihr Schicksal als Sklaven gefügt hatten, gehörte sicher zu den Grundübeln seiner Irritation. Das galt ganz besonders für die Sklavin, die da neben ihm saß und die er immer wieder forschend ansah, um zu erkennen, was sie wohl wirklich über ihn dachte – ohne die Vorspiegelung falscher Tatsachen, ohne ihr Verhältnis als Besitzer und Sklavin im Hintergrund.

Rheinberg wusste, dass er das nur dann herausfinden konnte, wenn er sie freiließ, so schnell wie möglich. Und die Angst, dass sie diese Gelegenheit dann nutzen würde, sich sogleich aus Trier zu verabschieden und eigene Wege zu gehen, wie es einer freien Römerin zustand, war genau das, was ihn davon abhielt, diesen Schritt zu gehen. Diese Erkenntnis wiederum, das Eingeständnis seiner eigenen moralischen Schwäche, verdarb ihm, wie jeden Abend, den Appetit.

Er aß seit geraumer Zeit sehr schlecht, wenn er nach Hause kam.

Aurelia schien das nicht zu verstehen. Oder sie tat, als verstehe sie es nicht. Jan Rheinberg konnte nicht glauben, dass sie nicht mitbekam, wie er sich verhielt – oder eben nicht verhielt. Er schob den Teller mit dem kalten Huhn von sich und wischte sich den Mund mit dem Tuch ab. Kaum einen Happen hatte er zu sich genommen.

»Obst, Herr?«

Aurelia reichte ihm eine Schüssel. Das Obst war eine Kostbarkeit im Winter, es wurde direkt aus Nordafrika in die Kaiserresidenz gebracht. Es war ein unglaublicher Luxus und es war eine Sünde, nicht zuzugreifen, und doch lehnte Rheinberg ab.

»Aber nimm nur selbst«, ermunterte er Aurelia, die sich dankbar lächelnd bediente.

»Was gibt es Neues im Haus?«, fragte Rheinberg, um die einbrechende Stille nicht zu lang werden zu lassen. Felix, der sich wohlweislich im Hintergrund gehalten hatte, trat vor, da er sich angesprochen fühlte.

»Alles ist in bester Ordnung, Herr«, erklärte er würdevoll. Rheinberg betrachtete das schmale Gesicht mit dem gepflegten Backenbart. Felix war ein Staatssklave und würde also erst die Freiheit bekommen, wenn Rheinbergs großes Reformziel, die vollständige Abschaffung der Sklaverei, erreicht war. Er verstand durchaus, dass es bis dahin noch eine Weile dauern konnte, da es allerlei Widerstände zu überwinden galt. Und er wusste auch, dass es unausweichlich war, dieses große Hindernis für den Fortschritt des Reiches zu beseitigen. Spätestens dann würde auch Aurelia die Freiheit bekommen, per Gesetz, ohne weitere Prozedur. Ja, so dachte sich der Deutsche, das war eine schöne, kleine Ausrede, die ihm half, die eigentlich längst fällige Entscheidung jetzt noch nicht zu treffen.

Für einen Moment starrte Jan Rheinberg in seinen Kelch. Was war aus ihm geworden? Heermeister war sein Titel. Doch jetzt war er Politiker, kein Soldat mehr, egal, wie man ihn nannte. Hatte die Pestilenz dieses Daseins, das Ränkespiel bei Hofe, bereits von ihm Besitz ergriffen? War er nun voller Korruption, sein Charakter bereits infiziert von all jenen, die bereit waren, ihre Prinzipien dem leichten Vorteil zu opfern?

Rheinberg spürte, wie er bleich wurde.

»Herr, geht es Euch nicht gut?«

So viel zu Aurelias Aufmerksamkeit. Sie war tadellos.

»Nein, nicht sehr gut«, erwiderte Rheinberg spontan. Auch Felix sah seinen Herrn besorgt an.

»Soll ich einen Medicus kommen lassen?«, fragte Felix.

»Nein.«

»Benötigt Ihr etwas anderes?«

»Ja.«

»Was kann ich Euch bringen lassen?«

»Nichts, was mir hilft. Felix, danke. Ziehe dich zurück, dein Tagwerk ist vollbracht.«

Das Faktotum wechselte einen kurzen, hilflosen Blick mit Aurelia, dann deutete der alte Mann eine Verbeugung an und zog sich zurück.

»Kann ich etwas für Euch tun, Herr?«, fragte die Sklavin.

»Ja. Erkläre mir etwas.«

»Was ist die Frage?«

»Wer bin ich?«

Aurelia zögerte unmerklich.

»Jan Rheinberg, Magister Militium des Römischen Reiches, zweithöchster Würdenträger des Imperiums, ein mächtiger Mann.«

»Woraus besteht meine Macht?«

»Aus Eurem Amt. Aus Eurer Geschichte. Aus den Mitteln, die Euch als Zeitenwanderer zu Gebote stehen.«

Rheinberg nickte, halb zu sich selbst, halb zur Bestätigung dessen, was die Sklavin gerade gesagt hatte.

»Aber das ist nur mein Titel und das, was ich kann. Wer bin ich?«

Aurelia stockte. »Die Philosophen haben verschiedene Antworten auf diese Frage. Es gibt keine, die wahrhaft alles erklärt oder für jeden gleichermaßen Gültigkeit beansprucht. Ich kann es nicht beantworten.«

»Aber ich.«

Rheinberg sah Aurelia direkt in die Augen. Sie waren dunkel, fast schwarz, wie ein tiefer See, in den man eintauchen konnte. Für einen Moment sagte er nichts, doch dann besann er sich, zwängte die Worte hervor, als müsse er mit ihnen kämpfen, damit sie seinen Mund verlassen.

»Ich bin ein egoistischer Narr, Aurelia.«

Die Sklavin wirkte weder verwirrt noch empört. Sie sah ihn ruhig an. Das machte Rheinberg fast ängstlich. Im Stillen hatte er erwartet, dass sie es abstritt, protestierte. Aber nichts dergleichen. Und da sie rein gar nichts sagte, war er gezwungen, jetzt, wo er in Fahrt war, die Sache auch zu einem Ende zu bringen. Er holte tief Luft, stieß sie dann unverrichteter Dinge wieder aus und fühlte, wie ihn eine große Ratlosigkeit überkam.

»Ich hätte dich in dem Moment freilassen sollen, als Renna dich mir zum Geschenk gemacht hat«, erklärte Rheinberg schließlich leise. »Ich habe es nicht getan. Es war eine Schwäche auf meiner Seite, die letztlich unentschuldbar ist. Ich möchte daher auch gar nicht um Entschuldigung bitten, denn das, was ich getan habe – oder vielmehr, was ich unterließ –, ist nicht zu entschuldigen.«

Aurelia kräuselte die Stirn.

»Ich bin eine Sklavin, Herr«, sagte sie. »Ich war es schon immer. Ich bin auch immer gut behandelt worden. Kein Herr hat sich meiner mit Gewalt bemächtigt. Ich erhielt eine gute Ausbildung. Ich lebe in Komfort, ja Luxus. Ich habe Aufgaben, die meinen Fähigkeiten entsprechen, und Ihr, Herr, seid ein sanfter und freundlicher Gebieter. Wofür genau solltet Ihr Euch daher entschuldigen?«

Rheinberg schüttelte den Kopf. Oh, welch goldene Brücke! Er konnte leicht Fuß auf Fuß darauf setzen und würde erst nach einiger Zeit, vielleicht auf halber Strecke, bemerken, wie tief er statt dessen in süßem Morast versunken sein würde. Eine gefährliche Illusion, der er sich nur zu leicht würde hingeben können.

Aber darüber war er jetzt hinaus.

»Es ist nicht die Natur des Menschen, jemandem zu gehören.«

»Was ist die Natur des Menschen?«

»Eigenständige Entscheidungen für sich zu treffen. Als Besitz eines anderen kann dies nur eine Illusion sein, begrenzt durch die Willkür dessen, der diesen Besitz ausübt.«

»Trefft Ihr eigenständige Entscheidungen für Euch selbst?«

»Ja.«

»Der Kaiser befiehlt Euch nichts? Oder damals, vor der Zeitenwanderung, Euer Herr in der fernen Zukunft?«

Es war bemerkenswert, wie elegant Aurelia die Dialektik der Zeitreise in einem Satz zusammenzufassen vermochte.

»Doch, ich befolge diese Befehle.«

»Und die Männer Eurer Mannschaft? Sind sie Euch nicht in allem absolut unterworfen und wird jede Gegenrede hart bestraft, jeder Ungehorsam sofort geahndet?«

»Das ist wahr.«

»Also widerspricht Euer Leben in jeder Hinsicht der Natur des Menschen.«

Rheinberg presste die Lippen aufeinander. Dann schüttelte er erneut den Kopf.

»Nein, denn es gibt einen wichtigen Unterschied.«

»Welchen?«

»Ich habe die Wahl. Ich kann die Dienste des Kaisers jederzeit verlassen, meinen Abschied nehmen, etwas Gold zur Seite schaffen und mir irgendwo einen Bauernhof kaufen oder einen kleinen Küstensegler, ein neues Leben beginnen. Ich hätte auch nicht in die Dienste meines Kaisers eintreten müssen, ich wurde nicht dazu gezwungen. Ich tat es auf freien Stücken.«

»Tatet Ihr es nicht, um Eurem Vater zu gefallen? Wart Ihr ihm nicht in allem gehorsam?«

Diese Frau, so befand Rheinberg, hörte viel zu gut zu und hatte ein viel zu gutes Gedächtnis. Er musste im Verlaufe der Wochen einiges über seine persönliche Vergangenheit geäußert haben, und offensichtlich hatte sie nicht ein Wort vergessen.

Unangenehm.

»Ich wollte ein gehorsamer Sohn sein«, gab Rheinberg zu. »Aber es hätte auch anders gehen können. Meine Schwester Helga etwa hat sich dem Willen meiner Eltern widersetzt und einen Werftarbeiter geheiratet, dessen politische Ansichten meinem Vater nicht gefielen – um es vorsichtig auszudrücken.«

Erinnerungen an Helga und ihren Mann Karl erfüllten ihn für einen Moment. Er vermisste seine Schwester. Es gab sogar Augenblicke, in denen er Karl vermisste, da er ihn an seine Heimat erinnerte, wenngleich an die eher unerfreulichen Aspekte. Was wohl aus dem Krieg geworden war – oder werden würde? Rheinberg stellte fest, dass er mit der Dialektik der verschiedenen Zeitebenen offenbar weitaus größere Probleme hatte als Aurelia.

»Nein, du verwirrst mich nicht«, fuhr er entschieden fort, als Aurelia erneut einen Einwand vorbringen wollte. »Ich habe immer unter Zwängen agiert, aber ich hatte immer die Wahl, mich diesen zu entziehen. Einer Sklavin aber bleibt nur die Wahl der Flucht, worauf der Tod steht, oder der Tod selbst.«

»Es bleibt die Flucht nach innen.«

Rheinberg sah sie verständnislos an.

»Kein Herr kann meine Gedanken kontrollieren. Ich kann dort völlige Freiheit erleben.«

Rheinberg hob abwehrend die Hände.

»Das ist Sophisterei«, erklärte er bestimmt. »Eine Ausrede, eine Illusion. Die Freiheit des Menschen äußert sich in seiner Beziehung zur realen Welt, nicht zur Fantasie seiner Vorstellungskraft. Freiheit bedeutet, dass wir das, was die Welt uns bietet, benutzen, um daraus etwas zu erschaffen, was uns dient – auf welche Art auch immer. Und daraus ergeben sich grundsätzliche Rechte, wie das Recht auf Eigentum.«

»Ich bin Eigentum.«

»Aber ich verletze dein Recht, indem ich dich besitze. Du hast kein Eigentum. Wie kann ich ein Recht haben, das sich darauf stützt, dass ich es dir vorenthalte? Das wäre unmoralisch.«

Aurelia sah Rheinberg einen Moment an und seufzte.

»Was für eine Konsequenz zieht mein Herr also daraus?«

»Dein Herr zieht die Konsequenz, die er von Anfang an hätte ziehen sollen.«

»Er verstößt mich?«

»Ver…?«

Rheinberg fehlten die Worte, was, wie er einräumen musste, ihm in Aurelias Gegenwart viel zu häufig geschah.

Er holte tief Luft.

»Verstoßen?«, fragte er noch einmal.

»Ja.«

»So siehst du das?«

»Ja.«

»Möchtest du nicht die Freiheit?«

»Ich erkenne keinen Unterschied zwischen Freiheit und Sklaverei. Mir geht es gut.«

»Aber nur, weil du bisher Glück mit deinen Besitzern hattest.«

Aurelia nickte.

»Was wäre passiert, wenn du beim Verkauf deines vormaligen Besitzers nicht über Renna an mich geraten wärest? Nehmen wir an, ein gieriger alter Mann hätte dich erworben, ein ungnädiger, selbstsüchtiger Herr. Er hätte begonnen, dich für jede Nichtigkeit zu schlagen und immer, wenn es ihm danach gelüstete, …«

Rheinberg stolperte über den Satz, er war es nicht gewohnt, derlei offen mit einer Frau zu diskutieren.

»Warum habt Ihr mich eigentlich nie in Euer Bett geholt?«, fragte Aurelia. »Bin ich hässlich?«

»Wie? Was? Nein!«

»Oder zieht Ihr die Gesellschaft von Männern vor?«

Rheinberg fühlte, wie er rot anlief. Er war es absolut nicht gewohnt, überhaupt über derlei zu sprechen.

»Nein!«, erwiderte er emphatisch. »Ich bin absolut, ich meine, es ist keinesfalls … du bist sehr …«

Das Stolpern nahm kein Ende. Rheinberg beschloss, sich nicht weiter aus der Fassung bringen zu lassen. Er nahm den Faden wieder auf.

»Wenn nun dein neuer Herr in jeder Hinsicht ein Ekel gewesen wäre, ein widerwärtiger, grausamer Mann, würdest du dann nicht auch den Unterschied zwischen Freiheit und Sklaverei erkennen?«

»Sicher.«

»Also …«

»Dem ist aber nicht so.«

Rheinberg versuchte, sich nicht an die Stirn zu greifen. Diese Diskussion stellte sich als weitaus schwieriger heraus, als er es sich vorgestellt hatte. Er verspürte das plötzliche Verlangen nach einem Schluck Wein, und als hätte Aurelia seine Gedanken gelesen, wurde ihm auch sogleich eingeschenkt.

»Aber es könnte doch sein. Das Schicksal nimmt manchmal sehr unerwartete Wendungen, davon kann ich vieles berichten«, beharrte Rheinberg nun.

»Ihr besteht sehr auf einer schlechten Wendung Eures und damit auch meines Lebens«, beobachtete Aurelia. »Eure Einstellung zeugt nicht von besonders großem Gottvertrauen. Hätte der Herr nicht Großes mit Euch vor, wäret Ihr nicht da, wo Ihr seid.«

»Diese Hybris ist schon vielen zum Verhängnis geworden.«

»Misstrauen und Angst vor dem eigenen Schicksal auch.«

»Wir drehen uns im Kreis.«

Aurelia lächelte. »Ich würde gerne einmal mit Euch tanzen, mein Gebieter!«

Rheinberg verdrehte die Augen. »Nenn mich nicht so. Und nein, ich bin kein besonders begnadeter Tänzer.«

»Die Qualität eines Tanzes hängt allein von der Freude am Tanzpartner ab.«

»Können wir bitte auf das eigentliche Thema zurückkommen?«

»Wir haben das Thema nie verlassen. Es geht um mich. Es geht um Euch.« Sie machte eine Pause. »Es geht um uns.«

Rheinberg griff schon fast automatisch zum Weinkelch und trank in schnellen, gierigen Schlücken. Für einen Moment wünschte er sich zurück in die Schlangengrube des kaiserlichen Hofes, in die Gesellschaft der nervigsten und penetrantesten Hofschranzen. Das hatte er sich tatsächlich viel, viel einfacher vorgestellt.

Oder vielleicht packte er es auch nur falsch an.

»Aurelia, es geht um ein Prinzip. Das Prinzip heißt: Ein Mensch darf den anderen nicht besitzen. Wer sich frei und ohne Druck dafür entscheidet, jemandem oder etwas zu dienen – einem Menschen, einem Staat, wem auch immer –, den will ich weiterhin als frei bezeichnen.«

»Im Reich waren die Unterschiede bisher eher verwischt«, wandte sie ein. »Der Sohn des ach so freien Soldaten wurde gezwungen, ebenfalls einer zu werden. War er frei oder Sklave?«

»Sklave«, erwiderte Rheinberg sofort. »Deswegen gehört es zu den großen Reformen, die der Kaiser zurzeit durchführt, genau diese Gesetze entweder ganz abzuschaffen oder zu erleichtern. Das wird dir sicher nicht entgangen sein.«

»Nein. Ich wollte nur verstehen, worüber Ihr redet.«

Rheinberg beschloss, keinen weiteren Wein mehr zu trinken.

»Du bist mein Besitz. Es gibt einige Gesetze, die auch den Sklaven schützen, aber letztlich kann ich mit dir machen, was ich für richtig halte.«

Aurelia schenkte ihm ein bezauberndes Lächeln.

»Das erinnert mich an die Frage von vorhin, warum Ihr …«

»Und deswegen muss ich dich freilassen«, schnitt Rheinberg ihr gerade noch rechtzeitig das Wort ab. »Du nennst es verstoßen und ich will es dir nicht zum Vorwurf machen. Dein Leben wurde bisher von der Erkenntnis bestimmt, Besitz eines anderen zu sein. Ich bitte dich jetzt nur, dich mit dem Gedanken vertraut zu machen, dass du niemandem gehörst außer dir selbst. Und dass ich dem rechtliche Würdigung geben muss, indem ich morgen zum Magistrat gehe und deine Papiere ändere. Nein …«

Aurelia schloss ihren Mund wieder.

»Denk darüber nach. Bitte. Ich hätte es schon viel früher machen sollen.«

»Warum habt Ihr es nicht getan?«

Rheinberg hatte gehofft, diese Frage umgehen zu können. Da war es praktisch, dass sie noch nicht frei, sondern in diesem Moment immer noch sein Besitz war: Er musste ihr gar keine Antwort geben.

Er erhob sich.

»Ich bin müde. Morgen nehme ich dich mit zum Magistrat. Du erhältst von mir ein Handgeld, eine großzügige Summe, und wenn es dein Wunsch ist, werde ich mich nach einer Anstellung, gerne auch bei Hofe, für dich verwenden. Überlege es dir in Ruhe. Ich werde dich auch nicht von heute auf morgen aus dem Haus werfen. Du hast da nichts zu befürchten. Ich lege mich jetzt zur Ruhe.«

Aurelia nickte nur, das fein geschnittene Gesicht sehr nachdenklich.

Rheinberg ging.

Er forschte in sich hinein. Fühlte er sich jetzt besser? Erleichtert? Beschämt? Wehmütig?

Das wurde ihm nicht klar.

Er würde wohl doch noch einen Becher Wein trinken.

Oder zwei.

19

»Dieser Bengel lässt einfach keine Ruhe!«

Köhler stieß einen Fluch aus und stupste Neumann an, der in der Koje über ihm schnarchte. Sie waren beide spät ins Bett gekommen, als sich die Suche nach dem jungen Marcellus als sinnlos erwiesen und man daher beschlossen hatte, auf das Tageslicht des kommenden Morgens zu warten. Köhler war wütend und frustriert zu Bett gegangen, und in dieser Stimmung wachte er auch auf, als ihn die groben Hände der Schiffswache aus seinem viel zu kurzen Schlaf rissen.

»Was soll das bedeuten?«

Der römische Soldat ließ von Köhler ab. Dann schwangen sich zwei haarige Beine direkt vor dem Gesicht des Hauptbootsmannes aus dem Stockbett. Unterdrücktes Gemurmel von oben zeigte, dass auch der Arzt sich seine Nachtruhe anders, vor allem ausgiebiger vorgestellt hatte.

»Der Trierarch bat mich, Euch zu wecken«, sagte der Soldat entschuldigend. »Da ist ein Junge, ein Hafenjunge, der steht am Pier und will unbedingt an Bord. Wir wollten ihn abwimmeln, aber er besteht darauf. Africanus meinte, er wisse vielleicht etwas über Marcellus, und lässt ihn gerade in die Kajüte des Trierarchen bringen. Ich sollte Euch wecken.«

Jeder Ärger war sofort verflogen. Köhler streifte sich ein Hemd über und stopfte es sich in die Hose, als Neumann sich zu Boden gleiten ließ und ihm nur zunickte. Der Bootsmann eilte hinter dem Soldaten ans Achterdeck der *Valentinian,* wo die Konstrukteure des Schiffes die Unterkunft des Trierarchen eingebaut hatten.

Als sie den Raum betraten, fanden sie Africanus bereits vor, ähnlich müde, aber mit einem aufmerksamen Glänzen in den Augen. Vor ihm stand ein Junge, in etwa von Marcellus' Alter, kräftig, offenbar eines der zahlreichen obdachlosen Kinder, die am Hafen lebten und sich mit Gelegenheitsjobs oder Taschendiebereien durchs Leben schlugen. Als Köhler eintrat, warf sich der Junge vor ihm auf die Knie. Köhler griff mit einer seiner mächtigen Hände nach ihm und zog ihn mit einer kräftigen Bewegung wieder auf die Beine.

»Hier wird nicht gekniet«, grummelte er.

»Er heißt Josaphat. Er wollte unbedingt dich sprechen«, erzählte Africanus lächelnd.

»Mich?« Köhler kniff die Augen zusammen. Der Junge war erkennbar am Ende seiner Kräfte. Köhler zog ihn zu einem Stuhl und setzte ihn drauf. »Du kennst mich?«

»Nein, ja, nein – Marcellus hat mir von Euch erzählt, Herr.«

»Marcellus. Du bist ihm begegnet?«

»Wir waren … unterwegs. Ich habe ihm die Stadt gezeigt.«

Köhler unterdrückte einen Fluch. Jungs. Er wäre jetzt noch wütender, wenn er nicht genau wüsste, dass er selbst in diesem Alter noch viel schlimmere Dinge angestellt hatte.

»Wo ist Marcellus?«

Und dann sprudelte es aus dem Jungen heraus. Ihr gemeinsames Essen in der Taverne und das seltsame Verhalten seines neuen Freundes. Dann, wie sie in der Gasse, bereits auf dem Heimweg, aufgegriffen worden waren. Josaphat hatte ein bemerkenswertes Gedächtnis für Namen und Gesichter, was wahrscheinlich in seiner Situation überlebenswichtig war. Als er mit seiner Schilderung fertig war, wusste Köhler mehr, als ihm lieb war.

»Tennberg!«

Neumann, der zur letzten Hälfte von Josaphats Schilderungen dazugestoßen war, sprach den Namen wie ein Schimpfwort aus.

»Was will der Verräter hier?«, stellte Africanus die logische Frage.

»Er ist sicher nicht auf eigene Rechnung unterwegs«, mutmaßte Köhler. »Er lebt, das ist erstmal eine wichtige Information. Das heißt, auch von Klasewitz wird wohl noch aktiv sein. Und die Tatsache, dass er sich in Alexandria aufhält, lässt zwei Schlussfolgerungen zu: Entweder verbirgt er sich hier mit seinem Herrn und Meister oder er ist hier, um Unfrieden zu stiften – etwas liegt in der Luft.«

»Wenn die Schilderung des Jungen zutrifft«, meinte Neumann, »dann hat Tennberg Gefolgsleute und verfügt über Geld. Das kommt sicher nicht von ungefähr. Es liegt tatsächlich etwas in der Luft. Sie wissen von unserer Reise nach Aksum. Und sie wollen sie offenbar sabotieren.«

»Wir müssen also nicht nur Marcellus befreien, sondern auch Tennberg ergreifen«, murmelte Africanus und blickte nachdenklich aus dem Achterfenster des Dampfseglers. »Wir müssen wissen, ob und was dort vorgeht. Es kann ja kaum sein, dass von Klasewitz den Import von Kaffee nach Rom verhindern möchte.«

»Auf wen können wir uns hier in der Stadt verlassen?«, fragte Köhler. »Die örtlichen Behörden?«

»Ja, vielleicht. Die Frage ist, ob wir dafür überhaupt Zeit haben.«

Africanus sah Josaphat an.

»Junge, wohin könnte man Marcellus gebracht haben?«

»Ich weiß es.«

Alle Blicke richteten sich auf ihn.

»Ich bin ihnen entkommen, dann aber gefolgt. Niemand kennt sich so gut im Hafen aus wie ich. Sie sind in einem Lagerhaus des Emilius Clarus Vengetius verschwunden.«

Köhler klopfte Josaphat auf die Schulter.

»Schlaues Kerlchen! Gut gemacht!«

Der Junge schluckte. »Herr, Marcellus ist ein Freund. Ich mag nur zum Hafengesindel gehören, aber ich nehme das ernst. Ich musste es herausfinden, sonst hättet Ihr mir nicht geglaubt. Ich bin ehrlich.«

Köhler maß ihn mit einem langen Blick, dann nickte er. »Ja, das denke ich auch. Wir reden über deine Zukunft, wenn das hier überstanden ist.«

Wenn Josaphat diese Andeutung neugierig machte, so zeigte er es doch nicht. Köhler wandte sich wieder an Africanus.

»Vengetius, ist der dir bekannt?«

»Oh ja. Einer der reichsten Reeder der Stadt, ein einflussreicher Mann mit Kontakten ins ganze Reich. Er galt als überzeugter Parteigänger von Gratians Vater und ist unter ihm sehr reich geworden. Seit Valentinians Tod hat er sich politisch bedeckt gehalten, doch auf See kennt ihn jeder. Jedes vierte Getreideschiff trägt sein Banner und er stellt viele ehemalige Flottensoldaten ein. Ein Mann von einiger Macht.«

»Und der gewährt Tennberg und seinen Schergen Unterschlupf?« Das Misstrauen in Neumanns Stimme war förmlich greifbar.

»Wenn er davon weiß, was sich in seiner Lagerhalle abspielt – ja! Und es passt. Wir alle wissen, dass Rheinbergs und Gratians Pläne für das Reich von vielen Leuten misstrauisch beäugt werden.« Africanus seufzte und setzte sich nun hin, konnte ein Gähnen kaum unterdrücken. »Es ist logisch, dass von Klasewitz bei Gegnern Gratians Unterschlupf gefunden hat.«

»Das ist eine sehr gefährliche Entwicklung«, murmelte Köhler. »Von Klasewitz war als Offizier ein Nichtsnutz, als Mensch ein Ekel. Aber er war der Artillerieoffizier an Bord der Saarbrücken und das nicht ohne Grund. Er kennt sich gut mit Kanonen aus, verdammt gut sogar. Das würde auch von seiner ehemaligen Mannschaft niemand in Zweifel ziehen, auch jene nicht, die sehr froh darüber sind, dass er verschwunden ist.«

Africanus sah Köhler besorgt an. »Also kann es sein, dass er irgendwo im Geheimen an Kanonen arbeitet? Wenn das so wäre, dann doch für jemanden, der sie auch einzusetzen gedenkt!«

Köhler nickte. »Wir müssen Marcellus befreien und mehr über diese scheinbare Verschwörung erfahren. Rheinberg muss so schnell wie möglich informiert werden. Auf welchem Wege können wir eine Nachricht schicken?«

Africanus machte eine umfassende Geste. »Es ist Winter. Die Segelschifffahrt ist fast völlig eingestellt. Wir sitzen in der schnellsten Methode. Lasst uns einen Trupp zusammenstellen und sogleich zur Lagerhalle aufbrechen. Wenn wir etwas finden, schicken wir die Valentinian sofort zurück, stechen in See, geben Volldampf und auf nach Ravenna. Sepidus kann das übernehmen. Von dort aus entsendet er einen Botenreiter. Trier kann binnen zwei Wochen über alles informiert sein, was wir hier erfahren, vielleicht schon früher. Schneller wird es nicht gehen.«

»Dann soll es so geschehen!«, bestimmte Köhler und sah Neumann an, der nur schweigend nickte. Africanus sprang auf die Füße, jetzt, wo es entschieden war, voller Energie.

Es dauerte keine zehn Minuten, da hatten er und Köhler eine Mannschaft beisammen. Natürlich gehörte Behrens dazu, und auch Oberheizer Forstmann hatte es sich nicht nehmen lassen, sich freiwillig zu melden. Dazu kamen sechs Legionäre zur See, römische Marinesoldaten, bewaffnet mit Kurzschwert und Speer. Die Deutschen trugen Handfeuerwaffen, hatten allerdings auch die Kampfrüstung eines römischen Soldaten angelegt, dessen Helm und Brustschutz. Sie mussten annehmen, dass zumindest Tennberg eine moderne Waffe bei sich führte. Köhler meinte sich zu entsinnen, den Fähnrich in jener verhängnisvollen Nacht der Meuterei sogar mit einem Gewehr erblickt zu haben, aber seine Erinnerung mochte ihn trügen. Viel Munition würde der Verräter sicher nicht haben, aber eine Kugel war bereits ausreichend, um einen Mann zu töten. Im Zweifel würde Köhler, erblickte er eine solche Waffe, erst schießen und dann fragen. Die römischen Seeleute waren sich dieser Gefahr durchaus bewusst, doch hatte es kein Zögern gegeben, als ihr Trierarch die Truppe zusammengestellt hatte.

Dann, im Schutze der Nacht, verließen sie, eingewickelt in dunkle Mäntel, die *Valentinian*. Josaphat begleitete sie. Ihm war bedeutet worden, sobald sie das Lagerhaus erreichen würden, zurückzubleiben und sich nicht einzumischen, und der Junge hatte ihnen daraufhin heilige Eide geschworen. Köhler wusste nicht, ob er dem trauen konnte, aber jetzt hatten sie keine Zeit zu verlieren. Jungs wie Josaphat gab es in allen Epochen der Menschheitsgeschichte und Köhler wusste, dass sie mit einem sehr ausgeprägten Überlebensinstinkt ausgestattet waren.

Es war nicht weit bis zu ihrem Ziel. Zweimal wurden sie von einer Nachtpatrouille der Hafenwache aufgehalten, doch da Africanus sich identifizieren konnte, wurde kein großes Aufheben darum gemacht. Es dauerte etwas, bis das besagte Lagerhaus im Blick war, der Eingang durch große Öllampen erleuchtet. Hinter Holzkisten geduckt, erkannte Köhler schemenhaft drei Männer, die in der Nähe des Eingangs herumlungerten. Offenbar ebenfalls eine Nachtwache, wenngleich eine deutlich nachlässigere.

»Sind das wohl die Einzigen?«, flüsterte Behrens und kniff die Augen zusammen.

»Wäre ich an Tennbergs Stelle, hätte ich noch Leute auf dem Dach postiert, und je einen, geschützt durch die Dunkelheit, an jeder Seite des Gebäudes. Ein verabredetes Warnsignal und ich wäre über jede Annäherung informiert«, erwiderte Köhler.

»Aber Tennberg ist ein Fähnrich, der nie den Kampf zu Land richtig gelernt hat, von seiner Grundausbildung einmal abgesehen«, gab Behrens zu bedenken. »Und auch du, mein Freund, bist nur deswegen so gewitzt, weil ich einen guten Einfluss auf dich ausübe. Eines Tages könntest du sogar ein richtiger Soldat werden.«

Köhler grinste. »Danke für das Kompliment. Aber du hast recht. Tennberg ist nicht so schlau. Aber wer ist bei ihm? Wir wollen doch nicht annehmen, dass es unter den Römern keine erfahrenen Kämpfer mit Voraussicht und Erfahrung gibt.«

»Das wollen wir in der Tat nicht«, mischte sich Africanus ein. »Ich schicke zwei Männer einmal um das Gebäude herum. Dort drüben, der Wasserturm, den kann einer emporklettern. Die Nacht ist bedeckt, kaum Mondschein. Er wird, wenn er geschickt ist, unentdeckt bleiben. Wir sollten bald bessere Informationen haben.«

Köhler hatte an dem Plan nichts auszusetzen.

Bald hatten die Legionäre die Befehle bekommen und waren im Dunkel verschwunden. Köhler und die anderen verharrten in ihrer Deckung, peinlichst darauf bedacht, keinen Lärm zu machen. Die drei im Licht der Lampen erkennbaren Wachleute erweckten allerdings auch keinen sonderlich aufmerksamen Eindruck. Einer führte in regelmäßigen Abständen eine handliche Amphore zum Mund und es war nicht anzunehmen, dass es sich bei der verkonsumierten Flüssigkeit um Wasser handelte. Hin und wieder vertrat sich einer der Männer die Beine, wagte sich aber nie weit in die Dunkelheit hinaus. Von einer Wachablösung bekamen die Beobachter ebenfalls nichts mit.

Schließlich kamen die ausgesandten Späher, einer nach dem anderen, wieder zurück und begannen, flüsternd zu berichten. Africanus fasste für das deutsche Führungstrio das Ergebnis zusammen:

»Idioten!«

Behrens grinste, seine Zähne waren in der Dunkelheit schwach zu erkennen.

»Also nichts?«

»Nichts und niemand. Die drei Penner.«

»Von denen einer schon reichlich Wein genossen hat«, ergänzte Köhler zufrieden. »Den müssen wir nur anstupsen, dann fällt er um.«

»Ich möchte, dass die drei keinen Lärm machen. Ich würde gerne mit dem Überraschungsmoment in das Gebäude eindringen. Wie sieht es mit anderen Eingängen aus?«, mischte sich Behrens ein.

»Neben dem Haupteingang gibt es zwei seitliche Türen. Beide sind aber verschlossen. Unsere Freunde hier sind nachlässig und leichtsinnig, aber noch nicht völlig verblödet.«

»Kann man einbrechen?«

Africanus schürzte die Lippen. »Es sind massive Holztüren. Hier gibt es viele Diebe auf nächtlichem Raubzug. Die großen Lagerhäuser sind stabil gebaut und fest verschlossen, mit dicken Riegeln und Eisenschlössern. Der größte Feind ist hier das Feuer, aber das braucht zu lange und ist kaum kontrollierbar. Und wir würden einen ziemlichen Lärm veranstalten. Die Feuerwache wäre sofort zur Stelle. Die Männer sind sehr aufmerksam.«

»Nein, wir konzentrieren uns auf den Vordereingang. Wie schalten wir die drei Wachen aus, ohne dass sie Alarm schlagen?«

»Messer!«, sagte Africanus sofort und machte die charakteristische Handbewegung von links nach rechts über seine Kehle.

»Sie werden merken, wenn sich unsere Leute anschleichen. Zwei sind offenbar nicht betrunken«, gab Behrens zu bedenken.

»Dann unsere beiden Bogenschützen«, sagte Africanus. Zwei seiner Männer hatte er genau wegen dieser Begabung ausgewählt. Sie hielten sich im Hintergrund bereit.

»Zwei Bögen heißt im besten Falle zwei Tote«, kritisierte erneut Behrens.

»Wir schalten erst die beiden Nüchternen aus. Wir warten, bis der Trinker seine Amphore intus hat. Wenn seine Kameraden fallen, wird er mit etwas Glück spät reagieren oder erst gar nicht begreifen, was los ist. Dann ist genug Zeit, auch ein paar Pfeile in ihn zu versenken.« Africanus grinste. »Die Lage ist günstig. Sie stehen alle drei im Licht. Meine Männer können in Ruhe zielen und das in idealer Reichweite. Es kann gar nichts schiefgehen.«

»Das aus dem Mund eines Offiziers und mir läuft jedes Mal ein kalter Schauer den Rücken hinunter«, murmelte Behrens kaum hörbar.

Köhler konnte ihn gut verstehen, aber es war für die derzeitigen Umstände der beste Plan. Er nickte Africanus zu.

Die beiden Schützen waren sofort in Stellung. Ihnen wurde geheißen, sich Zeit zu lassen. Das passte gut, denn der Trinker nahm noch einen langen Schluck aus der Amphore, bis er sie fast senkrecht über seinen Mund hielt. Dann ließ er sie mit einem lauten Rülpsen, das über den ganzen Platz hallte, wieder sinken. Als ob dies der Befehl gewesen sei, lösten die Bogenschützen die beiden Pfeile von der Sehne.

Einer traf mitten in die Brust. Der Mann kam nicht einmal mehr dazu, die Arme zu heben, um in einer instinktiven Reaktion den Pfeil zu umklammern. Er fiel wortlos zu Boden.

Der andere traf ebenfalls sein Ziel – aber nur in der Schulter. Der Wachmann hatte sich im letzten Augenblick zur Seite gedreht. Es kam, wie es kommen musste: Er stieß einen lang gezogenen, hohen Schmerzensschrei aus. Dann hatten die beiden Schützen bereits nachgelegt: Ein weiterer Pfeil fällte den Verletzten endgültig und der Betrunkene, der offenbar gar nicht verstanden hatte, was vorgefallen war, starb ebenfalls schnell.

Jetzt galt es, keine Zeit mehr zu verlieren.

Sie sprangen auf wie ein Mann. Keine Befehle waren nötig, alles Wichtige war abgesprochen. Africanus war als Erster bei der Tür, prüfte den Riegel. Sie war unverschlossen.

Er zögerte nicht, stieß die Tür auf, drang ein. Köhler folgte ihm dichtauf, die Pistole gezogen, dann Forstmann, Behrens, alle mit der Waffe im Anschlag. Es war dunkel in der Lagerhalle, aber man sah, dass in der Mitte des großflächigen Raumes Licht flackerte. Große Transportkisten, gebundene Ballen, verstellten den direkten Blick.

In beide Richtungen.

»Was ist da los, Titus?«, brüllte eine Stimme.

Africanus holte tief Luft.

»Mir ist eine blöde Kiste auf die Füße gefallen!«, brüllte er zurück.

»Idiot!« Gelächter erklang.

Die Männer nickten sich zu, gingen vorwärts, die Deckung weidlich ausnutzend. Dann erhaschte Köhler einen ersten Blick. Auf einer freien Fläche drei Ständer mit Öllampen. Einige in Mäntel eingewickelte Gestalten, schlafend.

Marcellus, auf einen Stuhl gebunden. Er blutete aus der Nase, das Gesicht war angeschwollen. Er atmete, das war zu erkennen, doch bei Bewusstsein war er nicht.

Heißer, überwältigender Zorn stieg in Köhler auf. Er fühlte, wie seine Waffenhand zu zittern begann, spürte die Versuchung, hier und jetzt all diese Männer mit gezielten Schüssen zu Boden zu strecken. Dann legte Behrens ihm die Hand auf den Unterarm.

»Ruhig«, formten seine Lippen lautlos. Anschließend zeigte er auf eine der Gestalten. Der Schlafende hatte ihnen sein Gesicht zugewandt.

Köhler gestikulierte zu Africanus. Den lebend, das hatten sie schon vorher ausgemacht. Jetzt konnten sie ihn identifizieren. Der Trierarch gab es an seine Männer weiter.

Unter einer der Lampen saßen zwei Männer. Sie hatten offenbar mit Würfeln gespielt, standen jetzt aber. Augenscheinlich wussten sie nicht, ob sie nachsehen sollten oder nicht.

Africanus nahm ihnen diese Entscheidung ab.

Er sprang in das Licht.

Die Männer folgten ihm.

Die Würfelspieler wirbelten herum, die Gesichter Masken des Entsetzens. Da fuhr das Schwert des Trierarchen bereits in den ersten Brustkorb, eine Blutfontäne sprudelte hervor und der Getroffene brach mit einem Gurgeln zusammen. Behrens schoss, ein einziges Mal. Die Kugel traf den zweiten Mann sauber in die Brust. Ohne jemals zu erfahren, was ihn getötet hatte, fiel er wie ein gefällter Baum zu Boden.

Die Schlafenden erwachten, wühlten sich aus ihren Mänteln, nur, um sich gezückten Klingen gegenüberzusehen. Keiner war so mutig, Widerstand zu wagen.

Auch Fähnrich Tennberg nicht.

Der fuhr aus dem Schlaf, die Augen verquollen. Köhler selbst riss ihn in die Senkrechte, Forstmann entwand ihm die Pistole und das Messer, das er bei sich trug. Erkennen flackerte in Tennbergs Augen, als er sich an das Licht gewöhnt hatte, dann Hass und blinde Wut.

Köhler hob einen Stock hoch, der neben Tennberg gelegen hatte. Blut war an ihm zu sehen, noch frisch. Der Verräter selbst hatte es sich nicht nehmen lassen, Marcellus zu schlagen. Einen gefesselten, hilflosen Jungen.

Wieder die schwarze, wilde Wut, die in Köhler hochkochte. Diesmal hielt ihn keiner auf. Er nahm den Prügel und holte aus, ließ ihn mit Wucht auf die Rippen Tennbergs krachen. Ein knackendes Geräusch, ein Schmerzensschrei. Köhler holte ein zweites Mal aus, diesmal traf er einen Oberschenkel. Tennberg schrie erneut auf, fiel zu Boden, krümmte sich zusammen. Wut und Hass, ja, jetzt aber auch Angst. Es war die Angst, die Köhlers Wut verrauchen ließ.

Behrens, der bereits abwehrend die Hände erhoben hatte, ließ sie wieder sinken, sagte kein Wort.

Es gab nichts zu sagen.

Neumann hatte sich indes um den Jungen gekümmert, ihn losgebunden, fing an, ihn zu untersuchen. Während die Legionäre die Gefangenen fesselten und aufreihten, Tennberg unter ihnen, sie von allen Waffen und – bei der Gelegenheit – von allem Bargeld befreiten, beugten sich Köhler und Behrens neben dem Arzt über den Befreiten.

»Nun, Doktor?«

Neumann ließ sich durch Nachfragen überhaupt nicht aus der Ruhe bringen. Mit kundigen Händen tastete er den Körper des Bewusstlosen ab, maß den Puls und die Atmung. Als Marcellus aufstöhnte und die Augen aufschlug, stützte er ihn auf und gab ihm Wasser aus einer mitgebrachten Feldflasche, das dieser gierig trank. Der Junge erkannte die vertrauten Gesichter um sich herum und lächelte.

Dann bewölkten sich seine Züge.

»Ich war nicht stark«, sagte er leise. »Ich habe ihnen alles gesagt. Sie haben … mich geschlagen. Ins Gesicht.«

»Ruhig, mein Sohn«, murmelte Neumann, während er in seiner Arzttasche fuhrwerkte. »Es ist nicht wichtig. Wir haben sie alle unter Kontrolle.«

Marcellus sah sich mühsam um, sein Lächeln kehrte zurück. Als er Tennberg sah, der mit schmerzverzerrtem Gesicht und besonders eng gefesselten Gliedmaßen auf dem Boden hockte, spuckte er aus.

Sein Speichel war blutig.

»Doktor!«, drängte Köhler.

Neumann tröpfelte etwas medizinischen Alkohol auf ein weißes Stück Leinentuch und begann, die äußerlichen Wunden des Jungen zu reinigen, sodass dieser mehrmals schmerzerfüllt jammerte.

»Linker Oberarm gebrochen«, sagte er dann. »Und ein paar Rippen.«

In der Tat, Marcellus ließ den linken Arm bewegungslos hängen.

»Ich werde das schienen und auf der Valentinian mache ich einen Stützverband um den Brustkorb, nachdem ich ihn noch einmal richtig untersucht habe«, fuhr Neumann fort. »Haben Sie was von Ihrem Gemisch dabei, Behrens?«

Der Wachtmeister wusste sofort, was gemeint war. Er zauberte einen Flachmann hervor, schraubte den kleinen Deckel ab und goss ihn voll. Neumann nahm ihn entgegen und führte ihn an Marcellus' Mund.

»Normalerweise bin ich ja nicht dafür«, sagte er, »aber ein Schluck wird dir helfen.«

Marcellus schluckte, lief rot an, hustete, keuchte auf und wischte sich mit der Rechten Tränen aus den Augenwinkeln.

»Gut. Köhler, tragen Sie ihn.«

Der Hauptbootsmann ließ sich das nicht zweimal sagen. Da die Rippen gebrochen waren, griff er Marcellus seitlich unter die Schultern und die Kniekehlen und hob ihn hoch. Der Junge stöhnte leise auf, doch lag dann komfortabel in den mächtigen Armen des Unteroffiziers.

Neumann sah Marcellus lächelnd an. »Das wird wieder. Du warst tapfer. Trierarch Rheinberg wird dir einen Orden verleihen.«

Marcellus schüttelte den Kopf. »Ich habe Magister Dahms enttäuscht. Er hat mir gesagt: ›Keine wilden Abenteuer.‹ Und jetzt das hier.«

»Wenn Dahms motzt, hört er was von mir«, sagte Köhler mit belegter Stimme. »Du hast für uns Tennberg entdeckt. Das ist in Gold nicht aufzuwiegen. Ordentliche Arbeit.«

Marcellus nickte tapfer, dann sah er Köhler fragend an. »Ich darf wirklich nicht mit nach Aksum? Ich habe mich doch bewährt!«

Köhler grinste. Der junge Mann war schnell.

»Du hast eine wichtigere Mission. Tennberg, die anderen Gefangenen und die Neuigkeiten, die mit ihnen zu tun haben, müssen so schnell wie möglich nach Trier. Die Valentinian bricht morgen früh auf, mit Volldampf.«

Forstmann konnte sich nicht beherrschen und stieß ein Schnauben aus.

»Du wirst mitkommen. Rheinberg wird Fragen haben. Und du musst gesund werden. Ich bringe dir was aus Aksum mit. Hast du einen besonderen Wunsch?«

Marcellus lächelte. Müdigkeit, die Schmerzen und der Branntwein forderten ihren Tribut. Sein Blick verschleierte sich. Doch er öffnete den Mund und antwortete noch, eher er einschlief:

»Schildpatt. Ein Messer mit einem Griff aus Schildpatt. Wie eine der berühmten Stelen.«

Köhler warf Neumann einen Blick zu. »Was Sie dem Jungen auch für Ideen in den Kopf setzen.«

Der Arzt lächelte ungeniert. »Sie haben gefragt, das war die Antwort. Er hätte ja auch um eine hübsche aksumitische Sklavin bitten können.«

Köhler grunzte.

Mit seiner schlafenden Last auf den Armen machte er sich auf den Weg zum Schiff.

20

»Es ist so weit.«

Godegisels Stimme war kaum zu hören, als er dem schlafenden Valens ins Ohr flüsterte. Eine einsame Talgkerze erhellte das Schlafgemach des ehemaligen Kaisers nur schwach. Sie wollten die Wachen nicht frühzeitig auf sich aufmerksam machen.

Es war kurz nach Mitternacht, und draußen lag ein dichter Nebel über der Landschaft. Das hatte Vor- und Nachteile, und Godegisel dachte noch einmal darüber nach, als er dem älteren Mann aufhalf und ihm dabei assistierte, sich für die Flucht vorzubereiten.

Der Nebel würde die Sicht der Wachen sehr beschränken. Godegisel traute sich zu, den Weg bis zur Straße auch ohne gute Sicht zu finden, er war ihn in den letzten Tagen immer mal wieder entlangspaziert. Markante Steine, besonders krumm gewachsene Bäume, alles hatte er sich eingeprägt. An manchen Stellen hatte er mit weißem Kalkstein Markierungen angebracht. Doch, die Straße würden sie erreichen.

Der Nebel würde aber auch jedes Geräusch, das sie machten, weit tragen. Ein Flüstern erschien dann wie Gebrüll. Ein Knirschen wie eine Lawine. Hier draußen, fernab der großen Siedlungen, gab es keine anderen, nächtlichen Geräusche, die die ihren überdecken würden. Die gelegentliche Eule, der umherstreifende Fuchs – aber das war es auch schon. Die Wachen, die sich halblaut unterhielten und die Beine vertraten. Nicht umsonst hatten sie sich diese Zeit für ihr Unterfangen ausgesucht: Die Schweinewache, die Zeit in der Nacht, in der jeder Wachsoldat am meisten mit der Müdigkeit kämpfen würde.

Godegisel sah auf seine Stiefel, fest umwickelt mit Stoffstreifen, um die Schritte zu dämpfen. Auch Valens machte sich bereits an seinen Stiefeln zu schaffen. Alles Metallische, das sie trugen, war ebenfalls in Stoff eingeschlagen oder gepolstert. Das galt auch für sein Schwert, das niemand ihm abgenommen hatte. Nichts durfte klirren oder scheppern. Sie hatten nur diese eine Chance, dessen waren sich beide Männer bewusst. Selbst die Münzen in den Beuteln waren mit Stoffstreifen vermischt worden, sodass sie auch bei schnellen Bewegungen keinen Laut geben würden. Sie hatten, das war zumindest ihre Hoffnung, an alles gedacht.

Godegisel drängte Valens nicht. Sie mussten gründlich vorgehen. Als der ehemalige Kaiser fertig war, erhob er sich und ließ sich vom Goten kontrollieren. Dann tat er das Gleiche bei dem jungen Mann und dessen Kleidung und Ausrüstung. Erst als beide damit zufrieden waren, dass alles gut gesichert schien, nickten sie sich zu. Ab jetzt, spätestens beim Verlassen des Hauses, kein Wort mehr, nur noch Handzeichen. Beide Männer warfen sich Taschen über den Rücken, schauten aus den Fenstern in die nächtliche Dunkelheit. Lichterschein war zu sehen, wo sich die Wachen aufhielten. Dort rechnete offenbar niemand mit dem Angriff eines Gegners: Normalerweise würden die Öllampen gute Ziele abgeben. Doch die Wachsoldaten waren mehr daran interessiert, es gemütlich zu haben. Sie rechneten ganz sicher nicht damit, dass jene, die sie doch zu »beschützen« hatten, sich davonstehlen würden, und es war genau diese Tatsache, die der größte Trumpf der Flüchtenden in diesem Spiel war.

Sie gingen nicht durch die Vordertür. Das Anwesen, in dem sie untergebracht waren, hatte mehrere Ausgänge. Eine Tür führte in einen Stall, der jetzt leer stand, und der Stall wiederum lag am nahen Waldrand, zur Straße hin, die sie direkt in Richtung Küste führen würde. Sie nahmen diesen Weg.

Als sie den Stall betraten und die kühle, nächtliche Luft erfrischend in ihre Lungen drang, hielten sie inne und lauschten. Irgendwo hustete jemand – es war angesichts des Nebels nicht auszumachen, ob nahe oder fern. Doch von der halb geöffneten Stalltür aus waren kein Licht zu sehen und keine Bewegung zu hören. Etwa zwei Meter vor der Tür, auf dem Backstein des Hofes, lag der weiße Kalkklumpen, den Godegisel dort gestern scheinbar achtlos hingeworfen hatte; der Beginn ihrer Fluchtroute. Alles dahinter verschmolz in Dunkelheit und Nebel zu einer undurchdringlichen Suppe.

Godegisel sah Valens an, der nickte. Sie drückten sich durch die halb offene Tür, ohne sie auch nur einen Millimeter bewegen zu müssen, und schlichen über die Steine. Die gepolsterten Füße machten absolut keinen Laut. Dennoch dröhnte dem Goten sein eigener Atem in den Ohren und er wünschte, er könne mindestens zehn Minuten die Luft anhalten.

Sie erreichten den Kalkstein und Valens folgte dem jungen Mann bis zur nächsten Wegmarke. Immer wieder blickten sie sich um. Doch niemand war zu erkennen. Als sie sich etwa zwanzig Meter vom Hauptgebäude entfernt hatten, sahen sie ein sich bewegendes Licht, ein Wachsoldat auf Rundgang. Der Mann gähnte laut und vernehmlich, Godegisel hörte, wie er sich über den Bart kratzte und irgendwas murmelte. Die beiden Flüchtenden blieben im Schutze des Nebels wie angewurzelt stehen. Der Wachmann schlenderte weit an ihnen vorbei, ohne ihre Existenz auch nur zu erahnen.

Godegisel verkniff sich ein erleichtertes Ausatmen.

Sie warteten noch einige Momente, bis das wandernde Licht vom Nebel verschluckt worden war.

Der Gote zog Valens am Ärmel. Der ehemalige Kaiser ließ sich willig durch die Dunkelheit führen.

Stumm schritten sie voran, immer vorsichtig auf den Weg bedacht. Es dauerte nicht mehr lange, und sie sahen das Band der gepflasterten Militärstraße vor sich erscheinen. An einer der Randmarkierungen erkannte Godegisel eines der weißen Zeichen, die er hinterlassen hatte. Alles war gut gegangen. Wenn ihnen das Glück weiterhin hold blieb, würde ihre Flucht bis in die späten Morgenstunden, wenn eine Sklavin ihnen normalerweise das Frühstück brachte, unentdeckt bleiben.

Sie hielten sich auf der menschenleeren Straße, zogen sich die Stofffetzen von den Stiefeln und stopften sie in ihre Taschen, weiterhin peinlich darauf bedacht, keine Spuren zu hinterlassen. Sie schritten kräftig aus, wollten den Vorsprung so gut nutzen, wie es nur möglich war. Godegisel hatte in beiläufigen Gesprächen so einiges über die Gegend in Erfahrung bringen können. Er wusste, dass sich etwa fünf Meilen von hier eine kleine Siedlung befand, aus mehreren Bauernhöfen bestehend, noch nicht ganz Latifundien, aber durchaus respektable Anwesen. Sie würden dort sicher noch vor Anbruch der Morgendämmerung eintreffen, und dann hatten sie die Absicht, sich Pferde zu kaufen und diese so schnell wie möglich in Richtung Küste zu treiben. Natürlich würde das auffallen und ein eventueller Suchtrupp würde sie anhand der Beschreibungen rasch identifizieren, aber dennoch würden sie im besten Falle mehrere Stunden Vorsprung genießen, und da sie ihre Pferde nicht schonen mussten, konnte dies entscheidend für das Gelingen ihrer Flucht sein.

Sie marschierten schweigend, fast verbissen. Godegisel hätte schneller ausschreiten können, doch Valens war nicht mehr der Jüngste und längere Märsche als Kaiser nicht gewohnt gewesen. Er musste hin und wieder Pause machen, einen Schluck Wasser nehmen. Dennoch hielt er sich wacker, stöhnte und jammerte nicht, blickte den jungen Goten nur entschuldigend an, wenn er einmal nicht so schnell konnte oder stolperte. Godegisel bewahrte die Geduld, denn er wusste, dass es ohnehin nur ihr Plan war, die Siedlung zu erreichen, und dafür blieb mehr als genug Zeit.

Erwartungsgemäß trafen sie dort in der Tat noch vor Anbruch des Morgens ein. Sie setzten sich vor das geschlossene Tor des größten Hofes, der eine steinerne Umfriedung besaß und aus dessen Inneren sie das Schnauben erwachender Pferde vernahmen. Als die Sonne am Horizont sichtbar wurde und Hähne den anbrechenden Tag mit lautem Geschrei begrüßten, wurden auch die Bewohner des Anwesens aktiv.

Godegisel klopfte energisch an das Tor, mehrmals, denn es wurde nicht sogleich geantwortet.

Als das Tor geöffnet wurde und ein müdes, misstrauisches Gesicht eines Mannes hervorlugte, sah es zwei in dicke Mäntel gekleidete Gestalten, die ihre waffenlosen Hände hoben und um ein Gespräch mit dem Hausherrn ersuchten. Als sie ihre Bitte mit einer Kupfermünze unterstrichen, die sie dem Bediensteten in die Hand drückten, dauerte es nicht lange und sie saßen am Frühstückstisch des Hofbesitzers. Der war anfangs auch voller Misstrauen, doch als goldene Solidi aufblitzten und die Reisenden ihm einen guten Preis für zwei normale Pferde anboten, überwog die Gier. Man wurde sich schnell handelseinig, bekam noch zwei alte Sättel – natürlich nicht umsonst, aber zu einem akzeptablen Preis – und die Reisenden verabschiedeten sich nach nicht einmal einer halben Stunde. Die Pferde, keine besonders ansehnlichen oder trainierten Tiere, waren frisch ausgeruht und gefüttert, sie folgten dem Kommando ihrer neuen Herren willig, und trabten voran.

Es lief offenbar alles nach Plan. Godegisel war sehr zufrieden mit sich selbst.

Sie würden mit ihren Geldmitteln haushalten müssen, das war klar, aber die nächste und dann letzte größere Ausgabe war die Überfahrt über den Kanal nach Gallien, wo man hoffentlich rasch Aufnahme bei imperialen Beamten finden würde, die nicht mit Maximus im Bunde standen. Der ehemalige Kaiser behauptete, einige alte Gefolgsleute seines Bruders Valentinian in Nemetacum zu kennen, dorthin würden sie ihre Schritte lenken, um mit ihrer Hilfe schnellstmöglich an den Kaiserhof zu gelangen.

Als es heller wurde, bevölkerte sich auch die Straße wieder. Trafen sie auf eine Militärpatrouille, wurde Godegisel unwillkürlich nervös und versteifte sich im Sattel, und das, obgleich die Soldaten aus der entgegengesetzten Richtung kamen und unmöglich etwas über ihre Flucht wissen konnten. Zu bedenken war auch die Tatsache, dass Maximus schlecht überall bekannt geben konnte, dass der ehemalige Kaiser des Ostens, angeblich gefallen vor Adrianopel, aus seinem Gewahrsam, wie ein Sträfling, entflohen und sofort festzunehmen sei. Dies würde sicher für einen großen Aufruhr sorgen und irgendwann auch dem Kaiserhof zugetragen werden, womit letztendlich der gleiche Effekt eingetreten wäre wie bei einem persönlichen Erscheinen bei Hofe – nur mit dem Unterschied, dass, sollte Maximus die beiden Männer ergreifen, ihre Zukunft nur als höchst ungewiss zu bezeichnen war.

Godegisel wollte es nicht darauf ankommen lassen und auch Valens schien weiterhin sehr entschlossen, inkognito zu bleiben.

Und bis auf Weiteres lachte ihnen das Glück. Kein Verfolger war auszumachen und sie ritten in flottem Tempo voran, machten kaum Pausen, nur einmal, um die Pferde saufen zu lassen.

Sie schätzten, dass sie zwei Tage bis zur Kanalküste benötigen würden. Da sie die Hauptstadt der Provinz bewusst umgingen – dort würde die Nachricht ihrer Flucht am ehesten verbreitet werden –, mussten sie eines der kleineren Dörfer finden, am besten ein möglichst verschlafenes Fischernest. Valens hatte eine grobe Vorstellung von der Geographie Britanniens, eine Kenntnis, die Godegisel fast völlig fehlte. Er hatte sich mit der unmittelbaren Umgebung ihres Gefängnisses vertraut gemacht, aber für den Rest war er auf den ehemaligen Kaiser angewiesen. Doch auch Valens hatte vorher nie einen Fuß auf britannischen Boden gesetzt, obgleich sein Vater einmal Comes in Britannien gewesen war. Es war daher notwendig, je weiter sie östlich ritten, desto öfter nach dem Weg zu fragen.

Am Ende des zweiten Tages, völlig ungestört und von offizieller Seite unbehelligt, erreichten sie eine windschiefe Ansammlung von Holzhütten, die man mit großer Fantasie als Dorf bezeichnen konnte. Godegisel hatte bereits abschätzig die Lippen gespitzt und der Vorschlag, die Küste entlang nach einem vielversprechenderen Ort zu suchen, hatte ihm auf den Lippen gelegen, da wies Valens ohne jeden Kommentar auf die drei Masten, die sich in den dunkel werdenden Himmel reckten. Fischerboote, und nicht einmal die kleinsten, lagen dort auf den Strand gezogen. Es waren jeweils etwa sechs Meter lange Fahrzeuge, die man sowohl rudern als auch segeln konnte, da jedes über einen einzigen Mast verfügte. Fischernetze lagen säuberlich zusammengefaltet neben den Booten. Normalerweise gehörten zwei, wenn nicht drei Männer zur Besatzung und das mit einem tiefen Rumpf ausgestattete Boot konnte einen nicht unerheblichen Fang aufnehmen, wenn den Fischern das Glück hold war.

Ausgehend vom Zustand der dazugehörigen Siedlung war das nicht allzu häufig der Fall. Das Wetter auf dem Kanal war oft wild und unberechenbar. Fischerei war ein gefährlicher Beruf, und offenbar meist kein sehr einträglicher.

Das war exakt in ihrem Sinne.

Sie traten an die den Schiffen am nächsten gelegene Hütte heran. Aus dem steinernen Schornstein wand sich eine dünne Rauchfahne. Hinter den geschlossenen Fensterläden war trübes Licht erkennbar. Vor der Haustür, die mit einer Art Holzmarkise überdacht war, lagen die Utensilien eines Fischers. Diebe schien man hier nicht zu befürchten. Die Männer musterten die Ausrüstung und bewerteten sie als ärmlich. Sie blickten sich an und grinsten.

Entschlossen klopfte Godegisel an.

Es dauerte einen Moment, dann war eine dumpfe Stimme zu hören. So ganz vertrauensselig war man hier offenbar doch nicht.

»Wer da?«

»Reisende«, gab Valens zur Antwort. »Wir benötigen eine Passage nach Gallien. Wir zahlen gut.«

Ob es die drei letzten Worte waren oder allgemeine Menschenfreundlichkeit, die den Fischer dazu bewogen, die Tür zu öffnen, wusste Godegisel nicht. Ein Riegel wurde bewegt, das bärtige Gesicht eines Mannes, wettergegerbt, vorzeitig gealtert, erschien. Er starrte die beiden Reisenden einige Sekunden forschend an. Valens und Godegisel blieben ruhig stehen, lächelten freundlich, was ihnen angesichts des stechenden Geruchs nach Fisch in verschiedenen Zustandsformen, der aus der Hütte drang, sehr schwerfiel.

Godegisel war es schließlich, der seinen Geldbeutel hervorholte und dem Bärtigen einen goldenen Solidus zeigte. Dem Fischer fielen angesichts dieser Summe fast die Augen aus. Er öffnete die Tür und hieß die Reisenden gestikulierend einzutreten.

Die Hütte bestand aus exakt einem Raum und die gesamte Familie des guten Mannes schien versammelt. Eine ebenfalls verbraucht und alt aussehende Frau starrte ihnen nervös entgegen, in den Händen eine Hose, die sie offenbar gerade flickte. Es gab zwei Lichtquellen: eine Feuerstelle, über der der Schornstein lag, sowie eine Lampe, die offenbar Fischöl verbrannte. In einer Ecke stand ein breites Bett, auf dem zwei Kinder schliefen, beide sicher nicht älter als fünf oder sechs Jahre. Die Eltern konnten daher, so Godegisels Schätzung, noch keine dreßiig Jahre alt sein, sahen aber bedeutend älter aus. Es waren arme Leute, wenngleich sie nicht in absoluter Armut lebten. Sie hatten ein Haus, das Dach war offenbar sogar dicht, und ein Boot, sie hatten gewisse Utensilien, ihre Kleidung war alt, aber sauber und auch sonst wirkte alles in Stand gehalten. Wenn man von bescheidenem Wohlstand sprechen wollte, dann wurde dieser durch knochenharte Arbeit ohne Unterlass erkauft, der dazu führen würde, dass diese Menschen vor ihrer Zeit sterben würden. Godegisel warf einen Blick auf die schlafenden Kinder. Sie würden all das hier erben. Eine Aussicht, die niemanden erfreuen durfte. Die Reformpolitik des Kaisers Gratian hatte ein Gutes: Sie waren nicht mehr gezwungen, den Beruf des Vaters zu übernehmen. Vielleicht würden sie ihr Erbe zu Geld machen und versuchen, etwas anderes anzufangen. Dieser Gedanke hatte für den Goten etwas Tröstliches.

»Setzt Euch, edle Herren«, sagte der Mann und wies auf eine leere Bank in der Nähe der Feuerstelle. Da seine Besucher gute Kleidung trugen und offenbar mit Pferden angereist waren, konnte es sich nur um im Vergleich hochgestellte Persönlichkeiten handeln. Godegisel ging davon aus, dass sie dem Fischer nicht einmal Geld anbieten mussten. Wenn sie ihm die beiden Pferde, müde zwar, aber in gutem Zustand, für die Überfahrt überlassen würden, hätte er bereits ein Vermögen verdient. Er würde mit den Tieren wenig anfangen können, aber der Verkauf würde ihm mehr als genug einbringen – sicher fast einen Jahresverdienst, wenn Godegisel die Hütte richtig abschätzte.

»Wir sind Reisende mit dringenden Geschäften«, kam Valens gleich zum Kern der Sache. »Wir müssen dringend nach Gallien, am besten direkt nach Belgica, übersetzen und suchen einen Mann, dessen Boot die Reise machen kann und der einen Extraverdienst nicht zu verschmähen weiß.«

Ein gieriges Glitzern funkelte in den Augen des Fischers. Jeder verdiente sich etwas dazu, und sei es durch den gelegentlichen Schmuggel. Zu dieser Jahreszeit war das Wetter auf dem Kanal rau und die Überfahrt gefährlich. Das würde, so wusste Godegisel, sogleich …

»Das Wetter ist schlecht, edle Herren«, sagte der Fischer wie vorhergesagt. »Die See ist wild. Es ist eine gefährliche Überfahrt. Ich riskiere nicht nur mein Boot, sondern auch mein Leben.«

Valens seufzte. »Das ist uns wohl bewusst. Wir entlohnen dich für dein Risiko, reichlich. Vor der Hütte stehen zwei Pferde mit Sätteln. Sie sollen dir gehören. Du kannst sie verkaufen und wirst einen ordentlichen Erlös bekommen.«

»Ja, aber auch viele Fragen. Wie komme ich an zwei Pferde? Wird man nicht von gewisser Seite Fragen stellen?«

Der Fischer dachte sich offenbar das seine. Nicht über die tatsächliche Natur der beiden »edlen Herren«, aber über die Art ihrer Reise oder eher Flucht. Godegisel ahnte, dass man ihm nichts würde vormachen können. Er wechselte einen Blick mit Valens.

»Dann die beiden Pferde und einen Solidus.«

»Zeigt mir die Münze!«

Sie wechselte den Besitzer und der Fischer und seine Frau betrachteten sie ehrfürchtig im flackernden Schein der Feuerstelle. Er biss mit seinen fauligen Zähnen darauf und nickte zufrieden. »Nicht unnötig mit Bronze gestreckt, ein gutes Stück«, gab er dann unumwunden zu.

»Die Pferde dazu. Das ist ein gutes Geschäft«, sagte Valens.

Der Fischer nickte zögerlich. »Gut, ich bin einverstanden. Aber nicht in der Nacht, das ist Selbstmord. Bei Sonnenaufgang will ich Euch übersetzen. Ihr könnt die Nacht in meiner bescheidenen Hütte verbringen.«

Das klang vernünftig. Möglicherweise konnten die wunderwirkenden Seefahrer aus der Zukunft bei Nacht navigieren, wenn die Wolken verhangen waren und die Winde unberechenbar. Aber ein normaler Fischer würde genau wissen, dass nur das Tageslicht Gewähr für eine sichere Reise darstellte, und auch die beiden Flüchtlinge wollten gerne lebend und trocken in Gallien eintreffen.

Sie machten sich ein Nachtlager zurecht, während der Fischer sich um seine frisch erworbenen Pferde kümmerte. Die Frau des Fährmannes blickte die Reisenden dabei müde an, während sie ihre Stopfarbeit wieder aufnahm. Als Godegisel aus einem Beutel etwas Reiseproviant hervorholte – hartes Brot, etwas Käse, ein paar Äpfel –, erhob sie sich, schlurfte zur Kochstelle und schöpfte etwas aus einem großen, eisernen Topf, der darüber hing. Als sie den Männern zwei Holzteller reichte, verstärkte sich der Fischgeruch, aber durchaus um eine angenehme Note. Ohne weiter zu fragen, nahmen die Männer die angebotene Suppe entgegen, in der gekochte Fischinnereien schwammen. Nach einem Tag auf dem Rücken eines Pferdes bei kaltem und windigem Wetter war jede warme Mahlzeit willkommen. Als Godegisel seinen Holzlöffel zum Mund führte, durfte er feststellen, dass die Suppe durchaus schmackhaft war und zusammen mit dem Brot eine vollwertige Mahlzeit darstellte. Er nickte der Fischersfrau zu, die ihn nur still anlächelte und sich wieder an die Ausbesserung der Kleidung machte. Godegisel hatte sehr wohl festgestellt, dass, während ihr Mann draußen die Pferde versorgte, sie den Solidus unter ihrer Schürze verborgen hatte, ohne dass ihr Gatte sich beschwerte. Wahrscheinlich war sie in jeder Hinsicht für den Haushalt verantwortlich.

Es dauerte nicht lange, dann fielen die Männer, eingerollt in ihre Mäntel, in einen tiefen, traumlosen Schlaf. Sie hörten schon nicht mehr, wie der Fischer wieder hereinkam, seiner Frau kurz zunickte und die abgenommenen Sättel verstaute, die er sicher separat verkaufen würde.

Als sie wachgerüttelt wurden, kam es beiden so vor, als wären sie gerade erst eingeschlummert. Die Szenerie hatte sich nicht verändert: Das Feuer flackerte, die Öllampe brannte und draußen heulte der Wind und rauschte das Meer.

»Die Sonne geht auf«, brummte der Fischer. »Zeit zum Aufbruch.«

Ihr Frühstück war kurz, doch die Frau packte ihnen einige Vorräte in einen Beutel, getrockneten Fisch sowie weiteres, hartes Brot. Dazu gab es einen Schlauch mit verdünntem Wein. Die gut zahlenden Gäste sollten die Überfahrt augenscheinlich genießen, soweit dies angesichts der rauen See überhaupt möglich war.

Die Kinder schliefen immer noch und bemerkten gar nicht, wie ihr Vater aufbrach. Godegisel und Valens halfen, das große Boot ins Wasser zu drücken, kletterten selbst über die Reling, als ihre Füße bereits nass waren vom eisigen

Wasser. Es war immer noch dunkel, die Gischt brannte in ihren Gesichtern, doch der Fischer schien von alledem unbeeindruckt und hielt den Fahrgästen wortlos zwei Ruder hin. Mühsam fanden die Flüchtlinge in dem wild schwankenden Boot Halt, dann hatten sie die Ruder verankert und begannen, auf Befehl des Fischers mit der muskelzerrenden Arbeit. Der Bootsführer selbst saß am Ruder am Heck des Bootes, beobachtete die beiden Ruderer kritisch, dann war der Bug auf das Meer gerichtet. Er ließ das Steuer, hieß die Männer, mit dem Rudern aufzuhören, und stellte das kleine Segel am einzigen Mast auf, das sich sofort mit Wind füllte. Mit schmerzenden Armen fühlten die Reisenden, wie die Naturgewalt sie auf das Meer hinaustrieb, und nicht nur Godegisel kam die Idee, ob er am Abend vorher nicht lieber auf die Fischsuppe hätte verzichten sollen …

Godegisel war kein Seemann. Er misstraute dem Wasser.

Das hatte er natürlich nicht beachtet.

Er erduldete das wissende Grinsen des Fischers, als er sich schließlich über die Bordkante beugte, um sich zu erbrechen. Selbst Valens, der bereits einmal auf einem Schiff gestanden hatte, war grün im Gesicht. Es war ein Unterschied, ob man bei schönem Wetter eine Reise auf einer ruhig rudernden Trireme machte oder auf einer Nußschale die Wellen auf und ab ritt. Sehr unkaiserlich beugte sich auch er, nur wenige Minuten nach dem Goten, nach vorne und opferte den Göttern.

Der Fischer war ungerührt, griff in den Proviantbeutel seiner Frau – der ganz offenbar nur für ihn allein gepackt worden war – und begann zu kauen. Der Anblick allein brachte die beiden Reisenden wieder zum Würgen. Sie zwangen sich, überall hinzusehen, nur nicht auf den Bootsführer, der offenbar die Ruhe selbst war.

Das Wetter war nicht besonders stürmisch. Es wehte ein frischer Wind und der Wellengang war deutlich spürbar, aber Godegisel konnte beim Fischer keinerlei Besorgnis wahrnehmen, also war es offenbar nicht so schlimm. Als die Sonne langsam den Himmel heraufkletterte, brach die Wolkendecke auf und frühlingshafte Wärme breitete sich im Boot aus. Der Wind stand gut und füllte das Segel, sie kamen voran. Als Valens nachfragte, warf der Fischer einen prüfenden Blick in den Himmel und murmelte etwas von einer Stunde. Er überquerte den Kanal nicht an seiner engsten Stelle, sondern segelte südlicher. Das war ganz im Interesse der Reisenden. Die Fahrt genießen konnten sie aber trotz der aufklarenden Wetterverhältnisse nicht. Zu übel war ihnen und zu sehr schwankte das Boot selbst beim relativ harmlosen Wellengang. Godegisel wusste, dass er nicht schwimmen konnte. Er vermutete, dass es dem ehemaligen Kaiser nicht anders ging. Er wusste, dass viele Seeleute bewusst nicht schwimmen lernten, weil im Falle eines Schiffbruches die Aussicht auf Rettung ohnehin gering war und man dadurch sein Leiden nur unnötig verlängerte. Godegisel überlegte sich diese fatalistische Grundhaltung eine Weile, kam aber zu dem Schluss, dass er sie sich nicht zu eigen machen wollte. Er nahm sich vor, an die

Bordkante geklammert, entweder künftig keine Seereisen mehr zu machen oder Schwimmen zu lernen.

Dann war die Fahrt zu Ende. Ohne gefragt zu werden, brachte der Fischer sie an einer Stelle an Land, die auf den ersten Blick nicht so aussah, als wäre sie dafür geeignet, denn sie bestand scheinbar nur aus Steilküste. Doch dann sahen sie ein winziges Stück flachen Landes, von dem aus ein steinerner Pfad über verschiedene Winkel nach oben führte. Dass der Fischer diese Reise nicht das erste Mal machte, wurde ihnen überdeutlich. Und dies sprach somit auch für die Verschwiegenheit des Mannes, sollten die Häscher des Maximus in sein Dorf kommen. Als das Boot knirschend anlandete, sprangen die Männer heraus und zogen es einige Meter weiter. Valens holte eine Silbermünze aus seinem Beutel und übergab sie dem Mann als Bonus. Der Fischer grinste breit und hob die Hand zum Gruß. Er hatte das Geschäft seines Lebens gemacht, dessen war sich Godegisel sicher.

Sie halfen ihm noch, das Boot wieder ins tiefere Wasser zu stoßen. Jetzt stand der Wind ungünstig. Der Fischer setzte sich unverdrossen an die Ruder und begann, mit quälender Langsamkeit den Rückweg anzutreten. Angesichts seiner Armmuskeln, die auch der kräftig gebaute Gote nur mit neidloser Anerkennung gemustert hatte, war in der Tat zu vermuten, dass ihm diese Arbeit nicht fremd war. Er würde auf diese Weise, sollte sich der Wind nicht günstig wenden, mehr als die rund zwei Stunden für die Rückreise benötigen, die bei der Hinfahrt verstrichen waren. Es war aber noch nicht einmal die Mittagszeit angebrochen. Mit etwas Glück würde der Fischer als reicher Mann noch vor Anbruch der Dämmerung wieder bei seiner Familie sein. Als Godegisel dem langsam kleiner werdenden Boot nachblickte, war er sich sicher, dass die beiden Pferde in der Zwischenzeit schon einen neuen Besitzer gefunden hatten und der Erlös in der Tasche unter der Schürze der Ehefrau verwahrt wurde – genauso, wie er sich sicher war, dass sie die Silbermünze, die ihr Mann zuletzt erhalten hatte, niemals zu Gesicht bekommen würde.

Er lächelte.

Sie machten sich an den Aufstieg. Geschwächt durch die Seekrankheit dauerte es eine gute Stunde, bis sie oben waren. Zu ihrer Überraschung trafen sie sofort auf eine befestigte Küstenstraße und auf den Rat des ehemaligen Kaisers hin folgten sie ihr in Richtung Südosten.

Nach einer guten Stunde kamen sie an eine abbiegende Militärstraße, die einen Wegweiser aufwies. Von hier ging es direkt nach Nemetacum. Und eine weitere Stunde des Weges entlang brachte sie in ein kleines Dorf, wo ihr Geld von den Bewohnern gerne gesehen wurde. Für Pferde reichten die Mittel nicht mehr, aber für ein warmes Essen und eine Fahrt auf dem Eselskarren eines Händlers, der noch zwei Plätze frei hatte und sie nur zu gerne an zahlungsfähige Reisende vermietete. Trier war auch in dieser Provinz angesiedelt und sie hatten einen Moment darüber nachgedacht, gleich bis dorthin zu reisen. Letztlich hatte aber Valens beschlossen, dass es besser wäre, sich sogleich in die Obhut befreundeter Männer der hiesigen Militärverwaltung zu begeben, anstatt noch länger voller Risiko inkognito durch das Land zu reisen.

Mit schmerzenden Füßen, aber vollem Magen und generell guter Dinge wuchteten sich die beiden Flüchtlinge auf den Karren, starrten müde auf den Rücken der beiden Esel und rumpelten die Straße Richtung Osten. Die Übelkeit ließ nur langsam nach.

Sie hatten Britannien verlassen.

21

Rheinberg war froh, aus Trier herauszukommen. Dass er eine Reise machte, die auch noch sinnvoll war, erhöhte die Bereitschaft, dem Kaiserhofe für einige Tage Lebewohl zu sagen und sich davonzustehlen.

Obgleich das Wort nicht passte.

Als Magister Militium war Rheinberg kein Privatmann mehr, und als Figur des öffentlichen Lebens hatte er die Form zu wahren. In diesem Falle bedeutete es, dass der »kleine Ausflug«, den er auf drängende Bitten von Marineoberingenieur Dahms durchführte, zu einem Massenauflauf führte. Als er Gratian von seinen Plänen berichtet hatte, verbunden mit der Bitte, kein großes Aufheben darum zu machen, hatte der junge Kaiser, in diesen Dingen weiser und verständiger als er, nur gütig gelächelt.

Natürlich hatte dieser Ausflug in jedem Falle etwas Gutes. Da war nicht nur die Tatsache, dass Dahms extra aus Ravenna angereist war, um ihn auf diesem Abstecher zu begleiten. Mit dem Ingenieur zusammen zu sein, war nach Wochen der politischen Ränkespiele eine sehr wohltuende Abwechslung. Der klare, technische Verstand des Mannes und seine Konzentration auf sehr greifbare Probleme, die alle mit den technischen Verbesserungen zu tun hatten, die sie im Reich einführen wollten, waren eine heilsame Erfahrung für Rheinberg. Das Interesse des Ingenieurs an den politischen Entwicklungen war relativ begrenzt, er hatte sich ganz in eine Vielzahl an Problemen verbissen, bei deren Lösung er jetzt die Hilfe von Rheinberg benötigte. Dieser tat, wie er gebeten worden war, weil er nicht zuletzt das Gefühl hatte, dass das Ziel ihrer mehrtägigen Reise von hohem symbolischen Gehalt war.

Begleitet wurden die beiden Deutschen von zwanzig Reitern aus der Leibgarde des Kaisers, handverlesen natürlich und mit der grimmigen Entschlossenheit, den Heermeister unter Einsatz ihres Lebens zu beschützen. Nicht, dass dort, wohin ihre Reise ging, mit irgendeiner Bedrohung zu rechnen war. Als er Gratian das Ziel seines Ausflugs genannt hatte, war die Reaktion des Kaisers eindeutig gewesen. Er kannte das Gebiet gut – sein Vater hatte in der Nähe einen Sommerpalast errichten lassen, den auch der junge Gratian öfters besucht hatte. In den letzten Jahren wurde das Gebäude jedoch kaum genutzt und von einer Gruppe Bediensteter gepflegt. Natürlich war es jetzt als Aufenthaltsort für den Heermeister vorgesehen, etwas Standesgemäßeres gab es in der Gegend wohl kaum.

Neben den zwanzig Bewaffneten folgten Rheinberg und Dahms, die den Gebrauch von Wagen für sich abgelehnt hatten, drei Eselskarren mit Vorräten und Bediensteten.

Nicht mit dabei war Aurelia.

Am Tag, als er ihre Freilassungsurkunde abends noch beim Magistrat bezeugt hatte, war er spät in seine Villa zurückgekehrt und sogleich ins Bett gegangen.

Als er sich am nächsten Morgen nach seiner ehemaligen Leibsklavin erkundigt hatte, war ihm vom Faktotum des Hauses eröffnet worden, dass sie ihre Sachen gepackt hatte – und Rheinberg hatte keinen Zweifel daran gelassen, dass alles, was sie besaß, auch ihr Eigentum war – und mitsamt der Urkunde aus dem Haus verschwunden sei. Er hatte auch berichtet, dass seine Anweisung, ihr eine größere Summe Geldes auszuhändigen, getreulich ausgeführt worden sei und die junge Dame habe den Beutel ohne jeden Kommentar in Empfang genommen.

Rheinberg hatte sich nicht gut gefühlt, zumindest zu Anfang. Dann schalt er sich wiederholt einen Narren. War er in der Tat davon ausgegangen, dass die junge Frau, die sich ja offenbar »verstoßen« fühlte, freiwillig bei ihm bleiben würde? Als was? Als eine weitere Dienerin unter vielen? Was genau hatte er sich eigentlich erhofft?

Jetzt, wo Rheinberg auf seinem Pferd saß, das eine eher schlecht ausgebaute Straße entlangtrottete, kamen ihm all diese Gedanken wieder in den Sinn. Seinem Gesicht musste anzusehen sein, dass er wenig erfreuliche Grübeleien in seinem Kopf bewegte, denn Dahms sah ihn stirnrunzelnd an. Natürlich wusste er von dem Geschenk Rennas, aber der sehr praktisch denkende Offizier hatte nie zu Klatsch und Tratsch geneigt und sich später nie wieder nach ihr erkundigt.

Es dauerte eine Weile, bis der frische Morgen die schwermütigen Gedanken aus Rheinberg vertrieb. Dass er letztendlich die richtige Entscheidung getroffen hatte, fühlte er tief in sich. So sehr er offenbar die Anwesenheit der Frau auch vermisste, er spürte in seinem Magen, dass er dies nicht noch länger hätte herauszögern können. Sie war jetzt ihres eigenen Glückes Schmied. Sie traf ihre eigenen Entscheidungen. Sie gehörte jetzt sich selbst, war jung, klug, gebildet und mit Geldmitteln ausreichend ausgestattet. Sie würde ihren Weg gehen, wohin auch immer er sie führen würde.

Rheinberg hob den Kopf, sah Dahms an und lächelte. Zwei Stunden waren sie jetzt bereits unterwegs und bis zu ihrem Ziel würden bei dem gemächlichen Tempo, das sie anschlugen, noch weitere Stunden vergehen. Sie hatten es nicht eilig, vor allem Rheinberg nicht. Raus aus Trier und wieder etwas von der Natur sehen, das allein war diese Reise wert.

Dahms schaute sich ebenfalls eifrig in der Natur um, doch er war auf der Suche nach etwas Bestimmtem, dem Anlass für diese Reise.

Er brauchte Steinkohle, und zwar möglichst viel und möglichst bald. Seine Nachfragen hatten rasch ergeben, dass die Römer die Steinkohle zwar kannten, aber nicht flächendeckend nutzten, Hauptbrennstoff war und blieb Holz oder Holzkohle. Lediglich in einigen Plätzen in Germanien, so war ihm bedeutet worden, werde Steinkohle als lokal genutzter Brennstoff abgebaut – und wie es der Zufall so wollte, war eines dieser Gebiete nicht weit von der derzeitigen Kaiserresidenz entfernt. Und es hatte noch eine weitere, symbolische Bedeutung, die auch dem praktisch denkenden Dahms keinesfalls entgangen war.

Es wurde bereits dämmrig, als der Flusslauf sichtbar wurde. Die Militärstraße führte direkt zur Brücke, die sich über den gewundenen Fluss beugte. Auf der anderen Seite konnte man sehr gut ein steinernes Fort ausmachen, bemannt mit einer kleinen Garnison von rund zweihundert Mann, die die Handelswege, die kleinen Ortschaften in der Nähe und nicht zuletzt den von Valentinian errichteten Sommerpalast bewachten. Es war ein friedlicher Nachmittag. Dies war eine ruhige, von Landwirtschaft geprägte Gegend, an der die Irrungen des untergehenden Reiches über lange Zeiten hinweg einfach vorbeigegangen waren. Rheinberg zügelte sein Pferd und die ganze Kolonne kam zum Stehen. Dahms schaute sich um. Von der Anhöhe hatten sie einen schönen Blick auf den Fluss, der in ihrer Zeit Saar hieß. Und dort, um das Fort herum, war der Marktflecken an der Saar, der Vicus Sara, Saravicus, die antike Vorläufersiedlung zur Namensgeberin ihres Schiffes, *Saarbrücken*. Sie waren in gewisser Weise zu Hause angekommen.

Rheinberg hatte Saarbrücken – das seiner Zeit – einmal besucht. Eine dynamische, wachsende Stadt, in einer Region, die durch den Aufschwung in Kohle- und Stahlproduktion profitierte. Ein industrielles Zentrum des Deutschen Reiches und von großer Wichtigkeit für die deutsche Waffenindustrie. Nicht zuletzt deswegen hatte man den Kleinen Kreuzer nach ihr benannt. Er hatte das Schloss des Saarbrücker Grafen besucht, ein offenes, weitläufiges Gebäude, das gar nicht wie eine Trutzburg wirkte, eher wie ein anderer, späterer Sommerpalast, ein Ort der Entspannung. Rheinberg drehte sich nach links und spähte den Fluss entlang. Irgendwo dort drüben würde in der Zukunft das Schloss errichtet werden. Das Fort lag ein Stück weiter, an einer anderen, strategisch wichtigen Stelle der Saar.

Dahms räusperte sich.

»Ein komisches Gefühl«, sagte er schließlich. »Irgendwie fehlt alles – jeder Bezug zu dem, was wir kennen. Und doch habe ich das Gefühl von … ich weiß nicht …«

»Beständigkeit«, half Rheinberg aus. »Das Gleiche, was von Geeren empfindet, wenn er sich immer das Stadttor in Trier anschaut, das auch in unserer Zeit noch steht. Etwas, das die Epochen überdauert, an dem man sich festhalten kann, damit man nicht verloren geht.«

Dahms nickte. Besser konnte er es auch nicht beschreiben.

Da es langsam spät wurde, würden sie nur noch versuchen, den Palast vor dem Anbruch des Abends zu erreichen, dort übernachten und sich anschließend in Richtung des Steinkohleabbaus begeben. Einen lokalen Führer hatte man ihnen versprochen. Hier wurde die Steinkohle systematisch abgebaut und es gab auch eine kleine Eisenindustrie, die sich diese Vorkommen zu Nutze machte – eine weitere Parallele zu dem Saarland, das Rheinberg einmal besucht hatte. Wenn sich alles so vorfand, wie Dahms es sich erhoffte, dann würde man hier auf professionelle Weise mit dem Kohleabbau beginnen und die Erträge so schnell wie möglich gen Süden schicken. Dahms hatte große Pläne und er benötigte, um diese zu verwirklichen, Kraftstoff – ganz abgesehen davon, dass die Funktionsfähigkeit des Kleinen Kreuzers davon stark abhing.

Sie erreichten den Sommerpalast bei Einbruch der Dunkelheit. Sklaven mit Fackeln und Lampen kamen ihnen entgegen, als sich das große äußere Tor öffnete und sie einließ. Natürlich war ihr Kommen angekündigt worden und alles vorbereitet. Der Majordomus, der Rheinberg sofort irritierend stark an Felix erinnerte, kam eilfertig zu ihnen und bat sie unter mehrfachen Verbeugungen, doch mit ihm ins Haupthaus zu kommen, wo man Speis und Trank bereitet hätte. Rheinberg achtete darauf, dass auch seine Begleiter gut versorgt waren, und ihm entgingen die dankbaren Blicke seiner Leibgardisten nicht, als er sich um ihr Wohl besorgt zeigte.

Es dauerte nicht lange, da saßen Dahms und Rheinberg allein in einem großen Raum, der Valentinian einst als Arbeitszimmer gedient hatte. Es hatte eine Weile gedauert, bis dem Majordomus versichert worden war, dass alles bestens sei und man eigentlich nur noch in Ruhe gelassen werden wollte. Rheinberg genoss es, den Trubel nun hinter sich zu haben.

»Wie läuft es auf der Saarbrücken?«, fragte er schließlich, nachdem er seinem Ingenieur einen Kelch Wein eingegossen hatte. Die hiesigen Vorräte umfassten leider kein Bier, wie Dahms mit einem gewissen Bedauern zur Kenntnis hatte nehmen müssen.

»So weit alles in Ordnung. Joergensen und Langenhagen haben die Mannschaft ganz gut im Griff.«

»Was ist mit den begnadigten Meuterern?«

»Auch da habe ich nichts Negatives zu berichten. Die meisten sind dankbar für die zweite Chance und verhalten sich mustergültig. Alle in der Mannschaft haben gut zu tun. Diejenigen, die sich etwas verständig anstellen, sind in das große Ausbildungsprogramm gesteckt worden – entweder lehren sie Römer oder lernen etwas bei den Offizieren. Die Latein- und Griechischkurse werden verstärkt angenommen, sogar von denen, die vorher laut gemurrt haben.«

Dahms grinste und nahm einen Schluck. »Das hängt natürlich damit zusammen, dass wir aufgrund der langen Liegezeit der Saarbrücken viel Landgang gewährt haben und unter den römischen Frauen die Männer der Saarbrücken offenbar als gute Partie gelten. Jedenfalls hat sich da so einiges entwickelt.«

Dann wich das Lächeln wieder aus seinem Gesicht.

»Wir müssen da einige grundsätzliche Entscheidungen treffen, Kapitän. Nicht alle der Jungs sind Hallodris, die nur einmal über eine rüberrutschen wollen, um ihren Spaß zu haben. Es sind anständige Kerls dabei, viele, die daheim … in unserer alten Zeit … eine feste Braut hatten mit ernsthaften Absichten. Die wurden jetzt nicht plötzlich umgedreht. Einige von den Männern haben sich ehrlich verliebt und wollen das auch amtlich machen.«

»Es gibt im Reich kein Standesamt, wie wir es kennen«, erinnerte ihn Rheinberg. »Es gibt noch nicht einmal eine formale kirchliche Trauung.«

Dahms nickte gewichtig.

»Wir haben uns Gedanken dazu gemacht. Wir haben auch mit dem Bischof von Ravenna über die Sache gesprochen. Scheint, als habe der ein großes Interesse an der Liturgie, die wir aus unserer Zeit mitgebracht haben. Die Idee einer förmlichen Trauungszeremonie ist bei ihm auf fruchtbaren Boden gefallen. Und was den Verwaltungsakt angeht …« Dahms zuckte mit den Schultern. »Der Kapitän darf nach alter Sitte verheiraten. Langenhagen und Joergensen in Ihrer Abwesenheit. Wir sollten da eine Lösung finden, die allen genügt. Vor allem: Wir sollten die Heirat erlauben, auch ohne Einzelfallprüfung. Die Leute müssen sich einrichten, ihre Daheimgebliebenen wenn nicht vergessen … nun … vielleicht wenigstens den Schmerz darüber, dass sie unerreichbar für uns sind.«

Dahms sah Rheinberg mit steinernem Gesicht an. Er hatte Frau und Kind im Deutschland der Zukunft zurückgelassen. Einer der Gründe, warum er sich dermaßen in die Arbeit gestürzt hatte, seit sie hier waren, lag sicher in dem Bemühen, die Gedanken an eben diese Unerreichbarkeit zu verdrängen. All jene, die ohne feste Bindung hierher verschlagen worden waren, wie Rheinberg selbst, hatten es da sicher einfacher.

Für einen kurzen Moment dachte er an Aurelia. Er korrigierte sich in Gedanken. Einfacher war es nur für jenen, der damit gut umgehen konnte, sich in eine Frau zu verlieben. Der Heermeister Roms gehörte offenbar nicht in diese Kategorie.

Er seufzte.

»Ich bin weit weg vom Schuss und kann diese Art von Entscheidungen nur schwer treffen«, räumte er schließlich ein. »Setzen Sie sich mit den anderen Offizieren zusammen und finden Sie eine Lösung, meinen Segen haben Sie. Aber wird das nicht dazu führen, dass wir früher oder später Männer haben werden, die das Schiff verlassen wollen?«

Dahms nickte. Er goss sich noch etwas Wein nach und betrachtete stirnrunzelnd die kandierten Früchte, die in einer Schüssel auf dem Tisch standen.

»Das wird geschehen. Es ist nicht akut, aber es wird kommen. Und wir werden niemanden halten können. Denken Sie an Volkert.«

Rheinberg verzog das Gesicht. »Irgendwas von ihm gehört?«

»Nein, gar nichts. Er ist wie vom Erdboden verschwunden. Wir haben Hinweise, dass er in die römische Armee schanghait worden ist. Aber die Spur verliert sich schnell und, na ja, wir drängen auch nicht besonders. Es nützt nichts, den armen Jungen quer durch das Reich zu jagen. Wir können uns um ihn kümmern, wenn die Sache nicht mehr heiß ist und die Römer darüber hinwegsehen, dass wir einen Deserteur genauso begnadigen wollen wie einen Meuterer. Die Sache mit der Senatorentochter ist das Problem. Da sind die Römer sehr prüde und standesbewusst. Da muss noch eine Menge Gras drüber wachsen.«

»Das klang vor einiger Zeit aber noch ganz anders, Herr Marineoberingenieur«, tadelte Rheinberg. »Sie werden doch nicht weich?«

»Ich werde älter. Und ich sehe, wie schwer hier alles ist. Und wie schlecht wir am Anfang organisiert waren. Dafür sollte Volkert nicht büßen müssen. Das habe ich mittlerweile auch eingesehen. Den Einzigen, den ich am Vormast baumeln sehen möchte, ist von Klasewitz. Und Tennberg, das Wiesel.«

Dahms hob die Hände. »Und bevor Sie fragen: Nein, wo der abgeblieben ist, das weiß auch keiner. Und das macht mir weitaus mehr Kopfschmerzen als der Verbleib des jungen Volkert.«

»Dem kann ich nicht widersprechen.«

»Von Klasewitz bereitet mir wirklich Sorge«, bekräftigte Dahms. »Er wird das Scheitern seiner Meuterei nicht auf sich sitzen lassen. Und er hat ja nicht alleine gehandelt. Er hatte Verbündete.«

»Über deren Hintermänner wir immer noch wenig wissen.«

»Was ist mit diesem Maximus – der in unserem Geschichtsverlauf am Sturze Gratians beteiligt war?«

Rheinberg seufzte. »Diese Diskussion führe ich beinahe täglich in Trier. Er hat sich in diesem Zeitverlauf nichts zuschulden kommen lassen – oder er agiert nur weitaus vorsichtiger, als wir es gerne hätten. Ich kann ihm seine Taten zu einer anderen Zeit – in einer anderen Welt nicht zum Vorwurf machen. Das könnte eine Hexenjagd auslösen, denn Maximus wäre nun nicht der Einzige, auf den man achten müsste.«

»Aber wir behalten ihn im Auge?«

»General Malobaudes hat es sich zur persönlichen Aufgabe gemacht. Wenn es nach ihm ginge, würden wir den Comes präventiv erschlagen, nur, damit die liebe Seele Ruh hat. Ich habe dagegenargumentiert und bis jetzt hat sich Malobaudes beherrscht. Aber er ist der richtige Mann für die Aufgabe, Maximus zu beobachten. Er hat Spione nach Britannien geschickt und berichtet uns regelmäßig. Leider dauert es immer recht lang, bis uns die Berichte erreichen.«

Dahms lächelte. »Dem kann abgeholfen werden. Meine Pläne für ein Telegrafennetz liegen vor. Sobald wir genügend Energieerzeuger haben, wird es kein großes technisches Problem sein, zumindest eine primitive, militärische Anlage in Betrieb zu nehmen.«

Rheinberg nickte. »Lieber heute als morgen. Nur kommen wir kaum mit den ganzen Projekten hinterher und wir sind in unseren Ressourcen begrenzt. Sie haben die lange Reise auf sich genommen genau aus diesem Grund. Die Kohle können wir aus der Erde holen, aber Männer mit den notwendigen technischen Kenntnissen und Fähigkeiten lassen sich nicht mit der Schaufel ausgraben!«

Dahms neigte lächelnd dem Kopf. Dem hatte er kaum etwas entgegenzusetzen.

Er schaute in das Feuer, das die Sklaven in dem Raum in einem der mächtigen Kamine entzündet hatten und das gleichzeitig als Wärmequelle wie auch als Licht fungierte. Dann seufzte er.

»Ich würde wirklich gerne wissen, was aus Volkert geworden ist«, murmelte er dann leise. »Verdammt, der Junge tut mir mittlerweile richtig leid.«

Rheinberg erwiderte nichts.

22

»Bertius, hör auf zu jammern.«

Der dickliche Legionär verzog das Gesicht, als Volkert sich an ihn wandte. Er hielt sich mühsam auf seinem Pferd. Die ersten zwanzig Meilen auf dem Bandwurm der Expeditionsarmee hatte er noch versucht, Würde zu bewahren. Am Abend war er mit lautem Klagen schlafen gegangen. Volkert hatte vermieden, ihn für den Wachdienst einzuteilen, denn das wäre eine Marter für seine Kameraden gewesen. Jetzt, zwei Wochen nach ihrem Aufbruch aus Noricum und mit der Anweisung, die Marschgeschwindigkeit jeden Tag etwas zu erhöhen, legte die Reiterarmee gen Osten täglich gute vierig Meilen zurück. Die meisten Fußsoldaten, die aufgrund ihrer grundsätzlichen Fähigkeit, sich auf einem Pferd zu halten, ausgewählt worden waren, saßen nun bereits wie alte Hasen im Sattel. Sie erfreuten sich der neuen Erfindung des Steigbügels und an der Tatsache, dass zwar ihre Rückenmuskulatur in Anspruch genommen wurde, Beine und Füße aber ausnahmsweise mal unbehelligt blieben.

Bis auf Bertius.

Das lag keinesfalls daran, dass er nicht reiten konnte. Seine Heldengeschichten um atemberaubende Fluchtaktionen vor seinen germanischen Häschern waren zweifellos erfunden, aber die grundsätzliche Voraussetzung, nämlich dass der Legionär durchaus wusste, mit einem Pferd umzugehen, war absolut korrekt. Volkert hatte gesehen, wie Bertius, wenn er sich unbeobachtet fühlte, sein Reittier mit fast liebevoller Gründlichkeit pflegte. Er striegelte es ordentlich, trocknete es ab, gab ihm Futter und flüsterte ihm aufmunternde und freundschaftliche Worte ins Ohr. Das Pferd war mit der Zuwendung, die es von seinem Reiter erhielt, offenbar zufrieden, war niemals bockig, gehorchte willig und schaute sich sogar manchmal suchend nach seinem Herrn um, wenn dieser sich von seinem Tier entfernte.

Aber Bertius wäre nicht Bertius, wenn er nicht Grund zur Klage finden würde. Und er war für jede Art von Publikum dankbar. Seine Kameraden, sein Dekurio, sein Zenturio, ja sogar der gelegentliche höhere Offizier, in dessen Hörweite er geriet. Zwei zusätzliche Strafwachen hatte ihm das bereits eingebrockt, keinesfalls von Volkert veranlasst, sondern von einem eher genervten Tribun, der das Gequatsche schlicht nicht mehr ertragen hatte.

Natürlich hielt Bertius derlei nicht ab. Wer es wie er schaffte, auch tagsüber, im Schritt oder leichten Trab, im Sattel vor sich hin zu dösen, während sein Gaul mit bemerkenswerter Disziplin der Reihe der anderen Pferde folgte, ohne dazu aufgefordert zu werden, verkraftete auch zusätzliche Nachtwachen.

Volkert war mit seinem Latein am Ende, und das im wahrsten Sinne des Wortes. Den Mann anzuschreien half nur für den Moment etwas. Der reagierte beleidigt und schmollte eine Weile, wurde dann aber schnell wieder gut gelaunt, bemerkte seine entsetzlichen Strapazen und das Klagelied begann von Neuem.

Und er hatte ein unfehlbares Gespür dafür, wann Volkert in seiner Nähe auftauchte.

»Herr, ich jammere doch gar nicht!«, verteidigte sich Bertius nun mit kläglicher Stimme. Er hatte den Mantel eng um sich herumgewickelt, denn es war kühl und wurde kühler, als sie weiter in Richtung Osten vordrangen. Noricum hatten sie verlassen und sie waren nach Panonnien unterwegs, um von dort die Grenzen des Römischen Reiches Richtung Osten zu überschreiten. Dann würde ihre geschlossene Marschkolonne, die jetzt eher wie eine Armee wirkte denn wie eine Kundschafterexpedition, sich aufteilen, in zehn Trupps von je etwa einhundert Mann, und wie ein Fächer in verschiedene Richtungen ausschwärmen, von einer harten nordöstlichen bis zu einer südöstlichen. Sie würden Reiter als Kundschafter vorausschicken und regelmäßig Berichte per Kurier an einen vorbereiteten Treffpunkt senden. Und in jeder Abteilung würden einige Infanteristen dabei sein.

Davor hatte Volkert Angst. Bisher hatte er es geschafft, sich weitgehend von den anderen Deutschen fernzuhalten. Er hatte sie mehr aus der Ferne beobachtet und war sicher auch gesehen worden, doch sein verändertes Auftreten und die bloße Tatsache, dass man ihn hier schließlich nicht erwarten würde – vor allem nicht als römischen Unteroffizier –, hatte ihn bisher vor einer Entdeckung bewahrt. Er selbst hatte dann doch einige Männer entdeckt, mit denen er auf der *Saarbrücken* etwas engeren Kontakt gehabt hatte, und denen er auf keinen Fall zu nahe kommen durfte – sie würden nach gewisser Zeit seine schwache Maskerade durchschauen und ihn auffliegen lassen.

Volkert wusste noch nicht, zu welcher der zehn Abteilungen er gehören würde, genauso wenig, welche Infanteristen dazukämen. Er wusste, dass nicht genügend Offiziere dabei waren, um allen zehn Gruppen zugeordnet zu werden, und die Offiziere kannten Volkert im Zweifel besser als die unteren Dienstgrade. Volkert blieb zurzeit nichts anderes übrig, als auf sein Glück zu hoffen.

»Bertius, du bist unerträglich, und wenn du nicht deine Klappe hältst, wird dir jemand eine weitere zusätzliche Nachtwache aufbrummen – und so schlecht, wie ich gelaunt bin, könnte ich mich sogar diesbezüglich beim Zenturio für dich verwenden. Ich kann es echt nicht mehr hören!«

Bertius sah Volkert mit einem Blick an, in dem das gesamte Leid des Römischen Reiches lag – und natürlich ein beständiger, stiller Vorwurf, dass es ja schließlich Volkert gewesen war, dem er all dies zu verdanken hatte, ein Fehler, den der junge Deutsche mittlerweile bitter zu bereuen begonnen hatte.

Er hoffte fast so sehr, dass Bertius nicht zu seiner Hundertschaft gehörte, wie, dass die mit ihm reitenden Deutschen ihn nicht wiedererkennen würden. Er ahnte aber bereits, dass sich diese Hoffnung nicht erfüllen würde. Bertius gehörte zu seiner Zenturie und die Wahrscheinlichkeit war sehr hoch, dass die Truppenführung die Einheiten nicht aufbrechen, sondern als organisatorische Grundlage für die Aufteilung nehmen würden.

Vielleicht vermochten die Hunnen, Bertius' Klagelied zu beenden.

Jedenfalls hatte die Zurechtweisung geholfen, wenngleich auch nur für den Moment. Der untersetzte Legionär mit der Halbglatze schmollte, presste die Lippen aufeinander wie ein bockiges Kind und starrte auf die Militärstraße, deren Verlauf die Truppe zurzeit noch folgte. Volkert beließ es dabei. Das Gespräch fortzusetzen beinhaltete das Risiko, Bertius aus seinem Schmollwinkel herauszuholen und zu erneuter Konversation zu animieren, und daran hatte er nun wahrlich kein gesteigertes Interesse.

Volkert ließ sein Pferd die Formation verlassen und nach vorne traben. Als er die Seite des Zenturios Levantus erreicht hatte, drehte dieser sich in seinem Sattel um und nickte Volkert zu.

»Alles in Ordnung da hinten?«

»Ich bin zufrieden.«

»Es wird bald dunkel. Wir schlagen unser Lager in etwa einer Stunde auf, habe ich gehört.«

»Gut.«

Levantus sah Volkert forschend an.

»Gibt es doch ein Problem?«

»Nein, alles bestens.«

»Sie sehen nachdenklich aus.«

»Ich frage mich, wohin meine Reise gehen wird, wenn die Aufteilung gemacht wird.«

»Ah. Nun, wir werden es bald genug wissen. Wie mir zugetragen wurde, soll das heute Abend beschlossen werden. Alle Offiziere und Zenturionen sind zum General geladen und ich wüsste nicht, worum es sonst gehen sollte.«

Volkert nickte Levantus zu. Das ergab Sinn.

»Wird auch bekannt gegeben, wie die Zeitenwanderer auf die Einheiten aufgeteilt werden?«

»Möglicherweise. Interessante Leute, nicht wahr?«

»Sie sind etwas seltsam«, sagte Volkert vorsichtig.

»Ja, das stimmt wohl. Ihre Waffen faszinieren mich. Wenn wir mehr davon hätten, wären die Barbaren für uns keine Herausforderung mehr. Was vor Thessaloniki passiert ist, kann sich dann wiederholen und sie werden sich sofort unseren Bedingungen unterwerfen.«

»Das war das eine Mal. Meinen Sie nicht, dass auch die Barbaren lernfähig sind? Sie werden ihre Taktik auf diese neuen Waffen einstellen. Keine frontalen Angriffe mehr. Viel mehr Versuche, unsere Linien zu umgehen. Eigene, neue Waffen – sicher, sie werden verlustreich kämpfen, aber immer verlieren?«

Volkert schüttelte den Kopf.

Levantus sah den jungen Dekurio aufmerksam an.

»Sie haben sich viele Gedanken zu diesem Thema gemacht«, sagte er dann mit Anerkennung in der Stimme.

Volkert zögerte. Er begab sich auf dünnes Eis. Wenn deutlich wurde, dass er mehr über die Möglichkeiten und Grenzen der deutschen Waffen wusste, als er wissen durfte, würde er Misstrauen erregen. Andererseits kämpfte er jetzt in einer Armee, die möglicherweise zu euphorisch auf die neuen Möglichkeiten reagieren würde – und das konnte vielen Soldaten, für die er verantwortlich war, das Leben kosten.

»Ich habe darüber nachgedacht«, erwiderte er nun langsam und wählte seine Worte genau. »Ich kann mich natürlich auch irren, aber ich meine, dass wir bei aller Begeisterung einige Dinge nicht vergessen sollten.«

»Etwa?«

»Die Barbaren kommen an unsere Grenzen nicht etwa, weil sie blutdurstige Wilde sind, die uns ausplündern wollen, sondern weil sie von den Hunnen aus ihrem Land vertrieben worden sind. Es sind Flüchtlinge, unterwegs mit ihren Frauen und Kindern. Sie kämpfen mit dem Mut der Verzweiflung, denn sie haben keine Heimat mehr, sie selbst sind sich alles, was sie noch haben. Und wir dürfen nicht den Fehler begehen, sie für tumbe Narren zu halten. Valens hat, bei allem Respekt, vor Adrianopel gezeigt, was diese Art von Arroganz bewirken kann.«

Levantus wirkte nachdenklich. »Dem kann ich nichts entgegnen.«

»Die Überlegenheit, die wir durch die neuen Waffen gewonnen haben, ist nur vorübergehend. Wir müssen unsere Legionen im großen Maßstab mit ihnen ausrüsten, wenn sie einen dauerhaften Effekt haben sollen. Und wie lange bleiben den Barbaren die Wirkungen dieser Technologie verborgen, wenn wir sie dauernd einsetzen? Es gibt auch findige Handwerker unter ihnen. Sie können Werkstätten errichten, Gefangene machen, Beutestücke begutachten. Wie lange wird es dauern, bis uns die ersten Barbaren mit ähnlichen, wenngleich vielleicht nicht ganz gleichwertigen Waffen gegenüberstehen?«

Levantus nickte sinnierend. »Das hat etwas für sich.«

»Und nun die Hunnen, gegen die wir antreten«, fuhr Volkert fort, der sich mehr und mehr für das Thema erwärmen konnte. »Was wissen wir über sie? Flexible Angriffe vom Pferderücken, durchschlagstarke Bögen mit hoher Schussfrequenz, extrem schnell und agil. Und die hunnischen Anführer sind auch nicht auf den Kopf gefallen. Ja, beim ersten Angriff gegen neue Waffen werden sie auch überrascht sein, fliehen vielleicht, und ihre Verluste werden erheblich sein. Aber beim zweiten? Wenn sie ihre Angst überwunden haben? Ein Meer von Pfeilen auf unsere Gewehrschützen, ein paar beherzte Angriffe – und schon hat sich die Sache erledigt. Und ich bin mir sicher: Sie werden sich berappeln, Zenturio. Wir dürfen nicht zu zuversichtlich sein. Wir müssen über das nachdenken, was wir tun. Sonst dreht sich unser Vorteil aufgrund unserer Arroganz in einen Nachteil.«

»Sie haben recht, Dekurio«, meinte Levantus leise. Er sah Volkert scharf an. Dieser befürchtete, bereits zu viel gesagt zu haben. Er biss sich auf die Lippen und schalt sich einen Narren. Nicht auffallen, war nach seiner überraschenden Beförderung die Devise gewesen. Hätte er doch nur seinen Mund gehalten!

»Sie bringen es noch weit«, sagte Levantus schließlich. »Sie haben einen Kopf auf den Schultern und wissen, wie man mit ihm umgeht. Sie können Männer anführen und die Ruhe bewahren.«

»Ich bin nur ein Dekurio«, schwächte Volkert ab.

»Diokletian, der große Kaiser, fing als einfacher Legionär an und beherrschte nachher das Reich.«

»Kein Interesse«, gab Volkert grinsend zurück. Levantus lächelte.

»Aber Offizier … das ist drin, mein Freund. Alles andere wäre langfristig eine Verschwendung von Talent. Und wenn die römische Armee eines brauchen kann, dann Talent. Gerade in diesen Zeiten.«

Volkert schwieg.

Levantus sah ihn forschend an.

»Wenn ich einem anderen Mann solches gesagt hätte, wäre dieser voller Freude gewesen oder doch zumindest dankbar. Denken Sie, ich würde Sie anlügen, mir einen Spaß machen?«

»Nein.«

»Sie sehen aber so aus.«

»Das ist es nicht.«

»Was dann?«

»Nichts. Nichts von Belang. Ihre Worte ehren mich. Doch ich bin nicht freiwillig in dieser Armee. Ich wurde in den Dienst gepresst.«

Levantus nickte. »Ich verstehe. Sie wollen lieber schnell wieder heraus, als Karriere machen.«

»Ja. Nein. Es ist schwieriger. Da ist eine Frau …«

Levantus hob die Augenbrauen. »Wir müssen uns doch jetzt nicht darüber unterhalten, wie ernst das Heiratsverbot noch durchgesetzt wird, oder, Dekurio?«

Volkert lächelte schwach.

»Es ist schwieriger.«

»Nichts ist schwierig, wenn man es nicht dazu macht«, erwiderte der Zenturio. »Ich meine es ernst. Es gibt Offiziere, die ein Auge auf Sie geworfen haben. Zeigen sie Einsatz und eine Beförderung ist so gut wie sicher. Es gibt nach oben keine Grenze. Vielleicht ist dies nicht das Leben, dass sie sich vorgestellt haben, Dekurio. Aber sehen Sie es doch einmal aus dieser Perspektive: Was auch immer mit Ihnen und Ihrer Braut los ist, wie wird sich das Problem wohl besser lösen lassen – mit einem ruhmreich zurückkehrenden Legat oder Zenturio oder einem armen, kleinen Dekurio?«

Volkert musste nun gegen seinen Willen lachen. Die praktische Intelligenz des Levantus hatte ihren Eindruck auf ihn nicht verfehlt. Als der Zenturio das Lachen hörte, streckte er sich herüber und schlug Volkert mit Wucht auf die Schulter, sodass dieser fast sein Gleichgewicht verloren hätte.

»So gefallen Sie mir besser, Dekurio. Kopf hoch und Augen auf. Dies sind besondere Zeiten mit besonderen Chancen. Es passieren Dinge, die niemals jemand für möglich gehalten hätte. Warum sollen Sie nicht auch Ihnen zustoßen, mein Freund?«

Volkert musste an sich halten, dem Mann nicht sagen zu müssen, dass er in einem weitaus umfassenderen Maße recht hatte, als er sich vorzustellen vermochte.

Das Gespräch erstarb bis zum Abend, als das Nachtlager aufgeschlagen wurde. Es dauerte nicht lange, da wurden die Unterführer zum Zelt des Kommandanten gerufen. Volkerts Aufgabe war es daher, dabei zu helfen, für den korrekten Aufbau des Lagers sowie die nötige Disziplin zu sorgen. Bevor die Männer sich waschen und ein Abendessen zubereiten konnten, war es oberste Pflicht, als Erstes die Pferde zu versorgen. Sie wurden abgesattelt, trocken gerieben, bekamen zu saufen und zu fressen. In Gruppen wurden sie an geeigneten Bäumen oder in den Boden gerammten Pfosten angebunden. Pferdewachen wurden aufgestellt. Als sich Volkert und seine Kameraden von der Tatsache überzeugt hatten, dass für das Wohl der Tiere gesorgt war, konnten die Soldaten an sich denken. Schnell flackerten überall Feuer und aus den mitgeführten Vorräten wurde der abendliche Brei angerichtet. Volkert stellte Wachen auf, für die Kameraden die Nahrung mit zubereiten würden. Sie waren noch innerhalb der Grenzen des Reiches, aber das hieß heutzutage nicht mehr viel, wie er am eigenen Leibe hatte erfahren müssen.

Als er seine müden Knochen selbst an einem Lagerfeuer ausstreckte und eine Schüssel mit Brei und einem Holzlöffel in Empfang nahm – es gehörte zu den Privilegien seines Ranges, dass ihm das Essen zubereitet wurde, wenngleich er nichts Besseres zu essen bekam als alle anderen –, setzte sich wenige Minuten später Levantus zu ihm. Volkert nickte ihm schweigend zu, den Mund bereits voller heißem Brei.

»Wie ich es gesagt habe«, meinte der Zenturio, der einen Becher mit verdünntem Wein in Händen hielt. »Die Aufteilung der zehn Trupps. Wir reiten unter Tribun Marcus Lucius Sedacius in einem Hauptkontingent. Dazu dann noch Zeitenwanderer, unter einem Dekurio Lehmann.«

Volkert kratzte sich am Kopf. Die Übertragbarkeit der deutschen Dienstgrade in die römische Nomenklatur war außerordentlich schwierig. Er kannte Lehmann nicht und vermutete, dass er ein Wachtmeister oder Ähnliches war. Sedacius war auch bisher der Anführer der gesamten Einheit gewesen, und er hatte sich bisher in dieser Position durchaus bewährt.

»Kein Zeitenwanderer-Offizier?«, vergewisserte er sich.

»Nein, nicht für uns. Und auch die Aufteilung wurde geändert. Sedacius nimmt fünfhundert Mann und zwanzig Infanteristen. Er will die Quaden besuchen und herausfinden, was die so wissen. Sie kennen den Osten gut. Da sollten wir etwas mehr Stärke beweisen, meinte er.«

Volkert nickte erleichtert. Die Wahrscheinlichkeit, dass er unentdeckt bleiben würde, hatte sich soeben deutlich erhöht.

»Welche Richtung?«

»Eine nordöstliche Route«, erwiderte Levantus, der nun auch Brei gereicht bekommen hatte. Beide rutschten näher an das wärmende Feuer. Es war dunkel geworden und empfindlich kühl dazu. Es mochte Frühling sein, aber so richtig mild waren vor allem die Nächte noch nicht.

Volkert sagte nichts. Wenn ihn nicht alles täuschte, dann würden sie den Hunnen so beinahe zwangsläufig in die Arme laufen. Gelegenheit zur Bewährung, davon hatte Levantus heute gesprochen.

Er schob sich einen Löffel Brei in den Mund und kaute die zähe Masse geduldig.

Diese Gelegenheit würde kommen, dessen war er sich nunmehr sicher. Angesichts ihrer Gegner konnte es aber auch eine Gelegenheit zum frühzeitigen Ableben sein.

Volkert schloss die Augen und versuchte, das Bild Julias vor seinem geistigen Auge erscheinen zu lassen. Es wärmte ihn für einen Moment, doch dann verblasste es.

Er fühlte, wie die Angst wieder in ihm heraufkroch.

Ein alter, vertrauter Feind.

23

»Hier ist es.«

Godegisel musste Valens hier vertrauen, was blieb ihm auch anderes übrig? Das verfallen wirkende Gemäuer machte keinen sonderlich stabilen Eindruck und wenn der ehemalige Kaiser ihn nicht auf den Eingang hingewiesen hätte, wäre er niemals auf die Idee gekommen, es zu betreten. Er schaute sich um. Die kleine Ortschaft, keine zehn Meilen von Nemetacum entfernt, wirkte so, als würde ihr die nahe Stadt alle Lebenskraft entreißen. Um eine Wegkreuzung hatten sich etwa zwanzig Gebäude platziert, wovon das beeindruckendste noch die Herberge war, die neben einem großen Stall auch Unterkünfte für Reisende aufwies und die gleichzeitig eine Station des Cursus Publicus war, was wahrscheinlich der wesentliche Grund für die bloße Existenz dieses Marktfleckens war. Hier aber, und darauf hatte Valens hingewiesen, gab es keine Stadtmauer und keine Wachen, die unangenehme Fragen stellen mochten. Godegisel hatte rasch begriffen, dass Valens seinen »alten Bekannten«, wie er ihn nannte, nicht selbst in der Stadt aufsuchen wollte, sondern vielmehr hier auf ihn zu warten beabsichtigte.

Valens schlug mit einer Faust gegen die dicke Eichentür, deren Solidität durch die Tatsache, dass sie schief in den Angeln hing, deutlich gemindert wurde. Es war später Nachmittag, eine kühle, diesige Tageszeit, und die Reisenden fühlten sich klamm und erschöpft. Die Reise auf dem Ochsenkarren war zwar keinesfalls so beschwerlich wie ein Fußmarsch gewesen, hatte aber vor allem an ihrer beider Hinterteilen einige Blessuren hinterlassen. Auch die Nächte, die sie im Freien oder in wind- und regendurchlässigen Ställen zugebracht hatten, waren nicht sehr angenehm gewesen. Der alte Exkaiser hatte dabei aber ein bemerkenswertes Maß an Zähigkeit an den Tag gelegt. Und die Zielsicherheit, mit der er dieses alte Haus angesteuert hatte, sprach von Zuversicht. Godegisel schaute auf das Dach des Bauwerks. Vielleicht sprang zumindest eine Nacht im Trockenen für sie beide dabei heraus. Der junge gotische Adlige war bereit, auch für kleine Gnaden Dankbarkeit zu zeigen.

Valens Gehämmere zeigte Wirkung. Die Tür öffnete sich quietschend und ein Berg von einem Mann kam zum Vorschein. Der massive Leib war breit wie lang und große Fettwülste zeichneten sich unter einer fleckigen Tunika ab. Doch Godegisel erkannte, dass dieser Mann einstmals sehr stark gewesen sein musste, denn seine nackten Arme zeugten von den Muskeln, die überall noch unter dem Fett verborgen waren. Sein Gesicht war von einem wilden, ungepflegten Bart umrahmt, während auf seinem Kopf die meisten Haare bereits ausgefallen waren. Er blinzelte den Neuankömmlingen entgegen. Ein scharfer Geruch ging von ihm aus. Die übliche römische Besessenheit mit körperlicher Reinlichkeit schien dieses Exemplar nicht zu teilen.

Godegisel zwang sich ein Lächeln ab.

Valens hielt sich damit nicht auf. Kaum war der Mann im Türrahmen erschienen, holte der ehemalige Kaiser weit aus und schlug dem Bärtigen mit Wucht in den Magen.

Die majestätische Faust versank in der Tunika mit einem kaum wahrnehmbaren Laut. Der Bärtige starrte auf die Hand hinab, die fast völlig in seinen Fettmassen verschwunden war und die ihm keinerlei erkennbares Ungemach zu bereiten schien. Godegisel bezweifelte, dass er den Schlag überhaupt als solchen wahrgenommen hatte.

Der Mann starrte auf die geballte Faust Valens', ergriff dessen Handgelenk und zog sie aus der fleischlichen Versenkung wieder hervor. Er musterte mit größter Gelassenheit den kaiserlichen Ring an der Hand, ließ sie dann fallen, blickte Valens ins Gesicht und schüttelte den Kopf.

»Ihr seid tief gefallen, mein Kaiser«, sagte er dann mit einer erstaunlich sanften, wohlklingenden Stimme. »Kommt in Lumpen zu einem alten Gefolgsmann, der Euch einst verraten hat.«

»Dein Verrat ist vergessen, Belucius. Dein Kaiser braucht deine Hilfe.«

»Wie kann ich noch jemandem eine Hilfe sein?«

Die Frage stand mit ihrem klagenden, ja kläglichen Tonfall in einem so krassen Gegensatz zur massiven Erscheinung des Mannes, dass Godegisel plötzlich sehr neugierig wurde, was für eine Geschichte diese beiden so ungleichen Männer verband.

»Wie wäre es, wenn du uns erst einmal hereinbitten würdest?«

Belucius seufzte, zögerte einen Moment. Dann machte er einen Schritt zurück und verband dies mit einer einladenden Geste.

Godegisel folgte Valens ins Innere. Das Haus war aus Stein und bestand nur aus einem einzigen, großen Raum. Zur großen Überraschung des Goten war dieser recht aufgeräumt und, im Gegensatz zum Besitzer des Anwesens, sogar einigermaßen sauber. Auf einem Bett lagen ordentlich zusammengefaltete Decken. Ein großer, massiv gebauter Tisch beherrschte die Mitte des Raumes. In einer Feuerstelle flackerte ein kleines Holzfeuer, über dem ein Kessel mit Wasser hing. Zwei Wände waren mit uralten, verblichenen Wandteppichen geschmückt, die einst sehr wertvoll gewesen sein mussten. Die Abbildungen darauf waren nicht mehr auszumachen. In einer Ecke standen fünf große Amphoren, vier davon offenbar leer. Der säuerliche Geruch schlechten Weins erfüllte die Luft. An der rückwärtigen Wand war undeutlich eine zweite Tür zu erkennen, die wahrscheinlich in einen Stall führte. Sie lag im Halbdunkel und konnte fast für eine Wand gehalten werden.

»Setzt Euch, edle Herren, seid meine Gäste«, sagte der Hausherr fast unterwürfig und wies auf die beiden roh gezimmerten Stühle. Er selbst ließ sich ungeniert auf dem einzigen Liegesessel im Zimmer nieder, der unter der Last seines Körpers vernehmlich ächzte. Offenbar hatte er nicht die Absicht, den Männern etwas anzubieten.

Als Godegisel sich gesetzt und seine Beine ausgestreckt hatte, fiel sein Blick auf die gegenüberliegende Wand. Dort hing, fein säuberlich mit eisernen Haken in die Steinmauer genagelt, eine komplette Legionärsrüstung, mit Kurzschwert, Schild, metallener Brustplatte und einer sehr detailliert gearbeiteten Gesichtsmaske, die vielleicht das Antlitz des jungen Belucius abbildete. Godegisel erkannte mit erfahrenem Blick, dass der Besitzer dieser Ausrüstung diese in regelmäßigen Abständen von der Wand nahm, sie putzte und polierte, um sie dann wieder aufzuhängen. Obgleich die Ausrüstung sicher sehr alt war, konnte man sie ohne Zweifel jederzeit wieder zum Einsatz bringen. Godegisel war sich sicher, dass das Schwert geschärft und kampfbereit war.

»Mein Freund Belucius«, stellte Valens den Bärtigen vor. »Dies ist Godegisel, ein Gote. Ein Leidensgenosse.«

Der alte Soldat knurrte. »Wir sind alles Leidensgenossen in dieser schlechten Zeit, mein Kaiser. Egal, auf wessen Seite wir stehen.«

»Wohl war, alter Freund.«

»Woher kennt ihr euch?«, fragte Godegisel.

Valens antwortete nicht, sondern sah den Bärtigen schweigend an. Dieser schloss für einen Moment die Augen, als wolle er die Anwesenheit seiner unverhofften Gäste aus seiner Wahrnehmung ausblenden, dann entrang sich seiner gigantischen Brust ein tiefer Seufzer, ehe er zu sprechen begann.

»Ich gehörte einst zur Leibgarde des Valens«, sagte er mit sanfter Stimme.

»Er hat mir das Leben gerettet«, ergänzte Valens.

»Dann habe ich dem Kaiser missfallen, als ich ihm meine Meinung sagte.«

»Es war eine unbedeutende Angelegenheit, doch ich verlor die Beherrschung«, fügte Valens mit tonloser Stimme hinzu.

»Er verbannte mich aus seinem Dienst und aus dem Osten«, setzte der Bärtige seine Erzählung fort. »Ich kam hierher. Etwas Land habe ich mir gekauft. Ich trinke viel.«

Er warf einen Blick auf die großen, leeren Amphoren. »Zu viel möglicherweise.«

»Ich habe es später bereut«, sagte Valens.

»Zu spät.«

»Ich war zu stolz, ihn wieder in meine Dienste zu nehmen.«

»Ich war zu stolz, wieder in seine Dienste zurückzukehren, als mein Kaiser sich doch überwunden hatte, mich darum zu bitten.«

»Wie lange ist das jetzt her?«

»Drei Jahre, mein Herr.«

Valens nickte nur. »Ich habe dir Gold geschickt.«

»Ich habe es versoffen.«

Der alte Soldat ächzte. Er schlug sich mit der flachen Hand auf den fetten Bauch.

»Jetzt bin ich zu nichts mehr nütze, mein Imperator. Um diesen Leib passt keine Rüstung mehr. Es war sinnlos, den weiten Weg zu machen, mich persönlich zu bitten.« Er blinzelte und schaute seine Besucher an, als nehme er sie jetzt erst richtig wahr. »Andererseits dachte ich auch, Ihr seid tot, mein Herr. Gefallen in Adrianopel. Getötet durch die Goten.«

»Ich habe ihn gefangen«, erklärte Godegisel. »Und jetzt benötigen wir Hilfe.«

Der Bärtige nickte. »Ich bin niemandem mehr eine Hilfe.«

»Ein letzter Dienst«, sagte Valens mit bittender Stimme. »Dann will ich dich nicht mehr behelligen. Ich kann dir weder Gold noch Stellung anbieten, alter Freund.«

»Kein Gold?«

»Ich habe nichts. Offiziell bin ich tot.«

»Ah, Politik.« Der Soldat sprach das Wort mit einer inbrünstigen Abscheu aus, die seinen massigen Leib zu erschüttern schien. »Dann etwas anderes, Imperator.«

»Was?«

»Eine Entschuldigung.«

Valens schwieg. Dann: »Ich habe dich gebeten, zu mir zurückzukehren.«

»Ja. Aber ohne Entschuldigung.«

Valens presste die Lippen aufeinander.

Belucius lachte auf. »Es fällt selbst dem toten Kaiser schwer, über seinen Schatten zu springen.«

Valens rang sich ein Lächeln ab. »Ich bin immer noch ein Narr, oder?«

»Das entscheiden die Götter oder der Kaiser, nicht ich.«

»Als ob du dir da nicht längst eine Meinung gebildet hättest.«

Nun musste der Bärtige lachen. Er sah Godegisel an. »Für Euch hört sich das wie das Gezänk eines alten Liebespaares an, oder?«

Der Gote machte eine abwinkende Handbewegung. »Valens meinte, Ihr könntet uns helfen. Wir brauchen jemanden, der für uns nach Nemetacum geht und jemanden holt.«

»Wen?«

»Septimus Tiberius Collatus«, sagte Valens.

»Er ist nicht mehr in der Stadt.«

»Du bist gut informiert«, meinte der ehemalige Kaiser ungerührt.

»Man hört so einiges. General Malobaudes selbst hat sich in Belgica eingefunden. Man hört, dass er dem Comes in Britannien nicht allzu wohlgesonnen ist. Gerüchte machen die Runde.«

»Gerüchte?«

»Malobaudes scheint zu meinen, dass Maximus seines Postens enthoben werden und den Löwen zum Fraße vorgeworfen werden sollte, und dass nur Gratian noch zwischen dem Comes und den Beißerchen stehe.«

»Ist das so …«, murmelte Valens mehr zu sich selbst.

»Das wird gesagt.«

»Du hörst viel.«

»Ich gehe in viele verschiedene Tavernen – das muss ich, denn ich muss oft anschreiben lassen. Wirklich kein Gold, Imperator?«

Valens lächelte. »Malobaudes residiert also in Nemetacum?«

»Das sagt man. Aber er regiert nicht. Er hält sich aus der Verwaltung weitgehend heraus. Er schaut nur über den Kanal und beobachtet Maximus. Keine Ahnung, was er gegen ihn hat. Ich höre Gutes über ihn. Er ist sehr beliebt bei seinen Männern.«

»Das habe ich auch gehört«, sagte Valens neutral. »Kannst du uns mit Malobaudes in Verbindung bringen? Wir müssen ihn sprechen. Wenn wir einfach so in die Stadt reiten, kann es passieren, dass wir nicht bis zu ihm vorgelassen werden. Es würde schon reichen, wenn wir mit einem seiner Stabsoffiziere reden könnten.«

Der Bärtige sah Valens zweifelnd an. »Den Kaiser Ostroms nicht vorlassen?«

»Ich gelte als tot.«

»Ein Grund mehr.«

»Vielleicht bin ich ein Hochstapler.«

»Nein. Seid Ihr nicht.«

»Woher weißt du das?«

»Ihr habt Euch immer noch nicht bei mir entschuldigt.«

Valens senkte den Kopf. Gegen diese Form der Argumentation hatte er offenbar nichts weiter vorzubringen.

»Hilfst du uns, Belucius?«

»Nach Nemetacum, hm?«

»Es ist dringend.«

Der alte Soldat seufzte und richtete sich auf. »Dringend. Es ist immer dringend.«

Er wuchtete sich auf seine Füße. »Mich trägt kein Pferd mehr, mein Kaiser.«

»Das sehe ich.«

»Ich habe einen Karren und zwei Esel.«

»Das wird helfen.«

»Ich mache mich sofort auf den Weg. Soll ich Malobaudes herbringen? Das wird schwer für mich.«

Valens wechselte einen schnellen Blick mit Godegisel, der nur die Schultern hob. Dies war das Spielfeld des ehemaligen Imperators, hier konnte der Gote nicht behilflich sein.

»Besorge uns nur einen Pass, der die Wachen anweist, den Träger des Papiers nicht zu hindern. Dann komme ich selbst in die Stadt.«

Belucius nickte. »Das ist besser. Der General wird mich nicht empfangen. Aber ich kenne andere. Dann spanne ich die Esel an.«

Er ging zu einer Truhe hinüber, kramte darin herum und warf sich dann einen Mantel über, aus dem Legionäre ein Zweimannzelt errichtet hätten. Er band die gigantische Stofffläche vor seinem Bauch zusammen und wirkte jetzt umso beeindruckender. Er kratzte sich am Kinn.

»Kein Gold, mein Imperator?«

»Kein Gold. Vielleicht später, aber ich kann nichts versprechen.«

Der Veteran nickte. Er wandte sich ab und stapfte auf die Tür zu. Dann wurde er durch die Stimme des ehemaligen Kaisers aufgehalten.

»Belucius?«

»Herr?«

Valens holte tief Luft.

»Entschuldige bitte.«

Der Bärtige kniff die Augen zusammen, nickte sich selbst zu, hob die Hand zum Gruße und ging ohne ein weiteres Wort.

Als er die windschiefe Tür hinter sich geschlossen hatte, sah Godegisel Valens fragend an. Der zuckte mit den Schultern.

»Ich bin so was nicht gewöhnt, Gote.« Er machte eine Pause. »Dies ist eine sehr lehrreiche Episode für mich.«

Dem konnte Godegisel nur zustimmen.

Während der ehemalige Legionär gen Nemetacum unterwegs war, genossen Godegisel und Valens die Gastfreundschaft des Mannes. Herumliegenden Unterlagen war zu entnehmen, dass er über einiges Land verfügte, das er offenbar von Sklaven bewirtschaften ließ, deren Unterkunft sich außerhalb des Marktfleckens befand. Für seine eigenen, häuslichen Bedürfnisse schien er selbst zu sorgen, jedenfalls gab es hier offenbar keine Bediensteten. Die beiden Männer fanden sich rasch zurecht und stellten zu ihrer Erleichterung fest, dass neben dem Wein auch noch einige Nahrungsmittel in einem kleinen Lagerraum zu finden waren, sodass sie das Haus nicht mehr verlassen mussten. Sie erwarteten Belucius nicht vor dem kommenden Tag zurück, sodass sie Zeit fanden, sich zu entspannen.

Als Valens nach einer kurzen Erkundung herausfand, dass auf dem Anwesen ein kleines Badehaus stand, mit einer steinernen Wanne sowie einem großen Kupferkessel, unter dem man ein Feuer entzünden konnte, war die Begeisterung beim ehemaligen Kaiser groß. Godegisel konnte zwar der schon fanatisch wirkenden Leidenschaft der Römer für Bäder nicht allzu viel abgewinnen, angesichts der tagelangen Reise, die ihnen nur selten die Möglichkeit zu wirklicher Hygiene gegeben hatte, war er über die Entdeckung mindestens ebenso froh wie sein Reisegefährte. Als dann klar wurde, dass Belucius auch in anderen Dingen für gute Vorratshaltung sorgte, war Valens nicht mehr zu halten: Er entzündete ein Feuer und goss reichlich Wasser ein, das der ehemalige Soldat in zwei großen Fässern aufzubewahren pflegte. Es dauerte einige Zeit, bis die große Wassermenge heiß genug war, um ein anständiges Bad zu füllen, doch als es so weit war, ließen sich beide Männer mit einem wohligen Stöhnen in der Wanne nieder. Sie war gerade groß genug, dass sie nebeneinander darin sitzen konnten, doch das tat ihrer Begeisterung keinen Abbruch. Mit Metallschabern begannen sie, den Dreck von der Haut zu kratzen, benutzten grobe Stofftücher, um sich gründlich zu reinigen, und bald hatte die Haut beider Männer eine puterrote Farbe angenommen. Sichtlich entspannt verließen sie das Bad und fühlten sich erstmals seit vielen Tagen wieder richtig sauber. Da ihre Kleidung dieses Attribut jedoch ganz und gar nicht verdiente, blieb ihnen nichts anderes übrig, als in den Kleidervorräten des Soldaten nach etwas Passendem zu suchen. Die überdimensionierten Tuniken und Togen, die sie fanden, waren ihnen mehrfach zu groß. Schließlich entschlossen sie sich, ihre eigene Kleidung zumindest notdürftig selbst zu waschen und bis dahin die leinwandgroßen Tuniken ihres Gastgebers behelfsmäßig um ihre Leiber zu binden. Dass ein ehemaliger Kaiser sich in der Situation wiederfand, seine eigene Kleidung waschen zu müssen, hatte eine gewisse Ironie, die auch Valens keinesfalls entging. Er beschwerte sich aber nicht und war genauso wie der Gote froh, als das Werk vollbracht war und die Kleider im Wohnraum ihres Gastgebers trockneten.

Godegisel war erstaunt, welche Wandlung sich mit Valens vollzogen hatte. Der kaum ansprechbare, in Wahnvorstellungen und Träumen gefangene Mann, den er nach der Schlacht von Adrianopel kennengelernt hatte, war einer ganz anderen Persönlichkeit gewichen. War es das Märtyrium seiner Gefangenschaft, das ihn so verändert hatte? War es der Verrat des Maximus, der ihn zurück in die Vernunft geführt und seine eigene Rolle in diesem Spiel deutlich gemacht hatte? Godegisel vermochte es nicht zu sagen. Aber er nahm eine besondere Entschlossenheit in Valens wahr. Seinen Neffen vor dem Verrat zu bewahren war seine Art, eine Schuld abzutragen. Godegisel wusste nicht, was dies alles für ihn selbst oder für die Rolle seines Volkes bedeutete. Valens war zu Maximus geschickt worden, um ein Stachel im Fleische ihrer neuen Herren zu sein, und jetzt half er dem Kaiser des Ostens dabei, einen solchen zu entfernen. Der Gote wusste nicht, ob er damit im Sinne seiner Leute agierte, aber er war sich sicher, dass dies alles zu seinem persönlichen Vorteil gereichen würde, und das war keinesfalls eine Perspektive, der er sich verschließen wollte.

Und dennoch …

»Was wird aus mir?«, stellte er schließlich die Frage, als sie in der hereingebrochenen Nacht vor zwei Krügen aus Belucius' Weinvorrat saßen. Mittlerweile trugen sie auch wieder ihre Kleidung, wenngleich sie noch etwas klamm war.

Valens hob müde den Kopf, doch seine Augen schienen hellwach. Er musste sofort begriffen zu haben, worauf die Frage des jungen Goten zielte. Er nahm sich Zeit mit einer Antwort.

»Was ist dein Wunsch, Gote?«, stellte er dann die Gegenfrage.

»Mein Wunsch ist zu leben, in Wohlstand, und vielleicht etwas mehr Sicherheit als in der Vergangenheit. Ich verlange nicht nach Übermaß und auch nicht nach Macht. Ich bekomme zunehmend den Eindruck, dass Politik nichts für mich ist.«

Valens lächelte. »So jung und schon so viel Weisheit! Das wäre doch eine Verschwendung für das Reich! Einen Dux sollte man aus dir machen, mein Freund!«

Godegisel hob abwehrend die Hände. »Keinen Dux, keinen General, keinen Agenten – ich war ein Truppenführer, ich bin von Adel, und meine konspirative

Arbeit hat mich hierher gebracht, in eine Situation, von der ich nicht weiß, wohin sie mich führen wird. Nein, edler Kaiser, keine solchen Ehren für mich. Ich fühle mich Eurem alten Gefolgsmann verbunden, wenn ich mein Interesse auf den Klang von Münzen und die Abgeschiedenheit eines eigenen Hofes konzentriere. Dabei geht es mir weitaus besser.«

Valens schüttelte den Kopf. »Willst du damit im Ernst sagen, dass du das Angebot von Ehren und Vermögen ausschlagen würdest? Jetzt kannst du ja leicht Behauptungen aufstellen, aber wenn dir mein Neffe ein Amt mit hohem Auskommen anbietet, eine große Villa mit vielen Sklaven, Ansehen durch eine Funktion von hoher Verantwortung – du würdest dich abwenden und es ausschlagen?«

Godegisel dachte einen Moment nach, ehe er antwortete.

»Ich kann nicht ermessen, wie ich mich in der Zukunft verhalten werde«, erwiderte er und als er das triumphierende Lächeln auf dem Gesicht des ehemaligen Kaisers sah, fügte er rasch hinzu: »Ich bin noch nicht so alt wie Ihr, mit Verlaub, und vielleicht kenne ich mich noch nicht gut genug, um so etwas mit Gewissheit sagen zu können. Aber obgleich ich noch jung an Jahren bin, habe ich schon viel erlebt. Wir haben unser angestammtes Gebiet verlassen, als ich kaum ein Bursche war, und mein ganzes bisheriges Leben bestand aus einer endlosen Reise und vielen Kämpfen. Ich habe gegen Hunnen gekämpft und mit ihnen, und es scheint, als würde mir das gleiche Schicksal mit den Römern blühen. Ja, ich bin jetzt nominell römischer Bürger und vielleicht heißt das, dass ich nunmehr zur Ruhe komme. Aber meine bisherige Lebenserfahrung hat mich gewitzt gemacht. Ich habe verstanden, dass ich mich nur auf wenige Dinge verlassen kann. Auf meine Waffenbrüder, auf meine engere Familie, ja. Aber welches Amt ist so beschaffen, dass man sein Leben darauf bauen könnte? Ich meine, edler Valens, schaut Euch selbst an. Vor wenigen Monaten noch ein Kaiser, jetzt ein Flüchtling im eigenen Land!«

Valens nickte nachdenklich.

»Das ist alles nicht falsch, mein Freund«, meinte er dann mit gesenkter Stimme. »Und doch, welche Alternative bleibt dem Mann, der in dieses Leben gestoßen wurde? Soll er sich herumwirbeln lassen von den Geschicken oder soll er versuchen, selbst die Dinge in die Hand zu nehmen? Wenn mir Amt und Titel angeboten werden, habe ich eine Chance, daraus etwas für mich zu machen. Hat der Herr anderes mit mir im Sinn, so soll es so sein. Doch mich in eine Ecke zu verkriechen und zu versuchen, mich alledem zu entziehen … hast du von den Eremiten gehört? Priester, die sich in die Wüste zurückziehen, in Höhlen oder sonst wo in der Wildnis? Sie hoffen wohl auf das, wonach es dich dürstet: Frieden.«

Erneut überlegte Godegisel einen Moment, um sich die richtige Antwort zurechtzulegen.

»Ich glaube nicht, Valens, dass Ihr mich verstanden habt«, sagte er schließlich ohne Vorwurf in der Stimme. »Es geht mir nicht darum, mich Aufgaben zu entziehen, die auf meine Schultern gelegt werden. Es geht letztlich darum, Entscheidungen zu treffen, wo ich die Möglichkeit dazu habe. Wenn die Umstände es erfordern, will ich alles tun, was notwendig ist. Wenn es aber eine Alternative gibt, so ziehe ich es vor, in das zweite Glied zu treten und mir etwas mehr Ruhe zu gönnen.«

Valens lächelte wissend.

»Damit ist alles gesagt«, erwiderte er. »Denn was die Umstände erfordern, das legt doch letztlich jeder alleine für sich fest. So warten wir also ab, bis der Tag gekommen ist, an dem man dir Ämter und Würden anbietet, und ob du dann die Umstände so oder so definierst. Spätestens, wenn deine Ehrengarde aufmarschiert und der Kaiser dir die Ernennungsurkunde in die Hand drückt, wirst du dir überlegen, dass die Umstände so entsetzlich gar nicht sein können.«

Er machte eine Pause und sagte dann:

»Du solltest jetzt gehen. Nimm die Kleidung. Wenn Belucius jemanden aus Malobaudes' Gefolge mitbringt, will ich, dass du nicht zugegen bist. Bleib draußen, verberge dich im Stall oder in der Nähe eines Nebengebäudes. Du hast mit der großen Politik nichts zu tun und ich spüre, dass sie dir zuwider ist. Ich will dich nicht weiter in all dies hineinziehen. Wenn du nicht auf eine Belohnung aus bist, ist es an der Zeit für dich, mich mit alledem alleine zu lassen. Ich betreibe dieses Geschäft seit meiner Jugend. Aber du kannst noch einen anderen Weg einschlagen.«

Godegisel kam nicht umhin, aufzulachen. Valens war in der Tat ein anderer Mensch geworden. Anstatt dem Goten Ehrung und Amt aufzudrängen, ja ihm die Verlockungen einer Karriere im Reich möglichst eindringlich vor Augen zu führen, hatte er die Ansichten des jungen Mannes akzeptiert, sogar respektiert. Und der Vorschlag des Kaisers hatte in der Tat etwas für sich. Der Gote hatte seine Arbeit getan. Es war möglicherweise an der Zeit, sich wieder um die eigenen Angelegenheiten zu kümmern.

»Ich werde in der Nähe bleiben«, versprach er schließlich. »Aber sollte ich nicht doch besser…«

Valens hob abwehrend die Hände.

»Du bist Gote. Die Zeitenwanderer kennen dich, wie du mir berichtet hast. Du bist sogar Vertreter des Richters. Willst du dein eigenes Volk in Gefahr bringen? Was wird passieren, wenn man die Goten mit dem Verrat des Maximus in Verbindung bringt, egal, wie ehrenhaft du gehandelt hast? Du riskierst durch deine Fürsorge für mich den Frieden, den dein Volk doch gerade erst errungen hat. Denke auch daran! Nein, es ist besser: Sobald Belucius sich in Begleitung nähert, verschwinde von hier. Immerhin habe ich ja wieder meine Leibgarde dabei.«

Godegisel entgegnete nichts. Das letzte Argument des ehemaligen Kaisers war ihm so noch gar nicht in den Sinn gekommen. Ein Grund mehr, sich nicht tiefer in die Schlangengrube römischer Politik zu begeben.

So saßen sie noch schweigsam nebeneinander, blickten in die Flammen der

Feuerstelle, die Wärme für ihre müden Knochen produzierten, und warteten darauf, dass etwas geschah. Beide waren sie erschöpft, doch ebenso trieb beide eine innere Unruhe um. Keiner von ihnen wollte sich schlafen legen. Dennoch forderten ihre Körper ihren Tribut und mit fortschreitender Stunde fielen sie in ein Dösen, nur hin und wieder aufgeschreckt durch knackendes Brennholz oder das Rascheln einer vorbeihastenden Ratte. Halb auf ihren Stühlen ausgestreckt, fielen ihnen immer wieder die Augen zu.

Dann öffnete sich die Tür, ein kalter Windstoß fuhr herein und die beiden Männer sprangen von ihren Sitzen auf, plötzlich hellwach.

Belucius' massiver Leib stand im Türrahmen. Draußen konnte man bereits die erste Andeutung der Morgendämmerung erkennen. Der Veteran schnaufte, schloss die Tür hinter sich, sah sich um, als wolle er sich vergewissern, dass seine Gäste hier kein Unheil angerichtet hatten. Dann wuchtete er einen Beutel von seinem Rücken und ließ ihn auf den Tisch fallen. Während er sich schweigsam um das mittlerweile erloschene Feuer kümmerte, lugte Godegisel, nun wieder etwas entspannt, in den Beutel. Käse, Wurst, Brot sowie das gemahlene Getreide für den Brei, den Römer, sobald sie einmal in den Legionen gedient hatten, offenbar für den Rest ihres Lebens für eine Delikatesse hielten. Dennoch war der Gote dankbar für das Frühstück, denn er verspürte starken Hunger. Valens' anerkennendes Lächeln deutete an, dass es dem ehemaligen Kaiser genauso ging.

Belucius entfachte das Feuer und ließ sich dann ächzend auf einen Stuhl sinken. Er nickte Godegisel auffordernd zu und dieser holte die Nahrungsmittel hervor. Der alte Legionär ergriff ein Stück Käse, brach sich einen ordentlichen Brocken ab und steckte ihn in den Mund. Es war offensichtlich, dass der Mann nicht berichten würde, ehe er gewisse grundsätzliche Bedürfnisse nicht gestillt hatte. Als Valens die verbliebene Amphore aufbrach und Wein über dem Feuer zu wärmen begann, grunzte der massige Mann zustimmend. Seine Augen leuchteten. Godegisel bekam den Eindruck, dass ein Überbringer schlechter Nachrichten nicht so aussah und dass die Mission sehr gut verlaufen war. Entsprechend gestimmt beschloss er, Geduld zu üben und sich ebenfalls erst einmal zu stärken.

Schließlich wischte sich Belucius mit dem Handrücken über den Mund, warf einen Blick auf Valens und ließ einen entspannenden Rülpser hören, ehe er das Wort ergriff.

»Ich habe mit jemandem in der Militäradministration reden können«, sagte er schließlich. »Ein alter Bekannter. Trinkt auch zu viel.«

»Und?«

»Er war überrascht, ja nahezu begeistert. Erst wollte er mir gar nicht glauben, aber ich habe ihm Eure Geschichte erzählt. Er hat zugestimmt, Euch zu treffen, und versteht die Bedürfnisse um Eure Sicherheit. Heute Abend kommt er her.«

»Er kommt her?«

»Er meinte, dass die Stadt voller Gewährsleute des Maximus sei. Er selbst wisse nicht, wem er trauen könne und wem nicht. Er wird sich mit einigen Getreuen auf den Weg machen und er hofft, dass niemand ihm folgen wird. Aber so könne er eher sicherstellen, dass diese Begegnung geheim bleibt, als wenn Ihr in die Stadt gehen würdet.«

Valens nickte. »Das hat was für sich.«

Er sah den jungen Goten an, der an dem Plan ebenfalls nichts auszusetzen wusste.

»Also warten wir«, sagte Belucius schließlich. »Es ist besser, wenn Ihr im Haus bleibt und nicht im Dorf herumlauft. Wir sollten kein unnötiges Risiko eingehen.«

Der ehemalige Kaiser stimmte zu. Godegisel gähnte. Die Anspannung war mit den guten Nachrichten von ihm abgefallen. Er fühlte die bleierne Müdigkeit in seinen Gliedern. Das Frühstück trug ebenfalls dazu bei, dass er sich träge fühlte. Er grunzte, erhob sich und breitete in einer Ecke des Wohnraumes seine Lagerstatt aus. Die beiden anderen Männer wünschten ihm eine angenehme Ruhe, dann aber setzten sie ihr Gespräch leise fort.

»Was wird aus dir, wenn all dies vorüber ist?«, hörte er Valens den alten Legionär fragen.

»Was soll aus mir werden, Herr? Ich bin ein alter Mann und obgleich durchaus dankbar, Euch einen letzten Dienst erwiesen zu haben, weiß ich doch, dass ich nur noch ein heruntergekommenes Wrack bin. Nehmt es nicht als Anklage, Herr, aber damals, als Ihr mich verbannt habt, endete mein Leben auf vielfache Weise. Ich existiere noch, aber ich lebe nicht mehr.«

Valens nickte nachdenklich. »Wenn man herrscht und Macht hat, gleichzeitig aber dabei ist, das richtige Augenmaß und die menschliche Vernunft zu verlieren oder infrage zu stellen, dann passieren diese Dinge.«

»Ihr hört Euch an, als seid Ihr geläutert. Hat ein Priester Euch die Augen geöffnet?« Belucius klang bei dieser Frage nicht einmal sarkastisch, sondern ehrlich interessiert.

»Ein Priester? Nein. Es kam alles wie von selbst. Eine Gnade des Lebens, wenn du so willst. Ich bin froh, dass sie mich noch einmal zu dir geführt hat. Ich schulde dir eine Menge, Belucius, und ich kann diese Schuld niemals abtragen. Letztlich aber …«

Valens zögerte, als wisse er nicht, ob er wirklich sagen sollte, was ihm auf dem Herzen lag.

»… ist es doch so, mein alter Freund: du hast entschieden, dich von meiner falschen Entscheidung so aus der Bahn werfen zu lassen. Ich war ungerecht dir gegenüber. Aber danach, als du fort warst, gab es nur eine Person, die dich falsch behandelt hast. Und das warst du selbst.«

Belucius antwortete nichts und starrte ins Feuer. Godegisel aber wunderte sich erneut über den neuen Valens. Und er war froh, dass er diese Wandlung hatte miterleben dürfen. Sie zeigte ihm, dass niemand jemals verloren war. Sobald man die Vergangenheit als das sah, was sie war – nämlich schlicht vergangen –, hatte man die Chance, sich und sein Leben zu ändern. Was also bedeutete das für einen jungen gotischen Adligen?

Er würde zu gegebener Zeit darüber nachdenken.

Jetzt aber war er zu müde dafür.

Godegisel wollte noch etwas lauschen, doch sobald er sich einigermaßen bequem hingelegt hatte, fielen ihm die Augen zu.

24

Trotz aller Befürchtungen angesichts der vergangenen Ereignisse begann ihre Weiterreise ruhig. Das Treffen mit dem Statthalter Roms in der ägyptischen Provinz hatte früh am Morgen stattgefunden, es war gleichzeitig das Abschiedsessen für die Expedition geworden. Die Besprechung war sehr fruchtbringend verlaufen, mit großer Begeisterung für die Idee, bald auch in Alexandria Schiffe wie die *Valentinian* auf Kiel legen zu können. Köhler und Africanus hatten dem Präfekten offiziell genaue Pläne der Dampfmaschine wie auch der Konstruktion der *Valentinian* überreicht, mit der Bitte, sie zu kopieren und an die Gelehrten im Museion weiterzugeben – sowie an jeden Reeder und Schiffsbauer, der sie haben wollte. Das Interesse war rege, das hatten sie bereits feststellen dürfen. Und Alexandria war der ideale Ort, wo diese Kenntnisse auf fruchtbaren Boden fallen konnten. Africanus war sehr zuversichtlich gewesen.

Der Statthalter hatte sie auch mit den neuesten Informationen aus Aksum versorgt, soweit sie in Ägypten bekannt waren. Demnach war die politische und wirtschaftliche Lage im benachbarten Kaiserreich als ruhig einzuschätzen. Der alte Kaiser – oder Negusa Nagast, »König der Könige«, wie es bei den Aksumiten hieß – erfreute sich bester Gesundheit und hatte sogar schon seine Nachfolge zur allgemeinen Zufriedenheit seiner Notablen geregelt. Sie erwarteten keinerlei Schwierigkeiten, da auch die Römer generell in gutem Leumund standen.

Und so waren sie aufgebrochen. Fast zeitgleich hatte die *Valentinian* unter dem Kommando des Sepidus, mit dem gefangenen Tennberg und dem verwundeten, aber wieder recht fidelen Marcellus an Bord die Rückreise nach Ravenna angetreten. Der Abschied war ihnen recht schwer gefallen. Neumann hatte einen ausführlichen schriftlichen Bericht verfasst und Marcellus das Versprechen abgenommen, ihn Dahms persönlich zu überreichen. Dass eine zweite Kopie in der Schiffstruhe des Sepidus lag, hatte er dabei nicht weiter erwähnt. Marcellus' Enttäuschung darüber, dass seine Reise sich bereits wieder dem Ende zuneigte, hatte er durch diese wichtige Aufgabe etwas mindern können.

Dass ein alexandrinischer Hafenjunge namens Josaphat als Schiffsjunge auf der *Valentinian* angeheuert hatte, mochte ebenfalls dazu beigetragen haben. Die beiden waren dicke Freunde, zusammengeschweißt durch die gemeinsamen Erlebnisse. Neumann befürchtete allerdings, dass der räuberische Appetit des neuen Mannschaftsmitglieds die Vorräte des Dampfers für die Rückreise sehr beanspruchen würde.

Der Frachtsegler, der sie an diesem sonnigen Tag weiter den Kanal entlangtreiben ließ, begleitet von einer Flussgaleere der römischen Streitkräfte, die ihnen förmlich aufgedrängt worden war, schien ein solides Schiff mit einer soliden und loyalen Mannschaft zu sein. Köhler, Neumann und Africanus ertrugen die Entspannung einige Tage, dann aber wurden sie wieder nervös und des Nichtstuns überdrüssig. Es war, als wären die Ereignisse in Alexandria nur ein vorübergehender Albtraum gewesen, der mehr und mehr verblasste, je weiter sie sich von der Hafenstadt entfernten. Das angenehm warme Wetter, der strahlende Sonnenschein, das Plätschern des Nils, die leckeren Speisen, die der Koch des Seglers zu zaubern imstande war – all das verbreitete Urlaubsstimmung. Vor allem die deutschen Expeditionsmitglieder hatten darauf anfänglich mit großer Begeisterung reagiert. Sie hatten Segeltuch auf dem Deck des Seglers ausgebreitet und sich in die Sonne gelegt, kühlen Wein aus Schwitzamphoren getrunken und sich nur hin und wieder halblaut unterhalten. Der Müßiggang hatte jedoch auch dazu geführt, dass die allgemeine Aufmerksamkeit sank, doch Africanus überzeugte sich hin und wieder davon, dass zumindest die Soldaten an Bord der Flusstrireme an Wachsamkeit nicht zu wünschen übrig ließen.

Dann aber wurden alle langsam wieder unruhig. Das Unterhaltungsprogramm an Bord des Frachters ließ letztlich doch zu wünschen übrig, trotz der Bemühungen einiger Besatzungsmitglieder, die Gäste mit allerlei Musikinstrumenten zu erfreuen. Auch wollten nicht alle die Stunden mit weiteren Lektionen des Lateinischen oder Griechischen verbringen, nicht zuletzt deswegen, weil diejenigen mit ausreichenden Sprachkenntnissen nicht notwendigerweise die besten Lehrer waren. Außerdem stellte sich heraus, dass die Deutschen weitaus mehr praktisches Vokabular und Redewendungen aufschnappten, wenn sie sich einfach nur trauten, das Gespräch zu suchen. Da ihre römischen Freunde ein großes Maß an Toleranz zeigten, wenn es um die korrekte Grammatik oder Wortwahl ging, funktionierte diese Art des Lernens weitaus besser als formelle Lektionen. Dass bei der Gelegenheit die Lernbegierigen unter den Römern auch einige Brocken Deutsch aufschnappten, war ein angenehmer Nebeneffekt.

Besonders aufmerksam beobachtete Köhler, dass der Segelmeister des Seglers das Gespräch mit den Deutschen suchte. Er schien sich sehr für das Prinzip der Dampfmaschine zu interessieren und quetschte jeden aus, der dazu etwas zu sagen hatte. Offenbar war auch bis hierher bereits vorgedrungen, dass trotz aller Bemühungen, adäquate lateinische oder griechische Worte zu finden, deutsche Begriffe für technische Beschreibungen dominierten und Deutsch zu so etwas wie der Ingenieurssprache des Römischen Reiches zu werden schien. Der Segelmeister jedenfalls, dem, wie Köhler erfuhr, auch ein Viertel des Frachtseglers gehörte, schrieb sich die deutschen Wörter sorgfältig auf und kämpfte um jede Betonung. Er schien diese Kenntnis als potenziellen Wettbewerbsvorteil in der Zukunft wahrzunehmen, eine Entwicklung, die Köhler etwas verwunderte. Sie waren erst seit einem guten halben Jahr in dieser Zeit, doch die Umwälzungen, die sie angestoßen hatten, zeigten sich offenbar auf höherer wie auch auf tiefer Ebene. Die Tatsache allein, dass einige der Matrosen an Bord des Seglers wissend nickten, als ihnen Behrens von den Vorzügen des Branntweins berichtete, war Hinweis genug dafür, dass sich manche Nachrichten auch in der Spätantike mit erstaunlicher Geschwindigkeit verbreiteten.

Obgleich der Wind recht günstig stand, zog sich die Reise hin. Die Erkenntnis, dass diese angenehme Kanalfahrt nur ein weiterer Abschnitt war und sie an ihrem Ende noch eine Küstenreise bis Adulis vor sich hatten, half nicht, die Ungeduld der Reisenden zu bezähmen. Köhler musste hin und wieder tief durchatmen, als der Frachtseglerkapitän ihm Sehenswürdigkeiten am Rande des Nils erklären wollte. Diese waren für sich genommen sicher nicht einmal uninteressant, der Bootsmann war aber zurzeit einfach nicht in der Lage, die notwendige Geduld dafür aufzubringen.

»Da!«, sagte Africanus plötzlich. Er hatte sich neben Köhler gestellt, eine Hand beschattete seine Augen. »Die Anlegestelle!«

»Was ist damit?«

»Wenn wir dort anlegen, sind es keine fünfhundert Meter bis zum Dorf meines Großvaters.«

Köhler schaute auf die unscheinbare Stelle, kaum mehr als ein befestigtes Uferstück, an dem Flussschiffe festmachen konnten. Viele Felder lagen direkt am Nil, um von den regelmäßigen Überschwemmungen zu profitieren, die fruchtbaren Schlamm über die Äcker ausbreiteten. Hier übernahmen Segler und Ruderbarken dann das geerntete Getreide, brachten es in Richtung Alexandria, wo es auf große Segler verbracht und über das Mittelmeer nach Italien gebracht wurde. Ägypten war die Kornkammer des Reiches.

»Wir können eine Pause einlegen«, bot Köhler an.

»Nein. Ich war einmal dort, nachdem mein Großvater gestorben war, um der Verwandtschaft die Nachricht zu bringen und einen Gedenkstein zu setzen. Ich weiß nicht, ob der Stein immer noch steht, aber ich vermute, dass meine Verwandten ihn gut gepflegt haben. Meine weitere Familie wird immer noch in unserem alten Haus wohnen, obgleich ich es seit vielen Jahren nicht mehr gesehen habe.«

»Du könntest also hierher zurückkehren, wenn du deine Dienstzeit beendet hast?«

»Sicher, warum nicht? Auch mein Vater hätte das tun können, aber er tat es nicht. Ich werde auch kein Bauer mehr, zumindest kein Fellache wie meine Vorfahren. Wenn ich mein Land bekomme, dann irgendwo in Gallien oder einem anderen Flecken des Reiches, und ich glaube eher, ich werde es verkaufen und wieder unterschreiben. Mich zieht nichts hierher zurück.«

Köhler nickte, wenngleich er das Gefühl hatte, nur die Hälfte von dem zu verstehen, was Africanus ihm hier gerade mitteilte. Der Trierarch schien das zu bemerken, denn er sah Köhler lange an, dann seufzte er vernehmlich, als müsse er sich zu den folgenden Worten durchringen.

»Es ist so«, begann er langsam. »Für einen Fellachen ist der Beitritt zur Marine eine der wenigen Möglichkeiten, die Bindung an sein Stück Land und die Arbeit als Bauer aufzugeben. Die Gesetze sind streng, waren es schon immer. Wer es leid ist, seine Scholle zu bearbeiten und nicht mehr zu erleben als eine ausbleibende Nilflut oder ähnliches, ging zur Flotte. Mein Großvater hat das getan, obgleich er der älteste Sohn seines Vaters war und alles geerbt hätte. Doch er hat sich anders entschieden. Hätte er das nicht getan, würde ich jetzt nicht hier mit dir stehen. Ich wäre möglicherweise da drüben auf einem der Felder und würde mir die Entwicklung meiner Saat anschauen.«

Köhler sagte nichts. Africanus' Blick verlor sich in den Palmen und den Gewächsen des Uferstreifens, als würde er erwarten, sich selbst dort zu erblicken.

»Ich will nicht hierher zurück, nicht einmal an diesen Platz erinnert werden, weil er letztlich nichts mehr mit dem zu tun hat, wer ich bin.«

»Von deinem Namen abgesehen.«

Der Trierarch lächelte. »Davon abgesehen, ja. Und ich bin nicht einmal ein berühmter Feldherr wie Scipio, der den Beinamen aus gutem Grund bekommen hat.«

»Das kann ja noch werden«, erwiderte Köhler.

»Sicher. Jedenfalls bin ich nicht mehr der Sohn eines Fellachen, war es nie, schon mein Vater hatte sein Leben ganz anders ausgerichtet. Ich bin jetzt römischer Offizier und so sehr diese Provinz auch zu jenen Gebieten gehört, die ich zu verteidigen geschworen habe, so wenig ist dies noch meine Heimat. Ich bin zu Hause auf dem mare nostrum und, wenn überhaupt, in dem kleinen Haus, in dem mein Vater und meine Mutter noch leben, und das liegt gut einhundert Kilometer nördlich von Ravenna. Das hier …«

Er machte eine ausholende Bewegung mit der rechten Hand.

»… das hier ist die Vergangenheit – und nicht einmal meine. Es ist die meiner Vorfahren. Und die spielten erst mit der Entscheidung meines Großvaters, von hier fortzugehen, eine echte Rolle für mich. Ich will also nicht zurück, nicht einmal in Gedanken. Verstehst du das, Köhler?«

Der Bootsmann verstand es, wenngleich nur auf einer rein intellektuellen Ebene. Aber sein Lebensweg hatte auch ganz anders ausgesehen. Niemand hatte ihn gezwungen, einen Beruf auszuüben oder das zu tun, was seine Vorfahren getan hatten. Aber, das musste er zugeben, auch für ihn war der Beitritt zur Marine eine Flucht aus einem ansonsten sehr langweilig erscheinenden Leben gewesen. So gesehen fühlte er sich Africanus' Großvater verwandt, und so verstand er auch, warum sein Enkel nicht hierher zurückkehren oder an seine Herkunft allzu deutlich erinnert werden wollte.

»Also keine Pause«, sagte er schließlich halb scherzhaft.

»Alles andere als das«, bestätigte ihm Africanus. »Unser Ziel ist das Reich Aksum, kein Fellachendorf, in dem, mit etwas Glück, nur ein alter Gedenkstein steht.«

Damit wandte er sich ab, ohne die langsam achtern verschwindenden Anlegestelle eines weiteren Blickes zu würdigen.

Auch Köhler blickte nicht zurück.

25

Und so rasteten sie ein letztes Mal auf römischem Boden. Der Ort hieß Brigetio und war nicht allzu weit von Aquincum entfernt, der Stadt, die Thomas Volkert in seiner Zeit als Budapest kannte. Von hier aus würde seine Kolonne in nordöstliche Richtung vorrücken, in das Land der Quaden, mit dem das Römische Reich erst vor wenigen Jahren Krieg geführt hatte. Ein gemeinsamer Angriff von Quaden und Sarmaten war zurückgeschlagen worden und hier, in Brigetio, war Valentinian I., Vater des Gratian, aus Wut, entbrannt über die unbotmäßigen Forderungen germanischer Stämme, an einem Schlaganfall verstorben. Das war jetzt gut vier Jahre her und die Situation hatte sich seitdem nicht wesentlich beruhigt. Seit dem Ende des Krieges und Valentinians Sieg wusste man nicht, wer derzeit über die Quaden regierte. König Gabinius, dessen gewaltsamer Tod im Jahre 373 während eines Banketts des römischen Statthalters Celestius den Krieg erst ausgelöst hatte, war ohne direkte Nachkommen geblieben, so hörte man jedenfalls. Die Verantwortlichen der Grenztruppen in Pannonien hatten berichtet, dass ein neuer Quadenkönig namens Erminius die Macht in die Hand genommen habe. Er beschränke die Kontakte zu seinen römischen Feinden jedoch nur auf das Nötigste, war ihm die bittere Niederlage, die sein Volk aus den Händen des Valentinian empfangen hatte, doch in lebhafter Erinnerung. Es wurde wieder gehandelt, immerhin, doch das durfte man nicht als Zeichen der Normalisierung missdeuten. Die Geschichte der Beziehungen zu den Barbaren war immer von einem steten Wechsel an friedlichen wie auch kriegerischen Phasen gekennzeichnet, und der Barbar, der einem Römer heute für ein paar Münzen ein Bärenfell verkaufte, würde am darauf folgenden Tag mit gleicher Inbrunst seine Klinge in den Hals seines ehemaligen Kunden versenken – so zumindest erzählte man sich hier.

Weiter nordöstlich, so wurde gesagt, würden die Völker der Kotiner und der Oser leben, die Markomannen siedelten ebenfalls dort, die Racater, die Campi und viele andere Stämme, deren Namen an Thomas Volkert vorbeirauschten, als er die erfahreneren Unteroffiziere ihre Geschichten erzählen hörte. Spätestens in zwanzig Jahren, das wusste Volkert aus den historischen Lektionen, die er von Rheinberg erhalten hatte, würden die Quaden unter die Herrschaft der Hunnen fallen, und nur kurz darauf würden die Angriffe und die Erpressung des Reiches durch die Hunnen beginnen, gipfelnd in dem siegreichen Feldzug Attilas, der ihn bis nach Oberitalien führen würde. Ein Feldzug, der, wenn es nach Rheinberg ging, niemals stattfinden würde.

Von hier machten sie sich bereit, die befestigten Wege zu verlassen und sich durch die Wildnis der Barbarenländer zu kämpfen. Wegen all der Verachtung, die in den Worten mancher Männer zu hören war, hatte Volkert mittlerweile bei den Darstellungen genug erfahren, um zu wissen, dass das Bild dieser »Wildnis« sehr einseitig gezeichnet wurde. Es gab Dörfer, sogar recht große, und manche wurden durch Wege miteinander verbunden. Viele Barbaren hatten von den Römern, gerade in Grenznähe, sehr römische Angewohnheiten übernommen. Sie errichteten befestigte Siedlungen, kleideten sich wirklich nicht mehr in Felle und, so ging das Gerücht, würden sich sogar regelmäßig baden und gar rasieren. Volkert wusste, dass so mancher Offizier besonders blutrünstige Geschichten erzählte, um die Männer zu wappnen, die bisher noch nicht in diesem Gebiet gekämpft hatten. Volkert hatte genügend oft mit Veteranen des Kriegszuges von Gratians Vater gesprochen, um verstanden zu haben, dass, hätte man Gabinius nicht hinterrücks ermordet, man auch heute noch in Frieden mit den Quaden leben würde. Valentinian hatte sich als Eroberer gesehen und damit wie viele andere Imperatoren die militärische Kraft des Reiches sinnlos vergeudet. Volkert fühlte sich an die Art und Weise erinnert, wie die Römer die flüchtigen Goten im Osten behandelt hatten, anstatt sie ernsthaft aufzunehmen, ihnen zu helfen und sich ihrer guten Dienste zu versichern. Hätten sie es gleich richtig gemacht, wäre Adrianopel nicht passiert.

Nachher wusste man es immer besser. Volkert war in der Position, die Wahrheit dieser Aussage ausgezeichnet bewerten zu können.

Die letzten Beratungen verliefen rasch und ohne großes Zeremoniell. Ehe man es sich versah, brach die Kolonne des Volkert, etwa fünfhundert Mann stark, aus Brigetio auf. Gesandtschaften hatten den neuen Quadenkönig darüber informiert, dass dies kein Versuch sei, sein Land zu erobern, und dass man den Frieden halten würde, wenn auch er die Legionäre ungestört ziehen ließe. Natürlich gab es keinerlei Garantie, dass Erminius diese Nachrichten ernst nehmen würde. Andererseits war die Erinnerung an den römischen Sieg sicher noch frisch genug, um eine allzu voreilige Handlungsweise zumindest infrage zu stellen. Volkert hoffte es. Eine kleine Varusschlacht in den Wäldern der Karpaten gehörte nicht zu den Dingen, die er unbedingt erleben wollte. Als sich kurz nach Überschreiten der Reichsgrenze eine kleine Truppe von quadischen Reitern zu ihnen gesellte, um ihnen Geleit zu geben – es handelte sich wahrscheinlich eher um Beobachter des Quadenkönigs, die ein Auge auf die Römer haben sollten –, entspannte sich jeder etwas. Zumindest die Chancen, das Gebiet ungestört durchqueren zu können, hatten sich dadurch erkennbar erhöht. Die Reiter zeigten keine Feindseligkeit, waren sogar den Umständen entsprechend höflich.

Am Abend des dritten Tages, als die Truppe gerade damit begonnen hatte, ein Nachtlager aufzuschlagen, stellte sich aber heraus, dass der Quadenkönig mehr wollte, als nur die Augen offen halten. Die Sonne stand noch knapp über dem Horizont und daher konnten die Wachposten die heranrückende Reiterschar gut ausmachen, die bewusst langsam und unverhohlen auf das Lager zukam. Zwanzig Männer waren es, nach Kleidung und Haltung quadische Adlige sowie einige Wachsoldaten. Alle trugen Waffen, doch keiner hatte sie gezogen, und kurz vor dem Lager stiegen sie von den Pferden und führten sie langsam hinein. Sie wollten reden, nicht kämpfen, daran bestand kein Zweifel.

Tribun Sedacius empfing die Delegation und sowohl Zenturio Levantus wie auch Volkert wurden zum Empfangskomitee beordert. Als aus der Mitte der Ankömmlinge ein hochgewachsener Mann in durchaus prächtiger Kleidung auf sie zuschritt, war für jeden sofort erkennbar, dass sich nach dem Mord an seinem Vorgänger erneut ein quadischer König in die Hände der Römer begab: Es konnte sich nur um Erminius handeln.

Er sah wie ein König aus, hielt sich gerade, bemühte sich sichtlich um majestätisches Auftreten, doch Volkert erkannte in seinen Augen auch Angst und Vorsicht. Da sein Vorgänger von einem römischen General hinterrücks ermordet worden war, vermochte er ihm dies auch nicht zu verübeln. Es sprach für den Mut des Mannes, dieses Risiko erneut einzugehen.

»Edler König«, sprach nun Sedacius und deutete eine Verbeugung an. »Ich freue mich über Euren Besuch.«

»Ich freue mich, dass Ihr mich empfangen habt, Tribun«, gab der Quade in einem etwas stolpernden Griechisch zurück. Woher auch immer er letztlich stammen mochte, er hatte Bildung genossen, und es war nicht einmal unwahrscheinlich, dass er eine Zeitlang im Reich gelebt hatte.

»Was ist der Grund Eures Besuches? Sicher wollt Ihr Euch vergewissern, dass wir keine bösen Absichten im Schilde führen«, fuhr der Tribun fort. »Wir sind offensichtlich keine Eroberungsarmee.«

»So hörten wir.« Der König sah sich um, nickte. »Es ist wahr.«

»Wir stellen keine Bedrohung dar.«

»Das stimmt sicher«, räumte der Mann ein. »Ihr sucht nach den Hunnen, wie weit sie schon sind. Eure Nachrichten haben mich erreicht. Es scheinen sich viele seltsame Dinge in Rom ereignet haben. Man hört so einiges. Eure Expedition ist ungewöhnlich.«

Der Tribun nickte. »Wir schützen uns wie auch Euch.«

Erminius sah ihn einen Moment schweigend an. Dann fiel sein Blick auf Hauptwachtmeister Lehmann, den Befehlshaber der deutschen Infanteristen, der sich ebenso zu ihnen gesellt hatte. Volkert ertappte sich dabei, wie er hinter den breiten Schultern von Levantus Deckung suchte, obgleich er sich nicht erinnern konnte, jemals mit Lehmann gesprochen zu haben. Er würde ihn mit Sicherheit nicht einmal erkennen, wenn er direkt vor ihm stand.

Und doch …

»Ihr führt Zeitenwanderer mit Euch«, sagte der Quadenkönig. Volkert verbarg seine Überraschung. Obgleich diese Zeit weder den Telegrafen kannte noch ein modernes Postsystem, keine Züge hatte, keine Automobile, verbreiteten sich manche Nachrichten offenbar doch mit Windeseile. Auch der Tribun ließ sich nicht anmerken, ob er davon beeindruckt war, dass Erminius so gut informiert zu sein schien.

»Ihr habt von Ihnen gehört«, sagte er im Tonfall einer Feststellung.

»Wir haben Geschichten gehört über das, was passieren wird.«

Wer auch immer im Reich für die Geheimhaltung zuständig war, hatte offenbar in wichtigen Punkten versagt: Wenn die Version der Zukunft, die die Mannschaft der *Saarbrücken* kannte, schon so weit Verbreitung gefunden hatte, dann …

Volkert durchfuhr der Gedanke wie ein Blitz. Hunnen, abtrünnige zwar, aber nichtsdestotrotz Hunnen, hatten vor Adrianopel gekämpft und waren vor Thessaloniki gefallen.

Wenn die Hauptstreitmacht des Reitervolkes also bereits wusste, was in nicht allzu ferner Zukunft geschehen *könnte* …

Volkert bekam alleine bei dem Gedanken an die möglichen Konsequenzen Kopfschmerzen.

Sedacius blieb weiterhin ruhig. Für ihn war die Sache klar: Wenn die Quaden wussten, dass in wenigen Jahrzehnten ihr Gebiet unter der Oberherrschaft der Hunnen stehen und die Selbständigkeit ihrer Könige hinweggefegt werden würde, dann war das für ihn letztlich ein Vorteil.

Er winkte und ein Legionär brachte Becher und Wein.

»Wollen wir uns nicht in mein Zelt setzen, König?«

»Gerne.«

Erminius machte einen Schritt nach vorne, hielt dann aber für einen Moment inne.

»Tribun.«

»Edler Herr?«

»In welche Richtung wollt Ihr weiterreiten, wenn Ihr mein Gebiet durchquert habt?«

»Nach Nordosten.«

Erminius schüttelte den Kopf.

»Die Hunnen sind im Osten.«

»Damit rechnen wir.«

»Ihr versteht nicht, Tribun. Die Hunnen sind nur noch gute zweihundert römische Meilen von uns entfernt. Sie haben bereits einen Botschafter geschickt.«

Sedacius starrte den Quadenkönig an.

»Einen …«

»Ich habe ihn mitgebracht.«

Der König machte eine herrische Bewegung in Richtung seines Gefolges. Jemand reichte ihm einen großen Stoffbeutel, von Blut durchtränkt. Erminius warf ihn zu Boden, er ging auf und der abgetrennte Kopf eines Hunnen rollte heraus. Er hatte die Augen weit aufgerissen, doch seine Züge zeigten keine Angst.

Nur Wut.

Große Wut.

Erminius sah den Tribun an.

»Sie sind nahe, Römer. Näher, als Ihr gedacht habt?«

»Viel näher.«

Sedacius war sehr blass.

»Jetzt trinken wir Wein«, erklärte Erminius und machte einen großen Schritt über den Kopf hinweg.

Der Tribun folgte ihm.

Volkert konnte nicht anders, als auf das Leichenteil zu starren, die wütende Fratze eines Mannes, der wusste, dass er sterben würde, aber dessen Schwur nach Rache ihm in den toten Zügen geschrieben stand.

All das entwickelte sich definitiv viel zu schnell, entschied er. Das durfte nicht sein. Das stimmte so nicht. Und in den Augen von Zenturio Levantus sah er die gleiche Botschaft stehen.

Sie wandten sich schweigend ab.

26

Sie kamen in der Nacht.

Sie kannten sich aus.

Damit hatten sie zwei wesentliche Vorteile vor Rheinberg und Dahms, die nach einem langen Abend endlich zu Bett gegangen waren. Stunden hatten sie sich über Lageplänen und hingekritzelte Zeichnungen gebeugt darüber unterhalten, wie sie die recht primitive Eisenverhüttung und den Kohleabbau in diesem Gebiet, das einmal das Saarland werden sollte, industriell aufziehen sollten. Mit einer Dampfmaschine konnten sie vieles erreichen, etwa einen professionellen Bau unter Tage, aber auch an der Oberfläche. Energie war das Zauberwort, und die Voraussetzung für eine umfassende Produktionsweise. Das Potenzial war erheblich, denn es gab genug lokal ansässige Arbeitskräfte, die sich den Ideen der Besucher durchaus aufgeschlossen gegenüber gezeigt hatten. Es würde notwendig sein, genauer zu planen und hier eine permanente Repräsentanz zu errichten, aber es gab keinerlei unüberwindbare Schwierigkeiten – im Gegenteil: Dahms hatte darauf hingewiesen, dass drei Besatzungsmitglieder der *Saarbrücken* bereits einmal unter Tage gearbeitet hätten. Sie hatten angefangen, sich über die Logistik eines solchen Unternehmens, die benötigten Arbeitskräfte, die Verkehrswege, aber auch den Transfer notwendiger Technologie Gedanken zu machen. Dahms Fortschritte beim Bau eines Puddelofens für die Stahlerzeugung waren zwar nicht groß, das lag aber weniger an den mangelnden Fähigkeiten des Marineingenieurs, sondern vielmehr an der Tatsache, dass er zu viele Dinge gleichzeitig zu tun hatte.

Dann waren sie müde, und dennoch zufrieden mit dem Tagwerk, zu Bett gegangen. Ein kleiner Flügel des Sommerpalastes war für sie eingerichtet worden, dort brannten Fackeln und Lampen, dort waren die Bediensteten noch bis spät aktiv. Der Rest der großen Anlage lag schnell in völliger Dunkelheit.

Es gab hier nichts und niemanden zu fürchten, war die allgemeine Auffassung. Eine verschlafene, ruhige Ecke des Imperiums. Allein das Auftauchen des seltsamen Magister Militium hatte für Aufregung gesorgt. Aber das war es auch schon.

Kein Grund zur Sorge.

Welch ein fataler Irrtum.

Es war ein gutes Dutzend, gekleidet in schwarzes Tuch, leichtfüßig auf mit Stoff umwickelten Sandalen. Sie kannten den Palast, seine offiziellen wie auch seine inoffiziellen Zugänge. Die Wachposten am Haupttor bemerkten nichts, auch nicht die beiden Soldaten, die durch die leeren Hallen des Anwesens patrouillierten. Ein Sklave, der vor den Unterkünften der hohen Gäste wachte, um bereit zu sein, sollte einer der ehrenwerten Herren etwas brauchen, hob kurz den Kopf, runzelte die Stirn.

War da nicht ein Geräusch gewesen?

Die letzte Frage seines Lebens. Ein dünnes Seil legte sich wie ein Windhauch um seinen Hals, es wurde kraftvoll zusammengezogen. Die Hände des Sklaven fuhren nach oben, doch da verließen ihn bereits die Kräfte. Ein kraftloses Röcheln, kaum hörbar, entrang sich seiner gequälten Kehle, dann verlor er das Bewusstsein, starb, stranguliert von erfahrener Hand. Die Achtlosigkeit, mit der der Attentäter den toten Leib zu Boden gleiten ließ, ohne dem aufgequollenen Gesicht noch einen letzten Blick zu schenken, zeigte bereits deutlich, dass hier jemand am Werk war, für den das Töten ein Handwerk darstellte.

Und eines, das er gut beherrschte.

Sie hielten vor den großen Eingangstüren in die Schlafgemächer inne. Lauschten einen Moment, gaben sich Zeichen. Den Tod des einsamen Sklaven hatte niemand bemerkt. Kein Laut zu hören, keine Regung, keine Schritte, nichts. Alles verlief nach Plan.

Sie waren auf alles vorbereitet gewesen. Auf plötzlich auftauchende Wachen, sogar darauf, dass jemand vorzeitig Alarm schlagen würde. Womit sie nicht gerechnet hatten, war die chronische Schlaflosigkeit zweier Männer, die durchaus wussten, dass sie dabei waren, die Weltgeschichte zu ändern – und die das nicht auf die leichte Schulter nehmen konnten.

Rheinberg hatte sich auf dem Bett rastlos hin und her geworfen. Er hörte im Nebenzimmer Dahms aufstehen, etwas schlurfen, dann goss er sich wohl Wasser aus einer Karaffe ein. Das gleiche Problem.

Rheinberg setzte sich seufzend auf. Er rieb sich die Augen. Was war die Welt doch leichter gewesen, als es noch Kaffee gegeben hatte. Er dachte an die Expedition nach Aksum und wünschte Köhler und den Kameraden erneut alles erdenklich Gute. Als hoher Beamter des Reiches mangelte es ihm durchaus nicht an Lebensqualität, aber es gab gewisse Dinge, die waren einfach unersetzlich. Dankbar erinnerte sich der Kapitän der Tatsache, dass er nicht rauchte.

Kein Kaffee und kein Tabak.

Welch Qualen mussten viele auf der *Saarbrücken* nur ertragen. Und wie viele Römer stattdessen getrocknete Kuhscheiße zu rauchen, dazu hatte sich noch niemand durchringen können.

Was tat Dahms dort?

Es musste ihm schlecht gehen, vielleicht etwas vom Abendessen. Er röchelte leicht, als würde er mit seinem Magen kämpfen. Rheinberg hielt inne, rieb sich die Bauchdecke. Nein, er vertrug römische Kost mittlerweile ganz gut, außerdem hatte er heute Abend nur leicht gegessen, um nicht zu schnell zu müde zu werden.

Ein Schaben.

Rheinberg beschloss, nach seinem Kameraden zu sehen. Er schwang sich von seiner Liegestatt, griff automatisch zur Hose, zog sie sich in einer schnellen Bewegung über. Ebenso automatisch, ohne darüber groß nachzudenken, schob er die Pistole in das Gürtelholster. Bewegungen, die er unbewusst durchführte, jedes Mal, wenn er aufstand und sich ankleidete. Es war ihm dermaßen in Fleisch und Blut …

Die Tür. Jemand machte sich an der Tür zu schaffen.

Rheinberg war hellwach. Er huschte zur Wand, die ihn von Dahms' Gemach trennte und klopfte mit den Fingerknöcheln ein kurzes Stakkato. Morsecode. G-E-F-A-H-R. Er wusste nicht, ob er damit übertrieb, ob ihm seine überreizten Nerven einen Streich spielten – oder ob bloß ein Sklave nachschauen wollte, ob der Pisspott auszuwechseln war. In jedem Falle war es gut …

Jemand öffnete den Riegel. Jetzt schlug Rheinberg das Herz bis zum Hals. Ein Bediensteter würde niemals eindringen, ohne vorher anzuklopfen. Das war absolut undenkbar. Und das Röcheln eben – war es nicht aus dem Bereich vor der Tür gekommen, keinesfalls aus der Richtung der Verbindungstür zu Dahms' Quartier?

Rheinberg glitt hinter den mächtigen Eichentisch, der den Raum zusammen mit dem Bett beherrschte. Ein kräftiger Ruck würde genügen, um ihn umzuwerfen, eine gute Deckung gegen alles, was man aus der Ferne auf ihn richten würde. Rheinberg spürte die nahende Gefahr fast schon körperlich.

Die Verbindungstür öffnete sich, Dahms' Kopf schaute hindurch, zusammen mit dem Lauf seiner Waffe. Er sah Rheinberg hinter dem Schreibtisch, nickte und sah dann, wie sich die Tür öffnete.

Ein Schatten glitt hinein. Im fahlen Dämmerlicht der beiden kleinen Öllampen, die den Raum nur unzureichend erhellten, war er kaum zu entdecken. Und dann öffnete sich mit leichtem Quietschen auch die Tür zu Dahms' Zimmer vom Gang her. Das Gesicht des Ingenieurs verschwand aus dem Türrahmen. Jeder musste sich offenbar erstmal mit seinem eigenen Besucher auseinandersetzen.

Rheinbergs Waffe zuckte hoch, den Hahn gespannt. Ein zweiter Schatten trat ein, doch beide schienen unsicher.

Sie hatten den Bewohner des Raumes sicher woanders erwartet.

Und sie waren sich unklar darüber, was das Metallding in seiner Hand bedeutete.

»Wer sind Sie?«, bellte Rheinberg nun laut und vernehmlich. »Was wollen Sie und wer hat Sie geschickt?«

Drei Fragen.

Die Antwort bestand aus einem Sprung.

Aus dem Stand schnellte sich der erste Schatten nach vorne. Rheinberg hatte den Bruchteil einer Sekunde, um den akrobatischen Akt und die eingesetzte Kraft zu bewundern, dann hob er den Lauf und drückte ab. Die Pistole bellte auf, ein Laut, der die Stille der Nacht endgültig zerriss. Der Angreifer, noch in der Luft, wurde getroffen, zur Seite gewirbelt, verlor die Balance. Krachend fiel er zu Boden. Etwas glitt über den polierten Marmor. Eine Art Garotte, wie Rheinberg sofort feststellte. Meuchelmörder, schoss es ihm durch den Kopf.

Er hatte den Angreifer nicht tödlich getroffen. Doch Blut floss auf den

Boden, verfärbte den weißen Marmor rot. Ein Keuchen entrang sich der Kehle des Getroffenen, doch er richtete sich auf, eine Klinge blitzte schwach im Schein der Lampen.

Ein Schuss, ein fallender Körper, diesmal von nebenan. Dahms hatte gehandelt.

Rheinberg konnte sich nicht darum kümmern. Diese Männer waren nicht leicht zu beeindrucken. Trotz der Sprache, die seine Waffe gerade gesprochen hatte, schnellte sich der zweite Angreifer nach vorne. Ein Dritter drang durch die Tür. Rheinberg begann sich Sorgen zu machen. Die 08 fasste acht 8-mm-Patronen – und jetzt nur noch sieben. Rheinberg hatte zwei Ersatzmagazine dabei, doch diese lagen dummerweise zusammen mit seinen anderen Sachen in der großen Truhe am anderen Ende des Raumes, in der Nähe der Tür. Sieben gezielte Treffer waren nicht zu erwarten, und wenn mehrere Angreifer zugleich kamen …

Er musste schnell sein, auf die demoralisierende Kraft seiner Waffe hoffen und darauf, dass die Schüsse schnell die Soldaten ihres Gefolges anlockten.

Ein zweiter Schuss krachte aus Dahms' Zimmer, fast zeitgleich mit dem erneuten Abdrücken von Rheinberg. Diesmal saß die Kugel, traf direkt in den Brustkorb des Vermummten, schleuderte ihn zurück. Er fiel regungslos zu Boden, zuckte nicht einmal mehr. Rheinberg hatte ihn getötet.

Der erste Attentäter hatte sich aufgerichtet, die Klinge eines Kurzschwertes glänzte vor ihm. Rheinbergs Waffe wandte sich der neuen alten Bedrohung zu, da sprangen zwei weitere Schwarzgekleidete durch die Tür. Rheinberg drückte ab, seine Hand fuhr wieder nach rechts, da waren die beiden Männer schon auf dem Sprung.

Von draußen Geschrei, hektische Schritte, das Klirren von Schwertern. Die Leibwache war erwacht, endlich.

Wieder bellte die 08 auf. Ein Körper fiel. Der zweite war über Rheinberg. Er kam nicht dazu, erneut abzudrücken, als eine geübte Hand ihm die Waffe fortschlug, und dann stolperte er zurück, rang um sein Gleichgewicht. Der Schatten vor ihm stellte sich breitbeinig hin, dann blitzte in seiner Hand eine Klinge und er holte zu einem kurzen, kräftigen Stoß aus. Rheinberg ahnte die Richtung des Schwertes mehr, als er sie sah, wand sich instinktiv, spürte den heißkalten Schmerz, als das Eisen durch seine Haut drang und sich tief in seine Seite senkte.

Rheinberg schrie auf. Sein Gegner stieß ein triumphierendes Grunzen aus, zog die Klinge aus der tiefen Wunde. Blut spritzte auf die schwarze Gewandung, hinterließ glänzende Flecken. Rheinberg sah an sich hinab. Das Schwert hatte ihn nicht im Magen getroffen, also konnte er dies überleben, wenn er nur rechtzeitig genug Hilfe bekam. Er taumelte zurück, spürte, wie seine Kräfte nachließen, beide Hände auf die Wunde gepresst, um den Blutstrom aufzuhalten. Schmerz und Schwäche drohten ihn zu übermannen.

Wieder die Klinge bereit, setzte der Attentäter nach. Dann ein bellender

Laut, der Angreifer wurde herumgewirbelt, fiel, die Klinge rutschte aus seiner Hand auf Rheinberg zu. Der ließ sich fallen, griff tastend nach dem Schwert, erhaschte es, zog es an sich, keuchte, als ihm schwarz vor Augen wurde. Er sah Legionäre seiner Leibgarde in den Raum strömen, hörte Schreie, Schmerzensrufe, sterbende Männer, sah Dahms mit erhobener Waffe in der Verbindungstür stehen. Wieder ein Schuss, noch einer. Mit maschineller Präzision suchte sich der Ingenieur seine Ziele, schoss, achtete gar nicht mehr auf die Opfer, suchte das nächste, schoss, schoss erneut. Der Kampfeswille der Attentäter brach, einer versuchte, zu entkommen, rannte direkt in das Schwert eines Soldaten.

Rheinberg schloss die Augen.

Nur etwas ausruhen, einen kleinen Moment.

Dann vor ihm ein Geräusch. Er riss die Lider auf, sah den Attentäter, die Kapuze heruntergerissen, schweißüberströmt. Er hatte seine Waffe verloren, ein halbes Dutzend Klingen richteten sich auf ihn.

»Nicht … töten …«, brachte Rheinberg hervor. Dahms hatte ihn gehört, gab den Befehl weiter, doch als der Umstellte merkte, dass die Soldaten sich zurückhielten, schrie er laut auf und warf sich mit Macht in eine der entgegengestreckten Klingen, umklammerte sie mit beiden, aufgeschnittenen Händen und trieb sie sich mit Macht in den Brustkorb.

Der hilflose Soldat ließ los.

Der Attentäter fiel mit einem gurgelnden Laut zu Boden.

Dann senkte sich eine schon fast übernatürliche Stille über den Raum.

Das war der letzte gewesen.

Rheinberg sah noch, wie Dahms sich neben ihn hockte, den Verbandskasten, den er von der *Saarbrücken* mit sich genommen hatte, neben sich, die verkrampfte Hand Rheinbergs langsam von der Wunde lösend.

»Sauberer Schnitt, Jan«, murmelte er. »Sauberer Schnitt. Das kriegen wir wieder hin.«

Rheinberg versuchte zu lächeln.

Dann verließen ihn die Sinne.

27

»Es ist an der Zeit.«

Valens erhob sich und nickte Godegisel zu. Das untätige Warten hatte offenbar ein Ende. Belucius öffnete einen Fensterladen und lugte in die Dunkelheit. Die Geräusche von ankommenden Reitern hatte sie aus ihrer Lethargie geweckt.

»Männer«, sagte der ehemalige Legionär. »Vielleicht fünf oder sechs, mehr nicht.«

»Gut, das wird dann weniger Aufsehen erregen«, meinte Valens. »Godegisel, die Hintertür. Geh.«

Der junge Gote verließ den Raum. Er verschloss die Tür sorgfältig hinter sich. Valens wartete noch einen Augenblick, dann wies er Belucius an, die vordere Tür zu öffnen und die Besucher einzulassen.

Der bullige Mann nickte und bewegte sich überraschend leichtfüßig zur Tür, zog den Riegel beiseite und öffnete sie einen Spalt weit. Jemand stand draußen und sprach, leise, hastig, aber nicht drängend. Valens sah Belucius nicken, dann die Tür weiter öffnen, und fünf Männer in weiten, dunklen Mänteln kamen langsam ins Innere.

Auf Valens' Gesicht leuchtete Erkennen auf. Er lächelte und schritt auf einen der Neuankömmlinge zu.

»Malobaudes!«, rief er aus und reichte einem der Ankömmlinge, einem älteren Mann von gedrungener Statur, den Arm. Dieser erwiderte das Lächeln.

»Valens! Mein Kaiser! Wer hätte das gedacht! Wir waren alle der festen Überzeugung, Ihr wäret bei Adrianopel gefallen!«

»Das habe ich eine Weile auch gedacht«, gab Valens zurück und lachte. »Setzen wir uns. Wie geht es meinem Neffen?«

Malobaudes folgte der Aufforderung. Die übrigen vier Männer, nun sichtlich entspannt, blieben stehen und sagten nichts. Es handelte sich nach der Einschätzung des Goten um Leibgardisten des Generals. Es war nur natürlich, dass sie in ihrer Aufmerksamkeit nicht nachließen. Belucius hatte eine ähnliche Haltung eingenommen. Er war jetzt in der Tat so etwas wie der Leibgardist des Valens, wie in den alten Tagen.

»Gratian ergeht es gut«, beantwortete Malobaudes die Frage und streckte sich entspannt aus. »Er wächst an seinem Amt, mehr, als wir alle es jemals für möglich gehalten hätten.«

»Große Herausforderungen wecken manchmal ungeahnte Fähigkeiten«, stimmte Valens zu und goss seinem Gast Wein ein. »Ich habe mich sehr dumm verhalten und die guten Absichten Gratians nicht verstanden oder nicht verstehen wollen. Es hätte niemals zu so einer Katastrophe wie vor Adrianopel kommen müssen.«

Malobaudes machte eine wegwerfende Handbewegung. Er nahm den angebotenen Kelch, prostete Valens zu und nahm einen Schluck, ehe er wieder sprach.

»Das ist Vergangenheit, Imperator!«

»Nenne mich nicht mehr so, mein Freund«, tadelte Valens. »Ich mag jetzt noch der Onkel des Kaisers sein, aber ich werde das Amt nicht von ihm zurückverlangen.«

»Er wird es Euch sicher wieder zurückgeben!«

»Damit würde ich nicht rechnen. In der derzeitigen Situation mag es angeraten erscheinen, das Reich nicht wieder aufzuteilen. Ich habe gehört, dass sich seltsame Dinge ereignet haben.«

Malobaudes nickte und nahm einen weiteren Schluck Wein.

»Ja, das stimmt. Die Ankunft der Zeitenwanderer hat vieles verändert.«

Sie schwiegen für einen Moment.

»Wie kommt es, dass Ihr noch lebt, Imperator?«

Valens akzeptierte den Titel ohne weiteres Aufhebens und begann, in knappen Worten seine Geschichte zu erzählen. Dabei erwähnte er weder Godegisel noch seine Rolle bei seiner Befreiung. Er schilderte, dass er Hilfe bekommen habe, aber ließ die Details fort. Belucius hatte geschworen, die Existenz des Goten mit keinem Wort erwähnt zu haben. So sollte die Rolle des jungen Mannes verborgen bleiben und damit jeder Verdacht auf eine eventuelle Heimtücke seines Volkes vermieden werden.

Valens fand in Malobaudes einen sehr aufmerksamen Zuhörer, der ihn nicht ein Mal unterbrach. Nach etwa einer Viertelstunde hatte er ihm eine grobe Zusammenfassung gegeben und sah ihn auffordernd an.

»Ihr wollt also keinesfalls Euren Titel zurück?«, fragte der General erneut. Er schien es fast nicht glauben zu wollen.

Valens beugte sich nach vorne.

»Ich weiß, dass Ihr Gratian treu dient und mein plötzliches Wiederauftauchen Euch große Sorgen machen muss. Nein, ich will meinem Neffen nichts Böses und ihm auch keinen Ärger bereiten. Ich habe bereits durch meine Dickköpfigkeit genug angerichtet. Wenn er meint, ich kann dem Reich am besten dadurch dienen, dass ich mich in den Ruhestand zurückziehe, vielleicht auf ein nettes Anwesen irgendwo auf dem Lande, so will ich das tun. Er wird kein Sterbenswort mehr von mir hören.«

Malobaudes war nicht anzusehen, ob ihn diese Worte überzeugten oder erleichterten. Er nickte nur knapp.

»Doch bevor das geschieht«, fuhr Valens fort, »muss ich ihn und alle, die mit ihm sind, warnen. Die Tatsache, dass ich noch lebe, hängt nicht zuletzt mit einer Verschwörung zusammen, die sich gegen Gratian zusammenbraut. Mir war die Rolle zugedacht, einem Usurpator Legitimität zu verleihen! Ich sollte Maximus zum Kaiser krönen und dadurch einen Aufstand für gerechtfertigt erscheinen lassen.«

Valens' Stimme bekam einen eindringlichen Klang.

»Die Vorbereitungen des Feindes sind weit gediehen, mein Freund. Und der Comes hat Hilfe von unerwarteter Seite: Ein hochrangiger Zeitenwanderer ist auf seiner Seite. Ich konnte dies einem Gespräch in meiner Gegenwart entnehmen. In der Nähe von London betreiben sie eine große Manufaktur und Werkstatt, in der sie mit beachtlichen Feuerwaffen experimentieren. Sie wollen etwas bauen, was sie ›Kanone‹ nennen. In jedem Falle muss sich Gratian auf einen potenziell groß angelegten und gut organisierten Aufstand gefasst machen. Er muss gewarnt werden, Malobaudes! Sofort muss Maximus abgesetzt, die Verschwörung zerschlagen werden! Jeder Tag, der verloren geht, vergrößert die Gefahr!«

Zum Schluss war Valens' Stimme fast flehentlich geworden. Malobaudes hatte dem Vortrag mit steinerner Miene zugehört. Er schüttelte den Kopf, als Valens geendet hatte, als ob ihn eine schwere Trauer oder Enttäuschung bedrücke.

»Ihr wollt Gratian tatsächlich helfen«, stellte er mit leiser Stimme fest. »Ihr wollt, dass Euer Neffe erfolgreich ist mit dem, was er tut, und Ihr wollt ihm keine Bürde sein. Das verstehe ich nun. Er kann sich glücklich schätzen, einen Onkel wie Euch zu haben, Valens.«

Valens hob die Hände. »Meine Zeit ist um, Malobaudes, ob ich das nun sehr schätze oder nicht. Mein letzter Dienst nach der Katastrophe von Adrianopel kann nur sein, etwas von dem Schaden wieder gutzumachen. Die Verschwörung des Maximus aufzuhalten, das würde vielleicht den Blick der Geschichte auf mein Lebenswerk wieder geraderücken. Lass mich nach Trier reisen, oder wo immer sich Gratian zurzeit auch aufhalten mag. Ich will mich ihm selbst unterwerfen, ihm alle Informationen geben, jedes Detail enthüllen, das mir zu Ohren gekommen ist.«

Valens warf einen Blick auf Belucius.

»Mein alter Freund hier ist natürlich eingeschlossen. Er hat mir sehr geholfen und mir besser gedient, als ich es verdient habe.«

Der alte Legionär deutete eine Verbeugung an, schwieg aber.

»Wer sonst steckt mit Maximus unter einer Decke?«

Valens machte eine ratlose Geste.

»Ich habe keine detaillierten Informationen. Ich weiß nur, was nachlässigerweise in meiner Gegenwart geäußert wurde, wohl in der Ansicht, ich sei nicht ganz zurechnungsfähig und würde gar nicht verstehen, wovon da die Rede war.«

Er hielt inne und lächelte. »Das war natürlich nicht einmal eine völlig falsche Einschätzung. Aber mehr weiß ich nicht. Ich glaube, Maximus hat Verbündete auf dem Festland, irgendwelche Germanenstämme.«

Der General sah Belucius für einen Moment schweigend an, als wolle er die Größe seines Dienstes durch bloßes Anstarren ermessen, dann nickte er schwer. »Eine wichtige Information, wahrlich. Gratian hat Verbündete an völlig unvorhergesehener Stelle. Ich bin erstaunt, was aus dem Jungen geworden ist. Er schafft es, auf wundersame Art und Weise Loyalität bei den seltsamsten Männern hervorzurufen. Selbst bei Euch, seinem sonst so ungnädigen Onkel.«

Mit dem letzten Satz hatte er sich wieder an Valens gewandt.

»Ich sagte schon, General, das ist die Vergangenheit. Wie könnt Ihr mich nach Trier bringen, ohne dass die Verschwörer davon Wind bekommen? Ich kann noch heute Nacht aufbrechen, wenn es sein muss. Ich will nicht länger hierbleiben als notwendig.«

Malobaudes sah für einen Moment so aus, als wolle er über eine passende Antwort nachdenken, doch dann seufzte er nur tief auf.

»Das wird leider nicht möglich sein.«

Valens spürte, wie ihn plötzlich ein unangenehmes Gefühl beschlich.

Er sah Malobaudes verständnislos an.

»Was heißt das? Ist die Lage zu gefährlich? Müssen wir noch warten?«

Malobaudes schaute Valens fast traurig an, dann erhob er sich langsam. Wie hergezaubert lag da ein Schwert in seiner Hand.

»Nein, Valens, das ist es nicht.«

Der ehemalige Kaiser starrte auf die Klinge. Als die anderen vier Männer, die sich im Raum verteilt hatten, ebenfalls ihre Waffen zogen, dämmerte Verstehen im Gesicht des Valens und er sah plötzlich sehr, sehr alt aus.

»Ah … ah … Malobaudes … der treue General …«, murmelte er leise vor sich hin.

»Ja, das bin ich«, erwiderte der Franke. »Ich bin treu. Aber nicht einem Kaiser gegenüber, der eine neue Zeit für das Imperium anbrechen lassen möchte, die unsere Werte und Traditionen infrage stellt, sondern dem Gedanken, dass das Imperium aus gutem Grund so groß geworden ist und dass die Erschütterung seines Fundaments viel eher seinen Untergang hervorrufen wird als irgendwelche Barbaren.«

»Also bist du auf der Seite des Maximus«, sagte Valens tonlos. Er saß da, in sich zusammengesunken, offenbar keiner Hoffnung mehr fähig. Und doch hatte seine Hand um den Schwertgriff gelegt, eine Waffe, die er von Belucius erhalten hatte. Mindestens zwei der Männer beobachteten ihn argwöhnisch.

»Ich bin auf der Seite des Reiches«, korrigierte Malobaudes. »Und ich hatte genau das Gleiche auch vom Kaiser des Ostens erwartet.«

»Exkaiser«, war es nun an Valens. »Und ich hatte irgendwie nicht den Eindruck, dass es Maximus' Absicht gewesen war, mich wieder in Amt und Würden zu setzen. Es kam mir vielmehr so vor, als habe er den Plan gefasst, Kaiser ganz Roms zu werden. Oder irre ich mich da?«

Malobaudes presste für einen Moment die Lippen aufeinander. Dann machte er eine wegwischende Handbewegung.

»Das ist jetzt keiner Diskussion mehr würdig«, erklärte er schließlich. »Ihr habt Euch eindeutig entschieden. Ihr seid ebenso zum Verräter an den Idealen Roms geworden wie Euer Neffe. Hätte Valentinian von alledem erfahren …«

»… dann hätte mein Bruder Euch eigenhändig die Kehle durchschnitten«, knurrte Valens.

Mit der zusammengesunkenen Gestalt ging eine erstaunliche Wandlung vor sich. Eben noch auf dem Stuhl gekauert, hoffnungslos, ergeben, schnellte sich der Körper des Valens mit einem Male nach oben. In der Rechten des ehemaligen Kaisers blitzte die Klinge auf und er stieß sie gerade auf den Bauch des Generals zu.

Der General torkelte zurück, wehrte mit den Reflexen eines erfahrenen Kriegers den Stoß ab. Die Klinge fuhr in seinen erhobenen Unterarm, Blut schoss hervor, als sie die Haut öffnete. Kein Schmerzenslaut kam über die Lippen des Generals und mit tödlicher Ruhe senkte er sein Schwert in die Brust des Valens.

Dieser stieß ein Gurgeln aus, sackte ebenso plötzlich in sich zusammen, wie er aufgesprungen war. Belucius, wie vom Donner gerührt, sah, wie ihn das Leben verließ, nun endgültig, nun tatsächlich und für immer.

Und so endete es.

Der alte Legionär, der seinen alten Herrn sterben sah, stieß einen unartikulierten Schrei aus. Mit einer Behändigkeit, die man dem fetten Koloss nicht zugetraut hätte, riss er sein Schwert von der Wand und griff Malobaudes an. Zwei seiner Wachen stellten sich dem wütenden Exlegionär in den Weg und ein heftiger Kampf entbrannte.

Belucius kämpfte wie ein Bulle. Einer seiner Gegner sank schwer verletzt zu Boden. Auch der ehemalige Leibwächter des Valens hatte tiefe Wunden erlitten. Er blutete, sein mächtiger Torso in glänzendes Rot getaucht. Doch durch die Fettmassen an vitale Organe zu kommen, das war für ein römisches Kurzschwert eine schwierige Aufgabe, und der alte Legionär kämpfte mit der Kraft eines verwundeten Raubtieres. Wieder und wieder schlug er auf den verbliebenen Wachmann ein, während Malobaudes sich durch die Eingangstür aus dem Staub machte.

»Stirb!«, schrie Belucius außer sich, als er seinen zweiten Gegner abstach wie ein Schwein. Einer der anderen Männer, der sich über den Leichnam des Valens gebeugt hatte, um sich von seinem Tode zu überzeugen, drehte sich alarmiert um und wandte sich dem wie ein Berserker heranschnaufenden Belucius zu. Nun griff auch der vierte Gardist endlich in den Kampf ein.

Der fette Mann blutete, blutete viel zu viel. Kein Teil seines Körpers schien noch trocken zu sein, und er hatte seine blutigen Hände mehrmals über sein schweißüberströmtes Gesicht gewischt, sodass er wie ein Ungeheuer aussah. Sein Gegner fand den Blick des alten Legionärs, sah darin die Müdigkeit, viel Schmerz, die schwindende Energie und auch das kaum sichtbare Nicken, als ob der Mann wusste, dass sein Ende nun nah war.

Es gab einen Schrei, einen schweren Aufprall, einen triumphierenden Ruf des Siegers. Dann plötzliche, ohrenbetäubende Stille.

Der alte Legionär war seinem Herrn gefolgt.

Draußen, verborgen durch die Dunkelheit, hörte ein junger Gote mehr, als er sah. Er hörte Schreie und den Kampfeslärm, umklammerte unwillkürlich den Griff seines Schwertes. Er wusste nicht, was sich dort abspielte, aber es roch nach Verrat und es roch nach Vergeblichkeit. Auch, wenn er jetzt hineinstürzen und den Kampf aufnehmen würde, war die Übermacht doch zu groß. Männer verließen das Gebäude, als wieder Ruhe eingekehrt war, durch Godegisel nur als Schemen erkennbar. Wen auch immer Belucius in der Stadt kontaktiert hatte – es musste sich um einen Verräter, einen Zuträger des Maximus gehandelt haben. Die Infektion der Usurpation war weiter vorgedrungen, als er und Valens vermutet hatten, und es bestand kein Zweifel daran, dass der ehemalige Kaiser des Ostens deswegen sein Leben verloren hatte.

Dann flogen zwei Fackeln auf das Dach des Hauses. Es fing sofort Feuer. In den benachbarten Gehöften erklangen Rufe. Fackeln und Lampen wurden entzündet. Doch da hatten sich die Attentäter bereits auf die Rücken ihrer Pferde geschwungen und waren fortgeritten.

Godegisel wollte nicht als Brandstifter verdächtigt werden. Er zog sich über die nahen Äcker zurück, verbarg sich hinter Büschen und watete durch den Dreck, bis er genug Entfernung zwischen sich und dem nun lichterloh brennenden Haus gewonnen hatte. Dann hielt er inne, starrte auf die flackernden Flammen und realisierte, dass er um Valens trauerte.

Und er trauerte, weil seine Arbeit offenbar doch noch nicht getan war.

Mit einem letzten Blick auf das prasselnde Feuer wandte sich Godegisel ab und machte sich auf den Weg.

Personenverzeichnis

Aurelius Africanus	römischer Trierarch
Ambrosius von Mailand	römischer Bischof
Andragathius	römischer General
Arbogast	römischer General
Aurelia	eine Sklavin
Peter Behrens	Infanterie-Unteroffizier
Belucius	ehemaliger römischer Legionär
Bertius	römischer Legionär
Martinus Caius	Sohn eines römischen Geschäftsmannes
Claudia	eine Sklavin
Johann Dahms	Chefingenieur der *Saarbrücken*
Dionos	alexandrinischer Gelehrter
Erminius	König der Quaden
Karl Forstmann	Maschinist auf der *Valentinian*
Fritigern	Anführer der Goten
Godegisel	gotischer Adliger
Flavius Gratianus	römischer Imperator
Dietrich Joergensen	Offizier der *Saarbrücken*
Josaphat	alexandrinischer Hafenjunge
Julia	Tochter des Marcus Gaius Michellus
Harald Köhler	Unteroffizier der *Saarbrücken*
Klaus Langenhagen	Offizier der *Saarbrücken*
Levantus	römischer Zenturio
Lucia	Ehefrau des Marcus Gaius Michellus
Malobaudes	römischer General
Marcellus	Schiffsjunge der *Valentinian*
Magnus Maximus	Gouverneur Britanniens
Marcus Gaius Michellus	römischer Senator
Marcus Necius	römischer Fischer
Dr. Hans Neumann	Bordarzt der *Saarbrücken*
Marcus Flovius Renna	römischer Militärpräfekt
Jan Rheinberg	Kapitän der *Saarbrücken*
Richomer	römischer Offizier
Septimus Secundus	römischer Unteroffizier
Sepidus	Steuermann der *Valentinian*
Lucius Tellius Severus	römischer General im Ruhestand
Quintus Aurelius Symmachus	römischer Senator
Markus Tennberg	Fähnrich der *Saarbrücken*
Theodosius	römischer Adliger
Valens	römischer Imperator

Thomas Volkert	Fähnrich der *Saarbrücken*
Klaus von Geeren	Infanterieoffizier und Kompaniechef
Johann Freiherr von Klasewitz	ehemaliger Erster Offizier der *Saarbrücken*
Hannes Weinkamp	Besatzungsmitglied der *Valentinian*